河出文庫

とうもろこしの乙女、あるいは七つの悪夢

ジョイス・キャロル・オーツ
栩木玲子訳

JN203029

河出書房新社

とうもろこしの乙女、あるいは七つの悪夢＊目次

とうもろこしの乙女、あるいは七つの悪夢

ジョナサン・サントロファーに捧ぐ

とうもろこしの乙女　ある愛の物語

四月

バカどもへ！

なぜ、どうしてって思ってるだろうから教えてやる。髪のせいだよ。

あの子の髪！　たまたま目についた、陽《ひ》の光を浴びたシルクのような金髪。とうもろこしのヒゲみたいな、日向《ひなた》にいると火花が飛ぶんじゃないかってくらいキラキラした金色の髪。それからあたしに向かってほほえんだときのあの目。おどおどしてそれでいて何かを期待するような。ジュードの願いが分からない、みたいな（そんなこと誰にも分かるわけないのに）。だってあたしは暗黒のジュード、「眼の使い手《マスター・オブ・アイズ》」。あんたらの目は節穴。そんなんであたしのことが分かると思ったら大間違いだよ、バーカ。

母親もいっしょだった。見たんだ、二人でいるところを。母親がかがんでキスしてた。

あんな子に！　あのときハートに矢が突き刺さった。それで思った。あたしの存在に気づかせてやる。絶対に許さないって。

分かったよ、もっと具体的にって？　バカなあんたたちは報告書かなんかを書くんだよね。検死官の意見を書く「死亡理由」欄もあったりして。

ほんとにバカ。あんたたち、なんにも分かっちゃいない。分かってたら報告書のアホらしさにも気づいてるはず。それで真実が伝わると思ってるかもしれないけど、「事実」だって怪しいもんだ。

なぜ、どうして——夜、パソコンの前でいろんなネット銀河をカチャカチャ渡り歩いてたら誕生日（三月十一日）に分かったんだ。マスター・オブ・アイズがあたしの願いを叶えてくれるって。だからだよ。〈おまえのあらゆる願いが時間とともに明らかになるだろう、おまえがマスターであるならば〉

彼はあたしを「暗黒のジュード」と名付けた。あたしたちはサイバースペース上の双子だった。

理由はこう。六年生のとき、自然史博物館への遠足で、ジュードは、キャーキャー騒ぐだけの愚かなガキどもの群れから離れて、とうもろこしの乙女を生け贄《いけにえ》に捧げるオニガラ・インディアンの展示を見に行った。〈この展示は残酷な内容であり、保護者の助言や指導なき場合、十六歳以下の鑑賞はお勧めできません〉。アーチの下の通路を抜けると、蛍光灯に照らされたほこりっぽい陳列ケースが並んでて、あたしの目はとうもろこしの乙女に釘付けになった。三つ編みにしたゴワゴワの黒髪、平らな顔に虚《うつ》ろな目、それにぽかんと開いた口。恐怖すら通り越して驚くだけの表情がジュードのハートを射抜いた。とうもろこしの乙女のハートを射抜いたどんな矢よりも激しく。だからだよ。

神さまがそんなことを許すかどうか確かめるための実験だった。だからだよ。

あたしを止める人がいなかった。だからだよ。

手下

ジュードが本気だなんて思わなかったんだ！

あんなことになるなんて。

ぜんぜん思ってなくて……

……ほんとだってば！

そんなつもりじゃ……

……ぜったいに！

べつにあの子が嫌いとかそういうんじゃなくて……

……

(あの子の名前を口にするのはタブー、ジュードがそう言ってた。)

ジュードはマスター・オブ・アイズだった。学校に通い始めたときからずっとあたしたちのリーダー。ジュードはとにかくかっこよかった。

五年生のとき、あたしたちはジュードからスピードをもらってハイになることを覚えた。入手ルートは知らない。

七年生になるとエクスタシーをもらった。年上の子が飲んでるやつ。高等部に秘密のコネがあってそこからジュードは手に入れてたらしい。

ハイになるとみんな愛してるって気分になるけど、要するに何もかもどうでもよくなっちゃうんだよね。

そこがいいところ！　ハイになってスキャッツキルの空をふわふわ飛んで学校や自分の家にも爆弾落とせる、みたいな。家族みんなが慌《あわ》てて逃げ出して服にも髪にも火がついて助けて〜って叫んでこっちはにんまり。だって痛くも痒《かゆ》くもないんだもん。それがハイになるってこと。

ほかの誰にも知られていない秘密。

ジュードの家のアダルト・ビデオ。

ジュードのおばあちゃんのミセス・トラハーンは有名な人の未亡人なんだって。

野良猫たちにエサをあげたこともあった。あれは楽しかったな！

ジュードのかかりつけの医者たちがくれたリタリンやザナックス。ジュードはその手のクソ薬を飲むふりだけしてた。ジュードのバスルームには数年分の蓄えがあった。とうもろこしの乙女にはハーゲンダッツのフレンチ・バニラを食べさせたよ。すぐにあくびが出始めて眠そうだった。アイスクリームはおいしいからね！　薬は一錠すりつぶしただけ。小さじに半分。魔法みたい。信じられなかった。

ジュードが言ってた。たとえ魔法の力を持っていても、誰かに使い方を教わらなきゃその力は使えないって。

とうもろこしの乙女がジュードの家に遊びに来たことはなかった。でもジュードは三月くらいからずっとあの子と親しくしてた。ジュードによると、マスター・オブ・アイズがジュードの誕生日に一つだけ願いを聞いてくれたんだって。その願いを叶えるにはあたしたちが必要だって。

まずはしんらいいかんけーを築く計画だった。

あたしたちには分かってた。ある日、魔法の時間が訪れて（ジュードの予言では）まるで暗闇《くらやみ》を稲光が照らすようにすべてが明らかになる。そう思って、あたしたちはとうもろこしの乙女を迎える準備を進めた。

そのとおりになった。準備が整って、魔法の時間がやってきた。

あたしたちはトラハーンの屋敷の裏口から入った。

とうもろこしの乙女は歩いて来たんだよ！　自分の足でね。無理に連れてきたのでも、運ばれてきたのでもない。

自分の意志でってジュードが言ってた。

そこがオニガラ・インディアンの儀式とは違うところ。オニガラのとうもろこしの乙女は自分の意志で来るんじゃなくて、さらわれて来る。

さらうのは敵の部族で、さらわれたら最後、自分の部族へは帰れない。

とうもろこしの乙女は埋められるんだ。太陽の下、とうもろこしのタネをまいたところに体を横たえ、誰かがその上に土をかける。ジュードはこの物語を古いおとぎ話のように語って聞かせてくれたよ。あたしたちがうれしがってニンマリするように。なんで、って聞くのは禁止だったけど。

ジュードはあたしたちがなんでって聞くのをいやがった。

とうもろこしの乙女を脅したことはない。あたしたちはいつだって彼女を崇《あが》め、敬い、優しく接した。

（こわがらせたことはあったけど、ほんのちょっとだけ。ほかに方法がないってジュードは言ってた。）

あの子は毎週火曜と木曜の学校帰りに、セブンイレブンに寄り道してた。ジュードは理由まで知ってた。あそこは高等部の子たちのたまり場で、年上の子がタバコを吸ってる。州道に面したショボくて小さなショッピング・モールには、メートル売りのカーペット屋、美容院兼ネイル・サロン、テイクアウト専門の中華屋、それにセブンイレブン。裏にはゴミ箱が並んでいて何かが腐ったような臭いがした。

ゴミ箱の裏に立てかけてある掃除用のデッキブラシのあたりには、野良猫がよく隠れてた。ジャングルといっしょで、そういう場所には誰も寄りつかない。

（ジュードはよく行ってたけど。野良猫にエサをやるために。自分と野良猫とは前世でつながってるとも言ってた。）

ジュードの指示で、セブンイレブンの近くでは別々に歩いた。いっしょにいるところを見られないように。

女の子が四人かたまってたら、人目につくかもしれない。

一人二人なら目立たない。

別に見てる人がいるわけじゃない。それでもあたしたちは裏道を使った。

昔々、使用人たちが丘の下の方に住んでいた頃は、みんな丘を登ってハイゲート・アベニューの大きなお屋敷へ通った。

〈スキャッツキルの歴史的建造物〉。そこにジュードはおばあさんと二人きりで住んでた。あの屋敷はテレビに映るだろうし新聞にも載るよね。『ニューヨーク・タイムズ』は一面記事かな。家は〈十八世紀に建てられたオランダ風アメリカ様式の邸宅〉とかなんとか。そんなこと、あたしたちはぜんぜん知らなかった。正面から見たことなかったし。あたしたちが入ったのはジュードの部屋と、他の部屋一つか二つ。それから地下室。

トラハーン家のお屋敷は三メートルの石の壁に囲まれてて、ハイゲート・アベニューからはよく見えない。壁は古くて崩れかけてるけど、壁越しに中を見るのはやっぱり無理。鉄製の門からなら、車で通りすぎるときにちらっと中まで見えないこともない。

今じゃたくさんの人たちが、車で家の前を行ったり来たりしてるんだろうなぁ。

ハイゲート・アベニューはずっと駐車禁止、駐車禁止、駐車禁止。スキャッツキルはよそ者を歓迎しないからね。買い物してくれるんなら話は別だけど。

ジュードの家は〈トラハーン屋敷〉って呼ばれていて、敷地は十一エーカーもあるんだって。でも裏道を使えば案外近いから、とうもろこしの乙女を連れて行くときもあたしたちは裏から入った。敷地のほとんどが森で、ぜんぜん手入れしてなくてジャングルみたいになってる。それでも登ろうと思えば登れる古い石の階段があって、茨で覆われてるけど昔の作業用道路も通ってた。丘のふもとでは、大きくて平たいコンクリの板が道をふさいでいる。でもこれも回り込んじゃえばだいじょうぶ。

あの裏道が使えるなんて誰も思わない。あのショボいショッピング・モールからは歩いて三分。

誰も気づきっこない！　ハイゲート・アベニューの丘の上にある大きくて古いお屋敷の裏手を下っていくと、州道のハイウェイに出られるなんてね。

ジュードにはさんざん注意された。〈とうもろこしの乙女に接するときは崇め、敬い、優しくてしかも毅然とした態度で〉って。〈どんな運命が待ち受けているのか、ぜったいに気づかれたらいけない〉って。

郊外に住むシングル・マザーと、鍵っ子

「マリッサ」

なにかがおかしい。最初にそう感じたのはアパートの電気が消えていたから。それにやけに静かだ。

「マリッサ、どこにいるの？」

声はすでに緊張をはらんでいる。鉄のベルトで胸をきつく締め上げられているような感覚だった。

暗いアパートに足を踏み入れた。誓ってもいい。絶対に八時を過ぎてはいなかった。ドアを後ろ手にしめ、電気をつける、その間は夢の中のように感情が宙づりだった。ビデオでも見ているように自分の姿を意識する。状況が一変して尋常ではないはずなのに、明らかに普通を装っている。

子どもが見ているかもしれないので、慌てふためいたり、弱いところをうっかり見せてはいけないことを、母親は学んでいる。

「マリッサ?……そこにいるんでしょ? 出てらっしゃい」

あの子が家にいれば電気がついているはず。テレビのボリュームをいっぱいに上げてリビングルームで宿題をしているはずだ。テレビでなければCD。マリッサは一人で家にいるとき、不安になるからと言って静寂を嫌った。

おっかないのだそうだ。こわいことを考えてしまう、と。たとえば死とか。自分の心臓の鼓動まで聞こえるらしい。

だがアパートの中は静かだった。キッチンもしーんとしている。

リーアはほかの明かりもつけた。相変わらず自分を観察している自分がいる。落ち着いて行動している。リビングから廊下の先にあるマリッサの部屋を見ると、ドアがあいていて中が暗い。

もしかしたらベッドで眠っているだけかも——その可能性はある! わらにもすがる思いで、ふとそう考えたが、それも一瞬だけだった。リーアがベッドをチェックしても細身の娘はそこにいない。

バスルームももぬけの殻だ。ドアが少しあいていて中は暗い。

なぜかアパートがよそよそしい。家具の位置が変わっているような気がした。(あとで確認するとそんなことはなかったが。) 空気がひんやりして、窓があいているのかすきま風が入ってくる。（実際には閉まっていたが。）

「マリッサ？　マリッサ？」

母親の声は驚いているような、ほとんど苛立ったトーンを帯びていた。マリッサが聞けば、叱《しか》られていると思ったかもしれない。

空《から》っぽのキッチンで、リーアはカウンターに食料品を置いた。目をそらした隙に袋がゆっくり傾いたらしく、視界の隅でヨーグルトのカートンが転がり落ちるのが見えた。

マリッサが大好きなストロベリー・ヨーグルトだ。

なんて静かなんだろう。体が震え始めた。娘が静寂を嫌う理由がよく分かった。

部屋を歩いて回る。一階にある小さなアパートの数少ない部屋を「マリッサ？　いないの？」と呼びかけながら。か細く甲高い声はぴんと張り詰めた針金のようだ。時間の感覚が薄れていった。彼女は母親であり、責任があった。十一年間、彼女は子どもを失うことなくやってきた。母親なら誰もが、子どもを失う恐怖を抱いたことがあるだろう。突然いなくなる、まるで泥棒にでも盗まれるように。むりやり奪われてしまう、その恐怖。

「まさか。マリッサはここにいる。この家のどこかに……」

家の中で娘が歩きそうなところをたどってみた。マリッサがいそうな部屋なんてたかが知れている！　もう一度バスルームのドアをさっきより広く開け、クローゼットのドアを開け、その次のクローゼットも、つまずきながら、肩を打ちながら。マリッサの勉強机のイスに太ももをしたたかぶつけた。「マリッサ？　隠れてるの？」

あたかもマリッサが隠れん坊でもしているかのように。こんな時間に。

マリッサは十一歳。キャーキャーはしゃぎながら母親に見つけ出してもらうような隠れん坊は、とっくに卒業している。


母親としての責任を果たしていないと言われたら、ちゃんと抗議しよう。

彼女は働きながら子育てをしてきた。シングル・マザーだ。娘の父親は二人の人生から消え去ったまま、扶助料も養育費も払っていない。私のせいだなんてどうして言えるの？　娘と二人で生きていくためには働かなければならなかった。娘には特別な教育が必要だったので、公立学校をやめさせてスキャッツキル・デイに入学させた……

みんな私を責めるだろう。タブロイドではさんざんこきおろされるに決まってる。

九一一に電話して警察に知らせたら最後、マスコミの餌食だ。自分の人生ではなくなり、そこから何もかもが永遠に変わってしまう。

〈郊外のシングル・マザー。娘は鍵っ子〉

〈十一歳の子どもが行方不明。サウス・スキャッツキルにて〉

娘は鍵っ子じゃない。そうじゃないんだって抗議しよう。

一週間のうち五日はそうじゃなかった。

クリニックの遅番は火曜と木曜だけ。しかもマリッサが空っぽのアパートへ帰るようになったのはごく最近、この前のクリスマスを過ぎた頃からだ。そう、たしかに望ましいことではないし、ベビーシッターを雇うべきだったのかもしれない。それでも……

シフトが変わったせいで遅番に出るしか仕方がなかったって主張しよう。火曜と木曜は十時半に出勤して六時半にあがる。家に戻るのは七時十五分。どんなに遅いときでも七時半。ほんとにそう！　ほとんどいつもそうだった。

彼女のせいではない。とにかく渋滞していた。タッパン・ジー・ブリッジからナイアック、それから九号線を北へ、タリータウンとスリーピーホローを通ってスキャッツキルの町境まで。九号線は工事中だったし、雨もひどかった！　なんの前触れもなく土砂降りになった。苛立ちと、自分の今の人生に対する怒りで泣きそうだった。車のヘッドライトで目がくらむ。まるで脳に突き刺さるレーザー光線のようだった。

八時にはたいてい家に着いた。どんなに遅くとも。

警察に電話する前に考えようとした。頭を整理しよう、と。

マリッサはたいてい四時までに帰ってくる。授業が終わるのは三時十五分。郊外の道を五ブロック半、一キロに満たない距離を歩いて帰る。途中は（ほとんど）住宅街だ。（たしかに十五番ストリートは車の往来が激しいけれど、マリッサは道を渡る必要がない。）それに学校の友だちもいっしょのはずだ。（ほんとにそう？）スクールバスは使わない。そもそも私立の学校だからスクールバスはない。とにかく学校は家からさほど離れていない。リーア・バントリーはスキャッツキル・デイに近いという理由で、わざわざこのブライアークリフ・アパートに引っ越してきた。

そう説明しよう！　行方不明の娘をめぐる感情の波の合間を縫って、そういうことをきちんと説明しなければ。

もしかしたら放課後なにか特別な行事があったのかもしれない。なにかの試合、それとも合唱の練習とか。それをマリッサが伝えそびれて……あるいは友だちの家に呼ばれたのかも。

彼女は、まるで鳴り出すのを待つかのように電話のそばにつっ立ったまま、自分がたった今何を考えていたのか、思い出そうとした。指で水をつかむように、思いをめぐらせる。

友だち！　そうだ。

マリッサの同級生の女の子たち、名前はなんだったか……？

とにかく電話してみることにした。震えが止まらないし取り乱してはいるが、警察に連絡する前に、まずはこういう電話をしておかないと。ヒステリックな母親とは違うんだから。マリッサの先生の名前なら知ってるから、まず彼女に電話してクラスメートの名前を聞いて、電話を一軒ずつかけていけばすぐにマリッサが見つかって何もかも解決するかもしれない。マリッサの友だちのおかあさんが、恐縮しながらこんなふうに言ってくれるだろう。〈夕飯をうちで食べていくって、マリッサはちゃんとおかあさんに伝えたとばかり思っていたわ。ほんとにごめんなさいね〉。リーアはほっとしてすぐに笑いで取り繕う。〈子どもってときどきこういうことがあるのよね。どんなにしっかりした子でも〉

ただし、マリッサには学校の友だちがほとんどいない。

それが今度の学校の問題だった。これまでの公立学校には友だちがいたが、今の学校ではうまくいっていない。ここでは大半の生徒が金持ちの恵まれた家庭に育っている。とても金持ちで恵まれている。かわいそうに、マリッサは優しくて疑うことを知らず楽観的で、だから女の子たちがその気になれば簡単にいじめの標的になってしまう。早くも五年生でそれは始まった。女の子にありがちな、わけの分からない意地悪が。

六年になるとさらにひどくなった。

「どうしてみんなあたしのことを嫌うの？」

「なんであたしのことをからかうの？」

というのもスキャッツキルでは、ハイゲート・アベニューから丘を下ったあたり、あるいはサミット・ストリートの東に住んでいると、労働者階級と見なされた。マリッサは以前、「労働者階級《ワーキング・クラス》」ってどういう意味？とリーアに尋ねたことがある。みんな働いてるんでしょ？　階級《クラス》ってなに？　学校のクラスといっしょ？　クラスルーム、みたいなこと？

リーアは思い直さざるを得なかった。たとえ友だちの家に招待されたとしても、あの子がこんなに遅くまでお邪魔するはずはない。

五時を過ぎると暗くなる。そんな時間まで帰らないなんてあり得ない。

万が一そうなったとしても、あの子はリーアに電話するだろう。

「マリッサはそんな子じゃ……」

リーアはもう一度キッチンを確認した。流しにはなにもない。箱入りの冷凍チキン・カツが解凍されかかっている、わけでもない。

火曜と木曜はマリッサが夕飯の下ごしらえをしてくれる日だ。マリッサはお料理が好きだった。ママといっしょにお料理するのが何よりも好きだった。今夜のメニューはチキン・ジャンバラヤ。はしゃぎながら二人で作る、ちょっと凝《こ》ったお料理だ。「トマト、タマネギ、ピーマン、ケイジャンパウダー、ライス……」

リーアは思わず声に出した。静けさが神経にさわる。

〈私がまっすぐ家に帰って来ていたら……なのに今夜に限って……〉

ハイウェイ沿いのセブンイレブン。そこにリーアは立ち寄った。

カウンターの向こうにいた、賢そうな、でも哀しげな目をした中年のインド系の男性が証言してくれるはず。リーアは常連だ。名前までは知らないだろうが、悪い感情は持たれていないと思う。

乳製品、ティッシュ、トマトの缶詰、冷えたビールの六缶パックを二つ。たぶんレジの男はリーアに夫がいると思っているだろう。ビールを飲むのは夫だ、と。

リーアはふと自分の手が震えていることに気がついた。ビールを飲んで震えを止めなきゃ。

「マリッサ！」

彼女は三十四歳、娘は十一。両親も含め、リーアの家族はみな彼女が「穏便に離婚」したと思っている。七年前に。元夫は医学部に通っていたが、中退して北カリフォルニアのどこかに消えた。二人は一九九〇年代、大学生だった頃に出会い、バークレーで同棲した。

元夫であり、父である男の居場所をつきとめるのは不可能だ。苗字《みょうじ》がバントリーではない男。

きっと彼のことを聞かれるだろう。ほかにもいろいろなことを。

こう説明しよう。十一歳では大きすぎて託児所に預けられない。一人で家に帰って来られる年齢だし……十一歳なら一人前に……

手探りで冷蔵庫の缶ビールを取り出し、フタを開けてゴクゴク飲む。よく冷えているのですぐに頭がキーンと痛くなった。眉間に氷のコインを押しつけられたような感覚だ。なにやってるの！　こんなときに！　半狂乱で警察に電話する前にしっかり考えなきゃ。

目の前に何かが見えるような気がする。説明になるような何かが。

〈打ちひしがれたシングル・マザー。二人のアパートは質素そのもの〉

〈行方不明の十一歳、「学習障害」の女の子〉

もう一度おぼつかない足取りでアパートの中を丹念に歩き回った。彼女が探しているのは……すでに開けたドアを全部もう一度、さっきよりもっと広く開けてみる。やみくもな衝動に駆られ、マリッサのベッドのそばに膝《ひざ》をつき、下をのぞき込む。

そして見つけたのは……あれはもしかしたら……？　片方だけの靴下だった。

マリッサがベッドの下に隠れているとでも思ったのか。

マリッサは母親が大好きで、心配をかけたり怒らせたり傷つけたりするようなことは絶対にしない。年齢のわりに幼くて、反抗したりすねたりしたこともない。「いけないこと」といえば朝、ベッドをきちんと整えるのを忘れたり、バスルームの洗面台の鏡にはねた水を、きれいに拭かずにそのまま出かけてしまったり、そんなことがせいぜいだった。

マリッサはママに質問した。「ほかの子たちみたいに、あたしにもどこかにパパがいるの？　パパはあたしのことを知ってるの？」

涙をこらえてママに尋ねた。「みんなどうしてあたしをバカにするの？　あたしって、トロいの？」

公立学校ではクラスの人数が多いので、先生はマリッサ一人にかまっている時間も忍耐力もない。だからリーアは彼女をスキャッツキル・デイに転校させた。一クラス十五人。ここならマリッサも先生に特別な注意を払ってもらえる。それなのに彼女は算数の授業についていけず、からかわれ、「トロい」とバカにされた。友だちだと思っていた子たちにさえ笑われた。

「まさか、家出？」

ふと、そんな考えが浮かんだ。

マリッサはスキャッツキルから逃げたのか。娘のためを思ってママが一生懸命働いて手に入れた生活から。

「そんなはずはない！　あり得ない！」

リーアはビールをもう一口、ごくりと飲み込んだ。一種の自己投薬だ。それでもまだ心臓がドキドキして、鼓動が乱れている。神さま、どうか気を失ったりしませんように
……

「どこ？　マリッサがどこへ行くっていうの？　無理でしょう」

マリッサが家出だなんて、考えるだけでもバカバカしい。

マリッサは内気すぎるし行動的でもない。あの子は自分に自信がない。他の子、とくに年上の子たちを見ると、彼女は怯《おび》えた。あの子はひときわきれいだった。シルクのように艶やかな金髪を背中まで伸ばした美しい子。娘自慢の母親は、ツヤが出るまでその髪をブラシでとかし、凝った編み込みにしてあげることもあった。マリッサはしばしばいらぬ人目を惹《ひ》いたが、本人は自意識とほとんど無縁なので、まわりが自分をどう見ているのか考えたこともない。

バスに乗るのも、映画館に入るのも、いつも母親のリーアといっしょ。店には一、二回一人で入ったことはあるが、その時もそばにリーアがいた。

だが警察はまっさきに疑うだろう。これは家出じゃないか、と。

「隣のお宅にいないかしら？　近所の誰かといっしょとか」

これも可能性が低いことは分かっていた。親子はアパートのほかの住人たちとそれなりに親しくしていたが、家に上がり込むほどではない。そういうアパートではなかったし、子どものいる家庭はほとんどない。

それでも行ってみなければ。娘を探す母親ならそうするだろう。隣近所に聞いてまわろう。

それからしばらく、そう十分か十五分ほど、彼女はブライアークリフ・アパートの玄関ドアを叩いてまわった。きょとんとしているご近所の、ほとんど知らない人たちに不安げな笑顔を向け、取り乱したりヒステリーを起こしていると思われないよう気をつけながら。

「ちょっとお尋ねしますけど……」

何年も前の、バークレーでの悪夢のような記憶が蘇った。のちにマリッサの父親となる恋人と同棲し始めたばかりの頃、誰かがドアをノックするので出てみると、半狂乱の若い母親だった。ちょうど食事の最中でリーアの恋人が応対した。彼の声はかすかに迷惑そうな調子を帯びている。リーアも彼に続いて玄関に行ってみた。当時の彼女はとても若く、ブロンドが美しく輝き、ひどく恵まれていた。玄関に立つ若いフィリピン系の女はあふれる涙をまばたきでこらえながら、二人に尋ねた。〈うちの娘を見ませんでしたか……〉リーアはそれ以上なにも覚えていない。

今度はリーア・バントリーがドアをノックする番だ。よく知りもしない人たちの食事の時間に割って入り、お邪魔してすみませんと謝りながら、震える声で聞いてみる。〈うちの娘を見ませんでしたか……〉

経済的な理由から、このバラックのようなアパートに引っ越してきたのは二年前のことだ。各部屋の玄関が建物の裏手の駐車場に面している。舗装されたこの区画には明かりが煌々と灯りとても機能的だが、美観もなにもあったものじゃない。アパートには廊下も内階段もホワイエもなく、気軽におしゃべりできるような場所もない。ハドソン川を見渡せるおしゃれな高級マンション群とはわけが違う。ここはサウス・スキャッツキルのブライアークリフ・アパートメンツだ。

リーアの両隣に住む人たちは同情し心配もしてくれたが、何かの助けになることはなかった。マリッサを見た人は誰もいなかったし、マリッサが訪ねて来た形跡ももちろんない。「なにか気づいたら連絡するから」と約束し、警察に電話するよう勧めてくれた。

リーアはドアをノックし続けた。まるで脳内の何かのスイッチが入ったかのように、一軒残らずノックした。一階の自分のアパートから遠ざかるにつれ、反応が冷たくなった。ある住人はドアを開けもせず、「なんの用だ」とドア越しに言うだけだった。別な部屋では、赤い顔をした酔っぱらいの中年男が不機嫌に出てきて、消え入りそうなこちらの質問をさえぎり、言い放った。子どもなんか見ていない、知りもしない、そんなものにかまってる時間はない。

リーアはよろめきながら朦朧《もうろう》としたまま部屋に戻ると、玄関のドアをあけっぱなしにしていたことに気づいてはっとした。部屋の電気が全部ついている。マリッサが帰って来てキッチンにいるんじゃないか。一瞬そう思った。

急いで駆け込む。「マリッサ……？」

必死ですがるような、哀れを誘う声。

キッチンにはもちろん誰もいない。アパートは空っぽだった。

突飛な考えがひらめいた。リーアは外の駐車場に戻り、少し離れたところに停めた自分の車をチェックした。カギがかかっていて誰も乗っていないことは分かっていた。それでも中をのぞく。後部座席も。

〈自分は気がヘンになったのか？　自分に何が起ころうとしているのか？〉

それでも動かずにはいられない。車に乗り込み、十五番ストリートを通ってスキャッツキル・デイ・スクールまで行き、建物内をくまなく探したい。そんな強烈な衝動に駆られた。もちろん学校にはカギがかかっている。だが裏手の駐車場なら……

ヴァン・ビューレンを走り、サミットを走り、スキャッツキルの狭い繁華街を走り抜けた。ブティックやしゃれたレストラン、高価なアンティークや服を扱う店。ハイウェイに出てガソリンスタンドやファストフード店、小さなモールを通り過ぎる。それでなにが見つかるというのか。雨の中、歩く娘の姿？　アパートに戻ると電話の音が聞こえた気がしたが、間違いだった。もう一度、部屋から部屋へと回らずにはいられない。今度はさらに注意深く。マリッサの小さなクローゼットの中も、きちんとかけられたマリッサの服をかきわけながら確認した。（マリッサはいつも極端なほどきちんとしていた。リーアはその理由をあえて考えようとはしなかった。）マリッサの靴をじっと見つめた。なんて小さな靴！　マリッサは今朝、何を着て出かけたっけ？　あれからもう何時間もたっている。

三つ編みだったか……時間がなかったから、かわりに愛情をこめて髪をとかしてあげた。もしかしたら美しい娘を自慢に思うあまり虚栄心が頭をもたげ、そのことで自分は罰を受けているのか。……バカバカしい。子どもを愛して罰せられるはずはない。その朝、マリッサの髪に丁寧にブラシをかけてツヤを出し、真珠貝でできた蝶《ちょう》のバレッタで髪を留めた。

「ほら、かわいい！　ママの小さな天使ね」

「やだな、ママ。あたしは天使じゃないよ」

胸が詰まった。娘の父親はなぜ私たち二人を捨てたのかさっぱり分からない。吐き気がするほどの罪の意識。女として、母として、自分がいたらなかったせいだ。

思わずマリッサを抱きしめそうになったけど、それは抑えた。娘はもう十一歳。ママから突然わけもなく抱きしめられるには大きすぎる年齢だ。

　感情をさらけ出すと子どもは動揺する。そう注意を受けたことがある。もちろんリーアの場合、注意を受けるまでもなくそんなことは分かっていた。

　リーアはキッチンに戻ってビールをもう一缶手に取った。警察に電話する前にあとほんの一口、二口。全部飲みきってしまうつもりはない。

　アパートにはビールより度数の強いアルコール類を置かないようにしていた。大人になってからの、それが彼女の決めたルールだった。

　強いお酒は御法度。男友だちを泊めるのもダメ。ときどき襲ってくる感情の波も、娘には見せない。

　リーアには分かっていた。自分が非難されるに決まっている。非難するのにちょうど手頃なのだ。

〈鍵っ子。ワーキング・マザー〉

　ベビーシッターを頼むと、クリニックで看護助手として働いたお給料から税を引いた金額の、ほとんどすべてが消えてしまう。道理に合わないしそれでは生活できない。ベビーシッターを頼むのは無理だった。

　マリッサは同じ年のほかの子たちほど頭の回転は速くないかもしれないが、決してトロいわけじゃない！　六年生まで落第もしていないし、個人指導をしてくれる先生にも「理解が深まっている」と言われた。それにものごとに取り組む姿勢がとてもいいそう

だ。〈マリッサはいつも一生懸命ですよ、ミセス・バントリー！　とても気持ちの優しい、辛抱強いお子さんです〉

母親と違って……そうリーアは思った。私は優しくないし、辛抱強さもとっくに失った。

「娘の姿が見当たらないんです……」

電話をかける練習をしながら、その決定的な響きに改めて愕然とした。早口になったり口ごもったりしないようにしなければ……

それにしてもマリッサはどこにいるのだろう？　家にいないなんて、どう考えてもおかしい。もう一度ていねいに探せば……

マリッサは心得ていた。一人で家に帰ったらまず玄関にカギをかけ、安全錠のボルトを締めること。（これは何度もいっしょに練習した。）ママがいないときに、誰かが玄関ドアをノックしても絶対に出ないこと。電話が鳴っても、留守番電話に切り替わってママの声がしたとき以外は、受話器を取らないこと。

マリッサは心得ていた。知らない人が近づいてきたら逃げること。知らない人とは喋《しゃべ》ってもいけないし、車に乗ってもいけない。知っている人の車でも同じ。ママの知り合いの女の人や、クラスメートのおかあさんの車以外はぜったいにダメ。

なによりもマリッサは心得ていた。学校が終わったらまっすぐ家に帰ってくること。よその建物やお宅に入ってはいけない。クラスメートや学校のお友だちの家ならいいけれど、その場合でもあらかじめママにことわること。
（マリッサはほんとうに心得ていただろうか？　十一歳の子どもが、こんなにいろいろなことを覚えていられるものなのか？）

　リーアは娘の担任に電話をかけようとしていたのに、そのことをすっかり忘れていた。ミス・フレッチャーにマリッサの友だちの名前を教えてもらうつもりだった。きっと警察にも聞かれるだろう。それなのにリーアは電話の前でグズグズしていた。ほんとうに電話してだいじょうぶか。電話したら先生はなにかがおかしいと気づくのではないか。

　眉間の痛みが広がって、頭全体が締め付けられるようだ。
四歳の頃、マリッサはソファをよじ登ってリーアの隣に座り、おでこを撫でてくれた。「心配のシワ」を伸ばすために。そしてママのおでこに派手なキスを何度も。「シワさん、飛んでけぇ！」

　ママの虚栄心がちょっぴり傷ついた。娘は額の横ジワに気づいていたのだ。それでも笑いながらもっとキスをねだった。「お願い、シワさん飛んでけをやってちょうだい」

　これが儀式になった。しかめっ面、険しい表情、ふさぎこんだ顔。そんなときにはどちらかが「シワさん飛んでけ」をやったものだ。

　リーアは電話帳をめくった。フレッチャー。十人以上いるけれど、ファースト・ネームのイニシャルがどれも違う。マリッサの担任の名前はイヴ？　それともエヴァだったか。

試しに番号をかけてみた。カチッという音とともに留守番電話に切り替わり、男の声が聞こえてきた。

別な電話番号にあたると男が出て、礼儀正しく、いや、うちには「イヴ」も「エヴァ」もいませんよ、と応えた。

埒《らち》が明かない、とリーアは思った。

病院の救急救命室か医療センターに電話するべきだろうか。たとえば往来の激しい道を渡ろうとして車にはねられた子どもが運び込まれていないか、とか……

缶ビールにぎこちなく手を伸ばす。急いで飲まないと。警察が到着する前に。

セラピストの一人は自己投薬だと言った。飲み始めたのは高校生の頃。家族には秘密にしていたので誰にも気づかれなかった。姉のアヴリルだけは知っていたようだけれど。最初は友人たちと飲み、やがて一人でも飲むようになった。酔ってハイになったり陽気になったりするのがよかったわけではない。むしろ気持ちが安らぎ、不安がやわらいで、自己嫌悪もそれほど感じずに済んだ。

〈きれいにならなくちゃ。もっときれいに〉

君はきれいだよ――彼は何度も言ってくれた。マリッサの父親になる男。彼は美しいリーアに夢中だった。

カリフォルニアの北の方か、オレゴンの海辺の町に住むのが二人の夢だった。当時彼は医学生で、プレッシャーのせいかいつもイライラしていた。彼女はもう少し楽な道を進み、看護学部に入ったのだが、妊娠とともに退学した。

のちに彼はこう言い放った。君はたしかにきれいだよ。でも僕は君を愛していない。

〈愛はすり減る。人は前へ進むものなんだ〉

それでもマリッサがいた。二人が愛しあった証としてのマリッサ。

娘が戻ってくるのなら父親なんていらない。どんな男もいらない。

私が寄り道さえしなければ！　クリニックからまっすぐ帰っていれば……

彼女は知っていた。家に着く前にどこへ寄ったか、警察に話すことになる。帰宅が遅れた理由。いつもより遅い時間になったことは認めざるを得ない。はき古したズボンのポケットを一つ残らずひっくり返すみたいに、自分のすべてがさらけ出され、乱暴に暴かれてしまう。自分だけの大切なものが。

何週間も何ヶ月も淡々とした日常の繰り返しだったのに、その晩に限って彼女はらしくないことをしてしまった。

セブンイレブンにもたしかに立ち寄った。早めの夕刻はいつも混んでいる。彼女はアパートから二ブロックのところにあるこのコンビニでしょっちゅう買い物をしていた。礼儀正しいインド系のレジの店員は、警察に聞かれたら彼女のことを好意的に話してくれるはずだ。そのとき彼はリーア・バントリーという名前を知り、その娘が行方不明であることを知るだろう。近所の十五番ストリートに住んでいるシングル・マザー。結婚はしていないので、いつも買っていたクアーズの六缶パックは夫ではなく、彼女自身が飲むためだったことも。

　マリッサといっしょのところを見かけているはずだから、娘のことも覚えているかもしれない。内気なブロンドの、ときどき三つ編みにしていた女の子。彼はリーアを憐れむに違いない。それまでは彼女を憐《あわ》れむどころか、密かに憧れていたかもしれないのに。輝く金髪の、いかにもアメリカ人らしい健康的な美人の彼女に。

　リーアはビールを飲み干し、流しの下のゴミ箱に空き缶を放り込んだ。警察が家を調べるかもしれないので、たまった缶を外のゴミ箱に捨てに行こうかとも思ったが、もう時間がない。マリッサが無事に戻り、すべてがいつの間にか元どおりになるのを待っているうちに、警察に電話するのがすっかり遅くなってしまった。〈なんでマリッサに携帯電話を持たせなかったんだろう。お金の無駄だなんて、どうして思ったのか〉。彼女は受話器を持ち上げ、警察に電話した。

　まるで走ってきたあとのように息があがった。

「娘が……娘が……行方不明なんです」

一匹狼たち

〈僕は特別な運命を生きるべくして生まれてきた。そうに違いない！〉

彼は自分の頭の中で生を謳歌《おうか》した。彼女も頭の中では、生を謳歌していた。

彼はかつて理想主義者だった。彼女は徹底した現実主義者だった。

彼は三十一歳、彼女は十三歳。

彼はひょろっと背が高く筋張った筋肉質、身長一七五センチ（ニューヨーク州の運転免許には一七七センチと記載されている）、体重七十キロ。彼女は一四七センチ、体重三十八キロ。

彼は自分を高く評価していた。密かに、誰にも気づかれないように。彼女も自己評価がとても高かったが、それをあまり隠さなかった。

彼はスキャッツキル・デイで数学担当の代用教員兼「パソコン相談員」だった。彼女はその学校の八年生だ。

学校での彼の正式な身分は〈非常勤講師〉。

彼女は〈学費援助特例なしの一般生徒〉。

〈非常勤講師〉だと医療・歯科保険控除は受けられず、常勤の教員より時給が安いし、終身雇用ではない。〈学費援助特例なし〉は奨学金なし、授業料の後納もないということだ。

彼がニューヨーク・シティから十三キロ北にある、ハドソン川沿いのスキャッツキルの住人になったのは比較的最近のことだ。彼女は一九九二年、二歳の頃に未亡人となった祖母に引き取られ、それ以来ずっとここに住んでいる。

面と向かっているとき、彼女にとって彼は〈ミスター・ザルマン〉だが、裏では〈ミスターZ〉だった。

彼はさまざまな年齢（小学生から高校生まで）の生徒たちにパソコンを教え、頼まれれば個人指導もするが、彼女はその中の、顔と名前が一致しない女子生徒の一人に過ぎなかった。

とうもろこしのヒゲのような、金色に輝くまっすぐな長い髪をした六年生のマリッサ・バントリーのことも、彼はすぐには思い出せなかった。

彼は生徒のことを〈子どもたち〉と呼んだ。その声には、思いがけず移ってしまった情が感じられるときもあれば、皮肉たっぷりのときもある。〈あの子どもたち！〉日によって、あるいは週によって、そして彼の気分によってトーンが変わる。

彼女は〈あいつら〉と、蔑《さげす》みをこめ、震える声で言う。

自分とはまったく別種の存在。数少ない手下でさえ彼女にとっては負け犬だった。

学校の校長室の極秘ファイルには、彼についてこう書かれている。〈経歴と推薦状は申し分なし、聡明な生徒の指導に長《た》ける、忍耐不足の傾向あり、協調性に欠ける、独特

のユーモアのセンス〈神経にさわることも?〉〉
彼女の極秘ファイル(一九九八‐現在)には、さまざまな関係者からの報告が記されている。〈すばらしい家柄、母方の祖母/法的後見人ミセス・A・トラハーンは当校の卒業生/寄附者/評議員(名誉役員)、高いIQ(六歳で一四九、九歳で一六一、十歳で一一三、十二歳で一五九)、才気にあふれるも学業成績は不安定、孤独、群れるのを好む、クラスメートとの交流が苦手、リーダータイプ、反社会的傾向あり、クラスでは目立った存在、秩序を乱す、落ち着きがない、無関心、夢想好き、コミュニケーション・スキルに欠ける、子どもっぽい、話術が巧み、新しい課題にさまざまなアイディアを出す、すぐ飽きる、気むずかしい、実年齢以上に大人、運動能力が低い、五歳のときに注意欠陥症候群と診断される、リタリンの処方により好悪両反応、七歳のときに失読症の可能性ありと診断される、個別指導を受け好悪両反応、五年生で優等生名簿に載る、七年生で成績が下がり作文の授業で落第、二〇〇二年十月クラスメートの女児を「脅した」ことから一週間の停学処分、三日で復学/後見人が本学相手に提訴/裁判所からの指示で心理カウンセリングを受けるも好悪両反応。(ファイルの表紙には校長の筆跡で「教育の真価が問われる!」と書いてあった。)〉
彼は日に焼けてオリーブ色の肌をしていた。彼女は青白く、透き通るような肌だった。
彼が学校へ来るのは月/火/木。そのほかの曜日でも平均して五週間に一度は代講で出勤していた。彼女は週に五日登校、スキャッツキル・デイは縄張りだった。

彼女は学校が〈大好きで大嫌い〉だった。〈大嫌いで大好き〉だった。（彼女は突然教室から消え、しばらくするとまた戻ってくる。教師たちもそれに気づいていた。何も言わず、不機嫌に、傲慢《ごうまん》に。）

彼は一人を好んだ。彼の曾祖父は一九〇〇年代初頭にアメリカへ移民してきたドイツ系ユダヤ人で、祖父と父は「クリアリー、マッコークル、メイス&ザルマン」の共同経営者であり、ウォールストリートのブローカーだった。彼女はニューヨーク州最高裁判所長官エライアス・トラハーンの唯一の孫だが、判事は彼女が生まれる前に死んだので、祖父に対して彼女はなんの関心も抱いていない。彼女にとって祖父は、学校の広間に飾られた立派な肖像画の、かつらをかぶってアゴを突き出したジョージ・ワシントンと同じくらい遠い存在だった。

彼の肌にはホクロが多い。容姿をそこなうほどではないが、ホクロが動き出すのを期待するように、ときどき彼をじーっと見つめる人がいる。

彼女の肌にはなにかというとひどい湿疹が出る。医者によると神経性のものらしい。でも爪でひっかくのも原因の一つだ。

彼は豊かに波うっていた色の濃い髪を失い始め、自分が髪を自慢に思っていたことにあらためて気がついた。こめかみのあたりから薄くなってきたので、襟首《えりくび》が隠れるくらいまで髪を伸ばすことにした。彼女の色褪《いろあ》せた赤い髪はタンポポの綿毛のようにボワっとふくらみ、それが、干からびてギスギスした顔を包んでいる。

彼はミカール。彼女はジュード。

生まれたときに付けられた名はマイケルだが、世の中マイケルだらけじゃないか！

生まれたときに付けられた名はジュディスだが――〈ジュディスなんて！　ヘドが出そう！〉

群れを軽蔑する一匹狼。生まれながらの貴族には金も家族のつながりもいらない。

彼はザルマン家のはみだし者。ほとんどいつも。

彼女はトラハーン家のはみだし者。ほとんどいつも。

彼は皮肉っぽくクックと笑い、それが結構チャーミングだった。彼女は鼻にかかった声で甲高く笑った。クシャミのように突然笑うので、笑った本人でさえ驚いてしまう。

彼の口癖はぼそっと〈それで？〉。彼女の口癖は〈つまんねぇ～！〉。

彼は知っていた。思春期前の少女たちは、男性教師に夢中になることがある。でも彼自身にはピンと来なかったし、ましてや差し迫った現実としても実感できなかった。ミカール・ザルマンは観念の中で生きていた。

彼女は同い年の男子を嫌悪した。というか、どんな年齢の男も嫌った。

ランチタイム、カフェテリアでトレイを運びながら騒ぐ八年生の男子に向かって果物ナイフを取り出し、下の方にサッと円を描いて去勢をほのめかし、彼らに尋ねる。〈この意味分かる？〉彼女の手下たちが赤くなりながら笑う。

男子の目に彼女の姿は入らない。横から見たトランプのカードのように、彼女は透明になることを学んだのだ。

彼は皮肉という鎧《よろい》を着けて生きている。彼を知る者たちには独善的とうつることもあった。（ただしそれは外向けのポーズであって、飢餓や戦争や荒廃を映し出す映像を見ながら、彼は思わず熱い涙を流したりした。前年に父親が他界したとき、アッパー・イーストサイドのシナゴーグでの葬式では自分でもどうしようもないほど泣きじゃくり、まわりの参列者だけでなく、彼自身もびっくりした。）

彼女はここ四年ほど泣いたことがなかった。最後に泣いたのは自転車で転んで右膝を切り、九針縫ったときだ。

彼は最低限のものしか置いていない三部屋のマンションで一人住まいだった。ノース・タリータウンを流れるハドソン川沿いにあるマンション群リバービュー・ハイツの一戸。彼女は、ハイゲート・アベニュー八三番地にあるトラハーン邸で年老いた祖母と住んでいるが、祖母はいないも同然だから一人暮らしのようなものだった。三十部屋あるうちの母屋部分のいくつかの部屋にだけ家具調度品を入れて快適に住めるようにしてある。残りの部屋は経済的な理由からずいぶん前に閉め切ったままだ。

彼は彼女の住所はおろか彼女が誰なのかもほとんど知らない。彼女は彼がどこに住んでいるのか知っていた。ハイゲート・アベニュー八三番地から四キロか五キロほど離れたところ。リバービュー・ハイツの前を自転車で一度ならず通ってみたこともある。

彼はメタリック・ブルーの古びたホンダＣＲ－Ｖに乗っている。ニューヨーク州発行のナンバープレートはＴＺ六〇六三。彼女は彼の車がメタリック・ブルーのホンダＣＲ－Ｖで、ナンバープレートがＴＺ六〇六三であることも知っていた。

実をいうと、彼はいつも自分のことを高く評価していたわけではない。実をいうと、彼女もいつも自分のことを高く評価していたわけではない。

そうありたいとは思っていた。人類全体がこれでいいんだと思いたかった。〈ホモサピエンスには希望がないからなにもかもあきらめてしまえ〉という気持ちにはなれなかった。〈自分だって人のために何かができる〉、そう思いたかった。

彼は理想主義者だったが、二十代後半に燃え尽き、機能停止した。ありきたりかもしれないが、それでも価値のあることだ。彼なりに努力してそうなったのだ。二十代半ばから数年、マンハッタン、ブロンクス、そしてヨンカーズの公立学校で教壇に立ち、自分を取り戻すための中休みを経て、出身校のコロンビア大学に戻った。コンピュータ・サイエンスで修士号を取ってめでたく履歴書をアップグレードしたのち、まるで擦り切れたセーターの肘《ひじ》に張り付いた毛玉のように、昔ながらの理想主義を抱いたまま再び教職についた。ここ、スキャッツキル・オン・ハドソンでなら、父親のように金を追いかける生き方をしなくていい。知り合いのいないこの地で非常勤講師として生徒にパソコンを教え、敬意を払ってもらえる。たとえそうでなくてもプライバシーくらいは尊重されるだろう。私立学校の教員として野心は抱かず、専任職を得るために画策もせず、数年後には次のステップへ進むだろうが、今のところは仕事に満足しているし、〈自分のネズミにエサをやる〉(これは彼が好む言い回しだ)自由があった。

彼女は自分のことがほとんどいつも嫌いだった。心の奥底では。

〈自殺を夢想する傾向は思春期にはよくあることだ。夢想にとどまる限りメンタルな問題の徴候とはいえない〉

彼も自殺を考えたことはある。二十代に入ってからもそれは続いたが、今はもうそんなことはない。〈ネズミにエサをやる〉ようになってから、ミカール・ザルマンは自殺を考えなくなった。

彼女がイメージする自殺は、言ってみればマンガのようなものだった。タッパン・ジー・ブリッジやジョージ・ワシントン・ブリッジから飛び降りて夕方六時のニュース番組で取り上げられる、とか、屋根の上で火だるまになる、とか。(学校の屋根がいいか。それ以外に上れる屋根はないし。)エクスタシーを五、六粒飲めば心臓は爆裂する(かも)。睡眠薬を大量に飲めば眠りに落ちてそのまま昏睡状態になって二度と目覚めない(かも)。薬だと吐いてしまう可能性があり、胃を洗浄されて救急医療室で目が覚めたり、脳に障害が残ったりする。ナイフやカミソリを使うこともできる。お湯を勢いよく出しっぱなしにした浴槽で血を流せばいい。

十三歳の誕生日前日、彼女は思い切り落ち込んだ。新しい友だちであり師匠でもあった（南極の、でなければアラスカにいるはずの）マスター・オブ・アイズがアドバイスをくれた。自分を憎んでどうするんだ、ジュード。そんなのは〈つまんねぇ〜〉じゃないか。まわりを憎んだ方がよっぽどいいよ。

彼女は決して泣かなかった。ほんとうにこれっぽっちも泣かなかった。

〈暗黒のジュードってさ、恐怖心の管《チューブ》に何も流れていないんだって。かっこいいよね！〉

管《チューブ》と聞くと彼女は陰毛《ピューブ》を思い出す。チャットルームでこの単語を見つけ、辞書をひくと「陰毛《ピューブ》」というのは、自分の足の間からも生え始めている、縮れてひん曲がったいやらしい毛のことを指す下品な言葉だと知った。わきの下からも生えている。彼女は祖母にガミガミうるさく言われるまで、がんとしてデオドラントを使おうとはしなかった。

祖母は目がほとんど見えないが、臭いには敏感だった。人にガミガミ文句を言うのはお手のもので、八十歳を過ぎて老婆がもっとも得意としたのはガミガミであると言っていいかもしれない。

ミスターZ！　あの人にわきの下の臭いを気づかれただろうか。股の臭いには気づかれていないといいな。

パソコン室でのミスターZ。机のあいだをまわりながら生徒の質問に答えている。質問のほとんどは初歩的なものばかりでバカ丸出し。ミスターZと目が合えばいいのに。

そうすれば視線を交わして、いっしょに、バカだねえってあざ笑ってやれる。なのに、彼は絶対に彼女の方を向いてくれない。とつぜん彼が立ち止まり、彼女のグチャグチャになったパソコン画面をのぞき込んだ。彼女はいきなり内気にはにかみ、顔が真っ赤になった。〈これじゃ大失敗《ファックド・アップ》だよね、先生〉ぼーっとした頭に自分の子どもっぽい、元気を装う声がぼそっと響く。手の甲で洟をぬぐい、クックッと忍び笑いをしてみる。十五センチと離れていないセクシーでクールなミスターZは、純真無垢な八年生の口から、禁止されているはずのFワードを聞いたのに、聞こえている様子はみじんも見せず、かといって冗談めかして怒りながら笑顔を見せてくれることもなかった。

もちろんミスターZには聞こえたはずだ。そうに決まっている。

〈笑ってはいけない。悪態をついたり卑猥な言葉や汚い言葉を使ったときに笑うと、かえって生徒は調子に乗る〉

〈それから体には絶対に触れないこと〉

〈触れさせないこと〉

二人には（秘密の）つながりがある。

彼はかがみ込み、キーボードを何度か叩いて画面を修復し、だいじょうぶ、がっかりすることはないよ、と言った。名前を知っているようには見えなかったが、それも彼なりのユーモアのセンスでそういうふりをしているだけかも。そうして手をあげている次の子のところへ行ってしまった。

それでも二人には（秘密の）つながりがある。彼女はそう思っていた。

七年生の廊下でとうもろこしの乙女を初めて見たときも、彼女にはピンと来た。とうもろこしのヒゲを思わせるシルクのようなツヤツヤの金髪。内気で臆病。転校してきたばかりの下級生。完璧じゃない！

ある日、彼女が早めに学校に着くと、とうもろこしの乙女の母親がちょうど車を舗道に寄せ、少女を降ろすところだった。娘と同じ明るいブロンドの、きれいな母親は娘にほほえみ、さっと身を乗り出してキスをした。

ある種のつながりは、まるでレーザー光線のように体を突き抜ける。

ある種のつながりは、理屈抜きに分かってしまう。

ミスターZ。彼女は彼にメールを送った。〈あなたは我がマスター、ミスターZ〉。それは暗黒のジュードらしくないことだった。サイバースペースではどんなメッセージも決して消すことができないのだから。だがミスターZは返事をくれなかった。

メールに返事を出すのにどれだけ手間がかかるっていうんだよ！　なのにミスターZは返事をくれなかった。

ミスターZは、期待に応えるような、了解をほのめかすほほえみもウィンクも彼女と交わしてはくれなかった。

彼女を無視した！

あいつらのうちの誰か、とでも思っているのか。

ほかのやつらと、あたしの区別がつかないのか。あの劣ってるやつらと。
こうして彼女のハートの中で、まるで錆び付いたカギが回るようになにかが変わり、彼女は静かに思った。〈ミスター・クソったれZめ！　タダで済むと思うなよ、末代まで思い知らせてやる〉
テロリストかもしれないってFBIに報告してやろうか。ミスターZはアラブ人のように肌が浅黒い。目つきも信用できない。たぶんユダヤ人だろうけど。

しばらくして彼はぼんやりと〈あなたは我がマスター、ミスターZ〉のメールを思い出したが、そのときはもう削除してしまっていた。メールを削除するのはほんとに簡単なことだ。
パソコンの前でモジモジしながら座っていた生徒のこともうっすらと思い出した。縮れ髪にビー玉のような目でこちらをじっと見つめ、風呂に何日も入っていないような強烈な臭いを漂わせていた。（金持ちが多い郊外の町スキャッツキルはもちろん、学校でもこれは珍しかった。）あれはたしか一月か二月、当時は彼女がジュード・トラハーンであることを知らずにいた。クラス担任はもっていなかったし、数日間で百人以上の生徒と接するので誰が誰だか分からない。分かろうともしなかった。だがその数日後、同じ少女が小太りの友だちと二人でいるところに出くわした。少女たちはパソコン室のゴミ箱をあさっていて、そのときも彼はとくに気にとめなかった。二人はまるでドアを開けた彼にいきなり裸を見られたみたいに、恥ずかしそうにクスクス笑いながら逃げていった。

だが覚えていることもあった。ある日の放課後、同じ縮れ髪の少女が大胆にも彼のパソコンの前に陣取り、画面に向かってしかめっ面をしながら、まるで自分のものだと言わんばかりに堂々とキーボードを叩いていた。このときは彼もきつい口調になった。「何してるんだ」。すると彼女は顔をあげ、ぶたれるとでも思ったのか身をすくめて目を閉じた。そこで今度は軽い口調で「君がかの有名なハッカー殿かい？」――思春期の子の無鉄砲でわけの分からない行動には冗談めかして対応する。それがもっとも賢明かつ親切であることを彼は知っていた。正面から追及したりバツの悪い思いをさせてはいけない。相手が女の子の場合はとくにそうだ。この発育不良気味の少女は、自分を小さく見せようとしているのか、すっかり縮こまっている。薄い皮膚、長さの足りない上唇からは前歯がのぞき、まるで警戒するウサギかネズミのようだ。こそこそして神経質そうで、それでいて何か訴えるものがある。瞳は荒砂のように色味がなく、潤んだ両目が大きく見開かれている。眉毛とまつげは薄くてほとんど消えかかっている。恐ろしく地味な目鼻立ちだった。美しいとはとても言えない目が彼をじっと見つめている。……そんな少女に彼は哀れみを抱いた。かわいそうに。今は大胆で自信満々だが、一年かそこらで完全にクラスメートにおくれを取り、置き去りにされるだろう。気にとめてくれる男子もいない。目の前で震えている少女が、高名で名誉ある一族の血を引くただ一人の子孫だとは、彼には思いも寄らなかった。両親がだいぶ前に離婚して以来、二人とも彼女のことなどお構いなしであることくらいは想像できたかもしれないが。少女は口ごもりながら弱々しく言い訳をした。〈調べたいことがあったんです、ミスター・ザルマン〉。彼は一笑し、手を振って彼女を去らせた。柄にもなく手をのばして、縮れてふくらんだ髪の毛をくしゃっとしてやりたい衝動に駆られた。愛情を込めて叱るときに、イヌの頭をなでてやるように。
だが彼女には指一本触れなかった。ミカール・ザルマンはそこまで無分別ではない。

『101匹わんちゃん』

ほんとに息してるの？
してるよ！　してるに決まってるじゃん。
だけどもし……
してるってば。見てみなよ。
とうもろこしの乙女はろうそくの明かりに囲まれて眠っていた。大口をあけた深い眠り。いかにも薬を飲まされたって感じ。

信じられない気持ちであたしたちは彼女をじっと見つめた。とうもろこしの乙女はあたしたちのもの！

ジュードは彼女の髪をとかすために、バレッタをはずした。長くてまっすぐな、明るい金髪。うらやんだり嫉妬《しっと》する必要はない。〈だってそれはあたしたちの髪なんだから〉髪を上向きにといて枕に広げてみた。どこかへ落ちていくときみたいに。息はしてる。見れば分かる。顔とノドにろうそくを近づけるとそれが見える。

あたしたちはとうもろこしの乙女のためにベッドを用意した。ジュードはそれを棺《ひつぎ》と呼んだ。きれいなシルクのショールを何枚かと、綾地《ブロケード》のベッドカバー、スコットランド製のカシミア毛布、そしてガチョウの羽の枕。閉め切った客棟から、うれしそうにジュードが運んできたものだ。

とうもろこしの乙女の服を脱がすのはたいへんだった。

自分の服ならなにも考えないで脱げるけど、人の服だとすごく難しい。たとえ相手が手足をだらんとさせたまま仰向けに寝てる小さな女の子でも。

すっかり裸にしてしまうとみんなこらえ切れなくてクスクス笑った。鼻まで鳴らして笑ったりもした。

あたしたちとぜんぜん違う、まるで子どもって感じ……

急にこっちが恥ずかしくなったっていうか。胸がぺったんこであばらが浮き出て乳首がタネみたいに小さくて。両脚のあいだの毛だってまだ生えてないみたいだし。すごく寒いのか、眠りながら震えていた。唇は茶色っぽくくすんだ灰色。歯がカチカチ鳴ってる。目は閉じてるけど白目が薄く、ほんのちょっとだけのぞいてる。だからとうもろこしの乙女が意識を失ったように眠りながら、実はあたしたちを見てるんじゃないかなんて（もう少しで）思い込みそうだった。

ジュードがとうもろこしの乙女に飲ませた薬はザナックスだ。念のためにコデインとオキシコドンもすりつぶしておいた。

とうもろこしの乙女はお風呂で清めないといけないんだけど、それはまた今度にしよう、とジュードが言った。

あたしたちは、あの子の氷のように冷たくなった指や足先や頬をさすってあげた。触るのが突然恥ずかしくなくなって、逆に触って触って触り続けたくなった。

この中でね、とジュードがとうもろこしの乙女の薄い胸に手を当てながら言った。心臓がトックントックン動いてるんだ。ほんものの心臓だよ。

声をひそめて。静かにしてると心臓の音が聞こえるよ。

それからとうもろこしの乙女をシルクと綾地《ブロケード》とカシミアでくるんで、頭の下には羽毛の枕をさしこんだ。ジュードが指先に香水をつけてそれをふりかけた。「祝福」なんだそうだ。とうもろこしの乙女はこのままずっと眠り続けて、目を覚ましたらあたしたちの顔しか分からなくなっている。あたしたち、つまり彼女の友人たちの顔。

客棟の地下には物置がわりの部屋があって、あたしたちはそこにとうもろこしの乙女を誘い込んだ。大きなお屋敷のいちばん端っこで閉鎖されてるから、そこの地下ならますます人気《ひとけ》がない。ここまで来る人は誰もいないってジュードが言ってた。

どんなに泣き叫んでも聞こえるはずがないって。

ジュードは今にも叫び出しそうになるのを抑えるみたいに、両手で口を覆いながら笑った。漏れてきたのはノドが詰まったようなヘンな音だった。

トラハーン屋敷の閉め切った部屋には暖房が入ってなかった。地下室は冬みたいに湿って冷え冷えとしている。あの子には、核戦争が起こって電気がなくなったって言ったけど、そうでなければコンセントでつなぐ小型のヒーターを持ってくるところだ。かわりにあたしたちはろうそくを使った。

ミセス・トラハーンの引き出しにあった、いい匂いがする手作りのろうそく。いっしょにしまってあったギフトショップのレシートの日付が一九九四年だから、それ以来ずっと使われなかったことになる。

どうせなくなっても気がつかない、とジュード。

ミセス・トラハーンに対するジュードの態度は不思議だった。やっぱり好きなのかなって思うときもあったけど、おいぼれババァって呼んだり、死んじまえって言うこともあった。孫なんかどうでもよくて、ほんとは自分が恥をかかされることばっか心配してるって。

　ジュードの部屋でビデオを見てたらミセス・トラハーンが下から声をかけてきた。階段をあがるのがしんどいから、ジュードの様子を見に上へやってくることはめったにない。家の中にエレベーターまであったけど（ちゃんと見せてもらったよ！）、ジュードが子どものときにいじくりすぎて壊しちゃったんだってさ。ジュードが返事をした。学校の友だちが来てるんだ、デニースとアニータだよ、前に会ったことあるでしょ？

　ジュードといっしょに一階にいるときには、ミセス・トラハーンがやってきて上品そうに挨拶《あいさつ》した。お元気？って。かたつむりみたいな唇がびよ～んと伸びて一応笑うけど、こっちの言うことなんか聞いてないし名前だって絶対に覚えない。

　ジュードはとっくに卒業した古いビデオ（そういうビデオが山ほどあった）から『101匹わんちゃん』を選んだ。この子ども向けビデオをあたしたちはずいぶん前に見てたけど、とうもろこしの乙女は初めてだった。テレビの前であぐらをかいて、膝に乗せたボウルからアイスクリームを食べながら見てた。あたしたちは先に食べ終わったからしばらく待って、ジュードがおかわりいる？って聞くとあの子は一瞬ためらってから〈うん、どうもありがとう〉って答えた。

　みんなでハーゲンダッツのバニラアイスをおかわりした。でもあたしたちのアイスはとうもろこしの乙女のと少し違ってた。

　あの子、目をキラキラさせてすごくうれしそうだった。あたしたちが友だちになってあげたから。

六年生が八年生と友だちになる。しかもジュード・トラハーンの家に招かれたんだよ。ジュードは前からずっと学校で彼女に優しくしてあげてた。笑いかけたり、挨拶をしたり。ジュードに見つめられると魔法にかかったみたいで、コブラか何かみたいに目がそらせなくなる。怖いけど同時にドキドキする。

あの子はコークとチップスを買いにセブンイレブンへやってきた。学校から家に帰るあの子のあとをあたしたち二人がつけて、もう一人は先に行って待ち伏せしてるなんて思いもしなかっただろうね。いつも優しくしてくれるジュードの姿を見つけてニコニコしてた。ジュードが、ママはどうしたの？って聞くと、ママは川向こうのナイアックで看護助手してるから暗くなるまで帰らないって答えた。

ジャンクフードを食べると怒られるからママにはナイショ、って言って笑った。

ママは知らない方がいいこともあるよね、とジュードが言った。


とうもろこしの乙女の生け贄はオニガラ・インディアンの儀式なんだよ、とジュードが教えてくれた。学校でネイティヴ・アメリカンって呼ばれる人たちの勉強はしたけど、オニガラ・インディアンなんて知らなかった。ジュードによると二百年前に滅亡したらしい。イロコイ族にやられたんだって。弱肉強食ってやつだ。

とうもろこしの乙女はあたしたちの秘密。しかもいくつかの秘密の中で一番大事なもの。そうなることはあらかじめ分かっていた。

ジュードとうもろこしの乙女が先に歩いて、デニースとアニータが後からついて行った。店の裏から出てゴミ箱の前を通り過ぎると、あたしたちは走って追いついた。ジュードが、ウチに遊びに来る？って誘うと、とうもろこしの乙女はうん、あまり長くはいられないけど、って答えた。ウチはすぐそこだから、とジュードが言った。歩いて十分くらいのところにあるとうもろこしの乙女の家のことは、知らないふりをした。十五番ストリートとヴァン・ビューレンが交差するあたりにあるみすぼらしいアパートのことは、ほんとは知っていたんだけど。

裏からのぼっていった。誰にも見られていない。ミセス・トラハーンも部屋でテレビを見ていたから気づかない。

気づいたとしてもどうせ遠くまでは見えないんだから、はっきりとは分からなかっただろうし。

客棟は屋敷のなかでは新しい方で、目の前にはプールがあった。防水シートがかけられていて、もう何年も使われていないってジュードが言っていた。浅いところで水浴びみたいなことをしたらしいけど、あんまり昔のことなんで自分の記憶じゃないみたいだって。

客棟も使われたことがないらしい。というか屋敷のほとんどの場所がそうで、ジュードとミセス・トラハーンが使っているのはほんの数部屋だけ。それで十分だった。ミセス・トラハーンは何週間も屋敷に閉じこもることがあった。教会でなにかあったらしくてそれで怒っていた。牧師さんにイヤなことでも言われたのかな。「リムジーン」(ミセス・トラハーンはいつもそう発音してた)を運転するお抱えの黒人も、二十年間お料理やお掃除をしてた黒人も、二人ともクビにしたもんだから食料品は家に届けさせてた。食事はたいてい電子レンジで温めたもの。ミセス・トラハーンはヴィレッジ・ウィメンズ・クラブやハドソン・ヴァレー歴史友の会やスキャッツキル・ガーデン・クラブで昔からの友だちに会うことがあったけど、お屋敷へは一度も招いたことがない。

おかあさんのこと、好き?とジュードがとうもろこしの乙女に尋ねた。

あの子はちょっと恥ずかしそうにうなずいた。

おかあさんすごくきれいだよね。看護師さんだっけ?

またもうなずく。おかあさんのことは誇りに思ってるのが分かった。でも口に出していろんなことを話すのは照れくさいのだろう。

おとうさんは?とジュード。

とうもろこしの乙女が顔をしかめた。知らない。

生きてるの?

知らない。

最後に会ったのはいつ?

覚えてない。小さかったから。

このへんの人？　それともどこか別な場所？

カリフォルニア、ととうもろこしの乙女。バークレーってとこ。

うちのママもカリフォルニアだよ。ロサンゼルス。

とうもろこしの乙女は曖昧《あいまい》にほほえんだ。

そっちのパパがうちのパパといっしょだったりしてね。

とうもろこしの乙女がびっくりしたようにジュードを見た。

地獄でさ、とジュード。

ジュードは笑った。例の独特の笑い方で、歯をきらりと光らせて。

デニースとアニータも笑った。とうもろこしの乙女は笑っていいのかどうか分からずにほほえんだ。スプーンを口に運ぶ速度がどんどんゆっくりになって、まぶたが重そうだった。


あたしたちはジュードの部屋からとうもろこしの乙女を運び出した。廊下を通り抜け、ドアをくぐるとジュードが客棟と呼んでいる部分に入る。空気がぐっと冷えてかび臭い。そこから階段を降りて地下に行き、物置になってる部屋に着いた。

とうもろこしの乙女は大して重くなかった。あたしたち三人の方が、もっとずっと重い。

物置がわりの部屋の外には南京錠《なんきんじょう》がついている。

アニータとデニースは夕飯に遅れないよう、六時までには帰らなければならない。つまんねぇ〜！

ジュードがほとんど一晩中とうもろこしの乙女のそばにいることになった。〈見張り〉、〈寝ずの番〉。ろうそくの炎と香りですっかり興奮していた。おまけにエクスタシーをやって瞳孔が開き、すっかりハイになっている。とうもろこしの乙女の手足は、どうしても、ってときまで縛らずにおこう、と言った。

ジュードはポラロイドカメラを持っていて、とうもろこしの乙女が棺で眠る姿を写真に撮った。

明日の朝、とうもろこしの乙女が行方不明だって分かっても、あたしたちはいつもどおり学校に行く。誰にも見られてないし、あたしたちを疑うやつもいないだろう。どっかの変態の仕業だって思うよ、とジュード。そう思うように仕向けてやろう。忘れちゃダメだからね。とうもろこしの乙女はあたしたちのお客さまだ。これは誘拐なんかじゃない。

とうもろこしの乙女が来たのはその年の四月、棕櫚《しゅろ》の聖日（イースターの一週間前の日曜日）の前の木曜日だった。

ニュース速報

〈九一一に電話すれば、人生捨てたも同然〉
〈九一一に電話すれば、あなたは乞食同然〉
〈九一一に電話すれば、あなたは丸裸〉

彼女は舗道《ほどう》に立って警察を出迎えた。午後八時二十分、サウス・スキャッツキル十五番ストリート、ブライアークリフ・アパートの外。雨天。取り乱した母親が警察を待ち受ける。パトカーを降りようとする警官に駆け寄り、不安げに懇願する。落ち着きを保とうとしているが声は上ずってしまう。助けてください、娘がいないんです！　仕事から帰ったら家にいなくて、まだ十一歳で、いったいどこにいるのか、こんなことは今まで一度もなかったんです、お願いですから娘を見つけてください、誰かに連れ去られてしまったんでしょうか！　白人女性、三十代前半、ブロンド、無帽、強いビールの匂い。

警察ではいろいろ聞かれるだろう。同じ質問が繰り返され、同じ答えを繰り返す。彼女は落ち着いていた。落ち着こうとした。泣き出した。怒り出した。録音されていることは分かっていた。使われた言葉の一つ一つが公式な記録として残ることも。テレビカメラが向けられ、王さまの杖のようにマイクを突き出すインタビュアーに囲まれた。〈子どもが行方不明／必死で訴える母親〉が出てくる作品を演じようとしたが、セリフはしどろもどろ、演技もへたくそだった。テレビ画面は、目を充血させ、疲れ切って心配そうな母親の顔から、目をぱっちり見開いた無邪気な笑顔のマリッサにパッと切り替わる。輝くようなブロンドの、愛らしいマリッサ。十一歳、六年生。カメラは、母親が提供した三枚の写真をゆっくりと順々に映し出す。打ちひしがれた母親がひとしきり喋ると、次は砂岩でできたいかにもありふれた造りの、学校正面からのショット。「私立」で「名門」のスキャッツキル・デイ・スクール。車が行き交うサウス・スキャッツキル十五番ストリートの、いかにも危なそうな夜の光景。そこへ淡々とした調子のナレーションがかぶさる。十一歳のマリッサ・バントリーちゃんは毎日この通りを歩いて誰もいないアパートの部屋に帰り、母親と二人分の夕食の準備をしていました。母親はナイアックの医療クリニックで働いており、八時になるまで帰って来ませんでした。続いて屋外、雨に打たれるブライアークリフ・アパートの裏手。建物は低層で、ぶかっこうな軍隊の兵舎のようにも見える。興味津々の住人が何人か、警官や報道陣を眺めている。それから行方不明の少女の母親が再度映る。リーア・バントリー、三十四歳。明らかに母親失格の彼女が罪悪感に苛《さいな》まれながら必死に訴える。娘を見かけた方は……娘の身に何があったのか、少しでも心当たりのある方は……

続いてのニュースはニュージャージー州の高速道路で起きたトレーラーの横転事故についてです。この事故で車が十一台巻き込まれ、二人が死亡、八人がニューアーク病院に運び込まれました。

〈ああ恥ずかしい！　でもとにかくマリッサを取り戻さなければ！〉

ニュース速報！だった。つまりは衝撃的なニュースということだ。四月の木曜日、その日の午後十時までに、地元テレビ局の四局すべてが〈行方不明のマリッサちゃん〉のニュースを流した。新たな情報が入り、地元の人々が強い関心を抱き続ける限り、事件については定期的に報道されるだろう。だが決して新鮮なニュースだったわけではない。誰もが既視感を抱いていた。新しいのは登場する役者と、時間とともに明らかになる特有のディテールだけ。サスペンス映画と同じように、観客を挑発する絶妙のタイミングで新事実が次々に発覚するだろう。

半狂乱の母親は、ありがたいと思った。というのもニューヨーク・シティの北、富裕層が多く住むハドソン・ヴァレー郊外では暴力犯罪は珍しく、子どもが行方不明になったり誘拐されるような事件はほとんど起きない。つまり警察は事件の解決に全力をあげてくれるはずであり、近郊のタリータウン、スリーピーホロー、アーヴィントンの各警察でも協力態勢が敷かれた。もちろん報道は入念で、マリッサ・バントリーの写真が出回り、一般の関心も高く、捜査への協力も期待できた。つまりは〈どっと同情が集まり〉〈地域全体を巻き込んだ〉。犯罪率の高い地域では考えられない反響だ、とリーアは教えられた。

「感謝すべきことですよね。ありがとうございます！」

皮肉ではない。充血した目には涙が光っていた。とにかく信じてもらいたかった。さらに、もしこれが単なる家出ではなく誘拐であれば、スキャッツキルでは初めての誘拐事件ということになる。これもやつれた母親にとっては有利に働くだろう。

すごいことだ。これぞ新鮮。

「でも家出じゃないんです。マリッサは家出なんかしません。何度も説明したように……」

もう一つ、裕福なハドソン・ヴァレー郊外で新鮮だったのは、時間をめぐる謎の、疑惑のタイムラグ。学校が終わったあと少女が行方をくらましてから、母親が八時十四分に警察へ電話するまで、なぜそれほど時間がかかったのか。抜け目ない地元のテレビ局は、そこになんらかの衝撃的な可能性が潜んでいるのではないかと思った。〈母親のバントリーには前科こそないものの、スキャッツキル警察は児童を危険にさらした罪で母親を起訴する可能性を、今のところは否定も肯定もしていません〉

同じテレビ局には、警察が家に駆けつけた当時、取り乱した母親に「飲酒」の形跡があったこともリークされた。もちろんテレビ局はこの情報源を明かす立場にはないと主張した。

〈ああ恥ずかしい！　死んでしまいたい！
　この命をマリッサの命と引きかえにできるものなら！〉

　時間がすぎ、日々がすぎてゆく。だがどの一時間も新たな苦痛を伴い、石を飲み込むように辛い。ましてや一日は何が起こるのか分からないまま、途方もなく長いように思われ、胸がはりさけそうで、耐え難かった。一時間ごと、一分ごとに受け入れるしかない。彼女には分かっていた。大きな車輪がまわっていて、彼女はそこにからめとられてしまったのだ。なすすべもなく、動転したまま、それでもマリッサを取り戻すためなら車輪の動きに力を貸すしかない。神さまはきっと存在する。彼女はそう信じ始めていた。正義を司るだけでなく、慈愛に満ちた神さまが。マリッサのためなら自分の命をささげてもいい。彼女はそう思った。

　騒動の最中《さなか》でも彼女はたいてい冷静でいられた。少なくとも表面的には。自分では冷静なつもりだった。ヒステリックにはなっていない。ワシントン州のスポケーンにいる両親に電話した。電話しないわけにはいかなかった。ワシントンＤＣの姉にも電話をかけた。両親も姉もショックを受け、驚いている様子だったが、彼女を責めたり問い詰めたり軽蔑する気配は感じられなかった。だがそれも時間の問題だろう。それも彼女には分かっていた。

〈私が悪いんだ。分かってる〉

〈自分のことはどうでもいい〉

忌々《いまいま》しいほど冷静なつもりだった。恥知らずな質問にも答え、それも一度ならず何度でも、まるで壊れたテープレコーダーのように同じ答えを繰り返した。疑惑と不信感をむき出しにした彼らを前に、それ以外どうしろというのだ。警察の質問にも必死で答えた。溺《おぼ》れる寸前、今にも切れそうなボロボロのロープをつかみ、救命ボートにがむしゃらに這《は》いのぼろうとするが、ボートはすでに水漏れしている――そんな気分だった。父親はどこかと聞かれて即座に「知らない」と答えた。この七年のあいだ一度も連絡を取り合っていない。最後に会ったのはここから何千キロと離れたカリフォルニアのバークレーで、あの人はマリッサのことにまったく関心がなかった。自分の娘なのに何も知ろうとしなかった。だからあの人がマリッサを誘拐したとは思えないし、考えられない。巻き込みたくない、というのが本音だった。遠回しに彼を責めていると思われるのは心外もいいところ……それでも警察は質問を続けた。尋問といってもいい。彼女が何かを隠していると思っているのだ。そうなのか？　何を隠しているのか？　なぜ？　気がつくと彼女は根負けして答えた。分かりました、彼の名前と、音沙汰があった最後の住所と電話番号を教えます。きっとだいぶ前に変わってしまったと思いますけど、それでよければ。私たちは結婚しなかったから彼の苗字は娘のとは違うんです。マリッサはほんとうに自分の子かと疑うような男ですよ。私たちはいっしょに暮らしただけで、彼は結婚する気はさらさらありませんでした。これで満足ですか?

自分の恥部。両親にさえ話さなかった。姉にも。

これで彼女の惨めな秘密がみんなに知られてしまう。マリッサの事件に比べれば取るに足らないことだけど、ショックには違いない。リーアはウソつきだ――そう思われてきっと軽蔑《けいべつ》されるだろう。メディアの報道で知らされる前に、電話して自分の口から話さないと。〈私、ウソをついてたの。アンドリューとは結婚なんかしていない。結婚していないんだから、離婚だってなかったのよ〉

次に警察が知りたがったのは、娘が行方不明になった当日、六時半にナイアックのクリニックを出てから彼女がどこへ立ち寄ったか。警察は彼女がウソつきであることを突き止めた。彼女は必死だった。警察は血の臭いをかぎつけたのだ。手負いの獲物は巣穴まで追いつめて、絶対に逃がさないだろう。

最初のうちは時間をごまかしていた。娘が行方不明なのだから、ショックのあまり時間の記憶が曖昧になり、混乱し、分からなくなっても不自然ではない。

ナイアックからの帰り道は交通渋滞にひっかかってしまって、と彼女は話した。タッパン・ジー・ブリッジから九号線へ出るのに道路工事と雨のせいで。はい、アパートのそばのセブンイレブンには立ち寄りました。いつものように買い物をして……

それだけ？　立ち寄ったのはセブンイレブンだけ？

ええ、そうですけど。セブンイレブン。レジの店員さんが私を覚えていると思います。

これは質問、というよりは厳密な取り調べだった。リーア・バントリーには男友だちがいたのかいなかったのか。いたとしてマリッサのことは知っていたのか。マリッサと会ったことは？　一瞬見かけただけ、ということもある。

母親の男友だちが少女に目をつけ、「連れ去った」可能性もある。

知ってる人の車なら、少女は自分から車に乗ってしまったとも考えられる。そうですよね？

いいえ、心当たりはありません。リーアは静かに言い張った。

今は誰とも付き合っていません。真剣に付き合ってる人はいないんです。

ときどき「会ってる」人は？

怒りで頭に血がのぼった。「会ってる」って――どういう意味ですか？

彼女は毅然と、言葉の一つ一つに力をこめた。なのに取り調べ側の警察はすでに答えを知ってるようなそぶりだ。とくに女性の刑事。罪悪感でいっぱいの、病んだ母親の目。その充血した目はなにかをはぐらかそうとしている。苛立《いらだ》ち、けんか腰になりながら声は震えていた。もう話したじゃありませんか！　なにもかも話したんですよ。

間があった。部屋には緊張感がみなぎった。

ほんの一瞬の間。尋問者たちはじっと待った。

リーアはあらかじめ説明を受けていた。刑事たちの質問には正直に、過不足なく答えるように。これは警察による取り調べであり、ウソをつけば司法妨害で起訴される可能性もある。

ウソをつけば。

有名なウソつき。

ウソつきであることが暴かれ、恥をかかせられた女。

こうしてリーアは再び根負けした。分かりました、とその声が切り出した。ナイアックから直接セブンイレブンへ行ったわけじゃありません。友だちと会っていました。はい、親しくしている男性です。奥さんとは別居中で、先のことは決めていません。プライバシーを大事にする人なので名前は勘弁してください。恋人というわけじゃなくて、一度関係を持っただけです。

一度だけ、寝たんです。でもそれっきりです。

日曜日の夜。事件の前の日曜日でした。

その日に初めて。なにもかもが曖昧で……つまりこの先二人は……

弁明のようなものだった。むくんだ顔に血がどっと流れ込んだ。

刑事たちはじっと待った。固く丸めたティッシュで涙をぬぐう。もう逃げられない、そういうことね。どこかで彼女には分かっていた。屠殺場《とさつば》に引かれていく牛さながら、吐き気をもよおすような感情の高ぶりとともに、彼女は自分の人生の一部が終わったことを知った。九一一をダイアルしたその瞬間に。

〈これは罰よ。娘を失ったことに対する〉

もちろんリーアは刑事たちに男の名前を教えた。そうするしかなかった。

彼女は打ちのめされて泣いた。ダヴィットは激怒するだろう。

ダヴィット・ストゥープ医学博士、クリニックの院長。彼女の上司、ストゥープ先生。雇い主でもあった。優しいが短気でもある。リーア・バントリーに恋しているわけではない、それは分かっていた。正確にいえばリーアもそうだ。ただいっしょにいると寛げたし、気が合った。二人とも同じ年頃の一人っ子がいて、恋愛で傷つき、裏切られ、新しい関係に踏み込むのに慎重だった。

ダヴィットは四十二歳、結婚して十八年になる。夫としても父としてもきちんと責任を果たし、クリニックでも医師としての仕事が非常に丁寧と評判だった。早いうちから二人のことを知られるのはまずいとも思っていた。リーアの存在を妻に知られたくない、少なくとも今の時点では。職場ではなおさらそうだ。ウワサやあてこすりを恐れた。どんなにささいでも、プライベートなことを知られるのはいやがった。

もうおしまい。リーアには分かっていた。

始まりもしないうちに終わってしまった。

刑事たちはダヴィットに容赦なく屈辱を味わわせるだろう。リーア・バントリーと行方不明の娘について尋ねるに違いない。娘を知っていたか、どのくらい知っていたか、娘が一人でいるところを見かけたことはあるか、母親がいない二人っきりで娘に会ったことはあるか、過去に娘を車に乗せたことはあるか、この前の木曜日はどうだ？

できれば車を調べたいというだろうが、彼は許可するか、それとも令状を請求するだろうか。

ダヴィットは二月に家を出て、ナイアックにあるアパートに住んでいた。木曜日の仕事帰りにリーア・バントリーが立ち寄ったのもこのアパートだ。衝動的だった。ダヴィットもそれを期待していたのかもしれないが、ほんとうのところは分からない。ロマンスの最初の段階。互いの存在にときめきはするが、まだなにもかもが曖昧なまま。

彼のアパートにマリッサが行ったことはあるか、ですって？

まさか。断じてありません。

ダヴィットはマリッサのことをほとんど知らないんですから、と口ごもりながら。一度くらい顔は見たかもしれませんけど、会って話したことはまったくありません。それは確かです。

ダヴィットの部屋にいたのはだいたい三十分くらいです。

もしかしたら四十分だったかも。

いいえ、セックスはしていません。

セックスって言えるようなことは……。

お酒を一杯ずつ飲んで、親密でいい感じではあったけど話をしただけです。

本音を真剣に語り合ったんです。クリニックのこと、子どものこと。お互いの結婚についても。

(一度結婚したけど離婚したとダヴィットに思いこませていたことは、いずれ暴露されるだろう。あの晩はどうでもいいような小さなウソだと思っていたのに。)

リーアはどもりながら訴えた。ダヴィットがそんなことするはずありません、マリッサにも、ほかの子にだって。彼は十歳の息子をもつ父親なんです。そういうタイプの人じゃないんです。

女性刑事がズバリ尋ねた。「タイプ」ってどういう意味? あなたには犯人の「タイプ」が分かるの?

〈ダヴィット、許して! ほかにどうしようもなかったの〉

〈警察にウソはつけない、あなたのことを話さないわけにはいかなかった、ほんとうにごめんなさい、ダヴィット、あなたなら分かってくれるでしょ、マリッサを見つけるためには警察に協力するしかない、それしか方法がないのよ〉

それでもマリッサは見つからなかった。

「こういうことをするやつら、子どもを誘拐するようなやつらに理屈なんかありゃしない。やりたいと思ったことをやるだけだ。警察は彼らを探し出したり、止めようとするところまではできる。でも決して理解はできない」
「こういうことが起きれば世間は当然、誰かを責めたがる。テレビを見たり新聞を読んだりするのは、しばらくひかえた方がいいですよ、ミス・バントリー」
スキャッツキルの刑事の一人はかなりざっくばらんな男だった。彼もやはりリーアが悪いと思っているなんて、リーアにはとても信じられなかった。

電話やメールが殺到した。ブロンドのマリッサ・バントリーがニューヨーク州高速道オールバニーの出口から降りる車に乗っているところを見た。ニューヨーク・シティのウエスト・ヒューストン・ストリートで「ヒッピー風の男」といっしょにいるのを見た。スキャッツキルの住人は「金髪を後ろで結んだ小さなかわいい女の子」が、彼女の家から数ブロック離れたセブンイレブンの駐車場で、ヒスパニック系の男が運転するおんぼろのバンに乗り込むところを見たことを、事件から数日後に思い出した。

それでもマリッサは行方不明のままだった。

時間があっという間に過ぎていく。きしみながら、ブツブツ途切れながら、まるでおそまつなスクリーンに映し出される傷だらけのフィルムのように。鎮静剤を飲んでも眠れるのはせいぜい二、三時間。木槌《きづち》で頭を殴られたみたいに夢さえ見ない。目が覚めると頭はぼんやりして口の中がカラカラにかわき、肋骨《ろっこつ》の内側では心臓が激しく鼓動を打った。まるで生きものか何かが、折れた翼でバタバタもがいているかのように。

目が覚めると、口の中に穢《けが》れた水がどっと流し込まれるように意識が戻る。〈娘は行方不明、マリッサはいないんだ〉と思う。でも目覚める前のほんの短い一瞬だけ恩寵が訪れ、時間の感覚が乱れて祈りにも似た感覚を抱く。〈まだあれは起こっていない。そうでしょ？　それがたとえ何であっても……〉

私を見かけませんでしたか？

スイセンがいっせいに咲きそろうように、一夜あけてみるとスキャッツキルのいたるところに笑顔の「マリッサ・バントリー　十一歳」の写真がはりだされていた。

店先の窓。公共の掲示板。電信柱。スキャッツキル郵便局、フードマート、公立図書館の目立つところにも。建設現場のフェンスの、目をひきそうな場所にも貼ってあったが、四月の雨ですっかり濡れていた。

四月十日より行方不明。スキャッツキル・デイ・スクール十五番ストリート近郊にて。

警察は急遽ウェブに「マリッサちゃん捜索サイト」を立ち上げ、行方不明になったブロンドの少女の写真を何枚も加え、詳細な特徴やバックグラウンド情報をアップした。**マリッサ・バントリーちゃんについてお心当たりのある方はスキャッツキル警察に連絡してください。電話番号はこちら。**

当初、懸賞金はなかったが、金曜の晩には匿名の人物（スキャッツキルでは有名な、引退した篤志家）の寄贈により、一五〇〇〇ドルの懸賞金が出ることになった。


マスコミ報道によると警察は〈二十四時間の捜査態勢〉を敷き、〈事件解決への強いプレッシャー〉を受けながら〈あらゆる手がかり〉を洗い出しているという。付近一帯では、〈把握している限りの小児性愛者〉、〈性犯罪者〉、〈幼児虐待者〉への尋問が続いている。（言うまでもなく彼らの身元は非公開だが、貪欲な地元タブロイド紙は匿名の情報源から、一九八七年に軽微な性犯罪で前科のある、スキャッツキル在住の六十歳の元音楽教師宅を警察が訪ねたことをかぎつけた。この男は記者の取材も写真撮影も拒否したため、タブロイド紙は、アムウェル・サークル十二番にある男の家の正面玄関の写真を一面に掲載。その上にはどぎつい見出しが躍った。**地元の性犯罪者、事情聴取。マリッサちゃんは今どこに？**）

ブライアークリフ・アパートの住人は全員聞き込みを受けた。複数回にわたる住人もいた。捜査令状は出なかったが、何人かは自発的にアパートや車の捜索を許可した。

学校周辺とマリッサ・バントリーの通学路にある店の店員も職務質問された。ハイウェイ沿いの小さなモールにある、若者が多く立ち寄るセブンイレブンでは店員の何人かが行方不明の少女の写真を見せられたが、みな重苦しく首を横に振りながら警察官に告げた。いいえ、この子はうちの店には来ていませんね。最近どころか一度も来たことないんじゃないですか。「なにせ子どもは大勢来るもんですから……」店員たちはリーアの写真も見せられた。一番年長の店員が慎重に言葉を選びながら言った。この女性なら覚えていますよ、感じのいいお客さんでした、ほかのどのお客さんよりも。でも木曜日に来てたかどうかははっきり覚えていません。娘さんといっしょだったかどうかも……。「お客さんは多いですから。みなさんだいたい似たような感じだし、ましてや金髪では区別がつきません」

刑事たちはモールにたむろする十代の若者にも話を聞いてまわった。大半は高校生で、中退者もいた。警官が近づいてくるとほとんどの子が身をこわばらせ、急いで首を横に振る。ううん、行方不明のブロンドの女の子なんて見かけないよ。見かけたとしても覚えてない。派手なブルーに髪を染め、左の目の上の眉毛のあたりに安全ピンを光らせている、ひときわ目立つ女の子が写真を見て顔をしかめ、ようやく口を開いた。マリッサを見たかもしれない。「おかあさんといっしょだったよ。いつかって？　知らない。昨日じゃなかったかも。昨日はあたし、ここ来なかったし。先週だったかな？……やっぱ分かんないや」

スキャッツキル・デイ・スクールは包囲されたも同然だった。テレビのクルーが学校前の道に陣取り、すべての出入口をレポーターや記者、カメラマンが固めた。マリッサが行方不明になった翌日、危機管理担当のカウンセラーが子どもたちを少人数のグループに分け、一日かけて面談を行った。教室には、まるで地面がグラリと大きく揺れた後のようなショックが漂っていた。学校を休ませる保護者もいたが、学校側がこれを勧めたわけではない。「本学はいたって安全です。マリッサちゃんの身に何があったにせよ、本学敷地内で行方不明になったわけではありません。そんなことはあり得ません」。学校側は連絡を受けて即座に警備態勢を強化し、月曜日には新たな警備方法が取られることも告知された。マリッサ・バントリーがいた六年生のクラスの子どもたちは沈みがちになり、不安を訴えた。カウンセラーが話しに来てその後質問を募ったところ、教室はしばらくしーんとなったが、一人の男の子が手をあげ、捜索隊は出るんですか、と尋ねた。「ほら、テレビでよく森や原っぱを歩き回って、死体を探す、みたいな」

カウンセラーが八年生にも話を終えた日、だいぶ時間がたってからアニータ・ヘルダーという八年生の少女がおずおずと教師の前にやってきた。アニータはずんぐりした体型で成績は悪く平均してC。授業中はめったに発言せず、真偽のほどは定かでない体調不良のためしばしば教室を抜け出している。ドラッグをやっている疑いがあるものの捕まったことはない。教室であてられるとふてくされ、反抗的な態度を取る。そんな彼女が不安そうに口ごもりながら言い出した。前の日にマリッサ・バントリーちゃんを見かけたかもしれない。放課後、十五番ストリートとトリニティの交差点で、ミニバンに乗り込もうとしてた。

「……そのときはあの子だってはっきり分かんなかった。あの子のことはぜんぜん知らなかったし。でも今思うとあれはマリッサ・バントリーちゃんだった。なんであのとき止めなかったんだろう。すぐそこで声をかけられる距離だったのに。乗っちゃダメって。男の人が運転席からかがんであの子を引っ張り込もうとしてるように見えた。男の人だったよ。髪は黒っぽくてサイドがちょっと長め、顔までは分かんない。車はミニバンで、色はシルバー・ブルー。ナンバープレートはTZ六なんとかって……これ以上のことはなにも覚えてない」

アニータの目が涙でいっぱいになった。ガタガタ震えている。思い出したことですっかり動転している様子だった。

それまでに刑事たちは学校の教職員全員から聞き込みを終えていた。ただ一人、金曜日には出講しない教員を除いて。三十一歳、パソコン相談員の非常勤講師、ミカール・ザルマン。

自分のネズミにエサをやる

いやな言い方だ。しかもマッチョっぽさが漂う。不快さの中でも最悪の部類だ。そう思いながら彼はほほえむ。

〈自分のネズミにエサをやる〉。一人で。

勾留

木曜日の午後、一週間の最後の授業を終えるとすぐに彼はスキャッツキル郊外へ向け、車で出発した。きっちり整備されたホンダのミニバンで一人、ハドソン川沿いに北へ走る。景色が実に美しく、細かくて取るに足らないことを気にしていた自分がバカバカしく思えてくる。彼を傷つけたり、傷つけられたと言って目をうるませながら責める人間のことなど、どうでもいい。

バンの後ろには旅行鞄、バックパック、本を数冊、ハイキング・ブーツ、それに保存がきく食料を積み込んだ。旅の荷物はいつも少ない。スキャッツキルを出るとすぐに日常のことは忘れた。どうでもいいじゃないか。仕事をしているのはひとえにこの自由を謳歌するため。〈ネズミにエサをやってる〉だけだ。

スキャッツキルに一人の女性がいた。結婚している。彼女が発するサインはおなじみのものだった。寂しい結婚生活。その寂しさからなんとか救ってもらいたがっている。彼女はまったくの思いつきで衝動的に彼を誘うことがよくあった。〈ミカール、夕飯でもどう？　今晩あたり〉。今回は曖昧な返事をした。彼女の瞳に失望が宿るのを見たくなかったから。彼女には惹かれるものがあった。彼女が傷つき、怒り、混乱しているのも分かった。彼女はスキャッツキル・デイの同僚で、ほかの教員といっしょにいるところをよく見かけた。彼女には惹かれたが、彼女だけでなくどんな女性とも関わりをもつのはためらわれた。少なくとも今は。彼は三十一歳、ウブな年でもない。彼はますます〈ネズミにエサをやる〉ためだけに生きるようになっていた。

そういう態度は傲慢じゃない？　自分勝手でしょ。そう言われたことがあった。それも一度だけじゃない。現実を見ようとしない、自分のためだけに生きていると。

彼は結婚したことがなかったし、これからもしないと思っていた。子どもをもつことを考えると気持ちが沈んだ。二十一世紀初頭、こんなにも不安定で悲惨な世の中に新しい命を送り出すなんて。

彼は人とほとんど没交渉の今の暮らしがとても気に入っていた。誰にも迷惑をかけない暮らし。毎朝川沿いをランニングして、ハイキングや山登りに行く。狩りや釣りはしなかった。自分の生を豊かにするためにほかの生きものの命を奪う必要はない。彼の生はもともと体の中で脈動していた。ハイキングが際だって得意なわけではない。マラソンを走り切るだけの忍耐力も意志もない。夢中になってのめり込むタイプではない。だが、とにかく一人で体を気持ちよく動かすことができればいい。いや、多少痛めつけるくらいでも構わない。

二十代半ばのある夏、バックパックを背負って一人でポルトガル、スペイン、北モロッコを回ったことがある。タンジールで試しに幻覚作用のあるキフを吸ってみると、底なしの究極的な孤独を体験した。気持ちが高ぶり、揺さぶられ、それがきっかけで、帰国してからは新しい自分に生まれ変わった。かつてのマイケルがミカールになった。〈ネズミにエサをやる〉とは自由を意味した。ほのかに期待されているのは分かっていたが、けっきょくは彼女の家を訪ねないことも意味していた。電話もかけない。自分は関わりを持ちたくないしそのつもりもない――そのことを、彼は彼なりのやり方で彼女に知らせようとした。

その代償として彼女もその夫も、彼にとってきわめて重要な数時間のアリバイを証言してくれないことになった。

四月十一日金曜、午後五時十八分。彼が急勾配のハイキングコースのわきに停めた車に戻ろうとしたとき、向こうの駐車場にニューヨーク州警察の車らしきものが見えた。もちろん追われているのが自分だとは思わなかった。朝早く出てきたので、車はハイキングコースの出発点近くに停めることができた。二人の制服姿の警官が、自分のミニバンの後部座席側の窓をのぞき込んでいるのが見えたときも、彼は何とも思わなかった。警戒すらしなかった。やましいところはまったくないし、悪いことをした覚えはない。

「どうも。なにかお探しですか？」

無邪気に、うち解けた様子で声をかけると、警官らは彼をじっとにらんだまま歩み寄った。

あとになって思い出すと、そのときの警官の動きはいかにも素早く、無駄がなかった。一人が大声で尋ねた。「ミカール・ザルマンだな」ザルマンが返事をする間もなく、もう一人が鋭く言い放った。「両手を見えるところに出しておくように！」

両手？　両手がなんだって？　僕の両手がどうしたっていうんだ。

Tシャツとカーキ色の短パンの下は汗びっしょりで、髪が首筋にはりついている。途中ですべって転んでしまい、そのときにすりむいた左の膝がズキズキ痛む。朝一番で新鮮な空気を吸い込んだときのさわやかな気分とは大違いだ。訳が分からないまま、懇願でもするように手のひらを上にして、両手を前に突き出した。

いったいどういうことだ？　これはなにかの間違いに決まっている。

〈……ミニバンの後ろをのぞき込んでいる。彼は簡単な車のチェックに同意した。トランク、車内、グローブボックス。構うものか、べつに何も隠しちゃいない。薬物でも探しているのか。不法所持の拳銃か。何週間も前に後部ドアのポケットに放り込んで、そのままになっていた二冊のペーパーバックを、警官たちがジロジロ見ているのが目に入った。フィリップ・ロスの『ダイング・アニマル』とオウィディウスの『恋愛指南』だ。ロスの本の表紙を飾っているのは深みのある肌色で描かれたモディリアーニの裸体画だった。ピンクの乳首と乳房がことさら目をひいた。もう一冊の表紙は同じヌードでももう少し古典的で、白い大理石でできた美しい造形の豊満な肉体。その目は虚《うつ》ろで、何も見えていないかのようだった〉

タブー

とうもろこしの乙女の名前を口に出すのはタブーだった。

触るときも、ジュードの言うとおりでなければいけない。

だってジュードが生け贄の祭司だから。ほかの人じゃダメ。

タブーは死を意味する。破ったら死ぬ。


ジュードは棺で眠るとうもろこしの乙女の姿を、ポラロイドカメラで撮った。薄くて華奢《きゃしゃ》な胸の上でXに交差させた両腕。頭から寝具に広がる、とうもろこしのヒゲのように艶やかな、淡い炎を思わせる髪。ジュードが写真に入ることもあった。ジュードはニッコリ笑っている。大きく見開いた目がギラギラしてた。

後世に伝えるためだとジュードは言った。記録に残すんだと。


とうもろこしの乙女のほんとうの名を口にすることはタブーだった。だけどスキャッツキル中の人たちが彼女の名前を口にしている。スキャッツキル中に彼女の顔写真がはりだされている。

〈行方不明の少女。誘拐の恐れ。緊急事態〉

簡単でしょ、とジュードは言った。真実を思いどおりに変えるのなんて。

でもジュードだって驚いているように見えた。長いあいだ暗黒のジュードの頭の中の妄想に過ぎなかったことが、あまりにリアルになってしまったから。

ジュディ～ス！

ミセス・トラハーンが泣き言を言うみたいな、おばあさんっぽい声で呼ぶもんだから、あたしたちはみんなで、あのイヤな臭いのするベッドルームへ行かなきゃいけなくなった。真鍮《しんちゅう》でできた大きなアンティークのベッドで枕を背中にあてて座っている姿は、狂った女王さまみたいに見えた。〈行方不明のスキャッツキル・デイの生徒〉のことがちょうどテレビで流れていた。ごらんなさいな、あなたたち。同じ学校の下級生がひどいことになってるようじゃないか。かわいそうに。知ってる子かい？

知らないよおばあちゃん、とジュードがボソッと。

そりゃ、あんたがオツムの足りない子と同じクラスになることはないだろうけど。

そうだねおばあちゃん、とジュードが口ごもりながら。

いいこと、とにかく知らない人と喋ってはいけないよ。誰かがちょっとでもおかしなそぶりを見せたり、近所にヘンな人がうろついてたらすぐに教えること。約束してちょうだい！

分かったよ、おばあちゃん。約束するよ、とジュードがモゴモゴ言う。

約束します。デニースとアニータもつぶやくように繰り返した。そうすることが期待されているようだったから。

それからミセス・トラハーンはジュードをベッドのそばへ呼ぶと、かぎ爪《づめ》みたいなシワシワの手でジュードの手をとった。私はあなたにとって、いつもいいおばあちゃんだったわけじゃない。それは分かってるよ。判事の未亡人としてやらなきゃならないことが山ほどあるからね。それでも私はあなたのおばあちゃん。あなたのことを心配してやれるのは、血のつながったこの私だけ。それは分かってくれるね。

うん、おばあちゃん。分かってるよ、とジュードが小声で言った。

今まで住んでいた世界

……は消えちゃったんだよ。

生き残ったのはあたしたちを含めたほんの何人かだけ。

……テロリストの攻撃。核戦争。火事。

ニューヨーク・シティはぽっかり口をあけた大きな穴になっちゃった。ジョージ・ワシントン・ブリッジは川にのみこまれたし、首都のワシントンDCももう消えた。

とうもろこしの乙女はこう言い聞かされた。意識が朦朧とする中で、とうもろこしの乙女はこの話を信じた。

あたしたちは同じことを繰り返した。ジュードに暗記させられたとおりに。あたしたちが今まで住んでた世界は消えちゃったんだ。テレビも新聞も電気もない。あたしたちの他に生き残った人もほとんどいない。みんな死んじゃった。でもあたしたちは勇気を出さなきゃ。おとなも、あたしたちのおかあさんも、みんな死んじゃったけどね。

とうもろこしの乙女は口をあけて叫び声をあげようとしたけど、それだけの力がなかった。目に涙をいっぱいためて、ますます焦点が合わなくなった。

〈あたしたちのおかあさんも、みんな死んじゃった〉だって。サイコウじゃん!


明かりはろうそくだけ。荘厳な雰囲気。夜が近づかないように。


手元に残った食べ物は少しずつ大事に食べなきゃいけない、とうもろこしの乙女にはそう言ってあった。スキャッツキルが消えちゃったんだからお店だって残っていない。フードマートもメインストリートもモールももうない。

ジュードには分かっていた。とうもろこしの乙女を夢うつつのままにしておくためには、食べ物の量を少なくすればいい。あの、いかにも華奢な手首や足首を縛るのはイヤだったし。猿ぐつわもそう。怯えさせたくない。そんなことしたら、とうもろこしの乙女はあたしたちを怖がるようになってしまう。守ってあげてるあたしたちを信頼しなくなるし、崇めてくれなくなっちゃう。

ジュードに言われてたんだ。とうもろこしの乙女に接するときは崇め、敬い、優しくてしかも毅然とした態度でって。どんな運命が待ち受けているのか、ぜったいに気づかれたらいけないって。

とうもろこしの乙女が口にしたのは、ほとんどが水分だった。水と、リンゴやグレープフルーツのような透き通ったフルーツジュース。それからミルクも。

白い食べ物以外はタブーだってジュードが言ってた。骨や皮のある食べ物もダメ。あとは柔らかくて食べやすいものや溶けかけたもの。カッテージチーズ、プレイン・ヨーグルト、アイスクリーム。とうもろこしの乙女のことを知的障害者って言ってるテレビ局もあったけど、それは違う。ジュードによると、ただちょっと鈍いだけだって。とうもろこしの乙女に食べさせた物はみんな冷蔵庫で冷やしてあったのに、あの子はそれに気づかなかったし。

もちろん食べ物には白い粉状に砕いた鎮静剤を混ぜた。ほとんど意識がない状態にさせておくために。

オニガラ族による生け贄の儀式では、とうもろこしの乙女は朦朧としたまま次の世界に移っていく。こわがりながら、じゃなくて。

あたしたちは交代で少しずつ食べ物をスプーンで食べさせてあげた。とうもろこしの乙女は赤ちゃんみたいに食べ物をすすった。とてもお腹がすいていて、もっとちょうだいと泣きべそをかいた。ダメダメ！　もうないの。あたしたちはそう言った。

（食事の時間のあとはあたしたちも腹ペコだった。デニースとアニータは家に帰ると貪《むさぼ》るようにご飯を食べた。）

ウンチはなるべく出させないようにしよう。ジュードはそう言った。生け贄の儀式のためには、お腹の中もなるべくきれいにしておかなきゃ。それにトイレは同じ地下でも物置部屋とは別の部屋の隅にあるから、とうもろこしの乙女をそこまで抱きかかえていくことになる。クモの巣だらけの部屋で、遠い昔は「娯楽室」とか言われてたらしい。ジュードによると七〇年代の話だからほんと、大昔もいいところ。

トイレのある部屋にとうもろこしの乙女を運び込んだのは二回だけ。ふらついて何度もつまずいてた。首に力が入らないから肩の上で頭がグラグラしてた。あとはジュードが荒れ放題の温室から持ってきた壺みたいなものを使った。ちょっとおしゃれなメキシコ風の陶器で、とうもろこしの乙女はぶきっちょな子どもみたいにあたしたちに支えられながらその上にしゃがみ込んだ。

とうもろこしの乙女のおしっこ。生暖かくて泡立っていた。あたしたちのとは違う、ツンとした臭いがした。

とうもろこしの乙女は体の大きな赤ちゃんみたいになっていった。頼りなくて、手足に力がまったく入らない。泣き声もそう。おうちに帰りたい、ママに会いたい、ママはどこ、ママに会わせて、そう言いながら泣いてるところは赤ちゃんにそっくり。怒ってるわけじゃなく、生きる力を失っていった。

　ジュードが言い聞かせた。おかあさんたちはみんな死んじゃったんだよ。あたしたちだけでしっかり生きていかなきゃ。髪をなでてあげながら、あたしたちといっしょにいればだいじょうぶ、って。ね、おかあさんが守ってくれたのよりずっと上手に、あたしたちがあんたを守ってあげる。


　ジュードは携帯でとうもろこしの乙女の写真を撮った。棺の上で上半身だけ起こして顔には涙の筋が何本もついていた。とうもろこしの乙女の肌はパサパサに乾いて青白かったから、棺に使った布がよけいにつやつやで色鮮やかに見えた。ほんとに痩《や》せ細《ほそ》って、ジュードが着せた白いモスリンのナイトガウンごしに鎖骨が浮き出ていた。ジュードを疑ったことはない。ジュードがとうもろこしの乙女をどうしようと、あたしたちは反対しなかった。

　ジュードによると、オニガラ族の儀式ではとうもろこしの乙女をゆっくり飢えさせてお腹の中をきれいに浄化してから、生きたまま祭壇にくくりつけるんだって。それからシャーマンがお清めした矢で心臓を射抜いて、お清めしたナイフでくり抜く。心臓にはシャーマンが口づけをして、一族の者たちも口づけをして、みなが祝福を受ける。心臓ととうもろこしの乙女の体は野原に運ばれて、大地に埋められる。朝の星である太陽と夜の星である月をたたえ、とうもろこしの豊作を祈るために。

とうもろこしの乙女を殺すの？　知りたかったけどジュードには聞けなかった。聞いたらきっと怒るだろうから。

あたしたち二人は、殺す気かもねって話してた。考えただけで体が震えた。デニースは笑って親指の爪をかんだ。とうもろこしの乙女に嫉妬してたんだ。シルクみたいにすごくきれいな髪をしてたからじゃない。ジュードがあの子にばかり構うからだ。デニースのことなんて、あんなふうに気にかけてくれやしない。

出て行くときはろうそくを消して彼女を真っ暗な中、置き去りにした。そういうとき、とうもろこしの乙女は泣いた。家の見回りに行かないといけないんだ、とあたしたちは言った。火事になってないかとか、ガス漏れしてないかとか、そういうのをチェックしてくるからね。だってあたしたちが知ってるこれまでの世界は消えちゃったんだから。大人はもういない。あたしたちが大人のかわりだよ。

自分で自分のおかあさんになるの。

ジュードはドアを閉めてカギをかけた。とうもろこしの乙女のくぐもった泣き声が中から聞こえてくる。ママ！　ママ！　とうもろこしの乙女はシクシク泣き続けたけど気づく人は誰もいない。一階に続く階段まで行っただけで、泣き声は聞こえなくなった。

外の世界

嫌い嫌い大嫌い！　外の世界のアホどももみんな。とうもろこしの乙女は暗黒のジュードの完璧な復讐だ。

あたしたちの憎しみはまるで煮えたぎる溶岩みたいに勢いよく、スキャッツキル・デイの廊下や教室やカフェテリアに流れ込み、敵を生きたまま焼き尽くした。それほど態度の悪くない女子も滅んだ。あたしたちのことを、みんなより下にランク付けしたから。学校で我がもの顔の、おしゃれでクールな女子グループよりずっとずっと下にランク付けしたから。男子も滅んだ、男子全員。教師ももちろんだ。あたしたちを怒らせた。だから死んで当然。ミスターZはジュードを「ディスった」。だから今じゃ「攻撃の的」なんだって。

そのイメージがあまりにも凄《すご》くて、エクスタシーなんかよりずっと興奮した。

〈行方不明のスキャッツキルの少女〉は誘拐されたんじゃないかって外の世界のやつらは思ってる。そろそろ身代金の要求が来る頃だろうって。

そうでなきゃ「性犯罪」の犠牲者。

母親のリーア・バントリーがテレビに出て訴えていた。娘をさらったのが誰であれ、お願いですからマリッサを傷つけないでください、解放してやってください、大事なかけがえのない娘なんです。声はさんざん泣いたあとのようにしゃがれて、目が妙にぎらついていた。ジュードは蔑みをこめてその女をじっと見つめた。

あーあ、せっかくの美人が台無しだね、高慢ちきオバサン！　きれいきれいがどっか行っちゃったよ。

ジュードがこれほどリーア・バントリーを憎んでいることは、デニースやアニータには驚きだった。二人とも、あの子のおかあさんのことはどちらかというとかわいそうに思っていた。あたしたちがいなくなったらママはどう思うかな。そりゃママなんて大嫌いだけど、あたしたちがいなくなったらやっぱり悲しんで泣くよね。ママのことをそんなふうに考えたのは初めてだ。でもジュードには大嫌いって言えるママがいない。西の方のロスのどこかにいるらしいって聞いたけど、ジュードはママのことをめったに話さない。あたしたちは、ジュードのママが名前を変えて映画スターになってると思うことにした。ジュードをミセス・トラハーンに預けて映画の仕事を選んだんだって。でもこのことはジュードには絶対に言わなかった。

ときどきジュードが怖くなった。なんか、あたしたちまで傷つけようとするんじゃないかって、そんな気がした。

すごい！　金曜午後七時の**臨時速報、ブレーキングニュース——スキャッツキル事件の容疑者、身柄確保**。ミスター・ザルマンだ！

あたしたちは金切り声をあげて笑い転げた。ミセス・トラハーンに聞こえちゃ困るから両手で口をふさぎながら。

ジュードがチャンネルを回してたら突然ミスターZがテレビに映った！　アナウンサーが興奮した声で、この男性はベア・マウンテン州立公園で身柄を確保され、行方不明になったマリッサ・バントリーちゃんについて取り調べを受けるため、スキャッツキルに連行されました。しかも衝撃的なことにこのミカール・ザルマン、三十一歳は、スキャッツキル・デイ・スクールの教員だったのです。

ミスター・ザルマンはしばらくヒゲを剃っていなかったせいか、アゴの無精髭《ぶしようひげ》が薄汚く、目は怯えていかにもやましそう。Tシャツにカーキ色の短パンをはいて、学校じゃ見たことのない恰好だったからそれもおかしかった。二人の私服警官にはさまれて警察本部の階段を昇らされてた。一番上まで行ったところで脇腹をグイッとつつかれたもんだから、よろけて足をくじきそうになってた。

あたしたちはハイエナみたいに笑った。ジュードはテレビの前で両膝をかかえて座り込み、体を前後に揺らしながらじっと画面を見つめていた。

「ザルマンはマリッサ・バントリーちゃんのことは何も知らないと供述しています。警察と救助隊は現在ベア・マウンテン一帯を捜索中で、必要とあらば徹夜も厭《いと》わない覚悟です」

画面は学校に、それから車が行き来する夜の十五番ストリートに切り替わり、「マリッサちゃんの同級生と思われる匿名の目撃者が、木曜日の放課後、この道の角でマリッサちゃんがホンダのCR－Vに連れ込まれるのを見た、と関係者に語っている模様です。この車は、現在確認中ですがどうやら……」

匿名の目撃者。それってあたしじゃん！とアニータが叫んだ。

さらに「二人目の生徒」が学校長に語ったところによると「ザルマン容疑者」は先週、誰もいないと思ったのか、学校のパソコン室でマリッサちゃんの髪をなでながら耳元で何かをささやいていた、という情報もあるようです。

こっちはあたしだよ！とデニースが叫んだ。

また、警察はザルマン容疑者のマンション裏手にある同容疑者の駐車スペースのすぐそばで、真珠貝でできた蝶のバレッタを発見した模様です。このバレッタはマリッサちゃんの母親によって、「間違いなく」マリッサちゃんが木曜日につけていったものであることが確認されています。

あたしたちがジュードの方を見ると、ジュードはニヤニヤしていた。

これも計画のうちだなんて知らなかった。きっと自転車に乗ってバレッタを置いてきて、それが発見されるように仕向けたんだ。

あたしたちはちびりそうになるくらい大笑いした。ジュードってほんと、かっこいい！

でもジュード本人も驚いてるみたいだった。なんとなく。だって真実なんていくらでもでっち上げられるし、バカなやつらは何も考えずにそれを鵜呑《うの》みにするから。

必死

男の名前が分かった――ミカール・ザルマン。

マリッサを連れ去った男。スキャッツキル・デイ・スクールの教師。

悪夢だ。無我夢中で、それこそ必死の思いで娘を私立学校へ入れたのに、その学校が幼児性愛者を教師として雇っていたのだ。

ザルマンとは保護者会で会ったことがあるはずだった。でも何だかピンと来ない。幼児性愛者というと中高年が多いイメージだけど、彼は若い。それなりに魅力的だが、きつい印象だった気がする。温かみのある人物とはいえない。少なくとも自分には優しい感じじゃなかった。ちゃんと覚えているわけではないけれど。

刑事たちは彼女にザルマンの写真を見せた。彼と話すのは止められていた。はい、覚えているような気がします、ぼんやりと、ですけど。話をしたとしても内容までは覚えていません。たぶん私がマリッサのことを聞いたんでしょう。でもどんな返事が返ってきたかまでは思い出せません。

そのあとザルマンは懇親会を早めに抜けたのではなかったか。たまたまその姿を見たのを覚えている。男の教員でネクタイをしめていないのはあの男だけだった。髪も襟足にかかるくらい長い。彼はやたらと明るく騒がしい部屋からそっと抜けて行った。

男は自分からウソ発見器にかけてくれ、と頼んだ。結果は「判断不能」だった。

話をさせてください、お願いします。

刑事たちは聞き入れなかった。ダメですよバントリーさん。得策とはいえません。でもマリッサを誘拐した男なんですよ。どうしても話がしたいんです、お願いします。寝ているとき以外はずっと懇願していた。刑事たちを相手に必死だった。こうなったら彼らの慈悲にすがるしかない。目が覚めればすがりつき、乞い願い、切願した。そして待った。

ザルマンが犯人なんですよね？　捕まえたんですよね。目撃者がいるんでしょ？　マリッサを車に引っ張り込もうとしてたって。しかも白昼堂々と。それにマリッサのバレッタもあの男の駐車スペースで見つかったんなら、それ以上の証拠はないじゃありませんか！

わらにもすがりたい母親にとって、それは証拠以外の何ものでもない。男はマリッサを誘拐した。娘の居場所を知っている。なんとしてでも聞き出さなきゃ。手遅れになる前に。

ザルマンに会わせてほしい。彼女はひざまずいて頼んだ。決して感情的になったりしませんから。……だが彼らの返事はノー。ザルマンに会えば感情的になるのは目に見えていた。そうなると彼はますます頑なに否定を繰り返すだろう。今のザルマンには弁護士もついている。

否定！　いったいどういうつもりで……否定だなんて！　あいつがマリッサを誘拐したんだから、あの子の居場所だって知ってるはずでしょう！

ザルマンにも必死で訴えなきゃ。赤ん坊の頃のマリッサの写真を見せて、娘の命をどうか助けてやってくださいってひたすら頼んでみよう。もし、もし、……もしも警察が許してくれさえすれば。

もちろん無理な話だ。容疑者の尋問には手順と戦略があり、そこにリーア・バントリーが介入する余地はない。刑事はプロで彼女はアマチュア。アマチュアの、一介の母親に過ぎない。

———


歯車がまわっている。

とても長い金曜日だった。リーアの人生でもっとも長い金曜日。なのに突然夜がやってきて瞬く間に土曜の朝になった。マリッサはまだいなくなったまま。

ザルマンが捕まったのにマリッサは戻らない。

時代が時代なら、自白するまで拷問《ごうもん》されるだろう。悪辣《あくらつ》な幼児性愛者。なのに今はそんなやつの「法的権利」も尊重しなければならないなんて。

リーアは怒りのあまり鼓動が激しくなるのを感じた。けっきょく自分は無力、取り調べに関わることがまったくできない。

土曜の午後。マリッサが姿を消してから四十八時間がたとうとしている。

四十八時間！　信じられない。

今頃は溺れているんじゃないか。酸素不足で窒息してるんじゃないか。

飢え死に？　失血死？　ベア・マウンテンの野生動物がその小さな体を食い散らかしているのでは？

彼女は計算した。マリッサと別れてからもうすぐ五十時間。木曜の朝八時、学校の前に車を停めて、急いで行ってらっしゃいのキスをして送り出した。あのとき（彼女は無理にでも思い出そうとした。忘れたくても忘れてはいけない、逃げてはいけない）私はあの子が舗道を走って学校に入るところまで見送らなかった。きれいな淡い色の金髪を背中でキラキラさせた娘。もしかしたら（そう、もしかしたら）あのときあの子は私にもう一度バイバイしようと、ドアのところで振り返ったかもしれない。私がさっさと走り去ってしまったあとに。

こうして彼女はチャンスを逃した。のちに彼女は姉のアヴリルに打ち明けた。〈マリッサはあたしの手元からするりといなくなった。それを許したのは自分だ〉と。

大いなる歯車がまわる。時間の歯車が、情《なさ》け容赦《ようしゃ》なく。

今の彼女にはそれが目に見えるようだった。恐怖でひどく過敏になっているせいだ。もはやリーア・バントリーは自分が世間の目にどううつろうと気にしない。母親失格の取り乱した女。働くシングル・マザー。アルコール依存症の母。ウソつきであることも暴露された。妻のいる男と平気で寝るような、しかもその男が上司だったりもする。警察は誘拐犯の取り調べを行いながら、同時に彼女の身辺調査を進めている。タブロイド紙やテレビのニュース報道は、彼女の「苦境」に同情する仮面を被《かぶ》ってはいるが、その実、厚顔無恥もいいところ。

でもそんなことはもうどうでもいい。人を喰いものにするような連中が自分のことをどう言おうと関係ない。マリッサのためなら自分の人生なんかどうなっても構わない。彼女は半ば絶望しながら神さまを信じようとした。神さまに祈った。〈どうかマリッサを生かしてやってください。あの子を返してやってください。私の願いをどうかお聞き届けください〉。自分のことを考える余裕はもうない。恥もためらいも捨てた。マリッサを助ける糸口になるのなら、ニューヨーク・シティでもっとも恥知らずで残酷なテレビ局のインタビューにも応じよう。テレビ・スタジオのまぶしいライトを浴びてまばたきを繰り返しながら、リーアは歯をむき出しにして、神経質そうなぞっとする笑顔を浮かべた。

普通の暮らしで期待される気遣いも、彼女にはもはや無縁だった。電話で母親が泣き出して、なんで、いったいなんだってマリッサをそんなに何時間も一人にさせたの、とリーアを責めたときも、彼女は冷たくさえぎった。「今さらそんなこと言ったってどうしようもないの。さよなら」

リーアの両親はどちらも具合が悪く、飛行機に乗って、東部にいる娘といっしょに寝ずの番ができなかった。かわりに姉のアヴリルがワシントンからすぐに飛んできてくれた。

姉妹は何年ものあいだ疎遠だった。二人のあいだには微妙なライバル意識があって、リーアはいつも自分が見下されているような気がした。

投資部門を専門とする弁護士のアヴリルは、いつもテキパキと効率よく動いた。電話にこたえ、メールをチェックするときもそう。彼女はつねに〈マリッサちゃん捜索サイト〉をチェックした。事件を担当しているスキャッツキル警察の上級の刑事は、リーアと話すときには慎重に言葉を選び、ひどく気詰まりで気まずい様子だ。それなのにアヴリルとは率直になんでも話せるらしい。

二人が警察本部に出かけているあいだに留守電が入っていた。アヴリルはリーアに聞いてみるよう促した。アヴリルにはダヴィット・ストゥープのことは話してあった。ある程度は。

電話はやはりダヴィットからだった。ついに電話してきたのだ。重々しくて堅苦しい口調。リーアが知っている親しげで温かい声とはまるで違う。〈ひどいことに……ほんとに……ひどいことになってしまった。とにかく祈っているよ、この狂ったやつが捕まって……〉長い沈黙。電話が切れたのかと思ったが、メッセージは続いている。さっきより毅然とした声で〈こんなひどい事件になってほんとうに気の毒に思っている。だがリーア、どうかもう二度と連絡しないでくれ。私の名前を警察に教えるなんて！　この二十四時間は、私にとってほんとうに耐え難いものだった。分かってもらえると思うが、君とのことは間違いだったし、関係を続けるつもりもない。クリニックでの仕事についても、正直ほかのスタッフが気まずくてこれ以上は……〉

怒りのあまり心臓がドキドキした。消去ボタンを勢いよく押して男の声を消した。気をきかせて部屋を出て行ったアヴリルがああいう人でよかった。彼女はダヴィットのことをあれこれ聞いたり、姉らしい慰めの言葉をかけようとはしないだろう。

〈私のものはすべてさしあげます。マリッサさえ返していただけるなら。元どおりの二人の暮らしに戻れるのなら〉

使者たち

「ママ!」

マリッサの声だ。くぐもっている。どこか遠くにいるのか。

マリッサは厚いガラス窓の向こう側に閉じこめられている。必死で叫んでいるのが、かすかに聞こえる。こぶしでガラスを叩き、汗と涙でじっとり湿った顔をこすりつけている。ガラスは厚くて割ることができない。「ママ!　助けて!　ここから出して!」

なのにリーアは助けに行けない。体が麻痺《まひ》して動けない。なにかが両脚をとらえている。流砂か、それともロープがからんでいるのか。体の自由さえ取り戻せれば……

突然アヴリルに起こされた。お客さまよ、マリッサの友だちですって。あたしの名前は……

「こ……こんにちは、ミセス・バンティ……あ、ミセス・バントリー。」

三人の女の子。スキャッツキル・デイの生徒たち。そのうちの一人、くすんださび色の髪に灰色の目をギラギラさせた子が、まぶしいほど真っ白な、とても大きな花束をリーアに差し出した。茎の長いバラ、カーネーション、フサザキスイセン、キク。フサザキスイセンのツンと鼻につく鋭い匂いがあたりに立ちこめた。

高そう、とリーアは思った。女の子から花束を受け取り、ほほえもうとした。「まぁ、ありがとう」

日曜日の昼下がり。二十四時間寝ていなかったので、少し前まで意識を失ったように眠り込んでいた。アパートの窓の、半分下ろしたブラインドの向こうは、ポカポカして不条理なほど明るい、よく晴れた四月の日曜の日差し。

女の子たちに集中しなくては。さっき起こされたときのアヴリルの話からは、マリッサと同じくらいの、もっと小さな子たちを想像していた。でもこの子たちは思春期に入った十三か十四歳くらいで、八年生だと言っていた。ほんとうにマリッサの友だちかしら。

長居はしないだろう。この訪問を快く思っていないアヴリルがそばで様子をうかがっているし。

リーアが自分でいつの間にか招き入れたのだろうか、少女たちはリビングに座っていた。見るからに気持ちが高ぶり神経をとがらせ、臆病な鳥のようにまわりをきょろきょろ見渡している。この場合、コーラでも出した方がいいのだろう。なのに彼女の中のなにかが、そうさせなかった。リーアはさっき起き抜けに急いで顔を洗い、もつれた髪にクシを通そうとした。ブロンドというよりは埃のようにくすんだ色の髪。この子たちがマリッサの友だち？　三人ともこれまで一度も見かけたことがない。

名前を聞いてもピンと来なかった。「ジュード・トラハーンです」「デニース……」三人目の名前は聞き落としてしまった。

気持ちが揺らいでいるのか、少女たちの目がうるんでいる。これまでにも近所の人が何人も同情の言葉をかけにきてくれた。今回も我慢して応対しよう。花束をくれたジュードという子が、鼻にかかった声で口ごもりながら挨拶をした。マリッサに起こったことはほんとうに残念です。マリッサのことは大好きでした。学校で一番いい子でした。こんなことが起こるんだったら、その――もっと別な子が同じ目に遭えばよかったのに……。

過激な言い方にほかの二人がクスクス笑う。

「とにかくマリッサはほんとにかわいくていい子です。マリッサが無事に戻るよう、あたしたち毎分毎秒お祈りをしています」

リーアは女の子を思わずじっと見た。どう返事をしたらいいのか分からなかった。困惑したまま花束を顔の近くまで持ち上げた。フサザキスイセンの、きつすぎるくらいの香りを吸い込む。この子たちは花束を渡しに来たのだろうか？　それとも別の目的で……？

三人がジロジロとぶしつけにリーアを見る。子どもなんだからある程度失礼なのは仕方がない。リーダー格のジュードはほかの子に比べると多少は堂々としていた。だが一番年長というわけではない。背も低いし、一番魅力的というのでもない。

むしろ魅力がない、と言った方がいい。スチールたわしで特徴をすべてこすり落としたように、すさまじく地味。肌は青白く粉をふいてシミだらけだった。エネルギーが、まるで電流のように体を駆け抜けるのがこちらまで伝わってくる。いつはじけてもおかしくない、巻きすぎたゼンマイみたいだ。

残りの二人はもっと普通だった。一人はぽっちゃり体型で、太り気味のパグ犬のような顔をしている。人のことをせせら笑うような、生意気そうな態度を気にしなければ、きれいと言えないこともない。もう一人は、黄色くくすんだニキビだらけの顔、薄茶色のアブラ色の猫っ毛、うっすら開いた唇が奇妙な具合に震えている。三人ともきたならしいジーンズに男もののシャツ、それにつま先が四角いぶかっこうなブーツをはいていた。

「……それで思ったんですけど、ミセス・ブラン……バントリー。ここでもいっしょにお祈りしましょうか？　今すぐここで。今日はちょうど棕櫚の聖日だし。来週の日曜日はイースターでしょ?」

「え?　お祈り?　ありがとう、でも……」

「デニースとアニータとあたしには分かるんですよ。すごぉくはっきり感じるんです、ミセス・バントリー。マリッサは生きてるって。あの子の命はあたしたちにかかってるんだって。だからもしも……」

アヴリルが割って入り、帰るように告げた。

「妹は疲れてるの。さ、玄関まで案内してあげるから」

花束が手から滑り落ちた。不器用に何本かはつかめたが残りが足下の床に散らばった。

二人は怯えたような表情で、アヴリルが開けて待っている玄関ドアまで急いだが、ジュードは立ち止まったまま彼女なりに誠実そうな、でもどこかやつれたような笑顔を見せながら、ポケットから小さくて黒いものを取り出した。「写真、撮らせてください」

ことわる間もなく彼女は携帯をかまえてシャッターを切った。リーアは本能的に手をかざして顔を隠した。

アヴリルが厳しい声で言った。「さぁ早く。出てってちょうだい!」

ジュードは去り際につぶやいた。「とにかくお祈りしときますから、ミセス・バントリー。バーイ!」

ほかの子たちも口々に「バーイ!」「バーイ!」と声をそろえた。アヴリルがドアを閉めた。

リーアは花束をゴミ箱に捨てた。白い花だなんて！

お葬式用のカラーが入っていないだけマシと思おう。

さまよえるオランダ人

……のようなものだ。おきまりの道を何度も何度も行ったり来たり。ときには歩き、ときには車で。アヴリルがいっしょのこともあったが、たいていは一人。「外に出なきゃ。ここじゃ息が詰まる。マリッサが見たものを自分の目でも見てみたいの」

毎日がとても長く感じられた。そのわりには何時間も何も起きない。

マリッサはいなくなったまま、まだ帰らない。

時を刻む時計の音が聞こえる。まだいない、まだいない。なんど確かめても、まだいない。

携帯電話はいつも持ち歩いていた。新しい情報がいつ入ってきてもいいように。

スキャッツキル・デイまで歩き、小学校校舎のドアの前に立ってみる。マリッサが使っていたはずのドア。木曜日の午後もマリッサはここを通って帰り道についたはずだ。この場所を出発点にして、おきまりの道をたどってみる。目の前の舗道に出てパインウッドを東に進み、道を渡ってマホパック・アベニューから東へそのまま十二、十三、十四、十五番ストリートまで。十五番ストリートとトリニティの角で、ミカール・ザルマンがマリッサをホンダCR－Vのバンに連れ込んで走り去るのが目撃されている。

ほんとうか、そうでないか、二つに一つ。

目撃者は一人だけ。スキャッツキル・デイの生徒だったが、警察は名前をあかそうとしない。

リーアはザルマンが犯人だろうと思いながら、なにかが欠けている気がした。ジグソーパズルのとても小さな、でもとても大事なピースが一つ。

この違和感はあの子たちがウチへやってきて以来、続いている。まぶしいくらい真っ白な花束をもらって以来。あのジュードという女の子の引きつったような笑い。嘲るような……とは思いたくなかったが。

〈とにかくお祈りしときますから、ミセス・バントリー。バーイ！〉

先へ先へと歩くことが大事だ。いつも動いていないと。

たしか深海魚で、あれはサメだったか、つねに泳いでいないと死んでしまうとか。リーアは陸地にいながらそんな生きものの一種になった気がした。母親である自分がじっと動かずにいる――マリッサの死の知らせが届くのはそんなときに違いない、リーアはそう思った。じっとしていることはどこか死に通じる。でも動いてさえいれば、マリッサが歩いた道をたどり続けてさえいれば……「マリッサといっしょにいる気がするの。あの子と一つになれるような気が……」

いつものルートをたどっていると、道々、みんなが彼女を見た。スキャッツキル中の人間が彼女の顔と名前を知っている。なぜ彼女が同じ道を繰り返し歩き続けるのか、そのわけも。シャツにスラックス、それにサングラスをかけた細身の女。変装したつもりだがおざなりで、野球帽の下から灰色がかった金髪がのぞいている。

まなざしを向ける者たちは彼女を憐れみ、同時に責めている。彼女にはそう思えた。それでもルートを歩くたびに何人かが声をかけてきて、そんなときはみんな優しく思いやりに満ちていた。男女を問わずとても親身になってくれる人もいた。目に涙を浮かべながら、ザルマンのことを〈あの人でなし〉なんて呼んだりする。〈まだ自白しないのか、あの人でなしめ〉

スキャッツキルでは〈ザルマン〉という名も知れ渡っていた。悪人の名前として。そんな男がかつては――もうクビになったとしても――スキャッツキル・デイの教員だったことは地元のスキャンダルになっていた。

噂《うわさ》によると、ザルマンは性犯罪者として過去に何度か逮捕され、有罪判決を受けたこともあるらしい。教職を何度もクビになっていたのに、どういう経緯か名門スキャッツキル・デイに潜り込んだ。新聞社やテレビ局の記者に取り囲まれた校長は、一生懸命この噂を否定したが、無駄だった。

〈バントリー〉、そして〈ザルマン〉。この二つの名前が不気味なつながりを持った。タブロイド紙は、行方不明の少女と「容疑者」の写真を二つ並べて掲載した。リーアの写真がそこに加わることもあった。

半狂乱の混乱した状態にあっても、リーアはそこに皮肉を感じずにはいられなかった。これじゃまるでニセの家族だ。

リーアはザルマンと話すのはあきらめた。もともとバカげた要求だったのだろう。マリッサを誘拐するくらいだから、彼は精神病質者で、そんな男がほんとうのことを喋ってくれるはずはない。でもマリッサを誘拐したのが彼でないとすると……

「犯人がほかにいるとしたら、警察はそいつを決して見つけられない」

スキャッツキル警察はザルマンの逮捕に踏み切れず、彼は一時的に釈放された。弁護士が発表した短い声明によると、ザルマンは警察の捜査には「全面的に協力」しているらしい。だが彼が警察に話した内容はもちろん、大事なことを話したのかどうかさえ、リーアにはいっさい知らされなかった。

道をたどりながらリーアはマリッサの目を通して見た。家々の正面、十五番ストリート沿いの店先。賑やかなこの通りで、真っ昼間にマリッサがバンに引っ張り込まれた、その目撃者の言葉を裏付けるような証言はほかに一つも出ていない。目撃者がたった一人というのはヘンではないか。いったい誰だろう。あの三人組が来てからというもの、リーアは今までにない不安を感じるようになっていた。

〈マリッサの友だちじゃない。あの女の子たちは違う〉

彼女はトリニティを渡って先へ進んだ。マリッサの通学路からは少しはずれることになる。だがリーアの帰宅が遅くなる火曜日と木曜日に、マリッサはスナック菓子を買うためにセブンイレブンに立ち寄った、その可能性は十分ある。

セブンイレブンのガラスのドアには、ビラがテープで貼ってあった。

私を見かけませんでしたか?
マリッサ・バントリー、十一歳
四月十日から行方不明

ドアをあけて入ろうとしたとき、写真の中でほほえむマリッサと目が合った。

震えながら中に入ってサングラスをはずした。意識が遠のくようで、頭がはっきりしているのかボーッとしているのかさえ、よく分からない。気持ちをしゃんとさせようと、平積みになった分厚い日曜版の『ニューヨーク・タイムズ』を見つめた。一面の見出しはイラク戦争関連。リーアは一瞬混乱して〈あれはまだ起こっていないのかも〉と思ってしまった。

マリッサは外の車の中で待っているのかもしれない。

レジに立っているのはあの紳士然としたインド系の店員だった。いつものように控えめながら親切そうなたたずまいだ。それでも、彼女を見る目が変わっていることにリーアは気づいた。そんなふうに見られたことはこれまでなかった。

もちろん店員は彼女のことを知っていた。名前もなにもかも。もう見知らぬ客には戻れない。目に涙があふれてよく見えなかったが、二枚目の**私を見かけませんでしたか？**のビラがレジの目立つところに貼ってあった。

無言のまま彼を抱きしめたい。彼の腕の中に飛び込んで思い切り泣いてしまいたい。

そうするかわりにリーアは店の通路をブラブラ歩いた。店は露出オーバーの写真さながら、煌々とした光が降り注ぎ、すべてが見えるようで、何も見えない。

たまたま他にお客がいない、それが救いだった。

気がつくと何かに手をのばしていた。ティッシュの箱だった。

ピンクのティッシュ。マリッサが好きな色。

支払いをしようとレジに行く。レジの彼がとても緊張しながらほほえみかけてくれる。リーアもほほえみ返した。彼女が目の前に現れて明らかに動揺しているのだろう。いつも感じが良いブロンドのお客さん！　リーアはビラを貼ってもらったお礼を言うつもりだった。ついでにマリッサが一人で店に来たことはないか、尋ねようとした。だが驚いたことに彼の方が切り出した。「バントリーさん、お嬢さんの事件のこと、聞きました。まったくひどい話だ。いつもテレビを見てますよ、なにか進展がないかと思って」。カウンターの後ろには小型のポータブルテレビがあって、ボリュームを落としてある。「実はね、バントリーさん。警察がここへ来たときは緊張してよく思い出せなかったんですけど、やっと思い出したんです。間違いありません。私はたしかにあの日、お嬢さんを見ました。うちの店に来たんです。一人でしたよ。そこへ別な女の子がやってきて、二人はそのまま出て行きました」

インド系の店員は堰《せき》を切ったように喋った。目には弁明するような、後悔の色。

「いつ？　それはいつの……？」

「あの日ですよ、バントリーさん。警察が言ってた日です。先週の」

「木曜日？　木曜日にマリッサを見たの？」

するると彼は急にためらいを見せた。リーアの勢いに押されてしまったのだ。

「と思うんですけど。いや、確かじゃありません。だから警察にも言えなかった。面倒なことになっても困るし。警察は気が短いんですよ。こっちは英語がよく分からなくて。もともと難しい質問なのに、答えようとしてる間にああにらまれたんじゃ……」

スキャッツキルの白人警官を前にすると緊張してしまう、このインド系の店員の気持ちはよく分かる。彼女自身、同じような体験をしている。

彼女は尋ねた。「女の子といっしょって、どんな子か覚えている？」

店員が眉間にシワを寄せた。なるべく正確に思い出そうとしているのが分かった。とくに気にとめて見たわけでもないのだろう。見分けのつく客はそれほど多くないはずだ。

「お嬢さんより年上でした。これは確かです。背はそれほど高くないけど、年上で。金髪じゃありませんでした」

「その子のこと、なにか分からない？　名前とか？」

「いいえ。名前まで知ってるお客さんはいません」。彼は黙り込み、顔をしかめた。歯をくいしばっている。「年上のグループみたいなのが、いやその子もその一人なんですけど、友だち同士で放課後やってきては万引きしていくんです。商品を盗んだり壊したり。勝手に袋をあけて食べてしまったり。ブタみたいに。こっちが気がついていないとでも思ってるんでしょうけど、ちゃんと見てますよ。週に五日、毎日来ます。大勢で。私がいつ怒鳴り出すか、試してるんでしょうね。で、こっちが指一本でも触れようもんなら……」

震えていた声がやがて消えた。

「その子のこと、もっと教えて」

「……白い肌、あなたの肌よりもっと白かったですよ。髪の色はちょっと変わってて……赤っていうか、でももっと褪せたような」

彼の口調にはいくらか嫌悪感が混じっていた。明らかにこの謎《なぞ》の少女は、彼から見てもあまり魅力的ではないのだろう。

赤い髪。褪せたような赤毛。誰？

〈ジュード・トラハーン〉。花束を持ってきた子。マリッサが無事に帰れるように祈ると言ってた子。

あの子が言ったとおり、ほんとにマリッサと友だちだったのか？　マリッサに友だちがいたのか？

リーアは気が遠くなりそうだった。蛍光灯の明かりが傾き、グルグル回り始めた。つかまるものは何もない。〈いっしょにお祈りしましょうか？　来週の日曜日はイースターでしょ？〉この親切な店員にもっといろいろ聞きたかったが、頭が真っ白になった。

「ありがとう。今日は……これで帰らないと」

「警察には言わないでくださいよ、バントリーさん！　お願いですから」

手探りでドアを押して外に出る。

「バントリーさん？」店員が袋を手にあわてて追いかけてきた。「忘れ物ですよ」

ピンクのティッシュだった。

さまよえるオランダ人。オランダ夫人。それは彼女。止まってしまうのがこわくていつも動いている。姉が待つ家に帰ろう。

〈なにか分かった？〉

〈なにも〉

こぢんまりした垢抜けないモールの裏手を、リーアは放心状態のままフラフラと歩いた。インド系の店員が教えてくれたことをスキャッツキルの刑事たちに伝えなきゃ。黙っているわけにはいかない。木曜日の午後にマリッサがあの店にいたのなら、ここから二ブロックも学校寄りの、十五番ストリートとトリニティの角でミニバンに連れ込まれたというのはおかしい。犯人がミカール・ザルマンだろうと誰だろうと。マリッサはトリニティを過ぎてそのまま進み、セブンイレブンに寄ってから十五番ストリートにもう一度戻り、もう半ブロック歩いて家に着くことになる。

十五番ストリートとヴァン・ビューレンの角でミニバンに引っ張り込まれたのなら話は別。目撃者はトリニティとヴァン・ビューレンを間違えたのではないか。ヴァン・ビューレンの方が家には近い。

インド系の店員は日時を間違えたのか。あるいは（その理由を想像したくはなかったが）ウソをついているのだろうか。

「まさかそんな！　あの人まで……」

彼女はその可能性を考えまいとした。考えることを拒絶して頭がシャットダウンした。まわりが目に入らないまま彼女はゆっくり歩いていた。腐った食べ物の悪臭が鼻孔を襲う。小さなモールの裏手には従業員の車が数台停まっているだけ。舗道はシミとゴミだらけで、たった一つのゴミ収集箱からはゴミがあふれている。中華料理のテイクアウトの店の裏で残飯をあさっていた痩せネコが、リーアに気づいて一瞬凍り付き、慌てて逃げ出した。

「ネコちゃん！　こわがらないで」

野良猫の恐怖はまるで彼女自身の恐怖の皮肉な投影のようだった。見当違いの、無意味なパニック。

リーアは思った。自分がいないときのマリッサは一人で何をしていたんだろう。もうずっと何年もの間、二人は何をするにもいっしょだった。母と娘。まだ幼く、歩くこともできなかった頃、マリッサはどこまでもリーアについてきた。部屋から部屋へ。〈マーマ！　マーマ、どこ〉。そのマリッサが今では一人でいろいろなことをするようになった。成長した。放課後、ほかの子とセブンイレブンに寄り道をして、ソフトドリンクや塩気の強いスナック菓子を買ったりして。他愛がなくて、叱るまでもない。リーアは娘に小銭を渡してあった。とっさの買い物が必要になったときのためだ。ただしジャンクフードはダメと言ってあったのだけれど。

先週の木曜日、セブンイレブンであの店員から何かを買う娘の姿を思い浮かべ、リーアは胸が締め付けられた。そのときの彼は娘の名を知るよしもない。それからたったの一日か二日で、スキャッツキル中の人がマリッサ・バントリーの名を知ることになった。それほど意味があるとも思えない。マリッサが学校のクラスメートと二人で店を出て行くなんて、ごくありふれたことだ。そんな「情報」に対して、警察はきっと儀礼的で硬い表情を浮かべながら対応するに決まっている。その様子が目に浮かぶようだ。

いずれにしてもマリッサは帰り道に十五番ストリートへ戻ってきたのだろう。その時間は交通量が多くて危ない。

名前の分からない目撃者によると、そこであの子はホンダのバンに引っ張り込まれた。その目撃者ってもしかしたら赤毛のジュードじゃないかしら、とリーアは思った。

その少女が警察になんて言ったのか、正確なところをリーアは知らない。刑事たちは、現時点で公表されている情報以上のことを知っている雰囲気を漂わせている。たのもしくもあったが、同時にフラストレーションがたまった。

リーアはいつの間にか舗装がなくなるところまで来てしまった。荒れ放題で利用価値が低そうな丘の急斜面を見上げる。裕福な人たちが多い郊外の真ん中に、誰も住んでいない広々とした空き地が残っているのは驚きだった。丘を登って八百メートルほど行くとハイゲート・アベニューだが、ここからは見えない。資産価値が数百万ドルにものぼる「歴史的な」古い建物や屋敷がこの丘の上にあるなんて想像もできない。丘にはツル、イバラ、発育不良の木々がみっしり生えている。ゴミクズやいろいろなものの破片が風に吹かれて長年のうちに堆積し、まるで無認可のゴミ捨て場のようだ。近くのイバラの茂みから、何かが動き回る音がした。それからフワフワしたものが、目にもとまらぬ速さで現れては消えた。

野良猫の群れはゴミ収集箱の裏の、人目につかないところをねぐらにしているらしい。エサをあさり、交尾を繰り返し、野生動物らしく若いうちに死んでゆく。「ペット」になるなんて願い下げだろう。人間の愛情を受け入れるすべを知らない野良猫たちは、かたい言葉で言えば「飼育不能」なのだ。


リーアが車に戻ろうとしたそのとき、後ろで鼻にかかったような声がした。

「ミセス・ブラーントリー！　こんちは」

心がざわめいた。振り向くと花束をくれた縮れっ毛の少女だった。

〈ジュード。ジュード・トラハーンだ〉

このときリーアはようやく思い出した。ダウンタウンにあるトラハーン・スクエア。あの広場は何十年も前に州の最高裁長官をつとめたトラハーン氏にちなんで名付けられている。スキャッツキルでは名門といわれる一族で、そのお屋敷がたしかハイゲート・アベニューにあるはずだ。通りからはほとんど見えない、かなり広いお屋敷だ。

目つきがギラギラした奇妙な少女。狡賢《ずるがしこ》そうな白いネズミを思わせる。自転車にまたがったまま両脚をぎこちなく地面につけ、曖昧なほほえみを向けている。

「あとをつけてきたの？」

「いえそんな。たまたま……見かけたんです」

少女は目を見開き、いかにも誠実そうに、それでいて不安げなそぶりを見せた。リーアは気が立っていて言葉もきつくなった。「何の用？」

少女はリーアの顔をじっと見つめた。まるでその顔から、まぶしくて目がくらむけれど正視せずにはいられない光が放たれているかのように。落ち着きなく洟《はな》を拭きながら「あの……あたし、謝ろうと思って。この前はあんなバカなこと言ったりして。かえって気分が悪くなっちゃいますよね」

気分が悪くなる！　リーアは頭に来たがそれでもほほえみを浮かべた。バカバカしい！

「あのときデニースとアニータとあたしは、何かできることはないかって思ったんだけど、やっぱまずかったですよね。会いに行くなんて」

「娘がミニバンに引っ張り込まれるところを見たって証言したのはあなた？」

少女は無表情のまま何度もまばたきした。何か言おうとしている。決定的な何かを。リーアはしばらくそう確信していたが、やがてジュードは頭をひょいと下げ、洟を拭き、意識するように肩をすくめると「違う」というようなことをボソッとつぶやいた。

「そう。じゃさよなら。もう行かないと」

リーアは顔をしかめながらジュードに背を向けた。ドキドキしている。一刻も早く一人になりたかった。なのにこの鈍感なネズミ娘はそんなことにも気づかないようだ。体だけ大きくなった幼児のように、いつまでもしつこくあとをついてくる。一メートルくらい後ろの、癇《かん》に障《さわ》るくらいの近さを保ち、ぎこちなくペダルをこぎながら。自転車は本格的にサイクリングをする大人が買うような、高級なイタリア製だ。

ついにリーアが立ち止まり、振り返った。「ほんとに、話しておきたいことはないのね、ジュード?」

少女は意表を突かれたような顔をした。

「ジュード! あたしの名前を覚えててくれたんだ」

のちにリーアはこの奇妙な瞬間を思い出すことになる。ジュード・トラハーンの顔に浮かんだ、勝ち誇ったような笑顔。ところどころにシミが目立つ、青白くて粉を吹いた肌には喜びが浮かんでいた。

リーアは言った。「珍しい名前ですものね。覚えやすいわ。それよりマリッサのことで話があるなら今のうちに教えてちょうだい」

「あたしが? なんであたしがマリッサのことで?」

「目撃者の生徒ってあなたじゃないの?」

「目撃者って?」

「マリッサと同じ学校の生徒が見たって言ってるのよ。十五番ストリートで男性の運転手がマリッサをミニバンに乗せて連れ去ったって。その生徒、あなたなの?」

ジュードは一生懸命、頭を振った。「『目撃者』の言うことなんか信じちゃダメだよ、バントリーさん」

「どういう意味?」

「常識だよ。テレビでもやってるでしょ、警察ドラマとかで。目撃者が出て誰かを見たって言ってもけっきょくは間違ってる。ほら、ザルマン先生のこともさ、みんな犯人だって思ってるけど、犯人は別人かもしれないよ」

少女は見開いた目を輝かせながら、早口でまくし立てた。

「ジュード、どういうこと、別人って？　誰のことを言ってるの？」

リーアの関心をひいて興奮したのか、少女は自転車のバランスを崩して倒れそうになった。自転車から降り、不器用に押しながら歩くことにした。ハンドルをきつく握りしめているせいか、骨張った指の付け根の関節が白く光っている。

呼吸が荒く、唇を軽く開き、まるで秘密の相談でもするように声をひそめた。

「あのねバントリーさん、ザルマン先生には悪いウワサがあったんです。マリッサみたいにきれいな子がいると、決まって手を出そうとするって。テレビでも誰かがそう言ってたでしょ。目からレーザー光線でも出しそうだって」。ジュードはうれしそうに身震いをしてみせた。

リーアは啞然《あぜん》とした。「そんなにザルマンのことをみんなが知ってたのなら、なんで誰も言わなかったの？　こんなことになる前に。そんな人が学校で教えてたなんてどうして……」リーアは不安になって黙り込んだ。〈マリッサは知ってたのかしら？　なぜ私に何も言わなかったんだろう〉

ジュードがクスクス笑った。「先生になる人たちなんてみんなそんなもんだよ。ガキとつるむなんてそもそもおかしいでしょ？　しかもおかしいのは男の先生だけじゃない、女だっておんなじ」リーアがどんな顔をして見つめているのかも目に入らない様子で、ジュードが笑顔を浮かべた。「ミスターZってちょっとおもしろいんですよ。自分のことを『マスター』って言ったりして。ネットで検索すれば出てきますよ。『マスター・オブ・アイズ』って。放課後になると下級生の子や女の子たちにちょっかい出して、絶対に誰にも言っちゃダメだよって脅してました。言ったらすごぉくイヤなことになるって……」ジュードは見えない首を絞めるかのように、手でねじる真似をした。「ブラシでとかしてあげられるような、きれいな長い髪の子が好きなんだって」

「ブラシでとかす？」

「そう。ミスター・ザルマンはワイヤーのブラシみたいなのを持ってたんだよ。子犬ちゃんのブラシとか言って。それで髪をとかすのが好きみたい。好きだったって言った方がいいか。警察が逮捕したとき、ブラシもちゃんと見つかってるといいな、ほら、証拠としてさ。ったく、あいつ、あたしには見向きもしなかった。どうせあたしはきれいじゃないからね」

ジュードはいかにも傲慢で満足げだ。奇妙な石色の目でリーアをじっと見つめている。こういうときは母親らしい気遣いを見せ、慰めの言葉が期待されているのは分かっていた。〈あなただってかわいいわよ、ジュード。大きくなったらきっときれいになるわ〉

こんな状況でなければ、このネズミ少女のほてった小さな顔を、自分のひんやりした両手ではさんで慰める役回りだ。〈あなたを愛してくれる人はいつかきっと現れる。だから気にしないで〉

「あなたはさっき言ってたわよね、犯人はほかにいるって。ザルマンじゃない、ほかの誰か？」

ジュードは洟をすすりながら答えた。「この前おうちに行ったときに話したかったんだけど、おばさん、聞きたくないみたいだったから。それにもう一人の人がにらんでたし。早く帰れって感じで」

「ジュード、お願い。いったい誰の話をしてるの？」

「ブランリー、じゃなくてバントリーさん、あたしは、前にも言ったけどマリッサと仲が良かったんですよ。ほんと。トロいってバカにする子もいたけどあたしはそうは思わない。マリッサはあたしにいろんな秘密を話してくれました。たとえばあの子……」ジュードは言葉を切り、大きく息を吸い込んだ。「パパが恋しいって言ってました」

ジュードの手が伸びてギュッとつねられたような気がした。リーアは言葉を失った。

「スキャッツキルなんか大嫌いとも言ってました。パパと一緒にいたいって、『バークレー』とかいう、カリフォルニアにあるのかな、そこに住みたいって」

子どものことを親に話して取り入ろうとする、ジュードの口ぶりはそんな感じだ。興奮のあまり唇が震えている。

リーアは相変わらず無反応。どう返事したものか、考えようとはするのだが、まるで軽い脳卒中でも起こしたかのように頭の一部が機能しない。

ジュードは無邪気に続ける。「知らなかったみたいですね、バントリーさん」目をすがめながら親指の爪をかむ。

「マリッサが言ったの？　あなたに——そんなことを？」

「あたしのこと、怒ってるんですか？　聞きたいっていうから話したのに」

「『パパ』といっしょに住みたいって、あの子の口から聞いたのね。ママとじゃなくて『パパ』といっしょに……」

リーアは視界が狭くなるのを感じた。まるでじょうごを通して見ているようだ。ぼんやりとした視界の真ん中にいるのは、白く粉を吹いた肌の、縮れっ毛の少女。それが彼女の悔悛のあらわし方なのか、こちらを盗み見るようにニヤニヤしている。

「知りたいんじゃないかと思ったんですよ、バントリーさん。その、マリッサは家出しんじゃないんですか？　そんなこと言う人はいなくて、みんなザルマン先生が犯人だったって思ってるけど。警察もそうでしょ。そりゃそうかもね。でも、もしかしたら！　マリッサがおとうさんに電話して迎えに来るように、とか、そういうおかしなことをさ、頼んだんじゃないかな。おかあさんにもナイショで。マリッサって小さな子どもみたいなとこがあって、話すこともほんとにそう、おかあさんの気持ちなんかなんにも考えてないみたい。あたし、言ったんですよ。おかあさんはすごくいい人だから傷ついちゃうかもよ、そんなふうに——」

リーアはそれ以上涙をこらえることができなかった。まるで一度ならず二度にわたって、娘を失ったような気がした。

間違い

マリッサ・バントリーが失踪したこと自体知らなかったのだから、それにどうやって「関われる」というのか。そう思ったのが一つ目の間違いだった。

二つ目は即座に弁護士と連絡を取らなかったこと。取り調べのために警察本部に連れて行かれた、その理由が分かった時点でそうするべきだったのだ。

三つ目は人生の生き方、それがそもそも間違っていたらしい。

〈変態。性犯罪者。小児性愛者〉

〈誘拐犯／レイプ魔／殺人犯〉

〈ミカール・ザルマン、三十一歳。容疑者〉

「かあさん、ミカールだ。まだニュースを見ていないといいんだけど、実はいやな知らせがあってね……」

知らない！　なにも知らない！

マリッサ・バントリーという名前にはまったく聞き覚えがない。

少なくとも最初のうちはそう思った。確かではなかったが。

すっかり動転して、質問の意図も見当がつかず、そんな状態では自信の持てることなど一つもなかった。

「なぜそんなこと聞くんですか？　そのマリッサ・バントリーとやらに何かあったんですか？」

次に少女の写真を何枚も見せられた。

ああ、この子なら知ってますよ。長い金髪をときどき三つ編みにして、おとなしくていい生徒さんです。写真の顔に見覚えはあったが名前までは思い出せない、というのも

「私は正確に言うと教員じゃないんです。『相談員』なんですよ。クラス担任はないし、決まった授業もない。高校では数学のインストラクターがコンピュータ科学も教えることになっています。ほかの教員と違って僕の場合は、そもそも生徒たちの顔と名前を一致させられるような立場じゃありませんから」

彼は険のある声でまくし立てた。部屋はとても寒いのに、なぜか汗をかいている。

マンガに出てくる警察尋問さながら、〈容疑者の汗といっしょに自白も絞り出す〉つもりか。

厳密に言えば、ザルマンは生徒の名前を覚えていないわけではなかった。名前を知っている生徒は大勢いたし、顔も覚えていた。とくに利発でおもしろい、年長の子たち。だがマリッサ・バントリーの名前は知らない。引っ込み思案の小柄なブロンドの子は、まったくと言っていいほど印象に残らなかったのだろう。

マリッサと個人的に言葉を交わしたこともない、それは確かだった。

「なんでこの女の子のことばかり聞くんですか？　行方不明だからってそれが僕とどう関係するんですか」

トゲトゲしいザルマンの声。怒るところまではいっていないが、ただひたすらイライラしている。

子どもが行方不明になって二十四時間以上たった場合、事態はかなり深刻だ。そのことは彼も認めた。十一歳のマリッサ・バントリーがいなくなったのなら、恐ろしい話だ。

「でもそれは僕には関係ない」

警察は彼に自由に喋らせた。貴重な一言一言を録音しながら。警察はまだザルマンが容疑者かどうか断定できないようで、彼が少女失踪に関与したとは必ずしも思っていない様子だった。捜査協力ということでいくつか質問されている感じだ。釈放されるときにも釘をさされた。引き続き全面的に協力するのがけっきょくは身のためだ。人違いだかなんだか知らんが、とにかく誤解を正す意味でも、な。

「人違い？　どういうことだ？」

少しずつ頭に血が上り、けんか腰になった。自分はどんなささいな罪——交通違反や駐車違反ですら犯していない。完全に無実だ。無実なんだ！　その勢いでウソ発見器にかけてくれ、と言ってしまった。

それがまた間違いだった。

十七時間後、ミカール・ザルマンの刑事弁護人に指名された血の気の多い男が、彼をなだめていた。「家に帰れ、ミカール。できれば少し寝ろ。睡眠は必要だ。信用できる知り合い以外とはなるべく喋るな。監視されていることを前提に行動しろ。それからこれだけは言っておく。行方不明の少女の母親に連絡をとろうなんて、間違っても考えるんじゃない」

〈頼むから信じてください。僕はやっていないんです。あなたの大切なお嬢さんを連れ去った狂人は僕じゃない。とんでもない誤解があったようですが、僕は無実です、誓ってもいい。ミセス・バントリー、僕たちは会ったことはありませんが、今回のことでは僕もとても心を痛めています。これは悪夢であって、僕たちは二人ともそのただ中にいるのです〉

ノース・タリータウンの自宅に向けて車を運転する。近づいてくる対向車のヘッドライトに目がくらむ。涙が流れる。ついさっきまで詰まっていた配水管から水が漏れ出すように、アドレナリンの過剰分泌がおさまって落ち着きを取り戻した途端に、頭がズキズキと痛み出した。これほどひどい頭痛は生まれて初めてだ。

なんなんだ！　万が一、脳溢血《のういっけつ》だったりしたら……

死ぬだろう。人生が終わる。罪悪感に苛まれた末の発作ということにされ、汚名を返上する機会もなく……

警察に着いてしばらくは、生意気で横柄な態度をとった。一時間もしないうちに釈放されるだろうと思ったからだ。それが今は、足を引きずりながら逃げ場を求める手負いの動物さながら。あまりにも気分が悪く、九号線の車の流れにもついていけない。苛立ったドライバーたちがクラクションを鳴らす。大型の四輪駆動車がザルマンのバンパーすれすれまで車体を寄せてきた。

分かってる！　彼もハンドルを握ると短気な方だ。九号線の、やたらと慎重なドライバーにはうんざりさせられてきた。それが今、彼自身がその一人。時速三十キロでかろうじて前へ進んでいる。

彼を嫌悪し、この悪夢に突き落としたのが誰かは分からない。だがそいつらの放った最初の強烈な一撃が決まったのだ。

　ザルマンがふらつきながらマンションに入っていくと、ついていないことに同じ棟の住人がロビーのエレベーターを待っているところだった。ザルマンは無精髭をはやし、身なりもひどく、悪臭を漂わせていた。住人の視線を感じた。最初は彼に気づいて驚いたようだったが、すぐに嫌悪感をむき出しにした。

〈僕じゃない。犯人は僕じゃないんだ〉

〈でなければ警察だって釈放したりしないでしょう〉

　エレベーターが来たがザルマンは乗らず、住人だけが一人で上へあがった。

　ザルマンはマンション群の一棟の五階に住んでいた。家具をほとんど置いていない三部屋のマンションを「我が家」と考えたことはなかった。母親が住むアッパー・イーストサイドの高級住宅ももはや違う。ザルマンには「我が家」と呼べるところがないと言っていい。

　何曜日かは分からなかったが深夜に近かった。人生のうちの何日かを失っていた。今が何年の何月かと聞かれても自信をもって答えられないだろう。頭が割れるように痛い。真っ暗な部屋のカギをモタモタ探していると、中から電話の音がした。何度も何度も、まるで取り憑かれたように鳴り続けている。

〈一時的に釈放されたに過ぎない。警察から連絡が来るかもしれないので携帯電話はつねに持ち歩くように。この近辺からは決して離れないこと。繰り返す。この近辺からは

決して離れないこと。そのようなことがあれば即刻逮捕状が出てあなたを逮捕します〉

「僕が無実かどうかって話じゃないんだよ、かあさん。もちろん僕は無実だ。そうに決まってるんだけど、ショックなのは僕が犯人かもしれないと思ってる人がいるってこと。それも大勢の人たちがね」

それが現実だった。大勢の人。

彼はその現実を抱えて生きていかなければならない。これから先もずっと。それは、この世界におけるミカール・ザルマンの居場所を意味していた。

〈両手を見えるところに出しておくように！〉

それが始まりだった。彼の傷ついた脳はベア・マウンテンでのあの瞬間を、取り憑かれたように何度も何度も思い起こした。

ニューヨークの州警察。じっと彼を見つめている。まるで――

（誤解を招くような態度にいきなり出たら、彼らは拳銃を抜いて発砲しただろうか。考えただけで吐き気がした。そんなことにならなかったのだから感謝すべきだろう。だが、どうしても気分が悪くなった。）

もちろん警官は、車を調べさせてもらってもいいですか、と礼儀正しく聞いてきた。

彼はほとんどためらうことなく承知した。法を犯してもいない一市民として、そしてアメリカ市民的自由連合の（元）メンバーとして、抵抗感がなかったわけではない。だがいいじゃないか、車には警官に見られて困るようなものは何もないし、と思ったのだ。マリワナさえも長いこと吸っていない。武器を隠し持つことはおろか、所有したこともない。車からは何も見つからなかった。何を探しているのか見当がつかなかったが、いずれにしても小気味いい安堵《あんど》を感じた。何週間も前に後部座席に放り込んだまま忘れかけていたペーパーバックの表紙を、警官たちがじっと見つめている。

女性のヌードだ、だからなんだ。

「児童ポルノじゃなくてよかったですよね、おまわりさん。あれは違法ですから」

子どもの頃からザルマンは、最悪のタイミングで軽口を叩かずにはいられなかった。

今、彼には弁護士がついた。「彼の」弁護士だ。

刑事弁護士で顧問料は一五〇〇〇ドル。

〈連中は敵だ〉

ニューバーガーの言う「敵」とはスキャッツキルの刑事たちと、その背後にいる地方検察局のスタッフのことだ。ザルマンは彼らの礼儀正しさの陰には、自分の窮状に対する無言の同情が隠されていると勘違いした。尋問があったのは事実なのに。彼は無邪気に、正直に従った。〈あなたは逮捕されたのではなく、単に捜査に協力しているに過ぎない〉。彼らはそう言った。

ただし体はちゃんと分かっていた。どんどん不安になって落ち着かなくなり、二十分ごとにトイレに行きたくなった。追い詰められた獲物のように、アドレナリンの分泌が止まらなかった。

　血圧が上がり、耳の奥がドクンドクン脈打っている。そんなときにウソ発見器を希望するなんて、浅はかもいいところだ。でも僕はやってないんだから、きっと――

　行方不明の子どもについての質問が始まって、事態の深刻さがはっきりした時点で彼は弁護士を呼ぶべきだったのだ。単なる誤解や、名前を伏せた「目撃者」（ザルマンが教えたことのある生徒の一人か？　彼を陥れようとして？　だがいったいなんのために？）による人違いではない、と分かった時点で。こうしてザルマンは、企業弁護士である年上のいとこに電話して状況を説明した。話をするのは父親の葬儀以来だ。バカバカしく、悪夢のような状況だが、自分が容疑者だと思われているのは明らかなので深刻に受け止めなければならない。頼む、いい刑事弁護士を紹介してくれ。すぐにでもスキャッツキルへ来て、警察とのあいだに入ってもらいたいんだ。

　いとこはザルマンの思いがけない話にショックを受け、ほとんど言葉を失った。「ミカール、おまえが……？　逮捕？」

「違うよ、ジョシュア、逮捕されたんじゃない」

〈僕がやったのかもしれないと思っているのか。自分のいとこにさえ性犯罪者だと疑われなきゃならないのか〉

それでもそれを手始めに、いろいろなところへ電話をかけまくった。そのたびに必死さが募ってゆく。一時間半も続けるうちに、ザルマンはようやくマンハッタンの刑事弁護士を雇うことができた。ニューバーガーというその男は「何も心配することはない」と陽気に請け負うことはしなかった。ザルマンはそれを半ば期待していたのだが。

タリータウンの住人、十一歳の子どもを誘拐した疑いで事情聴取

マリッサちゃんの捜索は続く
スキャッツキル・デイの教師、警察に勾留

六年生なおも行方不明
警察はスキャッツキル・デイの教員から事情聴取
誘拐に使われたと思われるミニバンもほぼ特定
ミカール・ザルマン、三十一歳、パソコン相談員
児童誘拐の容疑で警察から事情聴取

「僕は無実だ」とザルマンは主張
タリータウンの住人、児童誘拐事件で警察から事情聴取

各紙の一面をけばけばしく飾っているのは行方不明の少女、少女の母親、そして「容疑者と思われるミカール・ザルマン」の写真だった。

地元テレビ局のニュース番組を見ていたときのことだ。弁護士にはテレビを見ないように、と言われている。番号表示が出ない相手の電話には絶対に——もう一度繰り返す——絶対に出てはいけない。それから知り合いか素姓の分かる相手でない限り、玄関の呼び鈴にも応えるな、とも。それでもザルマンは効き目二倍の鎮痛剤を六錠も飲み、その勢いでテレビを見た。というより意識がほとんどなかったので、かろうじて画面に目を凝らした。見るもの聞くもの、すべてが信じられなかった。

特定されないよう顔にぼかしを入れ、声も不気味に変えられたスキャッツキル・デイの生徒たちが、いかにも同情的な女性レポーターに、ミカール・ザルマンの印象を語っている。

〈ミスター・ザルマンってかっこいいよ。あたしは好きだったな〉

〈ザルマン先生ってちょっと皮肉っぽいっていうか。頭のいい子たちにはいいんだけど、ほかのあたしたちみたいな生徒には、一生懸命やってくれるけど白々しいって感じ……〉

〈すごく驚きました。ザルマン先生はそういう人じゃないと思ったけど。気持ちワルイや。パソコン室でもそんな気配はなかったのに〉

〈ザルマン先生って目からレーザー光線を出すんだ。前からコワイと思ってた〉

〈ザルマン先生はときどきじっとこっちを見てました。そのときはなんかゾッとしたっていうか……〉

〈先生のブラシのことはほかの子から聞いたことがあります。それで女の子の髪をとかすんだって。あたしは見たことなかったけど〉

〈ザルマン先生が持ってたヘアブラシ、不気味〜。あたしは相手にされなかったよ。きれいきれいじゃないからね〉

〈お願いすればパソコン室で手伝ってくれました。とても優しい先生でした。マリッサちゃんのことでいろいろ言われてるけど、よく分かりません。なんだか泣きたくなります〉

それからエイドリアン・コーリー校長がいかめしい表情を浮かべ、不信感をあらわにしたレポーターに説明している。ミカール・ザルマンは二年半前に採用しました。資格は申し分なく、推薦状も立派なものでした。誠実で信頼できるスタッフの一人です。これまでに苦情があがったことは一度もありません。

苦情がなかった！　それじゃ、たった今声をあげてくれた生徒さんたちのことはどう考えればいいんですか？

コーリー校長は口元をゆがめ、相手をなだめるように、ほほえみらしきものを浮かべて答えた。「それは……こちらも初耳のことばかりで」

ザルマンはスキャッツキル・デイにこのまま残るんでしょうか。

「今のところは有給で停職となっています」

頭に血が上った。そしてまっさきに思ったのが……〈訴えてやる〉

続いてもう少し理性的に考えた。〈こちらの言い分も聞いてもらわないと〉

スキャッツキル・デイには友人がいる。少なくとも彼はそのつもりでいた。結婚生活がうまくいっていないと言う若い女性教師。彼女には何度か夕食に誘われた。ジムでよくいっしょになった男性の数学教師。学校の心理カウンセラーとはユーモアのセンスがぴったりだった。そして知的で思いやりのあるコーリー校長。彼女はザルマンのことを気に入っているのではなかったか。

彼らに話を聞いてもらおう。信じてくれるに違いない。

校長に会って直接話がしたいと頼んだ。自分の言い分も聞いてほしいと主張した。今のところ学校に来てもらうのは「問題外」という回答だった。ザルマンの姿を見ただけで、生徒も教職員も「動揺する」ということだった。

月曜日の朝、校舎内に入ろうとすれば警備員が排除にあたります、とも警告された。

「なぜですか？　僕が何をしたっていうんですか。ウワサを立てられている、それ以上でも以下でもないんですよ」

何をしたかではなく、何をしたと思われているか、それが問題なんです。それはあなただって分かるでしょう？

妥協してコーリー校長とは学校から離れた場所で会うことになった。月曜午前八時、トラハーン・スクエアにある学校の顧問弁護士の事務所。ミカールも弁護士を連れてくるようアドバイスされたが、彼はそれをことわった。

それもたぶん間違いの一つだったのだろう。だがニューバーガーを待っている余裕はなかった。緊急を要する事態なのだ。

「働かせてください！　何もなかったものとして学校に戻りたいんです。ほんとに何もなかったんだから当たり前でしょう。復職を強く希望します」

コーリー校長は励ましとも、慰めともとれる言葉を、何かボソボソとつぶやいた。校長は優しい人だ。ミカールはそう信じたかった。公明正大で善意に満ちている。ミカールに対しては好意的で、彼のジョークにもよく笑ってくれた。

ただしちょっと引いたようなところもあった。ジョークにしてはきつすぎるわね、とでもいうように。公の場ではたしかにそのとおりだったかもしれない。

「正当な手続き」を経ないで停職とされたことに対して、ザルマンは抗議を申し入れ、理事会との会見を要求した。理由もなく停職にするなんて道義にもとるし、そもそも違法じゃないですか。僕が学校側を訴えたら、あなたがたは責任を問われることになるんですよ。

「誓ってもいい。僕は絶対にやっていません。僕はいっさい関係ないんです。マリッサ・バントリーなんてよく知らないし、ほとんど話したこともありません。コーリー校長、いや、エイドリアン――何人いるか知りませんが、あの『目撃者』とやらはウソをついてるんです。僕のマンションの裏手で警察が発見したっていうバレッタも――誰かがわざと置いていったに違いない。僕を憎み、破滅させようとしている誰かが！　今度のことはまるで悪夢です。でも僕は信じてます。きっと最後にはいい方向に動くと。そうでしょ、少女に何が起こったにせよ、僕が関与した証拠はないんですから。関与なんかしてないんだから当たり前ですよね。仕事に戻らせてください。僕の無実を信じていることを行動で示してください。同僚たちだってきっと僕を信じてくれてると思うんです。お願いですからもう一度考え直してください。今朝からだって仕事に戻れます。生徒たちにも自分の口で説明できます――なんでもいいんです！　とにかくチャンスをください。たとえ逮捕されたとしても――もちろん僕は逮捕されたわけじゃないんですけど――たとえそうだとしても、有罪が確定されるまでは無罪ですよ。しかも有罪になんかなるはずがない、なぜなら僕は――違うんだ――僕は何も悪いことはやって、いない」

いきなりアイスピックで頭蓋骨《ずがいこつ》を突き刺されたような、鋭い痛みに襲われた。彼はうめきながら両手で頭をかかえ、前のめりに倒れた。

女性が怯えたような声で呼びかけた。「ザルマン先生？　医者を呼びましょうか？　それとも救急車――？」

監視下

どうしても彼女と話したかった。会って慰めたかった。

眠れないまま五日目を迎え、その気持ちはいよいよ強くなった。

これほど惨めな状態にあって彼は気づき始めたのだ。自分は容疑者扱いされているだけだが、それに比べてマリッサ・バントリーの母親はどれだけ辛い思いをしていることか。

火曜日。もちろん復職は許されない。服を着たままとぎれとぎれにうたた寝をする以外、ここ何日もきちんと寝ていない。冷蔵庫をあけ、中に入っているものを適当につかみ、ドアをあけっぱなしにして立ったまま食べた。鎮痛剤で生きながらえていた。取り憑かれたようにテレビを見た。行方不明の女の子の最新情報を求めて次々にチャンネルを変え、自分の顔が映るんじゃないかといつも身構えた。やつれ、目が落ちくぼみ、吹き出物と罪悪感で歪んだ顔。〈来たぞ！　ザルマンだ！〉この事件で警察が身柄を拘束した唯一の容疑者。隊列を組んだカメラマンやテレビクルーの前を歩かされた。その姿を見る何百、何千という人は、ザルマンを目の前にして直接ののしる機会はないが、この映像でますます嫌悪感を煽《あお》られるというわけだ。

実は容疑者と考えられる男は他にもいて、警察はその「手がかり」を追っていた。弁護士によると、刑事たちはカリフォルニアへ飛び、誘拐に関わる「重要参考人」としてマリッサ・バントリーの謎の父親を見つけ出そうとしているらしい。

その一方、スキャッツキル一帯でもマリッサの捜索は続いていた。ベア・マウンテン州立公園、ピークスキルの南に位置するブルー・マウンテン自然保護区、ピークスキルとスキャッツキルの間を流れるハドソン川流域、スキャッツキル東部のロックフェラー州立公園内の森林ならびに公園用地。捜索救助隊は専門家とボランティアによって構成されている。自分も何かせずにはいられない、ボランティアとして捜索に参加したいとザルマンが言うと、ニューバーガーは信じられないという顔をして彼をにらんだ。「ミカール、それはやめた方がいい。保証するよ」

橋から不審なものを「投棄」している男性を見た、という情報が複数寄せられた。さらにニューヨーク州自動車道やニューイングランド高速道沿いの複数の地点で、誘拐犯（たち）といっしょにいる行方不明の少女の元気な姿も「目撃」された。明るい金髪、色白、八歳から十三歳のあいだのマリッサ・バントリー似の少女たちが、いたるところで目撃された。

警察が受けた電話やウェブサイト上のメッセージは千件以上。メディアの報道によると警察はすべての手がかりを追っているという。しかしザルマンは首を傾《かし》げた。すべての手がかりだって？

ザルマン自身、何度も警察に電話をかけた。電話番号を覚えてしまうくらいに。あとでかけ直すと言われてなんの連絡も来ないことがしょっちゅうだった。自分はもはや第一容疑者ではないらしいことが、彼にも少しずつ分かってきた。ニューバーガーによると、ザルマンの駐車スペースのいかにも目立つところに落ちていた少女のバレッタからは、きれいに指紋が拭き取られていたらしい。「でっち上げの証拠品であることは明らか」だそうだ。

ザルマンは電話番号を変えた。電話帳には載せていないのに不快な電話が続いた。悪意たっぷりの聞くに堪えないもの、脅迫、あるいは単なる好奇心からの電話。電話線をはずした今ではもっぱら携帯電話を使っている。だんだん縮んでいくように感じるマンションの部屋を、彼は携帯電話を持って歩き回る。五階の彼の部屋からは、斜め下にハドソン川が見えた。曇った日には溶けた鉛のようだが、晴れていれば灰色がかった青い色が驚くほど美しい。その景色をながめながら、彼はいつまでも物思いにふけった。純然たる美。個の営みとは無関係に、いつまでも変わることがない。自分のこの惨《みじ》めな人生に終わりがきてもなお、そこにあり続けるだろう。

〈僕の存在とは関わりなく。人間の邪悪さとも無関係に〉

この洞察を少女の母親と分かち合いたい——その思いが彼の中でふくれ上がった。単純だからこそ見過ごされがちな、この真実を。

女性が住む十五番ストリートまで行ってみた。アパートの外観はテレビで何度も見たとおりだ。電話をかけることはできなかった。ほんの数分、話ができればそれでよかったのだが。

火曜の夕暮れ時、冷たい霧のような雨が降っている。バラックを思わせる建物の前の道で、彼は迷いながらしばらく立っていた。カーキ色のズボン、キャンバス・ジャケット、ジョギング・シューズ。肩先まで伸びた髪は湿ってもつれている。ここ何日もヒゲを剃っていない。表情に病的な輝きが走った。自分は正しいことをしている——そう信じながら彼は芝生を斜めに横切り、建物の裏に回り込んだ。リーア・バントリーがどの部屋に住んでいるのか、ひょっとしたら分かるかもしれない。

〈お願いです。どうしても会いたいんです〉

〈この悪夢も二人で分かち合えばなんとか……〉
あっという間に警察がやって来て彼を制止し、両腕をつかんで背中までひねりあげ、手錠をかけた。

生け贄

この子、息しているの？
……どうしよう！
してないよね……どう？　息してる？
してるよ。だいじょうぶ。
……なんか、毒にやられちゃったのかな？

あたしたち、どんどんこわくなった。アニータは泣くか、さもなきゃ笑い出したら止まらない。デニースは食欲がおかしくなって、いつもお腹をすかせてた。食事のときも、学校のカフェテリアで食べ物を口に詰め込んで、そのあとトイレに行ってノドに指を突っ込んで吐く。水をジャージャー流しておけば家では誰にも気づかれないし、学校でもそう。ほかの子に告げ口される心配もない。

だんだん学校でのみんなの視線が気になり出した。そんなはずはないのに、〈みんなに知られてる〉みたいな気がした。

とうもろこしの乙女のおかあさんに白い花束を渡したあの日以来だ、なにもかもがおかしくなったのは。デニースは気づいてた。アニータも。ジュードは気づいてたかもしれないけど、それを認めなかった。

〈母親なんて子どものことをどうでもいいと思ってる。何もかもごっこ遊びだよ〉ジュードは本気でそう信じてた。とうもろこしの乙女のおかあさんのことを、ほとんど誰よりも憎んでた。

アニータはとうもろこしの乙女が毒にやられたんじゃないかと心配した。ジュードが強い薬をあんなにたくさん飲ませたから。とうもろこしの乙女はほとんど何もうけつけなくなったので、食べ物はすりつぶしてやった。カッテージチーズにバニラアイスを混ぜてドロドロにしたのを、口を開けさせてスプーンで流し込んで飲み込ませようとしたけど、二回に一回はむせて吐き出しちゃう。白いドロドロがゲロみたいに口から流れ出た。

……

あたしたちはすがりつくようにジュードに頼んだ。このままじゃまずいよそろそろ……この子が死んだら困るよ、ね、そうでしょ？　ジュード？　ねぇジュードってば！

もうおもしろくもなんともなかった。テレビのニュース、新聞、『ニューヨーク・タイムズ』まで。「**私を見かけませんでしたか？**」のポスター、一五〇〇〇ドルの賞金、なにもかもが数日前まではほんとにおかしくて、あたしたちはハイエナみたいに笑い転げてたのに、今じゃ笑い事じゃない。全然おもしろくない。ジュードは相変わらずみんなのことを「マヌケ」って呼んで見下した。とうもろこしの乙女は目と鼻の先のハイゲート・アベニューにいるのに、あんなに大々的に探し回ってる。そう言ってバカにした。ジュードはおかしな行動が目立つようになった。月曜日にはとうもろこしの乙女のもう片方のチョウチョのバレッタを学校に持ってきた。髪につけてみようかな、なんて言うからそんなことしちゃダメだよ！って止めたら笑ってた。けっきょくバレッタはつけなかった。

ジュードは火による「生け贄」のこともよく口にした。昔、仏教徒がやった儀式みたいなのをインターネットで調べたりして。

とうもろこしの乙女の儀式では、生け贄の心臓をえぐり取って神聖な器に血を注ぐんだけど、乙女を燃やすやり方もあるらしい。灰を土と混ぜるんだって。ジュードが言ってた。

火を使った方が清浄だし、痛いのは最初だけだって。ジュードは今まで以上に携帯写真を撮りまくった。五十枚くらいは撮ったんじゃないかな。インターネットにアップするつもりなのかと思ったけど、結局そうはならなかった。

警察が携帯電話を押収したあと、あの写真はどうなっちゃうんだろう。あたしたちには分からないよね。

ついじっと見ちゃうような写真ばっか！　きれいなシルクや綾地《ブロケード》にくるまれたとうもろこしの乙女が棺に横たわってるのとか。あの子、ほんとに小さい！　ジュードが裸にして髪を枕の上に広げて、足を大きく開かせたところも撮ってみた。足の間に小さなピンク色の細いのが見えて、ジュードはそれを裂け目《カット》って呼んだ。

とうもろこしの乙女の裂け目《カット》はあたしたちのとは全然違う、小さな女の子のは全然いやらしくない、これから毛が生えることもない、とうもろこしの乙女にはそんな目にあわなくて済むようにしてあげる――そうジュードが言ってた。

テレビ局じゃ使えないから、こういう写真をわざとあいつらに送りつけてやるって、ジュードは笑いながら言ってた。

ほかにもとうもろこしの乙女がベッドで上半身を起こしたり、膝をついたり、それからジュードがうまくあの子を起こせたときには、立ってるところも撮った。ほっぺたを叩いたら目があいて、だから目が覚めたんだと思った。ジュードにもたれかかって弱々しくほほえんでたっけ。二人で頬《ほお》を寄せ合ってジュードはニッコリ笑った。あのときはまるで、暗黒のジュードとどうもろこしの乙女が二人して、地球のはるか上の、もう誰も手が届かない天国みたいなところをフワフワ漂ってるような、そんな感じだった。どうやってあんなところまで……ってあたしたちは下から見上げながら驚いてる、みたいな。

ジュードはあたしたちに写真を撮らせた。お気に入りの一枚があって、とうもろこしの乙女のおかあさんにも見せてあげたい、って言ってた。いつか見られる日が来るかもねって。

あの晩はとうもろこしの乙女が死んじゃうんじゃないかと思った。

眠ってるときにはしょっちゅう震えたり引きつったりしてたけど、突然てんかんの発作みたいに口をポカンとあけて「あーあーあー」ってなって、つばで濡れた舌を突き出してすごい顔だったよ。アニータが後ずさってベソをかき始めた。この子、死んじゃう！　どうしよう！　ジュードなんとかしてよ、このままじゃ死んじゃうよ！　ジュードはもうゲンナリって感じでアニータをひっぱたいて黙らせた。デブはどいてな。あんたなんかに何が分かる。ジュードはとうもろこしの乙女を押さえつけたけど、やせこけた腕や足はブルブル震えて、まるで横になったままダンスでも踊ってるみたいだった。

それから目がカッと開いたけど、人形の虚ろなガラス玉の目みたいに何も見えてなくて、さすがのジュードもちょっと怖くなったみたい。興奮気味に棺にのぼってとうもろこしの乙女の体におおいかぶさった。なにしろガリガリだから骨の髄《ずい》まで冷えきって、寒いんじゃないかと思ったらしい。ジュードはとうもろこしの乙女の広げた腕に自分の腕を重ねて手を握った。震える足と足も重ねて、頬と頬をぴったりつけて、まるで一つの卵からかえった双子みたいだった。私はここにいる、私はジュード、私が汝《なんじ》を守ろう、「死の影の谷」にあっても私が汝を永遠に守ろう、アーメン。それからやっととうもろこしの乙女の痙攣《けいれん》がおさまって、ぞっとするほど長い息だったけど、とにかく息をしてたから助かったんだと思った。

アニータは相変わらず怯えきっていて、狂ったような笑いが止まらなかった。学校でも、まるで急所をくすぐられたみたいにバカ笑いをすることがあった。とにかくジュードはいかにも不愉快って感じで、このデブ、バカ女って言いながらアニータの両頬にバシバシってビンタを喰《く》らわせた。あの子は蹴飛ばされたイヌみたいに、泣きながら地下の物置部屋から飛び出して、階段を昇っていく音が響いた。ジュードは言ったよ。次はあの子だって。

暗黒のジュードは darkspeaklink.com ってサイトでマスター・オブ・アイズとやり取りしてたけど、ジュードはそこでこんな言葉を見つけた。人がいるから問題が起こる。

人がいなければ問題は起こらない。（スターリン）

マスター・オブ・アイズにはジュードが男か女か言ってなかったけど、勝手に男だと思われたみたい。生け贄を捕まえたので、捧げるお許しをいただけますか？って聞いたらすぐに返事が返ってきた。　おまえが十三歳だとしたら早熟で希有な存在だ。暗黒のジュード、おまえはどこに住んでいる？　ジュードはふと思った。これは地球上のいろいろな場所に同時に住んでいる、あたしの知ってるマスター・オブ・アイズじゃない。親友のふりしてあたしを捕まえようとしてる、ＦＢＩの手先なんじゃないか。……こうして暗黒のジュードはdarkspeaklink.comから永遠に姿を消すことになった。

バカどもへ！　遺書

暗黒のジュードには分かっていた。終わりが近づいている。儀式まであと四日。今日は六日目だからいよいよ後戻りはできない。

デニースは壊れかけていた。頭を殴られたようにぼんやりと落ち込んでいて、朝のホームルームでは教師に聞かれた。デニース、具合でも悪いの？　最初は質問が聞こえない様子だったが、すぐに頭を振って消え入りそうな声で答えた。だいじょうぶです。アニータは欠席していた。家に隠れていたのだ。やがて彼女はジュードを裏切ることになる。家に閉じこもっているのでジュードも手が出せず、裏切り者の口を封じる方法はなかった。

信頼していた手下。だがほんとうに信頼していたわけではない。自分より劣っていることが分かっていたから。

デニースは懇願した。ジュード、もういい加減に……

……とうもろこしの乙女を帰してあげない？

だって、だってもしもあの子が……

とうもろこしの乙女はタブーとなった。帰してあげることはできない。誰かが身代わりにならない限り、とうもろこしの乙女は永遠に帰せない。

それじゃああんたがあの子のかわりになる？

ジュード、あの子はとうもろこしの乙女なんかじゃないよ。あの子はマ、マリッサ・バン――

暗黒のジュードは正義の怒りに燃えた。ビシッ、バシッ。逆らう者の両頬を手のひらと甲で往復ビンタ。

ブチハイエナの子はたいてい双子だ。そして双子の一頭は、もう一頭より強い。機会をとらえてすぐに弱い方に襲いかかり、のど笛を噛《か》みちぎろうとする。なぜか？　そうしないと自分がやられてしまうからだ。選択の余地はない。

カフェテリアの一番奥のテーブル。スキャッツキル・デイのクラスメートから、浮いた存在の惨めな負け組と見なされている暗黒のジュードとその手下たちが、いつもいっしょに食事をする場所。ところが今日は暗黒のジュードとデニース・ルドウィッグの二人っきり。デニースがベソをかき、鼻水を拭きながらジュードに何かを必死で頼んでいる。威張っている方の少女は、まるで汚らしいものでも見るような目をしながら、ぐっと歯をくいしばってもう一人に言い聞かせている。今すぐ泣くのをやめろ、みんな見てるじゃないか。それでもデニースは泣きやまずにそのまま哀願を続けたので、ついにジュードは怒りの炎に我を忘れ、デニースをひっぱたいた。イスがひっくり返り、テーブルからはじけ飛んだデニースはみんなが見ている中、泣きわめきながらカフェテリアから走り去った。その瞬間、狡賢い暗黒のジュードも裏口から飛び出し、高学年用の駐輪場に走り、そのまま怒りをたぎらせながら自転車でハイゲート・アベニューの古びたトラハーン邸までの約四キロをすっ飛ばした。何度も車にひかれそうになったが、そのたびに車は無鉄砲な自転車をよけて蛇行し、彼女の方は高笑い——というのも今の彼女はこれっぽっちも恐怖を感じない。まるで上昇気流に乗って羽もほとんど動かさないまま飛び続けるタカになったような、無敵の全能感に満たされていた。タカ！　暗黒のジュードがタカになった！　もしこのまま車にぶつかって自転車がグシャグシャになってこのハイゲート・アベニューで死ぬことになったら、とうもろこしの乙女は誰にも面倒を見てもらえず、シルクと綾地にくるまれたまま朽ち果てるだろう。　発見されるのはずっと先のこと。

〈その方がいい、あたしたち、いっしょに死のう〉

彼女は陪審員裁判を絶対に避けただろう。陪審員の心を動かすには、バカバカしくて下らないことを話さないといけない。裁判長一人だけの裁判を、彼女ならリクエストしたに違いない。

裁判長は一種の貴族だ。ジュードもそう。

成人として裁判にかけてほしい。ジュードはそう主張したはず。

庭師が使っている小屋には錆び付いた古い芝刈り機と、ガソリン缶があった。缶にはガソリンが半分ほど残っている。フタさえあけられれば、あとはじょうごを使ってガソリンを注ぐだけ。試してみたらフタを開けることができた。

〈G・L・T〉とイニシャルが彫られた、おばあさんの古い銀のライター。カチカチカチ。透明で小さな、青みがかったオレンジの炎がきれいに点く。まるで、チロチロと口から出たり入ったりする舌みたい。

まず最初にとうもろこしの乙女を火の生け贄にしよう。

違う！　いっしょに死んだ方がいい。

自分自身に冷静に言い聞かせる。〈痛いのは最初だけ。数秒もすれば後戻りはできない〉

考えただけで笑いがこみ上げた。まるでもうことを成し遂げたかのような気分だった。

午後のテレビを見ているおばあさんに気づかれないよう、裏口からこっそり家に入った。

気持ちがとても高ぶっている。今度こそしくじるもんか！　手下が二人とも弱気になっていることは分かっていたはず。なのにみすみす逃してしまったのは失敗だったかもしれない。でもそのことはもう忘れよう。マスター・オブ・アイズを自分の双子の兄弟だと信じていろいろ喋ってしまったことも。ブチハイエナのことを考えれば信用できるはずはなかったのに。

それでもいろいろ学んだではないか！

彼女はなんとか気を取り直して遺書を書くことにした。大事なものだと分かっていたので、文面は頭の中でずいぶん長い時間をかけて（少なくともそのときにはそう思えた）練ってあった。宛名は、他に誰も思い当たらなかったので「バカどもへ」とした。

バカどもが驚く様《さま》を思い浮かべると顔がほころんだ。

テレビやネットや、『ニューヨーク・タイムズ』を含めた新聞の一面でも取り上げられるだろう。

なぜ、どうしてって思ってるだろうから教えてやる。髪のせいだよ。

あの子の髪！　たまたま目についた、陽の光を浴びたあの……

すごい興奮。エクスタシーを十錠以上飲んだみたいに心臓が高鳴っている。震える手で南京錠をはずした。デニースはもう告げ口しただろうか。〈チャンスのあった夕べのうちに、二人とも殺しておけばよかった〉。物置部屋に入る。とうもろこしの乙女は、その朝ジュードが食事をさせて部屋を出たときは横向きだったのに、今は違う姿勢で眠っている。やっぱりそうだ。抜け目のないとうもろこしの乙女は、実際よりも弱ってているように見せかけているだけだ。どんなに具合が悪くてもこちらを騙《だま》そうとしている。

ジュードは光を入れるために部屋のドアをあけておいた。香りのするろうそくにわざわざ火を灯すのはやめにした。数が多すぎてそんな時間はなかったし、今日はいつもと違う火の使い方をするつもりだった。

息をひそめて、とうもろこしの乙女の上にかがみ込む。両手の親指で左右の青っぽいまぶたをあげてみた。

白濁した目。瞳孔が閉じている。

起きて！　時間だよ、時間。

とうもろこしの乙女はジュードを力なく押しのけようとした。恐怖におののき、泣きべそをかいている。口からは腐ったような臭いがした。ジュードの家に来てから一度も歯を磨かせていない。お風呂にも入れてやっていない。ジュードと手下の二人が、石鹼《せっけん》をつけた濡れタオルで体を拭いてやっただけだ。

なんの時間が来たか分かるか時間だよ時間時間！

あたしを傷つけないでお願いだからおうちに帰して……

ジュードはタブーを守る祭司。とうもろこしの乙女の長くてシルクのような髪をこぶしでつかみ、棺の上に押し戻す。ほらほらダメでしょダメダメ、ダメ。まるで赤ん坊に言い聞かせるように。

血と肉を分けた自分の赤ん坊でも、しつけはちゃんとしないと。

さっそく火炙りの儀式に入ろうか。あの裏切りクソ女のデニースが今頃は誰かに告げ口してるかもしれないし。デブ女のアニータも。手下どもは彼女を裏切った、ジュードには値しないやつらだったんだ。思い知らせてやる！　後悔したって許してやらない。とうもろこしの乙女の母親もそう。絶対に許さない。虫ケラか何かを見るように、嫌悪感を隠そうともせずにじっとジュードを見つめていた。儀式の手順に則ってとうもろこしの乙女の心臓をえぐり出す時間がない、それがとても残念だった。

じっと横になってて。時間だって言ったでしょ。

新しい考えが浮かびかけたが、すぐに消えてしまった。頭の中で巨大な泡のように膨らむまでは、夢が夢であることが分からないのと同じように。

ジュードは物置部屋の中へ引きずり込んだガソリン缶から、ドクドクとガソリンを撒き始めた。祭司がとうもろこしの乙女とその棺に祝福を与えているのだろう。強烈なガソリンの臭いがとうもろこしの乙女の感覚を刺激し、とうもろこしの乙女ははっきりと目覚めた。

やめて！　いや！　ひどいことしないで帰して！　ママに会わせて！

とうもろこしの乙女が急に反抗し始めたのでジュードは笑った。ジュードを押しのけ、逃げようとしている。体力がないので立ち上がれず、裸のまま床に手足をつき、ドアに向かって必死で這いつくばってゆく。これまでドアを開け放したことはなかったのだが、それを見た瞬間に、とうもろこしの乙女はそこから逃げ出せることに気づいたのだろう。素っ裸のまま、たてがみのような髪を床に引きずり、しゃにむに前へ進もうとする。それを見て、ジュードはほくそ笑んだ。骨と皮だけのガリガリさん！　あばら骨、腰骨、膝の骨、みんなガリガリに浮き出ていた。肉のない腰はジュードの両手を組んだくらいの大きさしかない。それにあのデンブ。「デンブ」ってヘンな言葉、人を笑わせるために作ったとしか思えない。ずっと昔、巻き毛の美しい女性が鼻歌まじりに歌を歌いながらジュードの小さなデンブに甘い香りのベビーパウダーをはたき、ゴムパンツを引き上げ、踊る子ネコの刺繡《ししゆう》が入ったスモックをおろしてくれたことがあった。いや、ナイトガウンだったか。ゴムパンツではなくオシメだったかも。

ジュードはとうもろこしの乙女の姿に見入った。これほどあからさまな抵抗は初めてだった。ハイハイできるようになった赤ん坊を見てる気分。この子、こんなに生きたかったのか！　ジュードはふと思いついた。〈この子は生かしておくことにしよう。生き

ていつまでもあたしを崇められるように。この子にはあたしの印をつけてある。この子はあたしを決して忘れない〉

祭司の体に力が満ちあふれた。生と死の力が。命を捧げる——それが彼女の決断だった。棺に登り、ガソリンで自分のまわりに聖なる円を描く。ガソリンの臭いで彼女の敏感な鼻がヒクヒクした。目に涙がこみ上げて、ほとんど何も見えない。もともと見る必要はなかった。見たいものはすべて自分の中にある。〈痛いのは最初だけ。数秒もすれば後戻りはできない〉。カチカチカチ。ガソリンでヌルヌルする指で銀のライターをつける。小さな明るい炎、舌のような炎が飛びはねた。

あんたたちには絶対にできないことをやってやる。よーく見とけ、バカども。

九月
小さな家族

揃って出かけるのは初めてだった。クロトン・フォールズ自然公園。三人の、家族として。

もちろんザルマンはまっさきに認めるだろう。ほんとうの家族ではないことを。というのも男女はまだ結婚していないし、友だちなのか恋人なのか、それもまだ曖昧だった。少女は女性の子ども、一人っ子だ。

それでも三人を見れば誰もが思う。家族だと。


九月半ばの明るくて暖かなある日。ザルマンは時間を事件前／事件後で考えるようになっていた。あれからちょうど五ヶ月。きりのいい日にあたったのは偶然だった。

ミカールはヨンカーズに住んでいた。そこから北のマホパックまで車を走らせ、新居に引っ越したリーア・バントリーと娘のマリッサを迎えに行った。リーアとマリッサはピクニックのランチを二人で作って、待っていてくれた。クロトン・フォールズ自然公園はそこからほんの数キロしか離れていない。リーアがこの公園のことを知ったのはつい最近のことだ。

きれいな所よ。リーアはザルマンに話した。とっても静かなの。

〈あの公園ならマリッサも怯えない〉という意味だとザルマンは理解した。

リーア・バントリーは「ウーマン・スペース」というニューヨーク州マホパックのクリニックで医療技術者として働いていた。ミカール・ザルマンは、とりあえずの仕事としてヨンカーズの大きな公立学校の中等部で数学を教え、サッカーとバスケットと野球のコーチも手伝っている。

マリッサはマホパックの小さな私立学校に転校した。そこは生徒に成績をつけず、決まったカリキュラムもなく、特別指導と、それから必要に応じてカウンセリングを受けることもできた。

マホパック・デイ・スクールの学費は高かったが、ミカールもいくらか援助した。

〈あなたと、あなたの娘さんがどんな体験をしてきたか、誰にも想像できないでしょう。僕はあなたがた二人がとても他人とは思えません。どうか僕を友だちだと思ってください！〉


ザルマンは恋に落ちた。リーア・バントリーを知る前から。今では彼女を知り、その気持ちが確信に変わった。自分の思いは静かに胸に秘めておくつもりだった。リーアの方でそれを受け入れる準備ができるまで。

感情に振り回されるのはコリゴリ、と彼女は言った。もうまっぴら。

どういう意味だろうと思った。本気でそう思っているのか、それとも単に〈私を傷つけないで！　近づかないで〉と言いたいのか。

リーアはマリッサに彼のことを「ミカールおじさん」と呼ばせようとし、彼もそれがうれしかった。しばらくはそばにいていいんだ、と思えた。ただし今のところマリッサが彼を呼んだことは一度もない。少なくとも彼がいるところでは。

ときどき見られているのは知っていた。はにかみながらほんのちらっと。見られていると思うことさえためらわれる程度の視線だった。

三人は互いに様子をうかがっているところがあった。カメラで観察されているような気分。（マスコミに悪夢を見せられたのだからそう感じるのも無理はない。）

ザルマンにとっては一種の綱渡りだ。ぽかんと見上げる聴衆の頭上での、安全ネットもない綱渡り。バランスを保つために両腕を広げ、落ちる恐怖と闘いながら前へ進む。この高さでバランスを崩せば命取りだ。

明るく暖かい秋の日差しの中、おとな二人は自然公園の池のほとりを歩いている。一回りしてだいたい三十分。日曜の午後の公園は、家族連れやカップルでにぎわっている。

少女は大人たちの少し先を、つかず離れず歩いている。十一歳になるが、行動やしぐさはもっと幼い。何をするにも遠慮がちで、ときどき息が切れるのかじっと動かなくなる。肌は青白く透けるようで目は深く落ちくぼみ、用心深い。明るい金髪が光を浴びて輝く。卵の殻のような繊細な両耳のすぐ下でカットされ、フワフワと羽毛のようだ。

四月のあの苦しみのあと、マリッサの美しい髪はほとんど抜け落ちてしまった。急激に減った体重は数週間の入院中にほとんど取り戻すことができたが、貧血は治らなかった。リーアは腎臓《じんぞう》と肝臓に後遺症が残るのではないかと心配した。程度はまちまちだったが、頻脈の発作も起きた。そんなとき、母は娘をしっかり抱きしめた。娘の心臓が暴走し、抑えられないほど体が震え出すたびに、恐怖にかきたてられた狂気の存在、悪魔のような何かを感じずにはいられなかった。

二人ともよく眠れなかったが、リーアは医師からの薬の処方をマリッサの分とともにことわった。

それぞれマホパックでセラピーを受け、週に一度だけ二人いっしょにリーアのセラピストに診てもらった。

リーアはザルマンに打ち明けた。「癒《いや》しには時間がかかるかもしれない。でも信じてるの、マリッサはきっとだいじょうぶだって」

リーアは〈普通〉とか〈治る〉という言葉は決して使わなかった。


手紙を出したのはもちろんミカール・ザルマンの方だった。どうしても彼女と言葉を交わさなければならない、そんな切実な思いがあった。たとえ彼女の方ではまったくその気がないにしても。

〈僕たちは同じ悪夢を見ていたと思うのです。何が起こったのか、この先も決して理解できないでしょう。僕には気持ちを分かち、心を寄せることしかできません。あの悪夢の中、最悪の状況にあって、いつしか僕は自分にも責任があるような気になり……〉

マリッサの退院と同時に、リーアは彼女を連れてスキャッツキルを離れた。あれ以上同じアパートに住み続けることはできなかった。悪夢を思い出させるものはなんであれ、耐えられなかったのだ。近所の人たちは二人を気遣ってくれたし、事件を通して何人かの友人もできた。近くで仕事も紹介してもらった。ナイアック・クリニックに復帰したいと言えば、ダヴィット・ストゥープも承諾してくれたに違いない。妻と仲直りをして寛大な気持ちになっていたからだ。それでもリーアは二度と彼と顔を合わせたくなかった。タッパン・ジー・ブリッジを渡るのはもうごめんだった。

事件を経て、姉のアヴリルとは思いがけず心を通わせることができた。マリッサの入院中もアヴリルはスキャッツキルにとどまり、姉妹のどちらかは必ずマリッサに付き添った。アヴリルはワシントンでの勤め先から無給の休職を認めてもらい、リーアの職探しや、スキャッツキルから北へ五十キロほどの丘陵地帯にある、パットナム郡マホパックへの引っ越しを手伝ってくれた。

ウエストチェスター郡はもううんざり！　リーアは二度と戻るまいと思った。

アヴリルがここまで支えてくれたことに対してリーアはひたすら感謝し、その思いは言葉にならないほどだった。

「何言ってんのよ、リーアったら。姉として当然でしょ」

「違う。ここまでしてくれる姉なんていない。こんなこと、アヴリル姉さんでなきゃできない。まったくもう！　なんて姉さんなの！　大好きよ」

リーアが泣き崩れ、アヴリルが笑い、それから二人で笑った。笑わずにはいられなかった。元気が良くて気まぐれな十歳の頃に戻ったように。

リーアはアヴリルに誓った。もう二度と誰かの存在を当たり前と思ったりはしない。当たり前のものなどない。呼吸していることだってそう、もう二度と……

警察から連絡が入ったあのとき。〈娘さん、生きてました〉

あの瞬間をリーアは一生忘れないだろう。

マリッサの父親がその後どうなったか、アヴリルにだけは話してある。警察が足跡を追ったところオレゴン州クーズ・ベイにたどりついた。そこで彼は一九九九年にボート事故で死亡したらしい。検死官は死因について「結論出ず」とした。殺されたのではないか、という推測もあった……

リーアはショックを受け、喪失感に打ちひしがれた。まさに不意をつかれた。もう二度と彼に愛されることはない。彼が美しい娘を愛することもない。三人の関係が修復される可能性は消え去ったのだ。

リーアはマリッサの前で彼の名前を口にしたことはない。口にすることがはばかられた。小さい頃のマリッサはパパはどこ？　パパはいつ帰ってくるの？と尋ねた。今はもうそんなこともない。

オレゴン州クーズ・ベイでのマリッサの父親の死は謎に包まれていたが、リーアはその謎を解くつもりはなかった。謎はもうたくさん。はっきりした事実だけがほしい。これからは、善良で誠実でちゃんとした人でなければ、関わらないつもりだった。

ミカール・ザルマンは同意した。謎はいっさいなし！疲れ切った状態では、謎なんかに構っていられない。生き抜くことこそ大切だ。人生のごく平凡なこと、店じまいをして先へ進むことこそ必要だった。まるでテレビのトークショーで聞くような陳腐なセリフだ。悪夢の体験をする前は笑い飛ばしていた。でも今は違う。

　リーア・バントリーとミカール・ザルマンは意外なカップルだった。ザルマンの方が神経質で、よく喋った。彼はリーアに言った。おしゃべりの血が流れているんだ。うちの家系には司法関係、金融関係、すご腕セールスマン、それからユダヤ教の指導者《ラビ》も何人かいるよ。朝、目を覚まし、ここはスキャッツキルではなくヨンカーズだと気づく、たったそれだけのことで、ザルマンはほっとした。悪夢のただ中に放り込まれたような四月は過ぎ去った。枕から頭を起こしたときに、頭蓋骨の中でガラスのかけらが転がるような痛みが走り、顔をしかめることもなくなった。新聞を開いたり、ニュースを見るためにテレビをつけても、おどおどした自分の姿を見なくていい。警察の監視下ではなく自由に息ができる。自分はもう、狂気に取り憑かれた少女の復讐の対象ではない。

　狂気に取り憑かれた少女。ザルマンとリーアは彼女のことをそう呼んだ。ジュード・トラハーンという名前は決して口に出さなかった。

　少女はなぜマリッサを誘拐したのだろう。年下の子ならほかにもいたはずなのに、なぜマリッサを選んだのか。なぜ自殺したのか。しかもあれほどぞっとするような方法で、まるで殉教者の焼身自殺のように。答えは永遠に分からない。誘拐の手助けをし、おどされていた少女たちに聞いてもまったく埒が明かなかった。オニガラ・インディアンの生け贄とかなんとか。本気だとは思わなかった、と愚鈍に繰り返すばかり。指示に従っただけ、友だちでいたかったから。

少女は狂っていた――そう言ってもそれは言葉に過ぎない。が、その言葉だけで十分だった。

ザルマンは吐き出すように言った。「すべてを知れば許せるというものではない。たとえすべてを知っても、それで胸が悪くなるだけということもある」彼はそう言いながら、歴史に地殻変動をもたらし、すべての説明を拒絶するホロコーストのことを思い浮かべていた。

リーアは涙を拭きながら答えた。「どんな状況であれ私はあの子を許さない。あの子は『狂って』いたんじゃない。邪悪だったの。人を傷つけて喜んでいた。娘は殺されそうになったのよ。死んで、自分から私たちの元を去ってくれてよかったと思う。あの子の話はこれでもうおしまい。ね、ミカール。約束して」

ザルマンは強く心を動かされた。彼はこのとき初めてリーアにキスをした。約束の証として。

リーアと同じく、ザルマンもそれ以上スキャッツキル近郊で暮らしてゆくことに耐えられなかった。息ができなかった！

正式な復職ではなかったが、スキャッツキル・デイの校長と理事会はミカールに戻ってくるよう勧めた。今すぐではないが、秋になったら。

学校では代用教員がミカールのかわりをつとめており、春学期を終えてから交代するのが一番現実的、ということだった。

下品きわまりないマスコミ報道から日がたたないうちにザルマンが登校すれば、「生徒も落ち着かない」だろう。生徒たちはまだ幼く、感受性が強いし、保護者も不安に思うかもしれない。

給料は以前と同額で、更新可能な二年契約——学校側の申し出はそれほど魅力的ではなかった。弁護士によると、学校側は訴えられるのを恐れているらしい。それも当然だろう。ザルマンはクソくらえと思った。闘う意欲はすっかり失せていた。

コンピュータへの興味も突然消えた。

かつてあれほど夢中になったコンピュータ・テクノロジーが、今ではすっかり退屈なものに思えた。彼はもっと本質的な、大地と時間に関わる何かを痛切に求めていた。コンピュータは技術に過ぎない。いわば身体なき脳だ。とりあえず公立学校で数学を教えながら、大学院に出願して歴史を専攻しよう。アメリカ研究の博士課程に進もう。大学はコロンビアかイェール、プリンストンがいい。

夜明け前に目覚め、再び寝つくことができなくなったとき、ときどき強烈な嫌悪感に襲われたが、そのことはリーアには黙っていた。コンピュータそのものというより、コンピュータに熱狂したかつての自分に対する嫌悪感だった。

なんて傲慢で自己中心的な男だったんだろう。一匹狼気取りでいい気になっていた過去の自分。

もうたくさんだ。今の彼は絆を求めていた。ともに語らい愛を交わす、そんな相手を切望した。記憶を共有できる相手。そうしないと、その記憶はまるで毒のように彼を蝕《むしば》んでいくだろう。

リーア・バントリーと娘のマリッサがスキャッツキルから引っ越してしばらくたった五月下旬、ザルマンは彼女に手紙を出した（地元メディアはこの引っ越しについて大々的に報じた）。彼はリーアがマホパックのクリニックに職を得たことを知っていた。車で一時間ほどのマホパックなら、ある程度の土地勘がある。一枚の便せんに思いをこめ、返事をもらえればうれしいが、なにも期待しないようにして投函《とうかん》した。〈あなたがとても近しく感じられます。この事件は私たちの人生をあまりにも大きく変えてしまいました〉。新聞に載った彼女の写真を何度もながめた。悲嘆に暮れる母親の、やつれて疲れ切った顔。リーア・バントリーは自分よりいくつか年上で、マリッサの父親とは音信不通であることも知った。名画の絵ハガキを何枚か送ってみた。ゴッホのひまわり、モネの睡蓮、カスパー・ダーヴィト・フリードリヒの寂寥感《せきりょうかん》に満ちた原野、ウルフ・カーンの目にも鮮やかな秋の森。こうしてザルマンはリーアへの求愛を続けた。会ったこともないこの女性に、自分の愛と崇敬を伝えようとした。プレッシャーになってはいけないと思い、会ってほしいとか、返事がほしいということさえおくびにも出さなかった。

やがてリーア・バントリーから連絡が来た。

電話で喋った。会う約束をした。ミカールは緊張のあまり喋り続け、何をするにもいじらしいほど無様《ぶざま》だった。リーア・バントリーが目の前にいる、そのことにすっかり圧倒されてしまったらしい。リーアはもう少し警戒し無口だった。年相応の美しい女性で化粧っけはなく、時計以外のアクセサリーはつけていない。明るい金髪に白髪が混じっていた。ほほえむことはあってもあまり話さない。男の方が喋ってくれるのはリーアにとってありがたかった。たいていの男はこうはいかない。ミカール・ザルマンのような男は過去にもいたが、親しく付き合ったことはない。いかにもニューヨーク出身らしく神経を張り詰め、頭はいいが世慣れていない。裕福な家の出なのだろうと思った。当然の成り行きとしてザルマンは金を軽蔑する。（それでもあの事件を通して家族とは仲直りをした、とザルマンは言う。誰もが自分のことのように怒り、法外な弁護士費用も肩代わりすると主張した。）話をしているうちにリーアは、スキャッツキルの懇談会で彼と初めて会ったときのことを思い出した。コンピュータのエキスパートだったこの男は、彼女に背を向けて歩み去った。傲慢な男！　のちにリーアはこのことでザルマンをからかうようになるだろう。もしこの先、二人が恋人同士になったなら。

ザルマンの髪はこめかみのあたりが薄く、頬は落ちくぼんで見え、目は三十一、二歳よりも老けた印象を残した。見た目を変えるためにアゴ鬚をはやし始めたが、試しにやっているだけですぐに剃ってしまうことは、傍目にもすぐに分かった。リーアはミカールをハンサムだと思った。それなりにロマンティックだとも。タカを思わせる精悍な顔つき、物思いに耽るような目。彼はなにかといえば自分をジョークのネタにして笑い飛ばすことができる。愛と崇敬を寄せてくれるのならそれはそれで構わない。いつの日か彼女も同じ気持ちになるかもしれないが、今はまだ傷つくのがこわかったし、心の準備もできていなかった。

やがて彼女はささやかなウソをつくだろう。〈マリッサを誘拐したのがあなただって聞いても、ずっと違う気がしてた。ほんとうよ、ミカール〉

三人――ミカールは自分たちを小さな家族だと思いたかった――はピクニックのランチを食べた。池のほとりの、まるで絵本から切り取ったように優美で美しい柳の下、木のテーブルで食べるランチはとてもすてきだった。マリッサが食べ物をまだうまく食べられないことに、ザルマンは気づいた。一口ごとに、ガラスの破片でも入っているかのように、怯えながら、ゆっくりと、恐る恐る食べている。それでもサンドウィッチ一切れのほとんどと、リーアがむいたリンゴを半分たいらげた。「皮」を食べるとマリッサは気持ちが悪くなるのだ。ランチのあとは池のまわりを散歩した。ユキコサギ、オオアオサギ、野生のハクチョウを見ては感嘆する。いたるところにガマやイグサやウルシが豊かに茂っている。湿った土の臭い、水面できらめく太陽の光、茂みの下では冬の訪れを知らせるハゴロモガラスが賑やかに群れていた。リーアは残念そうに言った。「早すぎるわ！　まだ冬の準備なんてできていないのに」。ほんとうに傷ついたような、哀しそうな言い方だった。

ザルマンがこたえた。「でもリーア、雪もステキだよ」

ママとミスター・ザルマンの前を歩いていたマリッサもそう思いたかった。〈雪、ステキ〉——雪がどんなものか、ちゃんと思い出せない。去年の冬。四月以前、四月以後。自分は十一年間生きてきた、なのに過去の記憶はクモの巣がはった窓枠みたいだった。セラピストの女の人たちはみな気を遣いながら、優しい口調で繰り返し尋ねる。古いお屋敷の地下で何があったの、悪い女の子たちに何をされたの。体験を思い起こし、それについて語る方が健康だからだ。ウミを出すのといっしょ、とセラピストたちは言った。泣いたり怒ったりすることも大切よ、と。でも何が起こったのかはっきり思い出せないのに、そういう感情を持つのは難しかった。いつも「なにを感じてるの、マリッサ？」と聞かれるが、答えは決まって〈分からない〉か〈なにも！〉だった。その答えは必ずしも正確ではない。

夢に見ることはあった。目は絶対にあけなかったけど。

目をあけても何も見えない、そういうときもあった。

悪い女の子は食べ物を食べさせてくれた。スプーンで。とてもお腹がすいていたからうれしかった。

〈大人はみんないなくなったんだよ。おかあさんたちもみんな〉

マリッサは知っていた。そんなのはウソだ。悪い女の子はウソをついたのだ。

それでも食べ物を食べさせ、髪をとかし、寒くてたまらないときには抱きしめてくれた。

突然の爆発と炎！　燃えさかる女の子、ぞっとするような恐ろしい金切り声、叫び声——最初は自分が燃え、自分が叫んでいるのかと思った。階段を這って昇ろうとしたけど、体があまりにも弱っていたのでそのまま気を失ってしまった。そのとき誰かが足音を立ててやってきて、何かを叫びながら抱き上げてくれた。病院で目が覚めたのはそれから三日たってから。ママがそう教えてくれた。頭が重くて起き上がれなかった。

ママとミスター・ザルマン。「ミカールおじさん」と呼ぶように言われたけれど、やっぱり難しい。

ミスター・ザルマンはスキャッツキルの先生だった人。でも先生はそんなことは忘れたみたいに振る舞っている。勉強できる生徒じゃなかったから覚えてないのかな。優秀な生徒のことしか目に入らなくて、ほかの子は先生にとってまるで透明人間みたいだったから。ミスター・ザルマンは「ミカールおじさん」じゃない。だからそう呼ぶのはおかしいと思う。

新しい学校のみんなは優しい。先生もセラピストもお医者さんたちもみなマリッサのことは知っていた。知らないとあなたを助けてあげられない、とママは言う。いつかもっと大人になったら「マリッサ・バントリー」なんて誰も知らない所へ行こう。もっと遠くの、たとえばカリフォルニアへ。

ママは行かせたがらないだろうけれど、行かなきゃならない理由は分かってくれるはずだ。

新しい学校はスキャッツキル・デイよりずっと小さくて、友だちも何人かできた。みなマリッサと同じように細面で内気で控えめだった。彼女たちの姿を見ると一瞬、体の一部が欠けているような印象を受けるが、ちゃんと見るとそうじゃないことが分かる。五体満足の女の子。

マリッサは短い髪が気に入っている。悪い女の子たちがブラシをかけ、頭のまわりに広げた長い絹のような髪は、入院中にごっそり抜け落ちた。今では長い髪を見ると不安で落ち着かなくなる。昔の自分のように長い髪を背中にたらしている女の子たちを、学校でぼんやりしながら見るともなしに見ることがあった。それがどんなに危険なことか知らないのかな、とマリッサは驚いてしまう。

とうもろこしの乙女なんて誰も聞いたことがなかった。みんなにとっては何の意味もない言葉の連なり。

マリッサは本を読むのが大好きになった。本の中に逃げ込めるよう、どこにでも持ち歩いた。挿絵のついたおはなし本。ゆっくりと、ときには指で言葉をなぞりながら読んだ。知っているべきなのに知らない単語に出会うのがこわかった。ふいに咳《せき》の発作に襲われたような、いきなり口にスプーンを突っ込まれたような気持ちになった。だいじょうぶ、あの悪い女の子たち、いえどんな悪い人ももう手が出せない、ママがちゃんと守ってあげる、とママは言った。でもいろんな物語を読むとそうじゃないことが分かる。ページをめくれば必ず何かが起こった。

今日は学校の図書館から二冊借りてきた。『鳥を観察しよう！』と『チョウチョの家族』。十一歳以下の子ども向けの本だったが、知らない単語が出てきてドキッとする心配はない。

池のほとり。マリッサはこの二冊を手に、ママとミスター・ザルマンの少し先を歩いた。ガマの茂みにはトンボがいる。キラキラ飛んでいる針のように見える。とても小さなオオミズアオや、ゆっくり羽を動かす美しいオオカバマダラも飛んでいた。マリッサの後ろでは、ママとミスター・ザルマンがお喋りをしている。二人とも真剣で誠実だ。いくら喋っても喋り足りないみたい。そのうちに結婚して、そうしたら二人でいつまでも話し続けるのかな。マリッサは聞く必要がないから透明人間になっていよう。

ガマにつかまってゆらゆらしているハゴロモガラスが、鋭い声でマリッサに呼びかけた。

〈「死の影の谷」にあっても私が汝を永遠に守ろう、アーメン〉

原註——とうもろこしの乙女の生け贄は、イロコイ族、ポーニー族、ブラックフット族の伝統的な生け贄の儀式をもとに、創作したフィクションである。

ベールシェバ

インスリンの注射を終えたちょうどそのとき、電話が鳴った。まるで、電話をかけてきた相手は礼儀正しく、というかそう装おうとして、彼が注射針を抜くのを待っていたかのようなタイミングだった。彼はうなりながら電話に出た。「誰だ?」夜のこんな時間にかけてくるような知り合いはいない。女の声、女性、しかも若い。聞き覚えがあった。しばしの沈黙、息を殺して。「ブラッド・シフケ? あなたなの?」

「ああ。そっちは?」

相手が一瞬ためらう――まるでそれが真剣に考えるべき問いであるかのように。それからパッといたずらっぽくふざけながら――「あててみて!」

「あてるって……無理だ」

「やぁねブラッド、もうちょっとやる気を見せてよ」

ドキッとした。相手があっという間に、からかうような責めるような口調に変わったからだ。しかもいっそう聞き覚えがある。よく知っている誰か? それもかなり親密だった……？

誰であれ、だいぶ前の知り合いだろう、それだけは確かだ。この五、六年の間に付き合った女——というかまだ彼と口をきいてくれる女で、こういう口調のやつはいない。若い頃——二十代半ばから三十八、九歳くらいまで——なら、こんな調子でブラッドに話しかける女もいた。彼は若い頃に結婚し別居し離婚して再婚した。フロリダとニューヨーク州北部での家庭生活。だが、飼い慣らせないアライグマやチンパンジーと同じで、彼は家族との暮らしには向いていなかった。いつもこっそり会っている女がいた。概して楽しかった。女にモテて当たり前、女の扱い方からして、好かれるのが当然だと自負していた。どの関係でも主導権を握っていたのは彼の方だと言っていい。最初に配属されたペンサコラ海軍基地ではコンピュータの才能を発揮し、除隊後は北へ戻ってニューヨーク州のカルタゴに落ち着いた。カルタゴは郷里に近かったが、しょっちゅう家族に会わなければならないほど近くはない。高校時代や卒業してからの女友だちがいっぱいいた。この女——というか娘は、たしかに知っている気がする。からかうような口調が亡霊の指のように彼の髪をすき、首筋をなでる。女に触れられるのは久しぶりの首筋を。

「いいからあててみてよ、ブラッド——ぱっと聞いてあたしだってすぐ分かったこともあったじゃない？」

「ヒントをくれ。たとえば何年くらい前の話だ」

「何年前……か。そっちが教えてよ」

「あるいはここらに住んじゃいないが、友だちか家族に会いに来てる、とか。どうだ?」

「そっちこそどうなの?」

「俺? なんで俺が答えなきゃならないんだ、今はそっちの話をしてるんだろ」

「ダメよブラッド、分かってないのね、これはあなたの話なの。だから電話してるのよ」

俺の話って……ブラッドには訳が分からなかった。分かったのはすっかり気持ちが高ぶって、興奮してきていることだけだった。この女、というか娘はじゅうぶん大人なのだろうが、まるで少女のようにクスクス笑いながらささやいてくる。少なくとも名前くらいは覚えていてくれるだろうと思って電話した、もしそうなら、つまりブラッドが名前を思い出してくれたら会うつもりだった、と。長い間会いたいと思っていた、カルタゴへ来たのもブラッドがいると思って——いや他にも用事があったのだけれど——長時間、車を走らせ、今は十一号線沿いのモーテルに泊まっている、とにかく彼に会うのが大きな目的の一つで、それなのに今はどう考えたらいいのか——「あたしが誰か見当もつかないみたいね、ブラッド」

「まぁ、声には聞き覚えがあるな。知ってる声……だ」

「でも名前は思い出せない?」

「いや、もう少しで思い出せそうなんだが」

「あなたの声ならあたしはよく知ってるわよ、ブラッド。夢にまで見るくらい。忘れたくても忘れられないもの」

このもったいぶった語り口もなじみのものだった。気持ちがざわめく。不安をかきたてる遠い記憶が呼び覚まされようとしている。この女は俺をからかっているのか？　こっちはもう忘れているが、ケンカ別れか誤解があった女の一人か。女たちからはよくい加減だとなじられた。意地が悪いとか悪意がある、というのではない。どんなに挑発されても女に手をあげたことはなかった。そうではなくて浅はかというかせっかちというか——押しが強くて威張っていて、それでも気がよくて女を守ってやる、自分はそういうタイプだった。高校以来、アルコールに依存する問題はあったがそれも今は克服した。四十代で体重が増え始めるまではいわゆる「いい体」だった。胸板、腹筋、上腕、みな彫刻のように筋肉がついていた。褪《あ》せた赤毛の髪は短く刈り込み、海軍仕込みの姿勢の良さで、時間をかけてシャワーを浴びヒゲを剃り清潔な服を着さえすればかっこいい方だった。コミュニティ・カレッジのコンピュータ技術スタッフの長の座につき、上役がいないせいもあって、最近では身だしなみもズボラになっていたが。

「それでブラッド、そっちは元気だったの？」女が尋ねブラッドが答える。「まぁな、元気だよ」。女が「まじめな話、どうなのよ？　知りたいの、いろいろ聞いてるわよ」。ブラッドは一笑して「聞くって誰に。ストーカーされてる覚えはないぞ」

彼はいやな気がした。俺のことを話のタネにしてるやつがいる。しかも俺を憐《あわ》れんでいるらしい。

ブラッドは今、その重い体にすっかりなじんだソファから立ち上がっていた。消音《ミュート》にしたテレビがついている。電話は携帯にかかってきた。相手の番号は非表示。ニューヨーク州内から携帯電話でかけていることは分かったが、大したヒントにはならなかった。気持ちがかき乱されイライラし始めた。この女はなにをいろいろ聞いたというのか。酒がらみのことではないだろう、あれはもう五、六年も前の話だ。飲酒運転、それとも、あのデタラメな第二級暴行罪の容疑か。あれもけっきょくは不起訴になったじゃないか。ああ、糖尿病のことか、この女がほのめかしているのは。恥と怒りがないまぜになったような強い感情がこみ上げてきた。誰だか知らないが、今のところは見ず知らずの女のくせに、何の権利があってあれを持ち出すんだ。ブラッドは自分のクソったれな健康状態については誰にも喋《しゃべ》っていない。親族や友だちにすら黙っていた。健康なんかどうでもいいと思っているからだ。

診断が下されたのは去年のはじめ。一度ならず失神したことがあり、最後に気を失ったのは四輪駆動車で高速道路を走っていたときだった。医者から病名を聞いた瞬間、いきなり頭に鈍い斧の刃が打ち込まれたような気がしたが、インスリンさえ打てば問題はない。医者が処方したリスプロというタイプのインスリンは超即効型だから、食事の時間もそれほど気にせずに済む。廃人同様のヤク中にでもなったようでいやだったが、自分で注射の準備を整え、腹壁に針を沈めることを学んだ。ベルトの上でだぶついているぜい肉のあたり。十三キロほど体重を落としてもなお、彼は肥満体だった。インスリンを打つようになって十八ヶ月になるが、相変わらずどうしようもなく不器用ですぐに失敗した。注射器をしょっちゅう股のあいだや床に落とした。〈何だよ！　こんなのは俺じゃねぇ〉。かっこ悪くて、恥ずかしくて、だからもっとも親しい友人や女友だちにもこのことは話していない。母親の家だけは別で、彼はリビングでテレビを見ながら、あるいは食事の席でも、みんなが見ている前で躊躇《ちゅうちょ》なくTシャツをまくり上げ、注射をした。「ブラッドおじさん、それ気持ちワル〜い」。彼は笑ってやり過ごした。だからなんだ。ずっと胸の中でくすぶっていた、ぼんやりとした恨みもあった。この体質は母方の遺伝によるもので、小さい頃から彼は、親戚のおじさんやおばさんが病気を抱えている話を聞かされてきた。「とうにょうびょう」という厄介な病気。

ここで彼は驚いた。電話を切ってしまうのではないかと心配になりかけたちょうどそのとき、女は声を落として物憂《ものう》げに言った。「それじゃあ、あたしのブラッド君、今夜あたしと会ってみない？　電話したのもそのためよ。もう予定が入ってるかしら」

「そりゃいいけど。いや、つまり、予定はなにもないし」

「誰かそこにいるの？」

「いや、誰も」

「あなた、結婚したんだっけ？　それも一回だけじゃないって聞いたけど」

「昔の話だ」

「子どもは？」

「いない」

「ほんと?」

「ったく、ほんとだってば」

「自分の知る限りいない、ってことでしょ」

ブラッドは息をのんだ。耳にあてた携帯電話を握りしめる。俺をかつごうとしてるのか。この女、俺の娘だって言い張るつもりじゃ……

「ちょっとブラッド、聞いてるの?」

「ああ、聞いてるよ」

「怖がらなくてもいいって。あたしはあんたの娘じゃないし、ブラッド・シフケの子どもの存在も知らない。あたしはただ——ほら——聞いてみただけ。あんたがどれくらい分かってるのかと思って」

「分かるって何を」

「この会話のテーマについてよ、今話してること」

「あんたは俺と会いたいんだろ」

「そうよ。さっきそう言ったでしょ」

女とは、カルタゴにあるブラッドの家から八キロほど離れたスターレイク・インで会うことになった。ブラッド・シフケの顔がきく場所。外で飲み歩いていた頃は週末ごとに立ち寄っていたので、少しくらいならまだ顔がきくだろう。バーにそれらしき人物――一人で来ている女――は見当たらない。勝手に美人だろうと決めつけていたが、美人はみな男連れだった。店で買った飲み物は裏のテラスでも座って飲めるようになっており、そこで女が彼に向かってほほえんでいるのが見えた。ポーズをとるように両手の甲を腰にあてている。肉付きはいいがよく締まった腰。頭を少しだけ傾げ、ツヤのある髪を一本の太い三つ編みにして、それが片方の肩から垂れ下がっている。「ブラッド・シフケ――あなたなんでしょ？　ハーイ！」彼はびっくりしたようにほほえんだ。そして次の表情に切り替えられないうちに、女が握手をしようと、手を差しのべながら歩み寄ってきた。しっかりとした力強い指。握手の仕方が男のように堂々としている。無防備にぼーっとしたままの彼の目を、三十センチと離れていないところからまっすぐ見すえる彼女の物腰も、どこかしら男っぽい。俺はほんとにこの女を知ってるのか。いや、知らんだろう――電話の声がほのめかすほど女は魅力的ではない。だが、失望はなるべく悟られないようにした。まだ二十代の若い女。がっしりと骨太で頭が小さく、後ろで束ねた髪をざっくりと三つ編みにしている。顔つきは地味で肌の色がインディアンの少女を思わせた。大きな口、濃い眉毛、からかうような瞳、髪の生え際は湿疹《しっしん》のせいかニキビ跡なのか、ザラついている。握手をして軽口まじりの挨拶《あいさつ》を交わしているとき、ブラッドはめったにお目にかかれないほど豊満な彼女の胸に目がいった。スイカのように大きな胸が、淡い水色のサテンのTシャツを窮屈そうに押し出している。Tシャツに印刷された男の顔はヒスパニック系でヒゲをはやし、ゲリラ・キャップをかぶって軍服を着ているようだ。エルヴィス・プレスリーと同じく、Tシャツやタトゥーでよく見る顔だが、それが誰なのかブラッドは知らない。飾りビョウ付きのデザイナー・ジーンズにくるまれた、どっしりとしたヒップと太いもも。扁平《へんぺい》気味の大きな足に革のサンダル。サンダルといってもハイキングに行けるくらい丈夫そうだ。足の指に塗られたマットな薄緑色のマニキュアは遊び心をあらわしているのか。耳には無数のピアスが打ってあり、左の眉と上唇にはピカピカの安全ピンが刺さっている。これがニューエイジ・ヒッピーというやつか。ブラッドは友だちといっしょにこの手の若者をテレビで見てあざ笑ったことはあるが、アディロンダック山地のここら辺で実物にお目にかかることはめったにない。

「まだあたしのこと思い出さないの、ブラッド。あたし、傷ついちゃうなぁ」

ブラッドは娘をじっと見つめた。この子の目——俺の知ってる目か。はしばみ色の瞳に長いまつげ。笑っている顔は、暑さのせいでところどころ赤らんでいる。彼女は本心を語っているのだろう。ブラッドに忘れられてほんとうに傷ついているように見えた。演技をしているのでなければ、だが。ブラッドは優しく言った。「飲み物をもらってくるよ、な？　ビールでいいか？　未成年じゃないんだろ？　だよな？」

「未成年？　まさか。あたしはもう立派な大人だよ、パパ」

ここで——この「パパ」で——ブラッドはその場で静止し、その娘をもう一度まじまじと見た。そして思い出した――なんだよ、ステイシー・リンか？　ブラッドの二番目の妻、リンダ・ガッツホークの娘？　ようやく霧が晴れてきた。そういえばこの謎《なぞ》の女にはリンダの面影がないでもない。ブラッドは少しずつ思い出した。リンダはブラッドと別れたあと、交通事故で亡くなった。ブラッドは当時まだ幼く、リンダの両親が親権とともに彼女を引き取った。娘のステイシー・リンは当時まだ幼く、リンダの両親の娘だ。彼女はリンダの両親の娘だ。彼のではなく。ブラッドはしばらくの間、義理の父親だっただけ。しかもリンダと結婚していた四、五年の間、あまりいい義理父とはいえなかった。役割をこなしきれなかったのだ。夫の役割をこなしきれなかったのと同じように。

女は両手で頰《ほお》の涙をぬぐいながら、息が苦しくなるくらい笑っている。ブラッドは気づいた。女の体が大きく見えるのは脂肪のせいではなく、固いゴムのような筋肉がまんべんなくついているからだ。ジムで相当鍛えているのだろう。この手の女ならブラッドも知っていた。半ば嫌悪し、半ば驚きながら見てきた。男がある日、目を覚ましてみたらこんな体になっていた――そのときはショックで自分の頭をショットガンで撃ち抜くに違いない。

「ああブラッド、やっと思い出してくれたのね、ステイシー・リンを。そうなんでしょ？」

「ああ、そうだ、思い出した。もう分かったよ。ただちょっとびっくりしたもんだから……」

ブラッドは困惑をごまかそうと彼女を抱きしめた。その体は思ったとおりの、固いゴムの感触だったが、大きな胸はまるでミルクを詰めた袋のように柔らかい。近づきすぎて狼狽した。バツが悪いというか。たしかにブラッドは彼女のことを覚えていなかった。ほとんど忘れかけていた。だが彼女の声を電話で聞いて思い出しかけていたのは、その母親だったのだろう。だからこそ気持ちが高ぶると同時に不安になった。性的に興奮しながら、でも手放しに、ではなく用心し不安を覚えながら。リンダ・ガッツホーク！とくに今夜のように気持ちが沈んでいるときには、あまり思い出したくない女の一人だ。いや、気持ちが沈んでいるのは近頃ではいつもか。やるべきこと、やらなきゃならない大事なことといえば正しい時間に注射を打つ、それだけ。最近のブラッド・シフケがどんな状態か、それで分かるというものだ。要するに思い出したり考えたりすることさえ面倒だった。リンダ・ガッツホークと初めて会ったとき、彼はこんな美しい女を見たことがないと思った。それはほんとうだった。海軍を除隊後、ニューヨーク州に戻ってしばらくたったある週末、酔った勢いもあって、二人はナイアガラ・フォールズで結婚した。リンダが初婚ではなく、前の夫とのあいだに小さな娘がいる――つまりは責任が伴うことについては、あまり深く考えなかった。上品に言えば、リンダはいっしょに暮らしていくのが難しい女で、それも結婚してから分かった。体に触れようにも、彼女が「親密すぎる」と判断すれば拒絶される。結婚生活で、これは不自由だった。ショトーカ・フォールズでの新居はキャンピングカーだったからとても狭く、それも問題に拍車をかけた。

　ステイシーの背はブラッドよりほんの七、八センチ低いだけでほとんど差がない。母親よりずっと背が高く、体格がいい。同じ女性でも種が違うかのようだ。ただ明るい茶色の髪は母親ゆずりだろう。彼は昔、その髪をなでながら、子鹿のような色だと思った。あのリンダの内気な娘が今やこんなに立派な女性に成長したとは。ようやく気分が落着くとともに実感した。母親の繊細《せんさい》で美しい顔立ちと、優しげで女らしい立ち居振る舞いは娘に受け継がれなかったが、それもよかったのかもしれない。

　結婚していた年月の重みが、まるで波のように彼にかぶさってきた。次々に寄せては返す波で息がつけない。濁ってしょっぱい海水。具合が悪くて気を失いそうに見えたのだろうか。気を惹くような低い声で女が言う。「ブラッド、一杯飲んだ方がよさそうね。あたしもだけど《モア・オスィ》」

　何を言ってるんだ——ブラッドには分からなかった。前腕におかれた彼女の手——薄緑色のマニキュアがはげかけた大きくてずんぐりした指——の感触が、まるで電流のように彼の体を駆け抜けた。

　中のバーでビールを一杯ずつ買った。俺のおごりだ——ブラッドは強引に主張しなければならなかった。テラスへ戻ったが、テーブルはすでにいっぱいだった。こういう状況に陥るとブラッドは急に自意識が強く、怒りっぽくなる。クソったれなやつらがこっちを見ている。顔見知りの男たち。なのに自分の連れは、顔と耳にピアスをした骨太のインディアンのような娘。自分は今、笑っているが、その笑顔は、腹を蹴られても痛くないふりをしようと必死になっている男の作り笑いだ。ここスターレイク・インへ来るまでは、突然電話をかけてきた女が色恋がらみで自分に会いたがっているのかと思った。ところがふたをあけてみると相手は十五年くらい会っていない、そしてその間一度も思い出したことがない義理の娘だった。一杯目のビールがすぐに効いて頭がぼーっとしている。糖尿病を患って以来、彼は昔ほど飲まなくなった。ステイシー・リンはやたらと体を押しつけながら話しかけてくる。「ねぇブラッド、ブラッド・パパ、これってすごいよねぇ。ブラッド・パパにまた会えるなんて思ってもみなかった。ママとあなたが別れたときはあたしもすごく悲しかった。そうだ！　あたし車で来てるんだ。ねぇスター湖までドライブしよう。積もる話もあるしさ。ここは人が多すぎるよ」

ステイシー・リンは大胆に彼の肩をつかみ、唇めがけてキスをした。まるでテレビ・ドラマだ。弾力のあるゴムのような唇はじっとり湿っていて、思いがけずひんやりしていた。彼女は大きめの腕を彼の首にまわしたかと思うと、突然弱々しく肩の力を抜き、彼の胸に額を寄せた。服従の姿勢、女としての自分を投げ出すかのような。そして後ろへ一歩下がり、笑顔になった。そんな彼女がブラッドの目には、さっき以上に魅力的で若々しく、傷つきやすく見えた。

ブラッドは自分が運転すると言ったが、けっきょくハンドルを握ったのはステイシー・リンだった。彼女がどうしてもと言い張るので、譲るしかなかった。助手席に座って、しかも女が運転しているなんておかしな気分だ。まるで自分が半人前になり、この大柄でギラギラした目の、インディアン風の三つ編みを背中に垂らした（まるで三つ編みにした馬のたてがみみたいだ）女に主導権を握られているような。

スター湖はアディロンダック山地南部にある大きめの湖の一つで、南北に約四十キロ、幅は約十キロ、湖畔の大半は手つかずの自然のままになっている。マツ、モミ、ビャクシンがうっそうと茂り、亡霊のように白い幹のカバノキがところどころにかたまって生え、それが雲のかたまりのように見える。二十代の若者だった頃、ブラッドは年に何回か森にやってきて、釣りをしたり、バックパックを背負ってハイキングをしたり、シーズンになると友だちと鹿狩りを楽しんだ。が、それも今は昔の話。最近じゃ友だちの近況さえ分からなくなっている。森に入ったときのいろいろな目印が、すぐに忘れられてしまう夢の断片のように少しずつ蘇ってきた。空高くかかった薄い雲ごしに、四分の三ほどの月が燐光を思わせる異常な明るさで光り輝いていた。ステイシー・リンは運転しながらビールをあおり続け、お喋りが止まらない。ブラッドの耳に入ることもあったが、大半は聞き流していた。彼自身考えがまとまらず、ビールのせいで頭の中には蜂がブンブン飛び回るような音が鳴り響いていた。「あたしの車どう？　かっこいいでしょ？」トヨタのちょっと高級なやつ、ブラッドは彼女の車じゃないだろうと踏んだ。彼の愛車はグランド・チェロキー、中古車がさらに売りに出されたものだった。なぜ強引にでも、自分で運転することにしなかったのか、彼は後悔していた。

ステイシー・リンは湖畔の道路から砂利道に入った。家や小屋が一つもないが、何年も前にこのあたりへ釣りに来た覚えがあった。空も月も妙に明るく、森はインクのように真っ黒だ。「ねえ、湖まで歩いてみようよ」——車を降りたステイシー・リンは手に懐中電灯を持ち、下生えに隠れて見えにくくなっている小道を照らした。ブラッドは二缶目のビールを飲み干し——三缶目ではなかったはずだ——欲望というか興奮めいた衝動を覚えていた。性的な、というのではなかったが、セックスの予感、というか驚き——官能的な気分、風でバランスを失い急降下する凧《たこ》のように、いきなりとらわれる激情。女は盛大に鼻歌を歌い、歯笛を吹き、缶ビールを飲み、魔法使いの杖のように懐中電灯を振り回した。「急いで急いで《ヴィット・ヴィット》、こっちよブラッド、愛しい人《モナミ》」。外国の言葉、いやそれっぽいデタラメな言葉で、モタモタしている子どもを優しくからかうように声をかける。ブラッドは下生えに足をとられ、茨で服が破け、指を切り、悪態をつきながら進んだ。湖まで出てみるとそこは砂浜ではなく、岩だらけで、嵐のあとに流れ着いたゴミが散乱し、死んで打ち上げられた魚の腐臭がかすかに漂っていた。ステイシー・リンが膝の間に懐中電灯をはさみ、うなりながら大げさな身振りでサテンのTシャツを脱いで、ブラッドは驚いた。Tシャツと同じツヤのあるサテン生地に水玉のスポーツ・ブラをつけている。湖で泳ごうとでもいうのか。水は相当冷たいのではないか。腹の肉がデザイナー・ジーンズのこぢんまりしたウエストから慎み深くこぼれている。柔らかな女の肉。ブラッドはそれを手に握り、もてあそぶ感触を想像した。口がかわき、うなじのあたりがゾワゾワした。さっきのキスの湿った感触が、まるで傷跡かかさぶたのように残っている。「見て。クレール・ド・リュヌ、月の光——あたしたちのためだけに」声が震えている。ずっとふざけてきた、というかふざけようとしてきたが、彼女の声は震え、ふと気まずい瞬間が訪れた。ブラッドは彼女が泣き出すのではないかとすら思った。

やめてくれよ！　女の涙はいつだって彼を怒らせ、落ち着かなくさせた。涙に何の意味がある？

スター湖。上空から見ると不規則な星の形をしているのでそう名付けられた。ほとんど真っ暗な中、雲の切れ間から月の光がさしこんで、ところどころ輝いている。空気がひんやりしてきたが風はなく湖面は穏やかだ。それでもあちこちでさざ波が水面を乱す。まるで湖に生息する名もなき謎の生物たちが下からかき混ぜているみたいだ。突然ステイシー・リンが半分ふざけながらブラッドの顔に懐中電灯を向けた。ほんの一瞬。彼はふいに目が見えなくなって驚き、困惑し、すぐに顔をそむけた。「ブラッド！　こっちよ」。またしても少女めいた挑発的な態度。どんなに気持ちがよくても湖に入る気はない。彼女についていく気分ではなかった。この遠出——だかなんだか知らないが——をさっさと終わらせたかった。それでも鼻歌を歌い、歯笛を吹きながら先を歩くこの骨太の女のあとをヨタヨタとついていくしかない。どこへ向かっているのか？　土は湿っている上に石がゴロゴロ転がっている。二人は湖から少し離れた地面をよじ登った。「待てよ、ステイシー・リン！　コンチクショウ」。ブラッドは疲れた、休ませろと訴えた。実際、息切れがひどかった。動物の死体が腐ったような臭いがする。湖から四百メートルほど離れた場所で、二人はまだ坂をよじ登っている。ステイシー・リンのあとを、ブラッドが顔を紅潮させ息を切らしながら続く。いきなり視界が開け、二人は墓地らしき場所に出た。廃墟となった教会の裏手で、かなり古くて荒れ果てている。かつてここは居留地で、名前がまた奇妙だった。ベールシェバ。教会はベールシェバ・ルーテル教会。聖書に出てくる名前だろうか、とブラッドは思った。墓石の大半は折れたり崩れたりして苔《こけ》におおわれ、ツタや雑草がおおいかぶさっている。墓に彫られた文字はすり減って消えかけ、月の光ではほとんど読めないが、ブラッドはかろうじて一七九〇年という数字を判読した。あまりにも遠い昔、ビーチャム郡のこれほど辺鄙《へんぴ》な場所に人が住んでいたとは。まるでテレビ・ドラマに出てくる女の子のように、ステイシー・リンがため息まじりの思わせぶりな声で呼びかける。「ブラッド・パパ、いえパパじゃなくて義理のパパね。ここはあたしの秘密の場所。ママといっしょにスター湖の親戚の家に泊まりに来ると、あたしは自転車でよくここへ来たの。ほんとに久しぶり——最後に来たのはもう何年前になるかな——もしかしたら十年ぶりくらいかも。ママのお墓はここじゃないわ。でもあたしは一人でここへ来た。幸せな思い出の場所だから」

「ママのお墓はここじゃないって、当たり前だろ？　この墓地が使われてたのは百年くらい前なんだから」

「そう思いたければどうぞ」

人の気を惹き、興奮させ、あるいは挑発し、からかうための、深い意味などない単なる冷やかしの一種だろう。娘は酩酊《めいてい》寸前のちょっとしたパーティ気分で冗談を言っているに過ぎない——ブラッドはそう思おうとした。彼女は崩れた墓石の上に座っていた、というか座ろうとしたが、大きな尻がどうしても一ヶ所におさまろうとしない。クスクス笑ってもう少し安定した場所に体をずらした。懐中電灯が手からすべり落ちて雑草の中に転がる。「ねぇブラッド、来てよ、いっしょに座ろう。この場所、ロマンチックでしょ?」ブラッドはよろめきながら彼女の方へ進んだ。この娘にはあまり近づきたくないと思いながら、隣に座ると考えただけでそそられ、欲情した。すぐそばまで行ったとき、突然それが起こった。かがんで懐中電灯を拾うと見せかけ、娘はブラッドのズボンの片方をまくりあげた。乱暴に、左足のズボンを。彼女の動きがあまりにも素早く唐突だったのでブラッドはあっけに取られ、反応できなかった。娘を押しのけ自分を守れなかった。その間にも彼女はカミソリのような刃物を取り出し、あらわになった彼の左のくるぶしの上あたりをさっとなで斬りにした。信じられないほどの激痛が稲光のように彼を襲った。叫び声とともに、切られた足から力が抜け、ブラッドは砂利混じりの雑草の中に音を立てて倒れ込んだ。

　女は切られた男からさっと離れた。子どものようにはしゃぎながら歓喜の声をあげている。何だ、今のは? 俺に何をしたんだ? 彼女は左手で懐中電灯を拾い上げた。右手には月光を受けてきらめく何かを持っている。ナイフの刃？　目がらんらんと輝いている。彼女は意外なほど身が軽く、まるで若い雄牛のように俊敏だった。「教えてあげようか、ブラッド？　あたしがたった今切断したのはあなたのアキレス腱」

なすすべもなくブラッドは転がっていた。耐え難いほどの痛み。叫び、うめき、針にかかった魚のように身をよじらせた。うれしそうに、得意げに、からかうように女が足を踏みならし、彼のまわりをぐるぐる回る。「よくもママを殺してくれたわね、この腐れ野郎。ちくしょう！　邪悪で腹黒いあんたにもついに償いのときがやってきたんだ。気分はどうだ？　たった今あたしはあんたのアキレス腱をかっさばいてやった。そうやって芋虫《いもむし》みたいに這《は》いつくばってろ。家に帰るにも這って行くがいい」

「助けてくれ」。ブラッドは懇願した。痛みで意識が遠のいてゆく。それでも足を引きずり地面を這う——彼はどこへ行こうとしているのか——傷口からは血がドクドク流れ、激痛が襲う。ステイシー・リンは満足そうに、でも同時に怒りで震えながら彼のまわりを相変わらず回っている。「あんたがママを殺したんだ！　ママをクソみたいに扱いやがって。ママがどれだけ傷ついたか分かってるのか？　惨《みじ》めで、憂鬱《ゆううつ》で、もう何もかもどうでもよくなってママは半分酔っぱらったまま車に乗った。夜遅く州間高速道を突っ走った。あの最後のドライブにママはあたしも連れて行こうとしたんだ。けどやっぱりやめて、あたしはそのままテレビを見続けた。『ママの帰りが遅くなったらおばあちゃんに電話してね』。あんたのせいで死んだんだよ。ピストルで撃ったも同然、心臓をナイフで刺したも同然なんだよ。葬式にすら来なかったじゃないか！　さぁこれからどうする、このクソったれが。お偉いブラッド・パパさんよ、気分はどう？　痛めつけられる側の気持ちが少しは分かったか？　虫ケラみたいに地面を這いつくばるのは、どんな感じかしらねぇ？」ステイシー・リンはふと沈黙した。肩で息をしている。張りのある若々しい顔はじっとりと汗にまみれ、瞳が輝く。今の彼女の目は母親のそれとは似ても似つかない。「いいことを思いついた。あたしはこのままあんたを置き去りにしてやる。ここは神聖な場所だから、あんたなんかが死ぬにはもったいないけどね」

ブラッドは出血している足を両手できつくつかんだ。まるでその指で血を止めようとするかのように。何が起こったのか理解できずにいた。自分にいったい何が起こったのか？　女とは理性的に話そうと努めた。置き去りになどしないで、助けてほしいと懇願した。頭の片隅で考え、計算する。自分がすでにどれだけダメージを受け、この痛みがどれほどひどいか、骨の髄《ずい》まで打ちのめされ、彼女を脅かす存在には到底なり得ないことをこの女に分かってもらえれば……そうすれば彼女も少しは哀れに思い、もしかしたら彼を置き去りにはしないかもしれない。この古いルーテル教会の墓地はスターレイク・インからほんの数キロしか離れていないが、たとえ助けを求めて叫んだところで誰も気づかないだろう。発見されるのは数週間、いや数ヶ月後かもしれない。廃墟《はいきょ》となった教会に続く砂利道はとっくに忘れられ、郡も維持管理を放棄している。

女は嘲《あざけ》りながら彼に向かって「なんだ、大げさに痛がってるけどほんとはそんなに痛くないんじゃない？　あたしを騙《だま》して操ろうっていうの？　ほらよ、バカたれが。出血死はさせないよ」

見下すように彼女は何かを投げつけた。汚らしいボロ切れ。ブラッドは血が流れ出る足にその布を押しつけた。

傷の場所は足の後ろ側のくるぶしの上あたりで、かなり深い。彼女の言ってることはほんとうなのだろう。ステイシー・リンがナイフで切り裂いた——切断した——のはたしかに彼のアキレス腱に違いない。彼女は恐ろしいほど正確で、びっくりするほど大胆に彼のカーキ色のズボンの片方をまくりあげ、ハンティング・ナイフとおぼしきもので肉をざっくり横に断ち切った。鋭いナイフの刃渡りは二十センチ弱、青光りするステンレス製の力強い刃。その刃で彼女は素早く巧みに斬りつけた。刃はブラッドのコットンの靴下と皮膚と肉を瞬時に切り裂いた。苦しむ彼に対する蔑みを込め、ステイシー・リンが嘲りの言葉を投げつける。「バカだね、止血帯をつくりなよ！　あんた海軍でバリバリ活躍してたんだろ？　だとしたら応急処置もお手のもんでしょうが。自分で努力さえすれば出血死なんてしなくて済むんだよ？」

ブラッドはボロ布を傷ついた足に押し当て、必死で訴える。「俺は君のおかあさんを殺しちゃいない、分かってくれステイシー。俺は君のおかあさんを愛してたんだ。信じてくれ、愛してたんだよ……」

「あたしのママを愛してたって？　冗談じゃない！　クソったれが、人を愛したことなんか一度もないくせに」

　ブラッドは自分がたしかにリンダを愛していたと抗議した。「だからこそ結婚したんだ。彼女の夫になりたかったから、そして君の――君の父親になりたかったから。それが俺の望みだった。良き夫、良き父親であることが……」

「呆れてものも言えないわ。あんたはママをクソみたいに扱って死に追いやった。ママに死んでほしかったんだろ、邪魔になってさ。そうすれば離婚手当を払わなくて済むもんね。ママのことも忘れられる。それが真相なんだよ」

「違う、デタラメだ」

「デタラメ？　デタラメだって言うの？　じゃあどうだったのよ？」

「俺は君のおかあさんを愛してた、君のことも――」

　激怒し、大笑いし、彼に蹴りを入れる。彼は顔を腕でおおった。

「今なら必死だからなんだって言えるよね。その惨めな命を救ってもらいたくてさ。ウソついてるって自分でも気づいてないんだろ。真実なんてどうせ分かっちゃいないんだから」

「ステイシー、それは違う。俺は君のおかあさんを愛してた。君のことだって愛してたんだ――」

「ああそうだろうよ。それじゃあ、あの後なんで会いに来なかった？　一度も会いに来なかったじゃないか」

「君のおじいさんやおばあさんが許してくれなかったから……」

「よく言うわ！」

痛みや出血以上に、ブラッドは置き去りにされることを恐れた。寒さと死への恐怖から、彼は発作的に震えた。地面は氷のように冷たく、低体温症で死ぬのは時間の問題だろう。四月としては季節はずれの快適さだったその日の気温は、日没とともに下がり始めた。アディロンダック山地の南部、スター湖にきわめて近いこのあたりでは日没が早く、大地は急速に冷える。大地を離れる精霊のように、冷気が地面から立ち上っている。古い墓地には崩れた石が散乱し、それが人間の骨のようにも見えた。ひびわれた御影石の石板、頭蓋骨《ずがいこつ》を思わせる陶磁器のかけら、大蛇と錯覚しそうな太くてねじ曲がった蔓草。ベールシェバ・ルーテル教会が閉鎖されてから少なくとも十年はたつだろう。板葺《いたぶ》きの屋根は腐って抜け落ち、羽目板の塗装もほとんど剝落《はくらく》している。建物の正面には若木や野バラが繁茂して、教会の廃墟をほとんどおおっている。誰かが車で通ったとしても、道路からは、日中でも墓地までは見えない。はやし立てる女に近づこうと、ブラッドは必死で這いつくばった。彼女は用心深く一定の距離を保ちながら最後の缶ビールを飲み干し、それを彼に投げつけた。大きな笑い声をあげ、口をぬぐう。酔っぱらっているのか、ドラッグでハイになっているのか、それとも自分のアドレナリンで興奮しているのか。さっきまでは、ふっくらとした頰に涙が光っていたが、今ではぬぐったビールの跡が光を反射している。それまでにないほどの嫌悪感をこめて、彼女は話を続けた。

「あんたはあたしにもひどいことをしたんだよ、この人でなし。チーズビッツやピザがほしいときは泣いて頼まなきゃならなかった。お腹がすいてママが寝ているときは、そうやってあたしに懇願させたんだ。それで興奮したんだろ？　どうせ覚えちゃいないだろうけどさ。酔っぱらうと、あんたはその忌々《いまいま》しいズボンのチャックをあたしにおろさせて『かゆいところ』をあたしに『かかせた』――ああイヤだ！」

ブラッドは否定した。違う、そんなことはしていない。そんなことは絶対にしていない。

足の痛みと死の恐怖にもかかわらず、彼は心底衝撃を受けた。ステイシー・リンにそんなことは絶対にしていない――誓ってもいい……

「したんだよ！　したんだ！　それも一度だけじゃなく何度も！　あたしはまだ小さかった――九歳か、八歳くらい――あれが始まったときは。ママも知ってた――知ってることは分かってた。あたしはママを憎んだ。知らないふりをしてたけど知ってた、、、んだ」

「ステイシー、それは間違いだ。誓ってもいい。神に誓って絶対に――」

「『神を我が証人として』――誓うときはそう言うんだよ」

「『神を我が証人として』――俺は君を傷つけたことはないし、君のおかあさんも傷つけたりはしない。もしリンダが君に何かを言ったのなら――」

「ママは何も言わなかった！　ママは精神的に病んでたんだ。それをあんたは崖から突き落とすように扱った。ママはもっと生きたかったはずだ。なのにあんたからあんな仕打ちを受けてああなった。あんなことをしてしまった。そしてあんたはいなくなった――あたしたちを捨てたんだ」

「リンダは精神的に――病んでなんかいない。たしかに神経が細くてストレスもあって――」

だが自分の言っていることも正確ではない気がした。彼の若い妻はたしかに精神を病んでいた。ガッツホーク家の人間はこれを認めようとはせず、おくびにも出さなかった。ブラッドも気づかなかった。彼はまだ若く、うぶでバカだった。リンダがあまりにも美しかったものだから、彼女が病んでいる、いい、いなんて思いも寄らなかったのだ。

「謝れ！　自分の罪を認めろ、この人殺し」

「でも俺は――俺はリンダに何もしていない」

「悪いことをしたって謝れ、このゲス野郎。さもないと下劣なあんたにふさわしく、そののど笛をかっ切ってやる」

ナイフを片手に娘はブラッドに飛びかかり、歓喜と嘲笑《ちょうしょう》の声を上げながら切っ先を振りかざした。酔っぱらっているようにもふざけているようにも、だが同時にぞっとするほど真剣にも見える。憤りと残虐さの涙で目がギラギラと輝き、鋭い刃先が彼の肩をかすめた。彼はふくろうに襲われた野ウサギのような鳴き声を上げた。笑いながら彼女は「赤ん坊かよ！　アホたれの大きな赤ん坊！　這いつくばってハイハイしてろ！　サタンのように邪悪なやつめ。こっちだよ――ほらこっちこっちこっち」

ブラッドは何も考えずに従った。後ろにまわったステイシー・リンが一メートル足らずの距離を保ちながらはやし立て、彼を足蹴《あしげ》にし、ナイフで前へ追い立てた。まるでパニックに陥った動物を追い立てるように。カビと石の臭いに混ざって、何かの生きものが朽ちていく臭いがあたりに強く立ちこめていた。当たり前だ。ここには人間の骨や、いろいろな骨のかけらが散らばっており、その上を彼は這いずり回っていた。まるで偽りの神を前に、我が身を投げ出した者のように。墓地のはずれまで来ると、そこは突然崖のような急斜面になっていた。ステイシー・リンはブラッドの後ろに立ち、蹴り上げ、足で押したり突いたりしてついに彼を突き落とした。彼はうめきながら転がった。斜面四メートル足らずの浅い窪みだが、一面が岩、とがった石、瓦礫《がれき》だらけだった。下生えが茂り、その中を氷のように冷たい水がチョロチョロと小川となって流れ、光を反射している。ブラッドは無様《ぶざま》に転がり、その途中で頭を岩に打ち付けた。半ばショック状態で窪地の底に転がる。唇は寒さで感覚を失い、まるで切株のようにじっとしたまま、動くこともできない。娘は勝ち誇ったように身を乗り出して彼を見下ろした。「神による禍あれ。その舞台としておまえはここに呼ばれた。逃げ隠れできないこの場所へ」

ブラッドは自分が糖尿病であることを訴えた。病人だから、すぐにでもインスリンを打たなければ昏睡状態に陥り、やがて死んでしまう。これを聞いて娘は冷酷に笑った。嘲るように笑った。「あんたが！　糖尿病！　笑っちゃうね。あんたみたいな下品なブタは、病気になんかならないだろ。むしろあんたのせいで罪のない人間が病気になるんだ」。彼女は口をつぐんだ。肩で息をしながら彼を見下ろし、自分の勝利に酔っている。「あたしも病気になった。ママが死んでからずっとひどい病気だった。衝突事故のあとはママに会わせてもらえなかった。葬式に行くのも許されなかった。リハビリ施設に入れられた、それも一度だけじゃない。いろんな州の施設に入った、ここから引っ越してね。現実を受け入れるようにって教わった。あたしはママをがっかりさせた。ママが死んだときあたしは十一歳。もう子どもじゃない。今のあたしはあの頃と変わっていない、十一歳のままだ。心の中、あたしの魂はあの頃と同じ。ママが『死ぬほど病気』になったのはあんたのせいだ。さよならも言わずにあんなふうに出て行ったりして。ママはあまりにも不幸で死にたがっていて、起きて服を着る力もないとか言って一日中ベッドで寝てた。あたしはママに怒鳴った、ママなんか大嫌いだって――あたしはママに言ってやった――ママはあたしよりあんなやつを、あんな汚らわしいブタの方を愛してる、だったらさっさと追っかけていっしょに暮らせばいい、愛してるんならあいつといっしょに暮らしなって。そうだ――」

ステイシー・リンはポケットをまさぐっていた。ジーンズのポケットを。そしてブラッドにメモ帳を放り投げた。それからペンも。メモ帳――最初ブラッドはタバコの箱かと思った――は罫線の入った小さなスパイラル・ノートだ。月の光でかろうじてそれだけは分かった。それから小石の上を手探りしながらペンを探した。彼はようやく気づいたのだ。この娘は狂っている。従うしかない。さもないと殺される。

「あたしの言うとおりに書きなさい。分かった？　いくよ。『一九八五年六月にリンダ・ガッツホークが死んだのは私、ブラッドフォード・シフケ……住所はあとで自分で書き加えて、それから日付もな……のせいです。さらに私は彼女の娘ステイシー・リンが五歳から十一歳になるまで、彼女を虐待し続けました。私はあの哀れな少女の体に指を突っ込み、私の醜く汚らわしいものを触らせ、握らせ、ベタベタした白いものが出てくるまでこすらせました。私は食べ物を求める彼女に懇願させました。愛を求める母親に懇願させたのと同じようにです』」

まるで無声映画の登場人物のように、彼が苦痛と絶望に顔をしかめればしかめるほど、見物客が喜んだ。上から見下ろす娘が甲高く差し迫った声で口上を続け、彼はそれを書き留めようとした。奇妙な状況だった。指がかじかんでいるのでプラスチックのボールペンがうまく握れない。なにを書いているのか、なにを書こうとしているのかも理解できなかったが、それでも言うとおりにすれば助かるかもしれない、その一心で彼はペンを取った。はるか頭上の月が細かい雲に覆われたが、やがてまだらな月の光が、まるでかすかな泣き声のように降り注いだ。足を体の下によじらせたまま、彼は小さなメモ帳に文字を書き留めた。どのくらい時間がたったのか見当がつかない。とにかく必死で手を動かしていると、彼を苦しめている娘が言った。冗談のオチをあかすかのように。

「ちょっと、そこのマヌケなおっさん。もうやめな。そんな告白、あとからいくらでも否定できる――それくらいのこと、あたしに分からないとでも思ってるの？　そんなものはなんの価値もない。クソ同然。あんたが触れるものはみんなクソ同然だよ。一瞬あたしの言うことを信じたでしょ、かわいそうなジジイだね。老いぼれちゃってさ、なんの値打ちのない命でも、助かるとなればなんだって信じちゃうんだから」

「ステイシー、俺は否定なんかしない、約束する」

「あたしの名前はステイシー・リン。ステイシーじゃない。そもそもあんたには、あたしの名前もママの名前も口にする権利なんかない。あんたはクズだ。あんたの魂はゴミだ。神さまでさえあんたにはツバを吐きかけるだろうよ。あんたが触れた人は、みんな毒されちまう」

「いや、頼む。俺は人を傷つけたことは一度もない、少なくともわざとしたことはない。約束する――」

「ウソつくな。あんたに裏切られて死んでいった女に、同じことを言ってみろ。あたしは行くよ。ここはあんたを置き去りにするのにぴったりの場所だ。虫ケラみたいにスター湖まで這って帰ってもいいし、虫ケラみたいにここでこのまま死んでもいい。あんたがいなくなったって、誰も気づかないし寂しいとも思わない。あたしはスター湖にもカルタゴにも戻らないからね。モーテルじゃ偽名を使ったんだ。先週の金曜日が誕生日だった。あたしは二十五歳。何ヶ月か前に体の調子がヘンになって、郡のクリニックで組織検査を受けたら陰性だった。で、このために四八〇〇キロ、車で走った。この瞬間のために四八〇〇キロ走って、四八〇〇年生きた。九十日はリハビリ施設にいたけどね。

今のあたしがどこにいるのか、誰も知らない。あんたもそうだ。あんたは罰を受けてるんだよ、ブラッド・パパ。あんたはクソだ、分かるか？　あんたには魂すらない。あたしの魂は、まるで石の下か割れ目の間から育った植物みたいに、成長を止められて歪《ゆが》んじゃってるけど、それでも太陽さえあれば生きていける。栄養と太陽さえあればね。でもあんたは違う。あんたはダメ。あんたみたいな男は」。ステイシー・リンはふいに口をつぐんだ。荒くて激しい息づかいが聞こえる。突然彼女は笑い出した。大喜びをする子どものように手を打ちたたきながら。「でもこうしよう。あたしはあんたを殺さない。最悪の敵も愛せって神さまはおっしゃった。許すようにって。だからあたしはあんたを殺さないよ、ブラッド」

彼は取り残された。娘は去った。立ち上がってどこかへ行ってしまった。遠のく意識の中で、ブラッドは彼女が藪《やぶ》をかきわけながら進む音を聞いた。無我夢中で叫んだ。戻ってきてくれ。この恐ろしい場所に置いていかないでくれ、助けてくれ、と繰り返した。だがもちろん彼はたった一人。彼を責め苛《さいな》んでいた娘は、廃墟となったベールシェバ墓地に彼を一人、置き去りにした。窪地の底へ滑り落ちたとき、ブラッドは頭と額をしたたか打ち、目の上を切って出血していた。彼は思った。〈目は見える。片目はなんとか無傷だ〉。斬りつけられた足の感覚がなくなり、まるで他人の足のようだ。遠いどこかにひどい痛みがあったが、ここにいるブラッドには自分の体が身震いとともに自由になり、フワフワと漂っているように思えた。とても疲れているのに石の上から体が持ち上がっている。氷のように冷たい小川の水が月光を反射しながら流れ、それが彼の動脈や血管を通る血の流れともつながっている気がした。カギのかかったドアをこぶしでドンドン叩くように彼の心臓が拍動を刻み、残虐な飼い主に走らされた老いぼれ犬さながら、呼吸が浅く、激しくなってゆく。だが彼女は彼を殺さなかった。彼に情をかけ、命を返してくれた。その贈り物を彼は受け取ろうと思った。もう一度力を取り戻したらこの窪地から這って出よう。墓地に着いたら助けを呼ぼう。道路まで這って大声で叫べば、いつかは誰かが気づいてくれる。あきらめる気はない。自分は踏みつけにされた虫ではないのだから、絶対にあきらめない。足の出血は止まっただろうか。止まったような気がする。彼は思った。「出血が止まったとしたら、そいつはいい兆しだ」

私の名を知る者はいない

エレン・ダトロウに捧ぐ

彼女は九歳で早熟だった。アザミの冠毛《かんもう》のように繊細《せんさい》な柔毛の、グレーのネコが自分を見ている――そのことに気づく前から彼女は危険を感じ取っていた。ネコは花壇に咲く真っ赤なシャクヤクの間から、黄褐色に近い金色の瞳でじっと静かに彼女を見つめていた。

夏だった。赤ちゃんにとっては生まれて初めての夏――みんなそう言っていた。アディロンダック山地にあるセント・クラウド湖のほとりに建つ夏の家は、屋根板が黒っぽく、自然石の暖炉があって、二階の広いベランダに出ると何にもつかまらずにフワフワ浮かんでいるような気分になれた。まわりには木がうっそうと茂り、隣近所の家もほとんど見えない。彼女はそれが気に入っていた。家も、そこに住む人たちもみんな幽霊。湖畔のどこかから人の声やラジオの音楽が流れてくるだけ。朝の早い時間にはイヌの鳴き声も聞こえてきた。でもネコは音をたてない。それがネコの特徴の一つだ。アザミの冠毛のグレーのネコを初めて見たときには、あまりにびっくりして声をかけられなかった。ネコが彼女をじっと見つめ、彼女もネコをじっと見つめた。ネコは彼女のことを分かってくれた――そんな気がした。というか口の動きから、ネコはまるで声にならない声で言葉を喋《しゃべ》っているようだった。くだらないコミックにあるような「ミャオ」ではなく、人間の言葉を。でも次の瞬間にネコは消えてしまい、彼女はテラスに一人立ち尽くした。そのときの唐突な喪失感は、息を吸い取られた感じと似ていた。そこへママが赤ちゃんをだっこしながら外へ出てきた。赤ちゃんのよだれで服が汚れないよう、肩にはキャンディ・スティック模様のきれいなタオルをひっかけている。彼女にはママの声が聞こえなかった。というのもほかの何かに一生懸命聞き耳を立てていたから。ママはもう一度繰り返した。「ジェシカ――? 誰を連れてきたと思う?」

ジェシカ。それこそ、アザミの冠毛のグレーのネコが口真似した言葉、いや名前だった。

ジェシカたちが住んでいる町のプロスペクト・ストリートでは、すべての家々が丸見えで、まるで派手な広告みたいだった。どの家も大きな造りで、石かレンガでできている。広い前庭の芝生は手入れが行き届き、どうぞご覧くださいといわんばかりだ。セント・クラウド湖の湖畔みたいに秘密めいていない。近所の人たちは互いを名前で呼び合う。ジェシカは〈私には誰も見えないし、あの人たちにも私の姿は見えない〉と念じながら目をそらすのだが、それでもみんなハローと声をかけ、ズカズカと踏み込んでくる。このあたりの裏庭は一続きになっていて、隣同士を隔てるのは花壇か生け垣くらいだから向こう側までよく見渡せた。死んでいなくなってしまったおばあちゃんが残してくれた夏の家を、ジェシカはことのほか気に入っていた。ただしその家が現実なのか単なる夢か、いつもはっきりしなかった。何が現実で何が夢か、現実と夢がいつかは同じになるのか、それとも絶対に違うのか、ジェシカにはよく分からなかった。その二つをちゃんと区別しておかないと、混乱していることをママに気づかれ、問い詰められる。パパだって、こらえきれずにみんなの前で彼女のことを笑い飛ばしたことがある。内気な子どもはよく堰《せき》を切ったように突然喋り出すが、あのときの彼女も興奮しながらまくし立てていた。おうちの屋根を持ち上げるでしょ、そこからはハシゴのかわりに雲をのぼっていくの、そうするとお空まで行けるんだよ！　そこでパパが遮った。違うよ、かわいいジェシー、それはただの夢なんだよ、そしてショックを受けた彼女の目を見て笑ったのだ。彼女は平手で頬《ほお》をひっぱたかれたような気がして黙って後ずさり、部屋を飛び出して隠れた。自分への罰として親指の爪《つめ》をボロボロになるまでかんだ。

後からパパがやってきて彼女の前にしゃがみ込み、目と目を合わせて謝った。さっきは笑ったりしてごめんよ。「パパのこと、怒ってないかい？　ただあんまりジェシカがかわいかったもんだから。あんなに青い瞳で……。パパのこと、許してくれるね？」彼女はうん、とうなずいた。傷つき、怒り、あふれんばかりの涙を両目にためて。心の中ではダメ！　ダメ！　許さない！と叫んでいたが、何も聞こえないパパはいつものように彼女にキスをした。

　それもずいぶん昔の話。その頃のジェシカはまだ幼稚園児で、赤ん坊同然のおばかさんだった。みんなが笑うのも無理はない。

　この夏、セント・クラウド湖へは行けなくなるかもしれない。しばらくはそのことが何よりも心配だった。

　まるで浮かんでる気分。その名のとおりだ。聖なる雲《セント・クラウド》の湖。湖面に映り込む雲が、かすかにさざ波立った水の上をゆっくり横切っていく。ニューヨーク州の地図を見ると、アディロンダック山地のセント・クラウド湖は上に描かれていたし、ゆるやかに曲がったり、ときには急カーブになったりする道を通って丘のふもとや山の中をパパの運転でドライブするときも上に進んだ。彼女は上への旅を感じることができた。それほど奇妙ですばらしい感覚はなかった。

〈湖に行かないの？〉ジェシカはどうしてもママやパパに聞けなかった。恐れていることを打ち消したくて質問するのに、その恐れを口にするのが怖かったのだ。もう一つ怖かったのは、夏の家がけっきょくは現実ではなく、ジェシカがあまりにも強く望んだ夢だと分かってしまうこと。

赤ちゃんはこの前、春に生まれた。わずか二五八〇グラム。「帝王切開《Cセクション》」だった。電話口でのみんなのお喋りや、友だちや親戚への報告でジェシカはその単語を何度も耳にした。「帝王切開《Cセクション》」と聞くたびに、パパの建築雑誌で見た八角形や六角形が、幾何学模様となって浮かんできた。赤ちゃんはその図形の一つにおさまっていて、ノコギリで切り出してあげなければいけない。そのノコギリは特製で、外科のお医者さんの道具なのはジェシカにも分かっていた。ママは「自然分娩」を望んだのに「帝王切開《Cセクション》」が必要だった。赤ちゃんのせいなのに誰もそのことには触れない。赤ちゃんへの憤りや不満や嫌悪があってもいいはずなのに。何ヶ月ものあいだずっと、ジェシカはいい子で、生まれてくるはずの赤ちゃんは悪い子だった。だけど誰もそれに気がつかないか、気にかけるつもりがないらしい。〈今年は湖に行かないの？　まだ私のこと、愛してる？〉ジェシカは答えを知るのが怖くて尋ねられなかった。

ママのお腹《なか》がどんどん膨らんだその年、ジェシカはどうやって知ったのかは分からないが、いろいろなことを知るようになった。話してもらえないことが増えれば増えるほど、彼女は理解を深めた。骨格が華奢《きゃしゃ》で地味な少女は、真珠のようにツヤのあるブルーの瞳で、顔は陶器の人形を思わせる繊細な卵形。大人の誰もが眉をひそめる彼女の癖は、血が出るまで親指の爪をかむことだった。誰も見ていないと思ったときには親指をしゃぶったりもした。だが極めつきは透明人間になる力を利用して、いろいろなものを見たり聞いたりすることだった。語られている以上のことが聞こえるときもあった。その冬、ママは具合が悪く、目の下にクマができ、美しかった栗色の髪は耳の後ろにぺったりと撫でつけられて、階段を上がったり部屋を横切ったりしただけで息切れがした。腰から上はいつものママなのに、腰から下の、ジェシカが見たくなかったお腹のあたりでは、生まれてくるはずの赤ちゃん、妹になるはずの赤ちゃんがグロテスクに膨らんで、ママのお腹は今にも破裂しそうだった。ママがジェシカに本を読んだり、お風呂に入れてくれているときにも痛みは突然やってきた。赤ちゃんが強く蹴りつけるのだ。それはジェシカにも伝わるほどの激しさで、そんなときのママの顔からはぬくもりがすっと消え、目からは熱い涙がこぼれた。ママは急いでジェシカにキスをしてその場を離れた。パパが家にいるときには、取り乱すまいとするあの特別な声でパパを呼んだ。パパは〈だいじょうぶ、心配いらないよ、すぐ楽になるからね〉と言って、ママを居心地のいいところに座らせたり、足を高くして寝かせたり、おばあさんみたいにゆっくりした足取りのママを廊下の先のバスルームまで連れて行ってあげたりした。ママはしょっちゅう笑い出し、息を切らし、突然泣き出したりした。〈みんなホルモンのせい！〉と言ってママは笑った。〈でなければ年を取りすぎたのかしら。長く待ちすぎたのかも。だって私ももうすぐ四十だし。でも神さまお願い、この赤ちゃんだけはなんとしても産ませて〉。パパは少しだけけたしなめるようにママをなだめた。気分が不安定なときのママの扱いにはすっかり慣れているのだ。〈シィィイ！　なんだかおかしいぞ。ジェシーが聞いたらびっくりするじゃないか。僕まで心配させる気かい〉。部屋のベッドで寝ていてもジェシカは声を聞き、何が起こっているのかを知り、朝になると現実だったことを夢のように思い出した。知ることを可能にする秘密の夢の力。ほかのみんなは彼女のそんな力を知らない。

だが赤ちゃんは生まれ、名前をつけられた。――ちゃん。ジェシカは心の中でその名をつぶやいたが、口には出さなかった。

赤ちゃんは病院で、予定どおりの帝王切開《Cセクション》で切り出された。ママと、妹の――ちゃんに初めて会いに行ったとき、ジェシカは驚いた。〈二人ともすごくいっしょ〉。疲れ切ってはいるがとても幸せそうなママと、少し前までママのお腹を醜く膨らませる〈あれ〉でしかなかった赤ちゃん。その驚きは電気ショックのような痛みを伴い、ジェシカの体を駆け抜けたが、誰もそのことには気づかなかった。パパはママのベッドのそばに座り、ジェシカはそのパパの膝の上にだっこしてもらった。〈ジェシー、見てごらん。誰だか分かるかい？　かわいい妹の――ちゃんだよ、すてきだろ？　足の指も目もあんなに小さいよ。髪もごらんよ。ジェシーと同じ色だ。ほんとにかわいいなあ〉。ジェシカは一度か二度だけまばたきをして、乾いた唇から言葉を発した。みんなが期待しているとおりに反応した。学校で先生に指されたときと同じように。考えていることは砕けた鏡みたいにメチャメチャなのに、そんなことはおくびにも出さない――彼女にはそんな力があった。大人と話すときは、大人が聞きたいことだけを話す力。そうすれば彼らは愛してくれた。

こうして赤ちゃんが生まれ、すべての心配は根拠がなくなった。赤ちゃんはプロスペクト・ストリートの家に誇らしげに連れて来られた。家には花があふれた。赤ちゃん部屋はペンキが塗り直され、赤ちゃん用の飾り付けが用意された。その八週間後、赤ちゃんはみんなといっしょに車でセント・クラウド湖に向かった。ママがすっかり元気を取り戻し、赤ちゃんは小児科の先生がびっくりするくらい体重を増やしたからだ。そればかりかすでに目の焦点が合い、ほほえみ（というかほほえむように見え）、歯のない小さな口をびっくりしたようにあけて――――ちゃん！――――ちゃん！――――ちゃん！と、大人が飽きもせずに繰り返す自分の名前に反応した。みんな赤ちゃんをかわいがった。ウンチが出ただけで喜んだ。赤ちゃんがまばたきをしてよだれを垂らし、アブアブ言い、顔を赤くしながらおしめの奥にウンチを出し、電池で動く赤ちゃん用のブランコで催眠術をかけられたように突然眠り込む、それだけでみんなが大騒ぎした。〈なんてかわいいんでしょ！　ほんとに愛らしいわね！〉そしてジェシカには何度も何度も同じ質問が繰り返された。〈かわいい妹ができてほんとによかったでしょ？〉ジェシカはどう答えるべきか分かっていた。ほほえみながら、それも一瞬だけ内気そうにほほえみながらうなずけばいい。訪問客は必ず赤ちゃんにプレゼントを持ってきた。昔、もう一人別な赤ちゃんにプレゼントを持ってきたのと同じように。（ただジェシカはママが女友だちと話しているのを聞いてしまった。ジェシカのときよりも赤ちゃんの方がプレゼントはずっと多いらしい。ママは友だちに白状した。これだけたくさんいただいちゃうと何だか悪いみたい。ジェシカが生まれたときは私たちも生活を切り詰めて節約していたけど、今はそれなりにお金が入ってくるようになったでしょ。それなのに赤ちゃん用品が洪水のように送られてくるのよ。もう三百個くらいになるかしら！　ママはその後まるまる一年かけて礼状を書き送った。）

セント・クラウド湖でなら――とジェシカは思った。そうはならない。

セント・クラウド湖でなら、みんなの赤ちゃん熱もきっと冷める。

だが彼女は間違っていた。ジェシカはすぐに自分が間違っていたことに気づき、ここへ来たいと思ったことすら間違いだったかもしれないと思うようになった。大きくて古い夏の家がこれ以上ないほどせわしなく、うるさくなった。というのも赤ちゃんは疳《かん》の虫のせいか、ときどき夜中に泣いて泣いて泣き続けた。一階のサンルームはどの格子窓からも湖が見渡せてとても美しいのに、そういう特別な部屋はいつしか赤ちゃん専用になり、やがて赤ちゃん特有の匂いがするようになった。二階のベランダでは、人なつっこくてかわいらしいマツノキヒワが木々を飛び交い、美しい声で問いかけるように鳴くのが聞こえたが、そのベランダさえ赤ちゃんに譲らなければならなかった。ベランダには代々伝わる白い柳細工の赤ちゃん用のゆりかごが置かれた。ゆりかごにはピンクと白のサテンのリボンが編み込まれ、薄く透き通るレースのベールを閉じれば、赤ちゃんの顔のデリケートな肌を日差しから守ることができた。オムツの交換台には使い捨てのオムツが山と積まれ、赤ちゃんの毛布、靴、パンツ、パジャマ、よだれかけ、セーター、ガラガラ、モビール、ぬいぐるみがそこかしこに散らばっている。赤ちゃんのせいでジェシカの知らない遠い親戚のおばやおじやいとこが、かつてないほど多くセント・クラウド湖を訪れた。そしてジェシカに尋ねた。〈妹ができてほんとによかったでしょ？こんなにかわいらしい妹ですものねぇ〉。ジェシカは、町で迎えるお客さん以上に、この人たちが嫌いだった。彼らはこの特別な家に図々しく上がり込む。赤ちゃんがやってくる前には、というか赤ちゃんなど影も形もない頃から、ジェシカはこの家がいつまでも昔と変わらないものだと思っていた。それなのにここでも赤ちゃんはいつも幸せの中心にいて、みんなの関心を一身に集めていた。赤ちゃんの丸くて青い瞳からは明るい光が放たれていて、それがみんなには見えるのに、ジェシカにだけは見えないかのように。

（それともみんな見えるふりをしているだけ？　大人なんてインチキだし平気でウソをつくけれど、それでもそんなことは聞けない。聞けばこっちが分かっていることがバレてしまう。そして愛してもらえなくなってしまう。）

ジェシカはこの秘密を、アザミの冠毛のようにフワフワしたグレーのネコに教えるつもりだった。でも静謐《せいひつ》で安らかな、推し量るようなそのまなざしを見ただけで、ジェシカは理解した。ネコは何もかも知っている。ジェシカよりもたくさんのことを知っているのだ。なにしろネコはジェシカより年上で、彼女が生まれるずっと前からセント・クラウド湖に住み着いていた。近所の飼いネコかと思ったが、実際には誰にも飼われていない野良猫だった。〈私は私、私の名を知る者はいない〉、だが食べ物はしっかり食べているらしい。狩りがうまいのだろう。人間なら何も見えない闇の中でもちゃんと見ることができる黄褐色に近い金色の瞳。薄もやのようなグレーの美しい毛皮には、かろうじてそれと分かる白い筋が入り、アゴの下から胸にかけて、それに前後の足先、そしてしっぽの先だけが清潔な白だった。長毛種でペルシャネコの血が混ざっているのか、これほど立派で豊かな毛のネコをジェシカは見たことがなかった。肩と太ももには見るからにしなやかな筋肉がつき、その動きはまったく予測できない。ジェシカが手をのばして朝食のベーコンをあげようとしたときもトコトコ近づいてきて、「おいでおいでおいで、いい子だね――」と声をかける彼女になでさせてくれるのかと思った次の瞬間には、咲き乱れるシャクヤクの奥の茂みの中へ、まるで初めからそこにいなかったかのように消えてしまった。ネコが通ったあとは草が静かにカサカサ揺れるだけで、それもやがておさまった。

ジェシカは血が出るまで親指の爪をかんで自分に罰を与えた。バカな子。醜くてバカで誰にもかまってもらえない。アザミの冠毛のグレーのネコさえ彼女を蔑《さげす》んだ。

ある週のこと、月曜から木曜まで町に戻っていたパパが電話をかけてきた。ママとお話をしたあと今度は赤ちゃんと赤ちゃん言葉でお喋りをして、そのときジェシカはそこから逃げ出し、隠れてしまった。あとからママに叱《しか》られた。「どこに行ってたの？――パパが声を聞きたがっていたわよ」。ジェシカは目を見開き、がっかりした声で答えた。「ママ、あたしはずっとここにいたよ」。そして目から涙がポロポロこぼれた。

アザミの冠毛のグレーのネコが、飛び上がってトンボを捕まえ、空中で飲み込む。アザミの冠毛のグレーのネコが、マツノキヒワを捕まえ、牙《きば》で羽毛をむしり、貪《むさぼ》り食《く》らう。木が生えていない伐採地の端っこで。

アザミの冠毛のグレーのネコが、マツの枝からベランダに飛び移り、ピンとしっぽを立てながら手すりの上を歩いていく。カゴの中で眠る赤ちゃんの方へ。いったいママはどこにいるの？

〈私は私、私の名を知る者はいない〉

ジェシカはマツの香りがするひんやりとした闇の中で目を覚ました。最初は自分がどこにいるのか分からなかった。ブラシのような何かが顔をさっとなで、唇や鼻の穴がくすぐったくて目が覚めた。こわくて心臓がドキドキした。でも何がこわかったのか。彼女の息を吸い取って窒息させようとしたのは何なのか、誰なのか。彼女には分からなかった。

それが彼女の胸の上でうずくまっていたこともあった。重くて毛がフワフワして温かい。穏やかな金色の目が輝く。キス？　キス、キス？　キス、キス、赤ちゃん？——でも〈彼女は赤ちゃんじゃない〉。赤ちゃんなんかじゃない！

七月になると真っ赤なシャクヤクが散り、お客さんの数も減った。赤ちゃんはまる一日、朝から翌朝までずっと熱が下がらず、自分の小さな爪で左目の下をひっかいてしまったようだ。（でもどうやって？　夜の間に？）ママはひどく取り乱し、一四〇キロほど離れたレイク・プラシッドで開業する赤ちゃん専門のお医者さんに診てもらうと言い張り、車で赤ちゃんを連れて行こうとしたが止められた。パパは、ママと赤ちゃん二人にキスをして、ママをたしなめた。そんなに興奮してどうするんだ、頼むからしっかりしてくれよ、こんなのは何でもないしそれくらい君にも分かってるだろう、こういうことはすでに一回経験済みじゃないか。——ママは声を荒らげないようにして言った。そうね、でも赤ちゃんは一人一人違うし私も昔と違うのよ。ジェシーが赤ちゃんだった頃に比べて、——ちゃんへの愛はずっと深い気がする、いけないのは分かってるわ、でもそうなんだから仕方がない。パパはため息をついて答えた。いや、それは僕も同じかもしれない。僕たちも今じゃ年を重ねて、命のはかなさが分かってきたんだろうね。

昔はみんな、いつまでも生き続けるような気でいたけど、今は違う。たった十年前なのに僕たちはたしかに若かった。いくつもの厚い壁を隔てた会話。夜、湖畔を見下ろす夏の家では、町よりもずっとよく声が響く。ジェシカは親指を吸いながら聞いた。聞かなかったことは夢に見た。

それが夜の力だからだ。アザミの冠毛のグレーのネコが獲物を狙う夜。現実を夢に見ることができる——夢に見るからこそ現実だった。

去年の冬に初めてママの具合が悪くなり、生まれてくる赤ちゃんがママのお腹を膨ませていたときから、ジェシカはずっと危険を感じていた。危険だったからこそママはおっかなびっくり歩き、あんなに好きだった白ワインを夕食のときに飲まなくなり、それからお客さんは——みんなの人気者でチェーンスモーカーのアルビーおじさんでさえ、家の中でタバコを吸えなくなった。しかもずっと！　夏に吹き込む冷気も危険——というのも赤ちゃんは、体重が二倍に増えた今でも呼吸器系の感染症にかかりやすいからだ。それから、赤ちゃんはまだ首や頭が据わっていないからちゃんと支えてあげないといけないのに、そんなことも知らない友だちや親戚がやたらと赤ちゃんを抱きたがる、それも危険だった。（十二週間が過ぎてもジェシカはまだ赤ちゃんを腕に抱いたことがない。引っ込み思案で恥ずかしかったし、こわかったのだ。〈ありがとうママ、でもいいの〉と彼女は静かに言った。ママのそばにぴったり寄り添いながら、三人で暖炉の前でぬくぬく暖まっていた気持ちのいい雨の日に、ママがジェシカの手を取ってだっこの仕方を教えてくれようとしたときも〈ありがとうママ、でもいいの〉と言ってことわった。）赤ちゃんが受け付けない食べ物、たとえばレタスをママがちょっとでも食べると赤ちゃんは機嫌が悪くなり、ママのおっぱいといっしょに空気を吸い込むものだから授乳の後もむずかって、夜中にずっと泣き続けた。〈それなのに誰も赤ちゃんを怒ったりはしない〉

〈みんなジェシカのことばかり怒る〉。ある晩の食事の席。赤ちゃんはママのそばのゆりかごでゲップをしたり、足をばたつかせて泣いたりした。突然ジェシカはお皿に食べ物をべ～ッと吐き出し、両手で耳をふさぎながらダイニングルームを飛び出した。ママとパパ、それに週末のお客さんがあっけに取られてジェシカの背中を見送った。

パパの声が聞こえてきた。「ジェシー？　戻ってきなさい」

傷ついて息を詰まらせたかのようなママの声も聞こえてきた。「ジェシカ！　なんてお行儀の悪い――」

その晩アザミの冠毛のグレーのネコが彼女の部屋の窓枠に登り、闇の中から目をらんらんと輝かせた。彼女はベッドで怯《おび》えながらじっと横になっていた。〈あたしの息を吸い取らないで！　お願い！〉しばらくは物音一つしなかったが、やがて低くかすれた、震えるような音が聞こえてきた。眠りのように心地よい音。それはアザミの冠毛のネコがノドを鳴らす音だった。もう安心だ、眠ってもいいんだと彼女は思った。そして眠った。

〈朝、ママの悲鳴で目が覚めた。悲鳴はいつまでも続き、その声はまるで壁をよじ登っていくようにどんどん甲高くなった。叫び声――〉と思ったが、目を覚ましたジェシカの耳に聞こえていたのは、窓のすぐそばのマツの木立で鳴くカケスの声だった。カケスは群れを作り、危険を察知すると大声でわめき、羽をばたつかせ、すばやく矢のように急降下したりして、自分や雛たちを守るのだった。

アザミの冠毛のグレーのネコはしっぽをピンと立て、頭を高く上げて家の裏を歩いている。力強いアゴにくわえ込んでいるのは、バタバタともがく青い羽の鳥だった。

ジェシカにはずっと、考えまいとしていることがあった。考えようとしただけで胃がひっくり返ってよじれたみたいになって、口の中には透明で熱い胆汁の味が広がった。〈だから絶対に考えなかった〉

ジェシカは、ママのゆったりしたシャツやチュニックの下の胸からも目をそらした。温かなミルクがたっぷり入って風船のように膨らんだ胸。みんなが〈授乳〉と呼ぶ、そのことをジェシカは考えまいとした。そのせいでママは一時間以上赤ちゃんから離れられない――というかママは赤ちゃんがあまりにもかわいくてほんの数分でも離れられなかった。時間が来て赤ちゃんがむずかって泣き出すと、ママは「ちょっとごめんなさい」と言って、誇らしげで幸せそうな顔をしながら赤ちゃんを優しくだっこして、赤ちゃん部屋に連れて行き、後ろ手にドアを閉めた。ジェシカは家を飛び出し、かたく閉じた目を両手のこぶしで強く押さえ、よろけながら走った。恥ずかしくて気持ちが悪い。〈あたしはあんなことしなかった、絶対に。あたしは赤ちゃんだったことはない、絶対に〉

ジェシカが学んだことはもう一つあった。アザミの冠毛のグレーのネコが、いたずら半分に秘密の知恵を分けてくれたのだと思った。ある日突然、みんなが見ているところで（その中には何でもお見通しのママもいた）、自分は目をあけてちゃんと「見ている」はずなのに、赤ちゃんの姿が「見えない」ことに気づいた。赤ちゃんがいるはずの場所――ゆりかご、乳母車、ブランコ、あるいはママかパパの腕の中――にはただの空っぽがあるだけだった。

せっかく――ちゃんという赤ちゃんの名前を聞いても心乱れず、必要なときには――ちゃんと口にできるようになってきたのに。心の奥の芯のところでは、その名前をまだ認めていなかったにしても。

そのとき彼女は理解した。赤ちゃんはもうすぐいなくなる。おばあちゃんが病気になって入院したときもそうだった。おばあちゃんはパパのおかあさんで、セント・クラウド湖の夏の家は、以前はおばあちゃんのものだった。ジェシカはおばあちゃんが大好きだったが、そのしぼんだ体からオレンジのような甘い匂いがたち始めた頃から、おばあちゃんのそばに行くとソワソワしてすっかり気後れするようになった。それからときどき、目を細めながらおばあちゃんを見ると、その姿がまるで夢の中のようにぼやけて見え、しばらくするとただの空っぽになった。その頃のジェシカは四歳のほんの子どもだった。彼女はママの耳にささやいた。「おばあちゃんはどこへ行くの？」するとママは「黙って。とにかく静かにして」と答えた。ママは動転したみたいだったので、二度と同じ質問はしないことにした。パパにも、だ。おばあちゃんがいるはずの場所に何もないのがこわかったのか、それとも病院のベッドに自分と関係がある何かがいるふりをするのが落ち着かなかったのか。どちらなのかは、彼女にもよく分からなかった。

このところアザミの冠毛のグレーのネコは毎晩のように、開け放った窓の窓枠に飛び乗ってきた。しばらく前に白い前足を一振りして網戸を内側へ傾けた。今ではそこに体を押しあてながら部屋へ入ってくる。黄褐色の目はコインのように輝き、ノドから絞り出す、人間の言葉にも似た鳴き声で、からかい半分に問いかける。〈誰だ？　おまえか？〉ゴロゴロと低くノドを鳴らすのは笑っているのか。ネコはベッドで寝ているジェシカの足下にそっと飛び乗った。そして、びっくりして見つめるしかない彼女に近づき、鼻を押しつけた。彼女の顔に！　その鼻先はたった今、森で殺して貪ってきた獲物の血で生暖かくベタベタしていた。〈私は私、私の名を知る者はいない〉。アザミの冠毛のグレーのネコはジェシカの胸にのしかかり、彼女をぐっと押さえつけた。払いのけようとしても無駄だった。叫びたいのに、硬いヒゲがくすぐったくてつい笑ってしまう。「ママ！　パパ――」息を吸い込んで叫ぼうとしても声が出ない。というのも大きなネコが鼻先を彼女の口に押し当て、彼女の息を吸い取っているからだ。

〈私は私、私の名を知る者はいない、誰も私を止められない〉

どこまでも青い空、ひんやりとした山の朝。七時二十分のこの時間、湖は澄みわたり、まわりには誰もいない。ヨットも出ていないし、泳ぐ人もいない。キッチンのドアのところから呼ばれたとき、彼女はショートパンツにTシャツを着て裸足のまま桟橋の端にいた。最初は聞こえない様子だったが、やがてゆっくりと振り向いて家に戻ってきた。奇妙な、困ったような彼女の顔を見て大人たちは、どうしたの？　具合でも悪いの？と尋ねた。真珠のようにツヤのあるブルーの瞳は透き通って、子どもの目とは思えない。目の下の皮膚にはかすかにアザができ、しかもへこんでいた。赤ちゃんを腕に抱いたままママがぎこちなく身をかがめ、額にかかったジェシカのボサボサの髪をかき上げた。その額は冷たくて蠟のようだった。コーヒーを淹《い》れていたパパが、笑っているのか顔をしかめているのか分からない表情で尋ねた。また悪い夢でも見たのかい？——ジェシカは幼い頃から悪夢に悩まされてきたが、そんなときにはママとパパの大きなベッドにもぐり込ませてもらい、二人にはさまれて眠った。ママとパパがいっしょだと安心して眠れた。だが彼女は慎重に答えた。ううん、だいじょうぶ、なんでもない、ただちょっと早く目が覚めちゃっただけ。赤ちゃんが夜中に泣いてたけどちゃんと眠れたかい、とパパが尋ねたので、泣き声なんか聞こえなかったよ、と答えた。さらにパパが、悪い夢を見たのならちゃんと話してごらん、と言うので彼女は落ち着いた、用心深い声で返した。「夢を見たとしても忘れちゃった」。そしてほほえんだ。パパにでもなく、ママにでもなく。そしてさっと冷笑するように「あたしだってもう大人なんだから」

ママが言った。「どんな大人でも、悪い夢は見るものよ」。ママは悲しげに笑うとジェシカの頬にキスをしようと身をかがめたが、赤ちゃんが不機嫌にぐずり始めていたのでジェシカは後ずさった。その手には乗らない、ママの罠《わな》にもパパの罠にも引っかからない、もう二度と。

それが起こったときは、こんな具合だった。

二階のベランダにはさんさんと陽《ひ》が降り注ぎ、松葉の香りがあたりに立ちこめ、マツノキヒワの短くてかわいらしい鳴き声が響いていた。ママは携帯電話で女友だちとお喋りをし、お乳をのみ終えた赤ちゃんはサテンのリボンが揺れる一家伝来のゆりかごで寝ていた。ジェシカはお昼すぎから気持ちがザワザワして、ベランダの手すりによりかかりながら、パパの双眼鏡でガラスのような湖を眺めていた。向こう岸に目を移すと、裸眼では光の粒にしか見えないものが小さな人間の姿に変わった。マガモの群れが縄張りの端の入り江に集まっている。そのときシャクヤクの花壇の奥、草や茂みがからまっているあたりで何かが動くのが見えた。ママが「やぁね、接続が悪くて！」とつぶやいてジェシカに声をかけた。下の階にある別な電話でお話を続けたいから、すぐに戻るけれど赤ちゃんを見ててくれる？　ジェシカは肩をすくめて答えた。いいよ。裸足で、ジェシカが思わず顔をしかめてしまう大きな襟《えり》ぐりの、ゆったりした夏のワンピースを着たママは、ゆりかごをのぞき込んで赤ちゃんがぐっすり寝入っていることを確かめてから、急いで下へ降りていった。ジェシカは再び双眼鏡をのぞき込んだ。重かったので手すりに載せないと手首が痛くなる。ぼんやりと湖に浮かぶヨットを眺めた。双眼鏡で見る限り五隻――ジェシカはいやな気持ちになった。七月四日の独立記念日はもう過ぎた。パパはヨットを修理してきっとジェシカを乗せてくれると約束したのに。いつもの夏なら今頃はとっくに乗せてもらっていた。ヨットの腕はあまりよくないから天気が完璧じゃないとヨットは出さない、とパパは言っていたが、今日は朝からずっと完璧なお天気だ。心地よくて香りのいい風がときどき吹いて、でも吹きすぎることはない。それなのにパパは町に戻ってオフィスでお仕事、明日の晩まで帰ってこない。ジェシカは下唇をかみながら考えた。どうせ今は赤ちゃんがいるから、ママはいっしょにボートには乗らないだろうな。何もかも変わっちゃった。もう二度と元に戻らないかも。このとき、マツの枝の間で鳥がパッと飛び立ち、灰色のもやのような影が彼女の視野をピョンと横切った。鳥か、それともふくろうか。正体を確かめようとマツの枝に双眼鏡の視点を移したら、小枝や松葉や虫が一つ一つ、気味が悪いほど大きく拡大されて、どれもすぐ目の前にあるように見えた。そのときジェシカはヘンな音に気がついた。神経にさわる、ノドがゴロゴロ鳴っているような、あえぐような音、それから一定のリズムで木がきしむ音。振り返ってびっくりした。彼女から一メートルほど後ろにあるゆりかごの中で、アザミの冠毛のグレーのネコが赤ちゃんの小さな胸の上で身を丸くしながら、その口に自分の鼻面を押しつけている……

赤ちゃんの胸を前足で強く踏みつけるネコの重みでゆりかごが前後に揺れる。ジェシカはささやいた。「ダメ！――どうしよう――」手から双眼鏡がすべり落ちた。夢の中のように両手両脚が麻痺して動けない。獰猛《どうもう》な目をした巨大なネコ。薄もやのようなグレーの毛はふんわりと逆立ち、トウワタの綿毛のようだ。先の白い尾を膨らませ、ピンと立たせたネコはジェシカのことなどまったく眼中になく、前足に力を入れて小さな獲物に爪を立て、その口元に激しく吸い付いている。赤ちゃんは必死であがく。たった三ヶ月の赤ん坊が小さな腕や足を振り回し顔をまだらに赤くさせながら、ここまでもがくかというほど必死でもがいている。だが冠毛のネコの方がずっと力が強く、その意志をくじくことはできなかった。〈自分の鼻面で赤ちゃんの息を最後まで吸い尽くし、窒息させ、息の根を止める〉という意志を。

ずいぶん長いあいだ動けなかった――あとになってジェシカはそう告白した。ネコを追い払うために手を叩きながらゆりかごに急いで走り寄ったときには、赤ちゃんはもうぐったりしていた。その顔はまだ赤かったが、みるまに生気を失って蠟人形《ろうにんぎょう》のような色になり、真ん丸い青い瞳は涙でうるみ、焦点が合わず、ジェシカの頭の向こうを虚《うつ》ろに見つめるばかり。

ジェシカは叫んだ。「ママ！」

もう一度命を呼び戻そうとジェシカは小さな妹の肩をつかんで揺すった。あんなに愛した妹の体に、このときジェシカは初めて触れた。だが赤ちゃんの体にはもう命が宿っていない。遅すぎたのだ。ジェシカは泣き、そして叫んだ。「ママ！　ママ！　ママ！」

ママが目の当たりにしたのはその瞬間だった。ジェシカがゆりかごにかがみ込み、死んだ赤ん坊をボロ人形のように揺さぶっている。パパの双眼鏡はレンズが粉々に砕け、ベランダの彼女の足下に転がっていた。

化石の兄弟

1

大きなお腹《なか》に大きな心臓がひたすら命を注ぎ込む。ドックンドックンドックン。一つだったはずが二つになっている。悪魔のような兄。大きくて獰猛《どうもう》で飢えている。そしてもう一つ、小さな弟。真っ暗な液体の中での心臓の一拍、震えおののく脈の一打ちが、二人交互に。力強く、次は弱く、再び力強く。悪魔のような兄は子宮に注ぎ込まれるぬくもりや血や、力の元となるミネラルなど、すべての栄養を吸ってどんどん大きく成長する。生命力にあふれ、足を蹴り上げ身震いする。顔は知らないが存在はするだろう母親が痛みで顔をしかめ、笑おうとするが死人のような顔色に変わり、それでもほほえもうと努力する。手すりをぎゅっと握りしめて。〈ああ！　私の赤ちゃん。きっと男の子だわ〉。無知な母親は、お腹にいるのが一人ではなく二人であることをまだ知らない。

血と肉を分けた子は一人ではなく二人。しかも同じ二人ではなく、悪魔のような兄の方が大きい。彼の望みはただ一つ、もう一人の、小さな弟の命を自分の中にあまねく吸い込むこと。暗い液体に満たされた子宮の栄養といっしょに弟もまるごと吸い込んでしまうこと。兄は体を丸め、後ろから弟に抱きついているように見える。弟の湾曲した背骨にお腹を、弟の頭の後ろの柔らかい骨に額を押し当てている。悪魔のような兄が持つのは言葉ではなく、純粋な欲望だけ。〈なぜここにこれがいるのだ――こんなやつ！　なぜこんなやつが。すでに俺がここにいるのに。ここにいるのは俺、俺、俺、俺しかいない〉。悪魔のような兄はまだ口で食事をするわけではない。嚙《か》み切り、嚙み砕き、貪《むさぼ》るための鋭い歯は生えていない。だから小さな弟を飲み込んで腹におさめることはできない。おかげで小さな弟は膨らんだお腹の中で生き延びることができた。そこに大きな心臓が何も知らずにひたすら命を注ぎ込む、ドックンドックンドックン。誕生のその瞬間まで。悪魔のような兄が頭を前によじらせながら子宮をこじあけ強引に外へ飛び出した。まるでダイバーか飛び込みの選手のように。酸素をやみくもに求め、体を押し出し、ねじり、必死で自己主張し、驚き震えながら最初の息を吸い込んだかと思うと大声でわめいた。腹をすかせ、小さな足を蹴り上げ、腕を振り回し、血が上って紫色になった顔を怒りでゆがめて、半分閉じた目をギラギラさせながら。幼子特有の赤い頭には驚くほど黒くてゴワゴワの髪が一束二束。〈男の子よ！　四〇〇〇グラムの男の子！　なんてかわいいんでしょ！　完璧な男の子！〉母親のぬらぬらした血をまとい、閉じ込められた炎のような光を放つ兄は、へその緒が手際よく切られた瞬間、鋭い叫び声をあげ、狂ったように足で空《くう》を蹴った。そのあと、ショックが襲った。こんなことがあり得るのか？母親の胎内にはもう一人赤ん坊がいた。完璧とは言い難い、できそこないのような赤ん坊は、脂っぽい血に包まれて生まれた。十四分間苦しくうめいたあと、かすかになってゆく陣痛の最後の引きつりで母親の胎内からはき出された、小さなしわくちゃの老人のような赤ん坊。〈もう一人よ！　もう一人男の子が生まれたわ〉。だがその子はあまりに小さく、栄養状態が悪い。たった二五〇〇グラム、その重みの大半は体ではなく頭が占めていた。青い血管が浮き出た、球根のような頭、紫色の皮膚、左のこめかみには鉗子《かんし》の跡が残り、血の混じった目ヤニで両目はふさがり、小さなこぶしを弱々しく振り回し、小さな足を元気なく蹴り上げ、小さな肋骨《ろっこつ》の中の小さな肺が弱々しく息を吸い込む。〈ああ、でもこのかわいそうな赤ちゃんはきっと生きられない。そうでしょ？〉小さな胸は陥没し、小さな背骨はどこかが曲がっているのだろう。窒息《ちっそく》気味の、遠くから聞こえてくるような間延びしたかすかな泣き声があがった。悪魔のような兄はそれを蔑《さげす》んで笑った。そして自分の居場所である母の胸元、母の乳房に吸い付いて栄養豊富な母乳を思い切り飲んだ。悪魔のような兄は蔑んで笑ったが、怒ってもいた。〈なぜこれがここにいる――こんなやつ！　なぜこんなやつが。なぜ「弟」が、なぜ「双子の弟」がいるのだ。俺がここにいるのに。俺一人で十分なのに〉

だが一人ではない。二人だ。

悪魔のような兄にとって、少年時代は熱に浮かされたようなスピードで過ぎ去った。彼はなんでも一番だった。小さな弟にとって、少年時代は氷河が海を進むほどのろのろと過ぎた。彼はいつも双子の兄に後れをとった。悪魔のような兄の姿は、見る者を幸せにした。純粋な火の玉のような子ども、脈動するエネルギーで輝き、その存在のすべての分子が生命の息吹《いぶき》と欲望に震えている。僕、僕、僕。小柄な弟はいつも具合が悪く、すぐに肺に水がたまり、心臓の小さな弁が震え、湾曲した背骨や曲がった足の骨はもろく、貧血気味で食欲がなく、鉗子のせいで頭蓋骨《ずがいこつ》がかすかに歪《ゆが》み、ため息をつくように泣いた。子羊が鳴くように、聞こえるかどうかの小さな声で泣いた。僕？　僕？　悪魔のような兄はなんでも一番だった。双子用のベビーベッドで最初にお腹から寝返りを打ったのも、背中から寝返りを打ったのも兄の方。ハイハイしたのも、ふっくらとした両足で立ったのも、垂直になって勝ち誇ったように目を見開き、ヨチヨチ歩き始めたのも、初めて喋《しゃべ》ったのも兄の方。マーマ。彼が先に口に含み、飲み込み、ありとあらゆるものから栄養を吸い取った。驚きと欲望で目を見開きながら。彼の最初の言葉、マーマはお願いでも訴えでもなく命令だった。マーマ！　少し遅れて小さな弟が悪魔のような兄のあとを追った。自分の動作に自信がなく、足や腕の動きはぎこちなく、頭をかしげるその様《さま》さえも危なっかしく、か細い肩にのった頭は震え、うるんだ目をたえずしばたたかせ、見るからに脆弱《ぜいじゃく》そうで、顔の造作は悪魔のような兄に比べると印象が薄い。兄のことを人は誇らしげにこう言った。〈全身おとこの子ね！〉弟のことを人は小声でこう言った。〈かわいそうに！　かわいそうに！　それでも成長はしてるんでしょ？〉あるいは〈かわいそうに！　でもなんて優しくて悲しげなほほえみなのかしら〉。この頃の弟は病気がちで何度も入院しなければならなかった（貧血症、ぜんそく、肺の鬱血《うっけつ》、心臓弁膜症、捻挫《ねんざ》や骨折）。その間、悪魔のような兄は弟を恋しがるどころか、両親の関心を独り占めできると喜び、ますます背が伸び力を蓄え、じきに二人が双子だとは――たとえ「二卵性」であっても――誰も気づかなくなった。そう言われてもみな当惑したような笑みを浮かべ〈双子？　そんなこと、あり得るの？〉と反応するばかりだった。四歳になる頃には、悪魔のような兄の身長が小さな弟より四、五センチは高くなっていた。弟の背骨は湾曲し、胸は陥没し、いつも涙目で焦点が合わず、兄弟は双子というより普通の兄と弟にしか見えなかった。兄の方が弟よりも二、三歳年上で、しかもずっと健康そうだった。〈私たちは二人とも同じように愛してるわ。当たり前でしょ〉。眠る時間になると悪魔のような兄は、暗い水に石がドボンと落ちて水底の柔らかい泥に沈むように、あっという間に寝ついた。弟は茎のように細い手足を痙攣《けいれん》させ、かっと目を見開いたまま体を横たえ、眠るのを恐れた。永遠の中へ沈み込みそうで怖かったのだ。〈子どものときから僕には分かっていた。永遠というのは脳の中にある広大で底知れない穴だ。僕たちは生きている間、その穴の中を落ち続ける。名前も顔もないまま、誰にも知られることなく。その穴の中ではやがて両親の愛さえも失われてしまう。母親の愛。そしてすべての記憶も〉。浅くて苦しい眠りから覚めるときは、まるで顔に炭酸水をかけられたようで、息をつこうとあがき咳《せ》き込んだ。というのも悪魔のような兄が部屋の酸素をほとんどすべて吸い込んでしまったからだ。兄にしてみればそれも仕方がない。それだけ肺が強く、息が深く、エネルギー代謝が激しいのだから、悪魔のような兄の方が部屋の酸素をたくさん吸うのは当たり前だろう。双子の部屋には毎晩両親がやってきて、二人をおそろいのベッドに寝かしつけてくれた。二人にキスして愛してるよと言ってくれた。それでも夜になると小さな弟は窒息する夢で目が覚める。弱い肺のせいで呼吸ができなくなり、パニックを起こし、ベソをかきながら助けてと哀願し、なんとかベッドから這《は》い出て部屋から廊下まで歩き、双子の部屋と両親の部屋のちょうど真ん中あたりで気を失い、早朝になると両親が彼を発見する。

そんな脆弱な命であっても、自らを助けようとするものなのだ！　悪魔のような兄は後にそう思い出すことになる。侮蔑をこめて。

〈もちろん私たちはエドガーもエドワードも同じように愛してるわ。二人とも私たちの息子ですもの〉

悪魔のような兄はこの宣言がウソであることを知っている。だが両親がこのウソをつくたびに——その回数はかなり多かった——聞く側はそれを信じるのではないか。そう思うと、兄は腹がたった。そして小さな弟、胸が陥没し、背骨が曲がり、ぜんそくで息をゼイゼイさせ、何かを求めるような涙目の、優しげにほほえむ病気がちの弟はそれを信じたいと思った。彼に罰を与えるため、悪魔のような兄は二人きりになると必ず弟を攻撃した。（はっきりとした）理由なく彼を押しのけ、こづき、飛びかかって床に倒した。やめろと弟が言おうとして息を吸い込む間に膝《ひざ》で押さえつけ、折れやすい肋骨を万力のように締め上げ、小さな奇形の弟の頭を床に打ち付けた。ドン、ドン、ドン。助けを求めて叫べないよう、湿った頑丈な手のひらで小さな弟の歪んだ口をおおった。ママ、ママ、ママ——死にかけている子羊の鳴き声のようにか細い声は、下の階のどこかにいるはずの母の耳には届かず、幸せなことに母親は何も気づかず、双子の部屋のカーペット敷きの床に弟の頭がドン、ドン、ドンと打ち付けられてもその音は聞こえない。小さな弟の体からはついに力が抜け、抵抗もしなくなり、息をしようともがきもせず、しなびた顔が蒼白になると、悪魔のような兄は攻撃の手をゆるめる。そしてはあはあと肩で息をしながら勝ち誇ったように言う。

〈おまえを殺すことだってできるんだ、このフリーク野郎。言いつけたらほんとに殺すからな〉

だからなぜ一人ではなく二人なんだ？　子宮にいた頃と同じく、悪魔のような兄は不公平さと理不尽を実感した。

学校！　しかも何年も。ここで悪魔のような兄はエディと呼ばれ、何をするにも一番だった。弟の方はエドワードと呼ばれ、いつも後れをとった。小学校にあがるとすぐに兄弟は双子ではなく、普通の兄弟か、同じ苗字《みょうじ》をもつ親戚と思われるようになった。〈エドガー・ワルドマンとエドワード・ワルドマン。でも二人がいっしょにいるところは見たことがない〉

学校ではエディは人気者。女子は彼にあこがれ、男子は彼を熱心に見習い、崇拝した。大柄でがっしりした兄は、生まれながらのリーダーでありアスリートだった。彼が手をあげれば、先生は必ず彼を指してくれた。成績はB以下を取ったことがない。笑うとえくぼができ、誠実そうだが陰険さがほの見える。腹蔵なくまっすぐに人の目を見るのが彼の癖だった。十歳にしてすでにエディは大人と握手し、自己紹介ができるようになっていた。〈ハーイ！　僕、エディって言います〉。すると大人は感嘆しながらほほえむ。〈なんて聡明なんだ、子どもとは思えないな！〉そして悪魔のような兄の両親には〈こんな息子さんをもってさぞ鼻が高いでしょうね〉と言う。まるで息子は二人ではなく、彼一人であるかのように。六年生になるとエディはクラス委員長に立候補し、二位に大差をつけて当選した。

〈僕は君の弟だよ、忘れないで！〉

〈おまえは俺と関係ない。あっちへ行け！〉

〈だけど僕は君の中に存在している。いったいどこへ行けっていうの？〉

小学校にあがっても弟のエドワードは双子の兄に後れをとった。問題は勉強ではない。エドワードは賢く知的で好奇心が強く、成績はたいていAだった。課題を終えることさえできれば。問題は彼の体調だった。五年生のときは欠席が多すぎて進級できなかった。肺が弱く、すぐに呼吸器系の病気にかかってしまう。心臓にも問題をかかえ、中学二年になると機能不全のため心臓弁膜の手術を受け、それから数週間は病院で過ごした。高校一年で「ぞっとするような事故」にあった。自分の家で。目撃者は兄のエディ一人。階段を上から下まで転げ落ちたのだ。右足と膝頭《ひざがしら》と右腕と肋骨を何本か折り、背骨を痛め、その後は松葉杖が欠かせなくなった。彼は痛みで顔をゆがめ、恥ずかしそうに足を引きずりながら松葉杖で歩いた。先生たちも彼のことは気にとめていた。ワルドマン兄弟の「弟」の方。彼に同情し、彼を哀れんだ。高校での成績はいよいよ不安定になり、Aを取ることもあったがCやD、それに未習のEが増えた。クラスで集中できなくなり、痛みで体をモゾモゾさせたり、痛み止めのせいで頭がぼーっとしたまま一点を見つめたり、まわりで何が起こっているのか分からないことが増えた。完全に覚醒しているときは必ずノートにおおいかぶさっていた。めったにないほど大判の、罫線なしのスパイラル・ノートは彼にとっては一種のスケッチブックだった。そこに絶え間なく絵を描くか、言葉を書き込んだ。顔をしかめ下唇をかみ、集中のあまりほかのことは目に入らず、先生やクラスメートを無視した。〈永遠の中へ滑り込むんだ、時間のヒダを見つけてペンをひねればそこに自由がある!〉ペンは極細の黒のフェルトペン、ノートの表紙は白黒のマーブル模様。先生が一度「エドワード」と呼んだだけでは気がつかない。やっと気づくと彼の目にはまるでマッチの火を灯したようにぱっと内気さが宿り、続いてそれが

怒りと憤りに似たなにかに変わった。〈放っておいてくれないかな。僕はあなたたちとは違うんだ〉

兄弟は十八歳になった。エディは大学をめざす最上級生、クラスの委員長、フットボールチームのキャプテン、そして学校の記念アルバムによると「もっとも成功すると思われる」生徒だった。エドワードは一学年下で成績不振にあえいでいた。その頃には椎《つい》間板《かんばん》ヘルニアも発病して脊髄《せきずい》に痛みをかかえ、学校へは母親が買った車イスで通い始めていた。車イスの定位置は教室最前列右手、教壇のそば。壊れたような奇怪な姿、少年らしからぬしなびた顔、蠟《ろう》を思わせる肌、たるんだ唇。痛み止めで朦朧《もうろう》としているか、夢中でノートに向かっているか、そんなときの彼は授業のノートをとるふりをしているが、実は奇妙な人物——幾何学的なヒューマノイド——の絵を描いていた。絵はまるで黒のフェルトペンの先から湧き出てくるようだった。

高校二年生の春、気管支炎にかかったエドワードは出席日数が足りなくなり、そのまま学校へ戻らなかった。正式な教育はそこで終わった。同じ年、エディ・ワルドマンはスポーツ奨学生として十を超える大学から招きを受けた。抜け目のない彼は、その中からもっとも学問的に優秀とされる大学を選んだ。というのも彼は大学を卒業後、法科大学院に進むことをめざしていたからだ。

〈影が物の似姿であるように二人は似ている〉。エドワードはつねに影だった。

この頃には兄弟は相部屋ではなくなっていた。かつての残酷で子どもっぽい習慣もいつしか消えた。悪魔のような兄が弟を痛めつける習慣。酸素を残らず独り占めにしたい、双子の弟をまるごと飲み込んでしまいたいという欲望。〈なぜこれがここにいる——こんなやつ！　なぜこんなやつが。俺がここにいるのに〉

おかしなことに、二人のつながりが消えたようで弟は寂しく思った。というのも彼の魂にそこまで深く刻み込まれた存在は、兄をおいて他にいなかったから。強く激しい絆、近しさ。〈僕は君の中にいる、僕は君の弟だよ、君は僕を愛してくれなきゃ〉

だがエディは病気がちの弟と握手を交わすと、笑って後ずさった。弟にはかすかな嫌悪感しか抱いていない。それとほんのわずかな罪悪感。兄は両親にも別れを告げ、一応抱き合いキスをして去って行った。自分の将来に対する期待にほくそ笑みながら。彼はふるさとの町、自分が育った家に帰るつもりはなかったが、たまたま好都合ならば短い間だけ客人として戻ることはあるかもしれない。そんなときも一、二時間で退屈し、落ち着かなくなり、どこか別な場所にある彼の「ほんとう」の人生へと、もう一度逃げ出したくなるだろう。

2

二十代に入った兄と弟はめったに会わず、一度も電話で喋らなかった。

エディ・ワルドマンは法科大学院を修了した。エドワード・ワルドマンは家に残った。エディは傑出しており、彼に目をつけたニューヨークの有名な法律事務所に雇われた。エドワードは何度も「健康危機」に見舞われた。

父は母に離婚をつきつけた。唐突だったし、不思議でもあった。だが父にも別な場所で「ほんとう」の人生があったのだ。

エディは有力な保守系政治家の後ろ盾を得て政治の世界に身を投じた。エドワードは、脊髄の痛みに苦しみ、ほとんど毎日車イスで過ごした。頭の中で数を計算し、数字と記号と生物を融合させる等式を夢想し、音楽を作り、大判の画用紙に夢中で絵を描いた。幾何学的なヒューマノイド様《よう》の奇怪な人物は細部まで丹念に描き込まれ、背景はデ・キリコや幻視画家M・C・エッシャーを思わせた。〈僕たちの人生はメビウスの輪と同じ、悲惨さと驚異が同居している。僕たちの運命は無限だし、また無限に繰り返される〉

アメリカの大都市郊外にある裕福な住宅街。ワルドマン家はそんな住宅街の通りに面して建っていた。二エーカーの敷地に羽目板張りのコロニアル様式の、広くて豪華な邸宅。それが少しずつ壊れ、荒れ果てていった。前庭の芝は刈り込まれることなく伸び放題で、屋根の板葺《いたぶ》きは腐って苔《こけ》が生え、玄関先には新聞やチラシがたまっていった。かつて社交的だった母親は気むずかしくなり、隣近所にも猜疑の目を向けるようになった。体調がよくない、謎《なぞ》の「呪い」のせいだと文句を言った。夫が自分と離婚したのは、背骨が曲がった奇形の息子と縁を切りたかったからだと思っていた。なにかを求めるような涙目の、決して成長せず、結婚せず、エキセントリックで価値のない「アート」を後先考えずに一生描き続ける息子。

母親はしばしばもう一人の息子に電話をかけた。自慢の息子、愛する息子。だがエディはいつも旅に出ており、母親が残したメッセージにもめったに応えなかった。

それから十年もしないうちに母は死んだ。何人かの親戚が心配してごくたまに訪ねる以外、まるで廃墟《はいきょ》のような邸宅でエドワードは世捨て人同然に暮らした。一階の部屋の一つを間に合わせのスタジオに仕立て、あとは一部屋か二部屋使うだけ。気むずかしい母親が残してくれた遺産のおかげで、彼一人くらいなら絵を描きながらかろうじて生きていける。家の掃除をして、というか少なくとも掃除をする努力をして、買い物をして料理をしてもらうためにときどき人を雇うこともあった。〈自由！　悲惨と驚異！〉象形文字をちりばめた銀河を背景にして、エドワードは夢で見た奇妙なイメージをそのまま大きなキャンバスに書き写した。そうした絵は、「化石のかたち」と題されたシリーズとなった。脊髄の痛みに苛《さいな》まれながら、彼は気づいたのだ。悲惨と驚異はいつも入れ替え可能で、どちらか一方が強くなってはいけない。こうして病気がちの弟にとって、熱に浮かされるように時間が過ぎた。彼は病気がちだったのではなく、神の恩恵を受けていたのだ。時間はメビウスの輪、たどっていけばやがて元に戻る。週、月、年が過ぎ、アーティストは自らのアートの中で年をとっていった。〈体も年をとっていったのだろうが、エドワードはすべての鏡を裏返しにした。自分の「外見」には少しも興味を抱か

なかった。〉

　父親も死んだ。というか消息が途切れた——どちらにしても同じだった。

　訪ねてくる親戚もいなくなった。彼らも死んだのかもしれない。

〈永遠の中、すなわち忘却の中へ。だがその永遠から私たちは生まれた。なぜ？〉

　一夜あけると（少なくともそう思えた）インターネットの時代が到来した。どんな人間も世捨て人でいる必要はない。どれほど孤独で世界から隔絶されていようとも。

　インターネットを介してE・Wは仲間と——魂をともにする者たちと、コミュニケーションを取った。サイバースペースのあちこちに彼の理解者が存在した。E・Wは最低限のものしか求めず、自分のアートに関する野心もささやかなもので、何人かに分かってもらえればそれでよかった。だがウェブ上に公開した「化石のかたち」はつねに一定数のファンを引きつけ、売ってくれと頼む者も現れた。（ときには競売のようになり、思いがけない高値で売れることもあった。）E・W——エドワードは自分のことをそう呼んだ——の作品を展示したいと申し出る画廊や、画集を出そうという小出版社も現れた。こうして二十世紀も終わりにさしかかる頃、E・Wはちょっとしたアングラ・カルトの人気者になった。貧しいともたいへんな金持ちとも噂《うわさ》された。一人、壊れかけた古い家に住み、体も壊れかけた、足の不自由な世捨て人。いや、単なる変わり者の有名人で、アーティストとしてのプライバシーを守ろうとしているだけだと言う者もいた。

〈一人だが決して孤独ではない。双子が孤独になれるだろうか？〉

〈双子の片割れが存在する限り、孤独なはずはない〉

　この頃、兄と弟はまったく連絡を取り合っていなかった。だが、エドワードはたまにテレビをつけ、まるで広大な宇宙空間の冷気の中をプロペラで進むようにしてチャンネルをまわすことがあって、そんなときに、たまたま音信不通の兄が映っていた。うっとりと彼を見つめる観客に向かって熱弁をふるい（「命の尊厳」「妊娠中絶合法化反対」「家族の大切さ」「愛国的アメリカ人」）、神に選ばれし者の揺るぎない自信に満ちたほほえみを浮かべながら、インタビューを受けたりしている。悪魔のような兄は近くの州の選挙区からアメリカ連邦議会の議員に選出されたらしい。兄がすぐそばの州に住んでいることを、弟はそれまで知らなかった。兄の隣には若くて美しい女性が立っていた。二人は手をつないでいる。妻のミセス・エドガー・ワルドマンだ。兄が結婚したことも弟は知らなかった。悪魔のような兄は裕福で有力な年長者たちにかわいがられていた。政党では、そうした年長者が若い者の面倒を見て、自分たちの政治的遺産、つまりは「伝統」を引き継がせる。この政党の「伝統」は経済を最優先させること。価値もモラルも目的もなく、ひたすら金が儲かるかどうか。その時代には、そうした政治学が勝利した。「自分」の時代だった。俺、俺、俺！　私、私、私！　私しかいない。カメラがパンして狂喜する観客、熱狂的な拍手を送る観客を映し出す。というのも「自分」にはつねに「私たち」でいたいという盲目的な願望がある。もっとも原始的で恐ろしく非情な神々の中にさえ、人類は「私たち」を見いだす、それと同じことだ。はるか彼方の銀河、単なる無限の虚空《こくう》においてさえ、大昔から「私たち」は熱望されてきた。
こうして、置き去りにされた弟のエドワードは車イスで背を丸め、テレビに映った悪魔のような兄を見つめた。別種の生きものに対して感じるような疎外感や恨みがましさはみじんも感じない。あるのは、ただあの懐かしい、あまのじゃくな切望だけだった。〈僕は君の弟だよ、僕は君の中に存在している。いったいどこへ行けっていうの？〉
ここに一つ、逃れられない事実があった。兄弟は誕生日が同じだった。二人が死んでもこの事実だけは決して変わらない。
一月二十六日。冬のまっただ中。毎年その日になると兄弟は互いのことをひどく生々しく思い浮かべる。すぐそばにいる、後ろにいる、頬《ほお》に息がかかる、幻となって抱きしめに来る——そんな気さえした。〈彼は生きている、僕は彼を感じる〉——そう思って、エドワードは期待に震え、エドガーは嫌悪感でゾクゾクした。

3

兄弟が四十回目の誕生日を迎えたある年の一月二十六日。その数日後、ニューヨークのウエストとキャナル・ストリートが交差する、ハドソン川にほど近い倉庫街の、通りに面した画廊でＥ・Ｗ作「化石のかたち」最新シリーズの個展が開かれた。連邦議会議員エドガー・ワルドマンはその日の午後、ミッドタウンでの政治演説を終え、合衆国政府のナンバープレートをつけたリムジンを乗り付けて一人、画廊にやってきた。彼は満足した。個展には客がほとんど来ていない。古くてひび割れたリノリウム・タイルが、高価な靴底にへばりついて不愉快だった。ハンサムな議員さんは濃いサングラスをかけ、このさびれた場所に来ていることに気づかれないよう、誰とも視線を合わせずに進んだ。もっとも恐れたのは体が不自由な弟――「Ｅ・Ｗ」――に会うことだった。二十年近く会っていない。四十にもなると双子は――「二卵性」双生児とはいえ――まったく似ても似つかないが、弟はすぐに自分に気づくだろう。車イスに乗った発育不全の姿、何かを求めるような涙目、それらがすべて目に見えるようだった。そしてあの悲しげなほほえみ。あれを見ると頭にきてこぶしで殴ってやりたくなる。許しを求めてもいないのに許そうといわんばかりの薄ら笑い。〈僕は君の弟だよ、僕は君の中にいる。僕を愛して！〉だが画廊には誰もいなかった。

Ｅ・Ｗの作品だけがあった。画廊側は思わせぶりに「コラージュ・ペインティング」なんて呼んでいる。「化石のかたち」には美というものが欠けていた。使われているキャンバスでさえ薄汚れてみすぼらしく、不規則に作品がかかった壁には、ハンマーでレリーフを入れたブリキ・タイルの天井から錆《さび》が垂れるのか、縦筋《たてすじ》がいくつもついていた。これがアートなのか。夢というより悪夢のようなかたち、半透明の臓器にも幾何学模様にも見えるヒューマノイドが互いの中へ外へからみ合っている。そんな陰鬱《いんうつ》なアートに「ごまかし」や「堕落」や「破壊」を感じ取った議員はひどく不快な気持ちになった。その陰鬱さは「空っぽの魂」や「背信」をも意味したが、それ以上に彼の気持ちを逆なでしたのは、「化石のかたち」が鑑賞者をからかっているように思えたからだ。少なくとも彼にはそう思えた。一種の謎かけといおうか。だがそんなバカげた謎かけにつきあっている暇はない。出世のために結婚した金持ちの娘がザ・セントレジスで彼を待っている。ウエストとキャナル・ストリートが交差するこのあたりへの突然の来訪は、ワルドマン議員の今日の予定表には記載されていない。夜空とはるか彼方の銀河と星座を描いた、美しいと言えなくもない作品をもっとよく見ようと彼は目をこすった。卵の黄身が炸裂したような大きな太陽が小さな太陽を取り込もうとしている。彗星《すいせい》が――このかたちは精子だろうか、精子が閃光《せんこう》をあげているのか？――光を放つ水の豊かな青っぽい惑星と衝突し、キャンバスのザラザラした表面から思いがけないもの、ひどく醜い何かが突き出ている。議員はびっくりして思わず後ずさった。何かの巣みたいなものが広がっているのか？　腫瘍《しゅよう》か？　プラスチック粘土の肉に黒っぽい縮れ毛、これは赤ん坊の歯だろうか、それがほほえんでいるように並べられているのか？　そして赤ん坊の骨が散らばっている……？

たしかに化石だ。人体から取られたなにか。双子のうちの生き残った方の体の虚《うろ》から発見されたひどくグロテスクなもの。生きて呼吸することのなかったもう一人の、化石となった魂。

ショックを受け、嫌悪に震えながら議員は背を向けた。

先へ進む彼に、告発と否定がもやのようにまとわりつく。美しい作品も目に入った。いや、美しいのか？　それとも読み解き方次第ではみんな醜く陰鬱に見えるのだろうか？　自分は危険にさらされている、何かが起こる、そんな気持ちにさせられた。今回の選挙で彼は再選されたが、統計がはっきり示すように、得票率はこれまでのどの選挙に比べても低い。次回の敗北を予感させる勝ち方だった。迷路のように配されたいくつかの部屋を通って画廊の入り口に戻ると、ガラス張りのカウンターに、いかにも退屈している様子の女の子が座っていた。肌は死人のように青白く、顔中に刺したピアスが光を反射している。この画廊で働いているのだろう。彼は嫌悪に震える声で彼女に尋ねた。この馬鹿馬鹿しい「化石のかたち」が「芸術」なのか、と。女の子は礼儀正しく答えた。ええもちろんです。画廊で展示されているのはすべて芸術です。公的な資金援助は受けているのかと尋ねると、受けていないと言う。それでも気持ちがおさまらなかった。ここで言う「アーティスト」のＥ・Ｗって誰だと聞くと、女の子は曖昧《あいまい》に答えた。Ｅ・Ｗを個人的に知っている人は誰もいない、直接会ったことがあるのは画廊のオーナーくらいで、街の外で一人暮らしをしており、街へやってくることもめったになく、自分の個展にすら顔を出さない、作品が売れるかどうか、いくらで売れるか、そんなことは気にしていないみたい。

「だんだん死んでいく病気だそうですよ。筋ジストロフィーとかパーキンソン病みたいな。でもあたしたち、最近もやり取りしたし、Ｅ・Ｗは生きてますよ。彼はちゃんと生きてます」

〈そして僕はどこへも行かない。君が僕の元へ来るだろう〉

毎年やってくる一月二十六日。ある年の夜ふけ、眠れずにいたエドワードが次々にテレビのチャンネルを変えていると突然男のアップが映って驚いた。これは……エドガー？　悪魔のような兄のエドガー？　昼間のうちに流れたニュース映像を、夜が明けきらない早朝に使い回している。画面いっぱいに映る顔、がっしりしたアゴ、老けこんだ顔を隠す濃いサングラス、肌には脂汗がにじんでいる。恥辱にまみれた議員は片腕を盾のように上げ、押し寄せるカメラマンや記者やテレビのカメラ・クルーから身を守ろうとしている。エドガー・ワルドマン議員は私服警察官に連れられ、そそくさと建物に入ろうとしているところだった。〈収賄罪、選挙キャンペーンをめぐる連邦法違反、連邦大陪審での偽証罪など複数の罪で起訴〉されたのだ。金持ちの娘はさっそく離婚を申し立てた。申し訳程度に歯を見せるだけのおなじみの作り笑い。一階にある部屋をいくつか使っているだけの、兄弟が子どもの頃から住んでいた家で、エドワードはテレビ画面をじっと見つめた。音沙汰のなかった兄は画面からとっくに消えている。頭の中がズキズキと脈打っている。兄が味わっているに違いない底なしのショックと差し込むような痛みを、自分もまた感じているのか。それとも自分だけの興奮と切望のあらわれなのか。〈僕の元へやっと帰って来る。もう僕を否定したりしない〉

エピローグ

そのとおりだった。悪魔のような兄は、彼を待ち受ける双子の弟の住む家に戻ってきた。

彼にもようやく自分自身を理解できたのだ。〈一人ではなく二人〉。もっと大きな世界で彼は自分の人生を賭《か》け、負けを喫し、もう一つの世界に退散することになった。退散するのにひとまず誇りは捨てた。名誉を汚し、離婚され、破産し、色褪《いろあ》せた青い瞳にかすかな狂気をたたえ、がっしりとしたアゴには白いものが混じる無精髭《ぶしょうひげ》が生え、右手は震え……。彼はその右手を連邦裁判所であげて誓ったのだ。汝《なんじ》、エドガー・ワルドマンは真実をすべて包み隠さず話すことを誓いますか、〈はい誓います〉。そして心臓が一拍打つわずかな一瞬ですべてが終わった。口の奥では、胆汁が逆流したような味がした。

それでも受け入れられない。信じられない。何かに蝕《むしば》まれたように荒れた顔つきだった。水の流れや風ですっかり痛めつけられた、粘土で作ったような顔。そして目に宿る

狂気の仄《ほの》めき。〈僕？〉

子どもの頃から住んでいた家、長年避けてきた家に彼は戻ってきた。置き去りにされ、背骨が曲がった弟は、もう何年も前に母親が死んで以来、この家に一人で住んでいた。時間とは自分を天高く持ち上げ、未来へ押しやる一つの流れだと、若い頃の彼は思っていた。今は違う。時間とは少しずつ満ちてくる潮のようなもの。無慈悲で冷酷で止めようがない。くるぶし、膝、太もも、腰、胴、アゴへとどんどん水位があがって止まらない。究極の謎に満ちた黒い水は人を前へ押し流すが、先にあるのは未来ではなく、永遠という名の忘却だ。

郊外の街にある生家へ何十年ぶりかで戻ってみると、付近の住宅街はすっかり変わり果て、喪失感に胸が痛んだ。大きな家々があった場所には高層アパートや商業施設が建ち並び、プラタナスの街路樹は大半が刈り込まれるか、ごっそり移植されていた。そして昔からあるワルドマン家。かつては母親の自慢の種だった、輝くように真っ白な家は風雨にさらされて薄汚れた灰色になり、よろい戸はたわみ、屋根は腐り、前庭の芝生はジャングルのように伸び放題でゴミが散乱している。長いあいだ人が住んでいない廃墟さながらだった。エドガーはエドワードに電話しようとしたが、エドワード・ワルドマンの名前は電話帳に記載されていない。今、彼の心臓は高鳴り、恐怖の波が押し寄せてきた。〈あいつはもう死んでしまった。俺は遅すぎたんだ〉。ためらいがちに玄関ドアをノックして、中からの返事に聞き耳を立てる。今度はもう少し大きな音で、こぶしが痛くなるくらいノックをすると、家の中から羊の鳴き声のようなかすかな音が聞こえてきた。どなた？と尋ねるので彼は大声で返事した。〈俺だ〉

努力を要するかのようにゆっくりとドアが開く。そこにはエドガーが、想像したとおりの彼がいた。車イスに座り、思ったほどにはやつれておらず、二十年ぶりに会う弟のエドワード。何歳なのか見当もつかないしなびた体、細くて青白くて苦しそうな、でもシワの少ない少年のような顔、髪はエドガーと同じく白髪の筋が目立っている。骨張った肩の一方が他方よりもぐっと高く、淡いブルーの瞳は湿り気を帯び、それを両手の端でしきりにぬぐう。長いあいだ声を出す機会がなかったのか、声がしゃがれている。

〈エディ。おかえり〉

〈……遺体は凍結して腐敗を免れ、従って正確な死亡日時ははっきりしない。二人は灰がうずたかく積もった暖炉から数十センチのところに寄せられた、ベッドがわりの革張りソファの上で発見された。古い羽目板張りの、コロニアル様式の家の一階の部屋にはところ狭しと家具が置かれ、何十年分とも思われるゴミが堆積していた。ただしそれはゴミではなく、E・Wの名で知られる変人アーティストが制作するアート作品の材料、あるいはアート作品そのものである可能性もある。年老いたワルドマン兄弟は厚手の服を何枚も重ね着し、暖炉のそばで眠っていたのだろう。家には暖炉以外の暖房設備はなく、夜中に火が消えて、兄弟はそのまま一月の厳しい冷え込みの中で死んだものと思われる。エドガー・ワルドマンと判明した八十七歳の兄は、同じく八十七歳の弟エドワード・ワルドマンを後ろから抱きかかえ、体が不自由な弟を守るようにぴったりと寄り添いながら、額を弟の後頭部に優しく押し当てて死んでいた。二人の遺体は一つにからみ合い、節くれ立った有機物の化石のように見えた〉

タマゴテングタケ

〈アマニタ・ファロイデス〉そんな声が聞こえる。一度も聞いたことがない声だ。かろうじて聞き取れるかどうかの、つぶやきに近い声――〈アマニタ・ファロイデス〉。

その朝はいつもよりはっきり聞こえた。冷たい雨が降る六月の土曜日の朝、おじの葬式に出席していたときだ。会衆派の古くて立派な教会に行くのは、大人になってからはもっぱら結婚式か葬式のような儀式のときだけだった。大嫌いな兄のアラスターの隣で、ぎっしり人が詰め込まれた硬い木の会衆席に座ったまま、彼はぐっと身を乗り出し、顔の両脇に手を当てて、視界の隅に兄の姿が入らないようにした。兄である男に対して彼はほとんど身体的な嫌悪感を抱いていた。白髪の牧師の重々しい言葉に集中しようとしたものの、どうしても〈アマニタ・ファロイデス〉に気を取られてしまう。キリスト者としての忍耐と精神的高揚を説く牧師のおなじみの言葉の下で、別な声、対照的で奇妙で魔法のような声が、浮かび上がろうともがいているようだった。合間に入るオルガン演奏のときもそうだ。博愛主義者でアマチュア音楽家でもあったおじが、葬儀のときに演奏してほしいとリクエストしたバッハの「トッカータとフーガ　ニ短調」。ライルは音楽好きを自任していたが、聞いているうちについ気が散ってしまうことがある。心ここにあらず、考えが海を漂うガラクタかあぶくのようにあちこちに浮遊する。彼は今、彼にしか聞こえないささやきを聞いていた。〈アマニタ・ファロイデス、アマニタ・ファロイデス〉。彼は気づいた。この謎《なぞ》の言葉を初めて聞いたのは夕べの夢の中。熱にうかされたときに見る夢のようだった。兄の突然の予期せぬ帰還のせいだろう。

彼は兄のアラスターを憎まないようにした。少なくともこの聖なる場所では。

〈アマニタ・ファロイデス、アマニタ・ファロイデス……〉

バッハのオルガン曲はなんて美しいのだろう！　激しい音のほとばしりが、質素で質実剛健な教会の、目がくらむほど純白な空間を満たしてゆく。光を受けて輝く清冽《せいれつ》な滝のように。こうした音楽こそは、人間精神の本質的な尊厳の証、肉体の痛みも受苦も喪失も、取るに足らない下劣なもののすべてを超越する。〈見るべき目を持ち、聞くべき耳を持てば、この世界は美しい〉。おじはよくそう言っていた。その長きにわたる人生において、揺らぐことなくそう信じ続けた。若い頃の理想主義を捨てざるを得ないようなできごとは、一度も起きなかったのだろうか。ライルには、どうすればおじのような心境になれるのか、どうしても分からなかった。彼は他人の幸せを願いはするものの、愚か者になるつもりはない。壊滅的な世界大戦、ホロコーストの筆舌に尽くし難い悪、スターリンの旧ソ連や毛沢東の中国での狂った野蛮な大量殺戮《さつりく》。それらが現に起こってしまったあと、なおもそんな理想主義があり得るのか。こうした歴史的事実にもかかわらず、おじのガードナー・キングは生気にあふれ、善良で寛大であり続けた。七十代に入ってからも、おじには子どものように純粋なところがあった。それは、おじより何十歳も年下の甥、ライルには決してないものだった。ライルは父の長兄にあたるこのおじが大好きだった。すでに父を亡くしたライルは、おじが喉頭《こうとう》ガンによって少しずつ体力を失い、死に向かうのが悲しくて仕方がなかった。おじの遺書ではなんらかのかたちで自分が言及されるだろう。そう思うと、それだけでいたたまれなくなった。数百万ドルにのぼるキング家の財産の大半は、彼の妻で今や未亡人となったアライダ・キングが実質的に運営する、キング財団に行くはずだった。そしてその残りが、多くの親族に分配されることになる。どんなにささやかであっても、おじから何かが遺されるかもしれない、そう思うと彼は当惑した。そう考えただけで不安、というかほとんど恐怖のような感情で胸がいっぱいになった。〈ガードナーおじさんが死んだことで得をするなんて、それがどんなかたちであれイヤだ、耐えられない〉

これに対して兄はいつもの気安くおどけた口調で答えるだろう。子どもの頃、ライルのあまりに繊細《せんさい》な良心を笑い飛ばしたのと同じ調子で。〈そんなこと言ったたって仕方ないだろう？　おじさんは死んだんだ。戻ってこないんだからな〉

残念ながら兄は六年ぶりに故郷のコントラクールに戻ってきた。しかもおじが亡くなる前日に。もちろん偶然だったに違いない。少なくとも兄はそう主張した。双子の弟ライルを含め、親戚とはいっさい連絡を取っていなかったはずだから。

ライルの耳には相変わらず、からかうようなつぶやきが聞こえてくる――〈アマニタ・ファロイデス〉。

恋人の愛撫のようなささやきは、親密でしかも謎めいていた――〈アマニタ・ファロイデス〉。

ライルはこの言葉の意味に戸惑った。悲しみで考えがまとまらないこんなときに、なぜこの言葉が襲ってくるのか。

硬い木の会衆席のすぐ左手には、不愉快なほどぴたりと体を寄せて、アラスターが座っている。かといって右手に座る年老いたおばの方に寄りすぎてもいけないので、痩《や》せて骨張ったライルの体は、緊張から小刻みに震え始めた。前に身を乗り出しているので首が痛い。おしゃれとは言い難いツヤ消しの黒いギャバジン・スーツは、肩がきつすぎるのに、ほかの部分は大きすぎた。灰色の髪は襟足《えりあし》の先までだらしなく伸び、顔には苦痛のせいかシワが刻まれ、顔にあてた手の指が奇妙に広がっている。そのせいで彼は、キング家に割り当てられた会衆席に座る哀悼者の中で一人、浮いてしまい、それに気づいた彼はいよいよ困った。彼は磨き込まれた黒檀《こくたん》の棺《ひつぎ》をじっと見つめた。聖体拝領台の前の身廊にかくも堂々と置かれた棺は近寄りがたく、妙に大きく感じられた。最後にはすっかり縮んでしまったガードナーおじさんの亡骸《なきがら》を入れるには、ひどく大きすぎるように思えた。〈もちろん死は生よりも大きい。死は生を包み込む。死とは、私たちに許された短い時間の前にある虚空《こくう》、そしてあとに続く虚空〉なんて不安定で感情的なんだろう！

体に震えが走った。涙が酸のように頰《ほお》を突き刺す。

脇腹をつつかれた。兄のアラスターが白いコットンの、洗い立てのハンカチを彼の手に握らせる。

そのときでさえ、ライルはなにも考えずにそれを受け取った。

そのときでさえ、彼は兄を見ないようにした。ここでも兄は、いかにも敬虔〈けいけん〉そうに悲しむ顔をしているのだろう。ライルの真似をして目に涙を浮かべ……。彼はそれを見ることで、これ以上取り乱したくなかった。

オルガン演奏が終わり、葬儀は終盤に入った。早すぎる！　ライルは突然子どものように狼狽《ろうばい》した。おじがこんなにもさっさと聖なる教会、コミュニティのつながりから運び出され、この世の終極としての冷たい土へ還されるとは。だが白髪の牧師は、信者があとから唱和するための、いつもの祈りの言葉を唱え始めている。「天にましますわれらが父よ……」ライルは目頭から涙をぬぐい、目をかたく閉じて祈った。十代に入って以来、彼は教会へ行かなくなり、祈りもやめていた。揺るぎない信仰心や何の疑いもなく信じられている迷信が彼を苛立《いらだ》たせた。だがコミュニティ全体が共有するこうした儀式は、ある種の慰めとなった。彼の隣では、アグネスおばさんが遠慮しながらも差し迫った様子で祈りの言葉を唱和している。まるで神さまがこの教会にいらっしゃって、正しい言葉の連なりと正しい声の調子で懇願しさえすれば、聞き届けてくださるとでも思っている様子だった。反対側に座る兄のアラスターも、大声ではないものの、数列先まではっきり聞こえるような声で、唱和に加わっている。アラスターの声は深く朗々としたバリトンで、訓練を受けた歌手か役者の声と勘違いしても不思議ではない。ライルの耳には轟々《ごうごう》たる滝の音のように――〈アマニタ・ファロイデス！　アマニタ・ファロイデス！〉が響いている。突然彼は〈アマニタ・ファロイデス〉の意味を思い出した。タマゴテングタケ。愛読している科学雑誌に、食用キノコと非食用キノコについての写真つきの記事が載っていて、彼はそれをつい最近読んだばかりだった。それでタマゴテングタケ、より正確にいうとハラタケ目のトードストゥールが彼の記憶に刻み込まれたのだろう。

口が渇き、心臓があばら骨に当たるほど激しく脈打っている。皆といっしょにつぶやいた。「アーメン」まるで意志の力をすべて使い切ったような気がした。穏やかな気持ちで彼は思った。〈けっきょく私は兄のアラスターを殺すのだろう。これだけの年月を経てもなお……〉

もちろんそんなことはあり得ない。アラスター・キングは死んで当然の憎むべきやつだが、双子の弟のライルは暴力をふるうような人間ではない。暴力行為を思い浮かべることさえしない。〈僕は違う！　僕は違う！　絶対に〉

コントラクールの第一会衆派教会の裏手の墓地で、引き続き陰鬱《いんうつ》な葬儀が執り行われた。死んだ男の甥、ライル・キングが立っている。輝くような乳白色の空の下、湿った草を踏みしめながら茫然《ぼうぜん》自失の状態で。ひじを強くつかまれて彼は我に返った。「アライダおばさんのところまでいっしょに乗せてってくれるだろ、ライル」。アラスターだった。同じ質問を繰り返させられたときのような、苛立ったトゲトゲしさが彼の低い声から感じられた。ライルの双子の兄は、生後十八ヶ月の頃から、同じ質問を繰り返すのが大嫌いだった。弟の考えを読み取ろうとするかのように、アラスターは体をすり寄せてきた。鋼《はがね》のような青い瞳を細めながら。その息は人工的な、甘い匂いがする。たぶん洗口液《マウスウオッシュ》だろう。酒くさい息を隠すためだ。兄が内ポケットに携帯用のフラスコを隠し持っていることには気づいていた。血色のいいハンサムな顔には、切れ切れの毛細血管がかすかに浮き上がっている。いや、あれは神経だろうか。ライルは小声で答えた。「もちろんだよ、アラスター。いっしょに来いよ」。彼の思考がさっと未来へ飛ぶ。危険なほどにきつい勾配《こうばい》のセメタリー・ヒルやハイ・ストリート・ブリッジ――そのときこそ事故を起こすチャンスではないか。濡れた車道で何かの拍子に車が滑ってコントロールを失い、シートベルトを嫌うアラスターがフロントガラスに体を打ち付け、ケガをするかひょっとすると死ぬかもしれない。一方ライルはシートベルトのおかげでかすり傷程度で済むだろう。罪には問われない。そんなことが可能だろうか。神さまは見守ってくださるだろうか?

無理だ。というのも車にはほかの親戚も乗っている。彼らの命まで危険にさらすわけにはいかない。そもそも油断なく見守ってくださる神などいない。

単純で自明の事実。だが、騙《だま》されやすい人々は誰も気がつかないらしい。アラスター・キング、彼はたしかに魅力的で知的で最高にチャーミングだが、それと同程度にひたすら忌々《いまいま》しく、悪意に満ち、この世に生を受けた者の中でもっとも価値のない存在である。古代の殉教者たちが、やがてその身を苛《さいな》み破滅させるだろう責め道具のことを黙想したのと同じように、弟のライルは兄について恐怖とともに黙想した。〈あれほど悪《あく》辣《らつ》な人間になぜ生きる価値があるのか？〉ライルは兄への嫌悪のあまり気持ち悪くなりながら思った。（きっかけは何年も前、兄弟が二十歳のとき。アラスターは十七歳のいとこのスーザンを密かに誘惑し、一、二週間ですっかり興味を失った。スーザンは自殺を図ったが失敗に終わり、そのまま精神のバランスを崩した。それ以来、彼女は完全には回復しないまま今日に至っている。）それなのに腹立たしいことに、アラスターはいつまでもいつまでも生き続けた。ありきたりな日常の展開では、彼を止められる者はいない。

ライルを除いては。彼の双子の弟。地球上に生きる何十億もの人々の中で、彼だけはアラスターの心を理解した。

ガードナーおじさんがいよいよ危ないという知らせを聞いて病院に駆けつけてみると、

すでにアラスターがそこにいた。彼の姿を見たときのショックと言ったら、悪夢が現実になったとしか思えなかった。集中治療室の隣の見舞客用待合所で、いつものごとく寸分の隙もない服装のアラスターが、気遣いと気配りと配慮に満ちた表情を浮かべながらアライダおばさんのか細い手を握り、おばだけでなく他の縁者にも優しく、安心させるように語りかけている。その大半は女性だった。一度も連絡をよこさずにコントラクールから六年間も姿を消し、母親の葬儀にすら姿を見せなかったことなど、まるでなかったかのように。いかがわしいベンチャー・ビジネスに関わって親戚に相当の借金をしたまま、なんの前触れもなく姿を消したことも、すべて帳消しになったかのように。金を貸した者の中には、ガードナーおじさん（正確な額は分からないが、数千ドルは下らないだろう）やライル自身（全部で三五〇〇ドル）も含まれている。

ライルは信じられない気持ちで、戸口に立ったままその光景を見つめた。あまりにも長いあいだ双子の兄を見ていなかったので、もはや存在しないのではないかと思い始めた矢先である。たとえ存在しても自分に害が及ぶことはないだろうとも思っていたのに。

アラスターが叫んだ。「ライル、我が弟よ、元気か！　また会えてうれしいよ！　もちろんこんな悲しい機会なのは残念だけど」

彼はすばやくライルに駆け寄り、腕を取って、まるで武装解除でもさせるように激しく握手をした。昔ながらの悪ガキっぽいほほえみを満面に浮かべて、まっすぐ彼の顔を見据え、逃げられるものなら逃げてみろと言わんばかりだ。ライルはどもりながら挨拶《あいさつ》をした。顔が燃えるように紅潮している。〈ガードナーおじさんが亡くなりそうだと知って舞い戻ってきたか、まるでハゲタカじゃないか……〉アラスターはライルのあばらに軽く肘鉄《ひじてつ》を喰《く》らわせながら、たしなめるような声で説明し始めた。コントラクールへたまたま戻ってきたところ、おじさんの悲しいニュースを聞いた――「俺はおまえの兄貴なんだから、こういうことはちゃんと知らせてくれなくちゃ。かあさんのときもそうだったろ？　あんなふうにいきなり、しかも何ヶ月もたってから連絡するなんてさ」。

ライルは抗議した。「だって兄さんは旅行中だっただろ、自分でそう言ったじゃないか、ヨーロッパに行ってたって。誰にも連絡先を知らせずに。兄さんは――」

だがアラスターはアライダおばさんたち向けのショーを演じているだけなのだ。ライルをさえぎり、愛情たっぷりのふりをして叫んだ。「しかし変わってないな、ライル！　ほんと、会えてうれしいよ」。指が折れるんじゃないかと思うほどきつく手を握り、それだけでは足りないらしく、今度は彼を抱きしめにかかった。乱暴な熊のようなハグで、ライルはあばらにヒビが入りそうだった。見ている側はこう思うよう巧みに計算されている。〈ほら僕って自然体でしょ、こんなにのびのびと愛情にあふれていて。それにひきかえ弟はこんなに堅苦しくて不自然。いつもこうだ。僕たちは双子のはずなのに〉。昔のライルなら兄のパフォーマンスを我慢したが、今はその気になれない。アラスターを押しのけ、怒りをこめて言い放つ。「兄さん！　どういうつもりだよ！　こんなふうに戻ってくるなんて、兄さんは恥ずかしくないのか」。タイミングを逃さずアラスターは笑い声をあげ、ウィンクした。まるで騙されやすいバカな観客を前に芝居を打っている相手役者への、サインかなにかのように。「やだなぁ。俺にはいつだっておまえがいるから、ちっとも恥ずかしくなんかないぜ」。続いてわざと力をこめ、ライルが顔をしかめるくらいきつく腕をつかんだ。子どもの頃、ライルが両親に言いつけようとすると、同じように脅されたことが何度もある。〈くやしかったら同じように力ずくでかかってきてみろ〉。それからライルの肩に重い腕を回し、二人並んで女性たちの方へ戻る。ライルはおずおずとやってきた見舞客で、アラスターがホスト役を買って出た恰好だ。ライルはうんざりしながら即座に理解した。彼はいち早くアライダおばさんの不信を解くことに成功したのだ。ほかの親戚にもめざましい印象を残した。放蕩息子というのはまったくの誤解で、彼はほんとうは心優しく、おじの危篤を深く悲しみ、裕福なおばをなんとか――とにかくなんとしてでも――慰めたいと思っている。アラスターはその役どころを見事に演じきっていた。

アライダおばさんを兄から引きはがして警告しなければ！　おばは賢いから分かってくれるだろう。〈気をつけて！　兄はガードナーおじさんの遺産を狙ってるんです！〉

だがそんなことはできなかった。ライル・キングは裏で巧みに人を操るような、そんな男ではなかったからだ。

こうしてアラスター・キングはコントラクールへ舞い戻ってきた。

　そして不快なことに、たった数日で親戚はもとより古い友人知人のほとんどと――ライルの予測ではかつての女友だちとも――旧交をあたため関係を回復しヨリを戻した。疑念を抱いていたアライダ・キングがもう一度、彼を信用することにした――ほかのみんなもそれを見習ったわけだ。泊まりに来るよう誘ってくれる親戚もいたが、アラスターはそれを丁重にことわり、ブラック・リバー・ホテルに逗留することにした。要するにプライバシーがほしいのだ。行動を監視されるのはまっぴら御免――ライルには分かっていた。だが、みんなは親戚の寛大な申し出に甘えたくない、迷惑をかけたくないからだろうと解釈した。アラスターはこんなにも思いやりがあって、親切で立派な大人になったのだ、と。どこへ行ってもそういう声が聞こえてきた。腹立たしいことにみんなが繰り返した。「あなたもほんとにうれしいでしょうね、ライル。お兄さんが戻ってきたんですもの。これまでずいぶん寂しかったでしょう？」

　ライルは力なくほほえみながら礼儀正しく答える。「ええ、それはもう」

　アラスターのせいでアライダ・キングが脅威にさらされている。それだけでもひどいのに、最悪なのは、せっかくここ何年か忘れかけていた兄のことを、また考えなければならないことだった。何度となく傷つけられ、侮辱され、怒りをたぎらせたことを、まるで取り憑かれたように、いちいち思い出さずにはいられない。なぜか罪に問われないままの残酷な、犯罪的な行為の数々。しかもライルはいつもそこに巻き込まれた。ウソっぽい喜びの声。「ライル！　我が弟よ！」大げさな、あばらが折れそうな抱擁《ほうよう》。兄としての愛情表現のパロディ。ライルがホテルまでアラスターを迎えに行ったときのことだ。ついにライルはアラスターを肘《ひじ》で押しのけ、顔を歪《ゆが》めながら言ったことがある。「なんだよアラスター、やめろよ。ステージに立ってるわけじゃあるまいし、誰も見てやしないだろ」。アラスターは蔑《さげす》むような目で周囲を見回し、笑いながら答えた。「なに言ってるんだよ、いつだって誰かが見てるんだぜ」

ほんとうだった。知らない人ばかりの、たとえばブラック・リバー・ホテルのロビーでさえもアラスター・キングは人目をひいた。とくに女性たちは、彼のエネルギッシュで少年っぽい、ハンサムな顔立ちや態度に惹かれるらしい。

〈彼女たちが見ているのはアラスター本人ではなく、彼の欲望――騙したいという欲望――が投影された、人を誘ってやまない、まばゆいイメージに過ぎないのではないか〉

ではライルはどうか。彼女たちが見ているライルは――単にライルだった。

兄の偽善はあまりにも見え透いている。だから余計に腹が立った。見え透いているのに妙に説得力があるのだ。おかげで兄に比べて感情を表に出さないライルは、おどおどして内気でおもしろ味のない、男らしさそのものが欠けた男に見えてしまう。アラスターは目がくらむほどの美男だった。髪は弟と同じ、灰色がかった茶色だったはずだが、今では渋めの金髪に近い茶褐色。額の生え際から縮れたようなウェーブの髪が豊かに立ち上がっている。ライルの髪はやせてコシがなく、まっすぐだ。アラスターの透明なブルーの瞳は生き生きとして注意深く、軽薄そうだが、それに対してライルの瞳は軽い近視が入った澱んだブルー。いつも指紋で汚れたメガネをかけているので、ぼーっとした印象しか残さない。生来の血色の良さに加えて、アラスターには食べすぎ飲みすぎによる潑剌とした健康的な男らしさがあふれていた。近くから見ない限り彼の顔は若々しく快活だった。一方ライルの顔は早くも時の侵略を受け、とくに目尻のあたりには小さな窪みやシワなど、心配の痕跡が刻まれている。アラスターはライルより少なくとも九キロは重く、筋力トレーニングの賜物《たまもの》か胸板も厚い。ライルはひょろっとしたやせ型で無意識のうちについ猫背になり、兄に比べると脆弱《ぜいじゃく》で動きもギクシャクしている。（実は、ライルは水泳が得意だったし、相当なテニス好きだったのだが。）若い頃からアラスターは派手な服を好み、病院ではジャケットのカットが美しいハチミツ色のスエードのスーツに、ネクタイなしの黒いシルク・シャツを着こなしていた。おじの死後はこれみよがしに喪中を演じ、おしゃれではあっても地味なグレー系の服を着ていることが多くなった。肩パッドが目立つリネンのコート、折り目がビシッと入ったズボン、あまりにも淡いブルーのシャツは悲しげな白に近く、それにツヤのある美しい布地でできたミッドナイト・ブルーのネクタイ。彼がはいている高価な黒の革靴はかかとが高く、実際よりも数センチは背が高く見える。背だけは兄といつも同じだったライルは、おかげで彼を見上げなければならず、それで大いに戸惑った。虚栄心がない（人によってはプライドが足りないと言うかもしれない）ライルは、いつもと同じツヤ消しの黒のギャバジン・スーツを着ていた。特別な行事のときにはもう何年もこのスーツで通してきたが、流行遅れもいいところだった。考えごとをしながら鏡もろくに見ないでヒゲを剃り、髪をとかさずに家を飛び出すこともしばしばだった。心優しくおっとりした、若いのか年寄りなのかよく分からない男。永遠の独り者の風貌で、彼をよく知る者たちは、彼のことをつかみどころがないけれども愛すべき存在ととらえていた。ほかの者たちは彼のことなどたいてい無視した。ウィリアムズ・カレッジを最優秀の成績で卒業したあと――アラスターの方は怪しげな理由でアマースト大を中退したが――ライルはコントラクールに戻って静かな、洗練された生活を送っていた。両親が所有する土地に建てられた馬車置き場を美しく改築し、そこで音楽の個人レッスンをしたり、知名度こそ高くないものの、限定版業界では有名なニューイングランドの小さな出版社に頼まれて本のデザインを引き受けたりした。それなりに真剣なロマンスも経験したがどれもうまくいかず、それでも彼は結婚へのかすかな希望を捨ててはいない。友人たちは結婚相手としてよさそうな若い女性を見つけて来ては、彼と引き合わせていた。それは、誰も途中でやめようとしない室内ゲームのようなものだった。（実は、ライルはかつてアラスターが誘惑したいとこのスーザンに密かな思いを寄せていた。あの悲しいできごとを経てスーザンはやがて結婚し、ボストンに引っ越したが、それ以来、ライルは室内ゲームに気乗りがしなくなった。）アラスターのことを「世界を旅した」一種の「探検家」だと考える人もいて、そのことがライルには不思議でならなかった。アラスターは一時期、国内の刑務所にいたことがある、ライルはそう確信していた。彼は二十代後半の頃、年上の金持ち女性とヨーロッパを旅行し、その彼女が都合よく亡くなって彼にはいくらかの金が入った、と人々は思っているが……。

ことの真相を率直に聞いてしまいたいところだが、それは無理だった。ライルはとっくの昔にあきらめていた。そもそもアラスターとはコミュニケーションそのものをあきらめた。けっきょく彼はウソしか言わない。ほほえみ、ウィンクし（それが彼の腹立たしい癖だった）、ときにはあばらに肘鉄を喰らわせながら〈おまえは俺を軽蔑《けいべつ》してる、それは分かってるよ、兄弟。でもだからなんだ？　俺をどうにかしようったって臆病なおまえには何もできないだろう〉。

葬式後のランチでアラスターがアライダおばさんの隣に陣取ったことに気づき、ライルは気が滅入った。夫の死のストレスで明らかに気が弱くなった気の毒なおばさんは、かつては夫に向けたまなざしをアラスターに向けている。絶対的な信頼のまなざし。アライダおばさんは結婚相手を探すなど、折に触れライルを気遣ってくれたが、今は彼のことなど眼中にない。というよりアラスター以外の者は眼中にない。人々のざわめきやつぶやきに混じってアラスターの名があちこちで上がり、しかもみんなほめちぎっているのが聞こえると、ライルは辟易した。さらに言葉を拾い集めるようにして耳をすますと、おばと兄の会話をなんとか聞き取ることができた。アラスターの深くていやに気取った声がほとんどだったが。「ガードナーおじさんの最期は安らかでしたか？　思い起こせばいい人生だったと？　それが一番大切ですからね」。怒気を含んだライルの視線に気づいて、彼は微妙に嘲《あざけ》るようなしぐさで、手にしたワイングラスを持ち上げ、ほほえみ、ほかの親戚には気づかれないくらいかすかにウィンクして弟にメッセージを送った。まだ幼い頃、両親がいるところでよくやったように。〈な？　俺って頭いいだろ？　俺の話を真に受けるなんて、こいつら、どこまで騙されやすいお人好しなんだろうな〉

ライルは怒りで顔が真っ赤になり、あまりにも兄に気を取られて水の入った脚付グラスをひっくり返しそうになった。

その後、旅行のことを聞かれると兄はおもしろいくらい曖昧《あいまい》になった。もちろん彼が中心、アラスター・キングがヒーローであることに変わりはない。地中海でギリシャの蒸気船がほかのボートに衝突したとき溺《おぼ》れそうになった少女を救ったとか、カイロで物乞いをする人たちのために医療財団を設立したとか、アムステルダムでヘロイン中毒になった若い黒人のホームレスを助けたとか……ライルは嫌悪感を募らせながら聞いていたが、どんなにバカバカしい話でも親戚たちは彼の言うことを鵜《う》呑《の》みにし、矢継ぎ早に質問を浴びせた。金を貸してあったのに彼が黙ってコントラクールから姿を消したことは、忘れているのか忘れようとしているのか。どうやら今のアラスターは「ヨーロッパ文化の至宝」をアメリカへ輸入する仕事をしているらしい。漠然とした言い方だったが、要するに彼のビジネスはこれからどんどん需要が増え、投資家にとってもかなりの利益が見込める、ただ今のところはもう少しだけ資本が必要、ということらしい。パートナーを組んでいるのは「没落した貴族」の一員である著名なイタリアのアーティストだとか。ワインをすればすするほどアラスターの目鼻立ちがくっきり際だっていく──ライルにはそんなふうに見えた。まるでどんどんカメラが寄ってアップになる映画俳優のように。見事に染められた金髪がかった茶褐色の髪が細かいウェーブを打ち、いかがわしいキツネ顔を縁取って生き人形のようにも見える。はなから懐疑的なライルは、著名なアーティストとは誰か、会社の名前は？と聞きたかったが、どうせ口先だけのもっともらしい答えが返ってくるだけだろう。そのテーブルではライルを除く全員が、アラスターに感嘆と興味（年配の女性たちにいたっては羨望《せんぼう》）のまなざしを注いでいる。この女性たちは同年代の者を亡くして動揺しており、そんな彼女たちにとってアラスターは、自分を若返らせ失われた純真さを取り戻してくれる、おとぎの国の王子さまのようなものなのだろう。盲目的に彼を信じるようになったら最後、彼の最新のビジネス計画に「投資」をするところまではあと一歩。「人生というのは休みなく山を登る巡礼にも似ています」とアラスターが語っている。「登っているあいだは景色が見えません。頂上に到達して初めて振り返り、そこでようやく心の平安を得られるのです」

まるでアラスターが聖なる言葉を発したかのようにテーブルが静まりかえった。アライダおばさんが静かにすすり泣く。その泣き声には奇妙な高揚感が潜んでいた。めったに酒を口にせず、とくに昼間はぜったいに飲まないライルは、いつしか二杯目の白ワインを流し込んでいた。〈アマニタ・ファロイデス。アマニタ……〉何十年も前、まだ子どもだった頃、アラスターのいじめが限界を超えたことがあった。ライルは突然我を失い、叫び出し、こぶしで襲いかかり、あっけに取られた兄を殴り倒した。母が急いで割って入った。ライルはこの日のことを今も鮮やかに覚えている。〈いつも臆病だったわけじゃない〉

アラスターをブラック・リバー・ホテルへ送る車中で、ライルは一言も喋《しゃべ》らなかった。アラスター自身もパフォーマンスで疲れ切ってしまったのか、比較的おとなしかった。それでも独り言のように「アライダおばさん、年取ったな。ショックだったよ。みんなそうだ。どうしてもっと頻繁に連絡してくれなかったんだ、ライル。アメリカン・エキスプレスのクレジット会社経由なら、いくらでも連絡が取れただろう。ローマ、パリ、アムステルダム、俺がどこにいようと……。キング財団のことは誰が目配りするんだ？アライダおばさんだけじゃ難しいだろう。それからあの巨大なチューダー様式の館。地所もそうだ、三十エーカーだったか。ガードナーおじさんは宅地開発業者に売るのは絶対反対だったらしいな。考えるのもいやだって。だがこのままあの土地を遊ばせておくのはもったいないだろう。コントラクール北部はどんどん開発が進んでる。アライダおばさんが売らなきゃ、あの土地はほんの数年後には分譲住宅に囲まれちまう。売った方が将来的には絶対にいいって」。アラスターはそこで言葉を切り、満足げにため息をついた。彼のいう「将来」とは、明らかに彼にとって暖かくて利潤たっぷりの追い風のようなものらしい。アラスターは、ありふれた車のハンドルを猫背気味に握っているライルに、横目で狡賢《ずるがしこ》そうな視線を送った。「それにあの見事なロールス・ロイス。おまえ、あの車に目をつけてるだろう」。アラスターは笑った。ライルとロールス・ロイスの組み合わせほど笑えるものはない、とでもいうように。ワインを飲みすぎて熱を持ち、赤くなった自分の顔を軽く叩きながら。

　静かにライルは言った。「一族のことには首を突っ込まない方がいい。今までだって兄さんはさんざん罪のない人たちを傷つけてきたんだから」

「あれ――さんざんっていったいどういう尺度よ」アラスターがからかい半分の真剣さで尋ねた。「おまえの尺度か、弟よ、それとも俺の？」

「尺度は一つだよ――一般的な良識に照らして、ってことだ」

「へぇ、なるほど。一般的な良識に逃げ込もうってわけか」とアラスターが優しげに言う。「それじゃあおまえとこれ以上話しても無駄だな」

　ブラック・リバー・ホテルに着いたら、家のことをもう少し詳しく話したいから寄って行かないか、とアラスターがライルを誘った。ライルは怒りに震えながら冷たくことわった。仕事がある――エドガー・アラン・ポーの短篇小説「ウィリアム・ウィルソン」を手製本・活版印刷で新しく限定版としてデザインしている最中なんだ。アラスターはそれがなんだと言わんばかりに肩をすくめた。弟の人生はもちろん、彼がデザインした美しい本に、兄がわずかでも興味を示したことはない。「なんだ、女に会いに行くんじゃないのか」とアラスター。「誰か紹介してやろうか」

ライルはびっくりして答える。「兄さんはコントラクールに戻ってきたばかりじゃないか」

アラスターは笑いながらライルの腕に分厚い手を置き、ぎゅっと握った。あたかも親愛の情をこめるように。「ライル、おまえ本気かよ。女なんていつだってどこにでもいるぜ」

ライルが軽蔑するように言う。「ある種の女は……だろ？」

アラスターは同じだけの軽蔑をこめて答える。「いや、女なんて一種類しかいない」

ライルはブラック・リバー・ホテルの私道に入った。兄への嫌悪で心臓がドキドキしている。兄がいい加減なことしか言わないのは挑発が目的だから——そのことは分かっているつもりだった。彼と理詰めで何か話そうとするのはもちろん、真剣に話そうとすることさえ無意味だ。ことの大小にかかわらず、何に対しても彼が良心的に振る舞うことはない。〈いとこのスーザンについてはどう思ってるんだ？　スーザンを思い出すことはないのか？　彼女への仕打ちを後悔したりしないのか？〉だがライルは聞けなかった。残酷で無責任な返事が戻ってくるだけで、ますます腹が立つのは目に見えていたから。

ブラック・リバー・ホテルは歴史のある美しいホテルで、最近かなりの予算を使って改築されたばかりだった。リゾート・ホテルとして生まれ変わり、手入れの行き届いた庭、豪華なプール、テニスコートが完備されている。いかにもアラスターが好みそうだ。借金が相当かさんでいるはずだが、それでも彼は一流ホテルの快適さに慣れきっている。兄が後ろに一瞥もくれず、いかにももったいぶって歩み去っていくのを、ライルは車に座ったまま見つめていた。運転手役をつとめた弟のことなど早くも忘れているのだろう。

アラスターが向かっているホテルの玄関から二人の若くて魅力的な女性が出てきた。アラスターを見たときの二人の表情――まずはハッとして、それから顔に生気が宿り、続いて互いにさっと笑顔を交わす。まるで秘密の暗号かなにかのように。それを見てライルは心を斬りつけられたような気がした。〈その男は悪だってことが分からないのか？　どうしてルックスだけでそんなに簡単に騙されてしまうんだ？〉ライルはドアをあけて車から飛び出し、自分の方へ歩いてくる若い女たちを、息を殺して見つめ続けた。二人は笑い、一人が肩越しにアラスターの方を振り返り（アラスターもまたホテルの回転ドアを押しながら、肩ごしに彼女の方を振り返った）、だがライルの顔を見てその笑顔は消えた。何か言いたかった。でも何を？　警告の言葉、それとも謝罪？　自分の奇妙な行動に対する？　だが女たちはライルをじろじろ見ながらそのまま歩調を変えずに歩み去った。彼に視線を走らせ、値踏みし、そのまま通り過ぎた。さっき見とれたばかりのアラスターとライルが双子だとは気づかなかったらしい。というよりライルの存在そのものに気をとめなかったのである。

もう何年も昔、いきさつは忘れたが、兄が飲み物担当のウェートレスにちょっかいを出したことがあった。三十代後半の化粧が濃い女で、魅力的ではあっても若いとは言い難かった。アラスターは彼女の名前を尋ねたりからかったり、恥ずかしげもなくお世辞を言ったりして、彼女はうれしそうに頰を赤らめた。ところがウェートレスが彼の名を聞こうとすると、兄は侮辱されたような、驚いた表情でのけぞった。「は？　そんなことあんたに何の関係があるの？」当惑し、傷ついた女の、そのときの顔。一拍の間をあけてすぐに笑顔を取り戻したが、目は笑っていなかった。洗練された冷やかし――そう女は信じたかったのだろう。アラスターはさらに追い打ちをかけた。「あんたは仕事をまじめにやる気がないようだな。マネージャーに一言いってやろうか」。アラスターが怒ったまま立ち上がるとウェートレスは即座に謝った。「お客さま、お願いですから――申し訳ありませんでした――私、誤解してしまって――」何度も同じ演技をして自信満々の役者さながら、アラスターは振り向きもせずにどこかへ歩み去った。残されたライルは兄の分まで飲み代を払い、相変わらずあっけに取られたままアラスターの後ろ姿を見つめるウェートレスに謝るしかなかった（はじめからそうなるよう、兄が仕組んだのだ。あとになってからそう気づいた）。「兄は冗談を言っただけなんです。ちょっと残酷なユーモアのセンスの持ち主で。怒らないでくださいね、お願いですから！」だが女の耳にライルの言葉はほとんど入らなかったらしい。目には涙があふれている。ライルの方へはちらっと一瞥をくれただけ。そこに立ちつくし、まるで刃物で刺されたみたいに胸の前で両手をきつく握りしめながらアラスターの方を見つめている。彼が戻ってくるのを待つかのように。

アラスターが来たら、〈アマニタ・ファロイデス〉のクリームスープを出してやるつもりだった。そしてついに彼が時間の都合をつけてランチにやってくる日が訪れた。

凝《こ》った料理には慣れていなかったので、ライルは午前中のほとんどを調理に費やした。柔らかくて少しぬめりがあり、へんにひんやりとした薄ねず色の果肉質のキノコをタマネギといっしょに切り刻み、軽くミキサーにかける。二重鍋に移してチキンコンソメ、塩、コショウ、すりつぶしたナツメグを加え、コトコト煮る。アラスターが来る直前には、濃厚なクリームと軽く泡立てた卵黄二個分を入れ、ストーブの火を弱める。なんておいしそうな匂い！　ヨダレが出てきた。だが同時に額の血管が危険なほど強く脈打っている。アラスターは約束の時間より三十分ほど遅れてタクシーでやってきて、ノックもせずにライルの家に上がり込み、意外そうに深呼吸をして、おいしそうな料理の匂いを味わった。期待して、もみ手する。「ライル、すごいじゃないか！　おまえが本格的に料理をやるなんて知らなかったよ。腹ぺこだぜ」

おっかなびっくりライルが言う。「その前に一杯飲んだらどうだ？　その方が――リラックスできるだろ？」

もちろん一杯、いや二杯。アラスターは冷蔵庫に冷やしてあった上等のイタリアのシャルドネ二本をめざとく見つけた。この日のためにライルが買っておいたものだ。「勝手にやらせてもらっていいかな。おまえ、忙しいだろ?」

クリームスープのレシピは町の古本屋で見つけた、ぼろぼろのファニー・ファーマーの料理本に載っていた。同じ本屋で、素人向けのキノコガイドも買った。イラスト入りで、食べられるキノコと食べられないキノコが紹介されている。ササクレヒトヨタケ、アンズタケ、カンゾウタケ――これらは食べられるキノコとして有名だ。だが食べられないキノコの仲間には、いかにも毒キノコらしいトードストゥール、つまり〈アマニタ・ファロイデス〉別名タマゴテングタケ。説明によると胞子が白く、傘とは別に脚苞もついているのが特徴で、きわめて毒性が強い。その姿は奇妙に美しく、突然明るいところに引き出された心の奥底の夢のイメージを思わせた。

キノコのかたちが男根的《ファリック》なのは痛ましいほど明らかだった。皮肉なものだ、とライルは思った。女をおもちゃのように扱うアラスターのような男にぴったりじゃないか。

〈アマニタ・ファロイデス〉とおぼしきキノコを見つけるには、家の裏手に広がる森の中を数日間、必死で探さなければならなかった。ようやく見つけたときには息をのんだ。巨大なブナの木の、ヘビのようにのたうつ根元で、猛毒のタマゴテングタケが霧の中から光を放ち、小さな群れをなして生えていた。手袋をはめた手であわてて摘んでは袋に入れる、そのあいだにもタマゴテングタケは、まるで繊細な命の息吹《いぶき》を発しているように思えた。せわしなく根元から摘んでいると、かすかに苦しげな悲鳴が聞こえるような気がした。誰かに見つかるかもしれないと思うと怖かった——見つかるはずはないのに。〈そのキノコは食べられませんよ、タマゴテングタケですから。なんでそんなものを集めてるんですか?〉

アラスターは、飾り気のないダイニングルームの質素な木のテーブルについていた。台所から湯気が立つスープ皿を運んで彼の前に置く。アラスターは即座にスープ用のスプーンをつかみ、うるさく音をたてながらスープを口に流し込んだ。その日はまだ何も食べていなかったらしい。夕べはなかなか忙しくて「つい朝までかかっちまった」そうだ。彼は含み笑いをした。そしてため息をついた。「ライル、これほんとにうまいな。中身を当ててみようか、アンズタケだろ。俺の大好物だ」

ぱりぱりのフランスパン、バター、ヤギのチーズをひとかたまり、そしてアラスターのそばには二本目のシャルドネ。ライルは魅入られたように見つめていた。兄はスプーン一杯のスープを口に運び、すすり、急いで飲み込んで、満足そうにうなる。双子の兄にはこれまで一度もほめられた記憶がなかったので妙にうれしかった。ライルも一応自分の席につき、氷のように冷たい指でスプーンをもてあそんだ。自分のスープはアラスターのものとよく似ていたが、実はキャンベルの缶入りクリームマッシュルームを少しだけアレンジしたものだ。もともとキャンベルのこのスープはあまり好きではない。彼は兄をじっと観察しながらゆっくりと食べた。アラスターのペースに合わせたかったが、例のごとく彼の食べ方はあまりにも速い。いつもはほとんど見えないが、彼の頰を走るほんの小さな細かい血管が、まるで光り輝くワイヤーのように浮き上がっている。冷たそうな青い目がうれしそうに仄《ほの》めく。〈人生を謳歌《おうか》する男。それのどこが悪い？〉

数分のうちに、アラスターは深くて大きなスープ皿に入ったアツアツでクリーミーなスープを、舌なめずりをしながら平らげた。ライルはさっそくおかわりをよそった。「おまえ、自分が思ってる以上に才能があるぞ」とアラスターがウィンクしながら言う。「いっしょにレストランでも開くか。俺が帳簿をつけるからおまえは台所の主《あるじ》をやれよ」。ライルは震える手で唇まで持ち上げたスプーンからスープをこぼしそうになった。彼は〈アマニタ・ファロイデス〉の効果が現れるのを今か今かと待ち受けていた。毒はシアン化物と同じように一瞬で効くのかと思ったが、明らかにそうではないらしい。それとも――その可能性を考えて彼は恐れをなした――タマゴテングタケを刻んで火を通したものだから毒性が弱まったのか。彼の食べ方はぎこちなく、たえずナプキンでアゴを拭かなければならない始末。幸いなことにアラスターはなにも勘づいていない。スープをすすり、口いっぱいにほおばったパンとバターとチーズを飲み込み、酸味のきいた白ワインを楽しみながら、夕べブラック・リバー・ホテルでともに多忙な夜を過ごした女、あるいは女たちのみだらな物語を延々と開陳するのに夢中になっていた。ライルを呼んで仲間に加えようとも考えたらしい。「ほら、あのときおまえが俺にしてくれたみたいにさ、俺たちの二十一歳の誕生祝いに」。なにを言っているのかさっぱり分からない、というか単語そのものが理解できず、ライルはひたすら目をぱちくりさせた。アラスターはお構いなしに女全般の話を続けている。「こっちがぼーっとしてるとあいつらは生きたまま食らい付いてくるからな。まるで吸血鬼だぜ」。ライルはぎこちなく相づちを打つ。「ああ、アラスター、そうだね。兄さんがそう言うんなら」「母さんもそうさ。かわいそうな父さんの命まで吸い取っちまって。俺たちを産むためにさ——想像してみなよ」。アラスターは笑いながら頭を振った。ライルはほとんど感覚を失ったまま大げさにうなずいた。分かった、想像してみるよ。兄はさっきと変わらぬ食欲で食べたり飲んだりしながら、ほとんど苦々しい雰囲気で話を続けている。「そうだよ、おまえ、男ってのはつねに警戒を怠っちゃいかん。先手必勝だ」。そして考え込んだ。またどうしようもない話を思い出そうとしているのだろう。ライルは突然、兄にもほんとうの感情、後悔を感じるような思い出があるのかもしれないと思った。それはまったく予想外の発想だった。自責の念？　軽くショックだった。トランプ・カードの人物が実人生に紛れ込んだような。

ライルが言った。「それじゃどうなの——スーザンとかは？」

「スーザン？　誰それ？」うっすらと血走った鋼のようなブルーの瞳が、まったく無邪気にライルを見据える。

「いとこのスーザンだよ」

「ああ彼女？　あの子はたしか——」アラスターは途中で黙り込んだ。ぷつりと話が途切れた。兄はパンの皮の部分でスープ皿をぬぐうのに熱中していたのだ。と、そのとき彼のアゴが震えた。どうやら軽い痛みが走ったらしく手のひらを横隔膜のあたりにおしつける。ガスがたまったのかもしれない。

ライルが皮肉をこめて言う。「スーザンは死んだと思ってるのか、兄さん？　彼女の記憶はそんなものか？」

「そんなものもなにも、記憶なんてないよ」。アラスターは屈託なく、関心がなさそうに答えた。ノドから頬にかけてまだらな赤味がさし始めている。「あの子はおまえの友だちだろ。俺のじゃない」

「違う。スーザンとは二度と友だち同士に戻れなかったよ」ライルは怒りがおさまらない思いで言った。「二度と口をきいてくれなかったし、電話にも出なくなったし、手紙の返事もよこさなくなった。あんなことがあった……あとだったから」

アラスターは嘲りながら返事をした。「ありがちだな」

「ありがち――？」

「女の気まぐれさ。生まれつきだよ」

「いとこのスーザンは気まぐれなんかじゃない。そんなこと分かってるだろ兄さん、おまえなんか地獄に堕ちろ」

「なんで俺が？　俺がなにをしたっていうんだ。当時の俺はただのガキ、それ以上のもんじゃなかったね。おまえも――おまえだってそうだろ」。アラスターはいつもの闊達《かったつ》な気楽さで話している。笑いながら身振りをまじえて。まるで自分の主張こそ理にかなっていると言わんばかりに。無批判な崇拝者たちに囲まれていることに慣れきっているのだろう。だが彼の息は目に見えて荒くなり、シワ一つない額には汗が噴き出し、油膜のように光っている。見事に染めた波うつ髪は、ほかの場所ではあれほど美しく映えたのに、今のライルの目には、マネキンの頭にかぶせたカツラのように見えた。しかもアラスターの言葉からはかすかな苛立ちや怒りさえも聞き取ることができた。「あのな、スーザンは結婚して引っ越した。それに彼女は赤ん坊だって産んだ――いや、産まなかった。だろ？」

ライルはまじまじとアラスターを見つめた。厳粛な空気が流れた。

「赤ちゃんは、産まなかった。僕が知る限りでは」

「そらみろ！」アラスターは陽気なジェスチャーとともに話を打ち切り、ナプキンで額をぬぐった。

アラスターのスープ皿がまたしても空《から》になったので、ライルは静かに立ち上がり、皿を持ってキッチンに戻り、三杯目のスープを縁ギリギリまで注いだ。〈アマニタ・ファロイデス〉のクリームスープはこれで終わりだ。あと数分のうちに猛毒が効果を発揮し始めるに違いない！　スープ皿を運びながらライルがダイニングに戻ってみると、アラスターは二杯目か三杯目の白ワインを飲み干し、ホスト役の勧めも待たずにグラスにおかわりを注いでいるところだった。表情は暗く、底意地が悪そうだ。が、ライルが現れると彼にほほえみ、ウィンクした。「ありがとよ、兄弟！」他の誰かに給仕してもらうことに慣れきった、傲慢《ごうまん》な自己満足の空気がぷんぷんしている。

信じ難いことに、あれだけ食べた後なのにアラスターはまたもやスプーンを手に取り、ガツガツとスープをかき込んだ。

こうしてあれほどライルが微に入り細を穿つように計画したランチの時間は、ぼんやりとしたまとまりのない夢のように過ぎていった。ライルは赤ら顔の双子の兄を見つめた。庇護者ぶった愛情をこめてアライダおばさんのことは「混乱しきったおばあちゃんだから、明らかに誰かが導いてやらなきゃ」と言い、キング財団については「上から下まで徹底的な立て直しを必要とする旧世代の遺物」と評し、三十エーカーに及ぶ一等地の不動産に関しては「ずっと説明してるように開発業者を互いに競わせるのが最良の戦略」と述べ、国際アート市場の変動については「一〇〇〇％の利益を得るのに必要なのは、経済が暴落してもそれに耐えられるだけの強力なキャピタル・ベース」と言い放った。だがライルは耳鳴りがひどくてほとんどなにも聞き取れない。なにが悪かったんだ。〈アマニタ・ファロイデス〉つまりタマゴテングタケだと思っていたのが、実はどこにでも生えている無害のキノコだったのか。森の中では焦りと動揺が激しくて、たしかに〈アマニタ・ファロイデス〉だと確認する余裕がなかった。

すべてが麻痺して茫然《ぼうぜん》自失のまま、ライルはアラスターを車でブラック・リバー・ホテルまで送り届けた。燦爛《けんらん》たる夏の午後。真っ青な空の下、暗い川のウロコが光に反射する。アラスターは、近いうちにホテルへ遊びに来いよ、と弟を誘った。いっしょにプールで楽しもうぜ、と。「ああいう場所では、信じられないくらい面白い人に出会うことがあるからな」。ホテルにはどのくらい滞在するつもりかと尋ねるとアラスターは謎めいたほほえみを浮かべて言った。「必要とあらばいくらでも、だ。俺のやり方は分かってるだろ？」

ホテルでアラスターは勢いよく握手し、衝動的に――というか衝動的であるように見せかけながら、上体を寄せて弟の頬に口づけまでした！　ライルはまるでひっぱたかれたかのように啞然《あぜん》となった。

帰りの車でライルは屈辱感をかみしめたが、ある意味でほっとしていた。〈まだ何も起こっていない。僕は兄殺しをやっていない。今のところは〉

ガードナー・キングの遺言状が読み上げられた。それは膨大な長さの文書で、個人と組織を合わせた受益者数は百を下らない。ライルは読み上げに立ち会いたくなかったので、自分に残された遺産の内容は、アライダおばさんに付き添って弁護士事務所まで行った兄のアラスターから聞くことになった。数千ドルに加えておじの貴重な初版本を数冊。アラスターはむりやり絞り出すように言った。「おめでとう、兄弟！　うまくやったじゃないか、おまえにしては珍しく」。ライルは目頭を押さえた。彼はガードナーおじさんを心から愛しており、遺書に自分のことを含めてもらえただけで感激した。もちろんその程度には含めてもらえるのではないか、と期待していなかったと言えばウソになる。〈そうだ、それにここで兄さんの取り分がゼロだったと聞けば、この知らせはもっとうれしいものになるぞ〉。受話器からはアラスターの吐く息だけが聞こえた。待っているのだ。何を？　兄貴はどうだった、とライルが聞くのを？　僕の分を分けてあげようか、とライルが言い出すのを？　アラスターは乾いた声で言った。「俺に残されたのは『借金はなかったものとして返済を許す』っていう公式文書一枚だ」。おじから金を借りてたことなんて覚えてもいなかった、あれだけ財務アドバイザーが揃ってるんならガードナー・キングからの督促状が届いてもよさそうなものじゃないか、借金返済を思い出させてくれるのはおじ貴の方の責任だろう、なのに督促は一度も来なかった、この六年の間に一度もな。兄の青く光る目、紅潮した粗野な顔、ひとりよがりに歯をくいしばったアゴのあたりがライルの脳裏にありありと浮かんだ。アラスターは傷ついたように「俺は自分が『許された』ことに感謝するべきなんだろうな。え？　すばらしくクリスチャンらしい行いだって」。ライルは冷たく「そうだよ。クリスチャンらしい行いだ。僕が兄貴の立場なら感謝するね」

「おまえが俺の立場に立ったとしておまえになにが分かる。おまえは『ライル』であって『アラスター』じゃない。あんまりいい気になるなよ」

アラスターは不作法に電話を切った。ライルはまるで胸をこづかれたかのようにたじろいだ。子どもの頃からそうだった。アラスターはしょっちゅうケンカ腰で何かをまくし立てた後、まるで感嘆詞を打つように、弟の胸をこづいた。

だがおじは一万ドル以上にのぼるはずのアラスターの借金を帳消しにした、つまりそれだけの金をおじがアラスターに遺贈したことになる。ライルは後になってそのことに気づき、憤りがさっとこみ上げ、気持ちが悪くなりそうだった。それは彼に残された遺産とほぼ同額。〈それではまるでおじの心の中では、けっきょくアラスターと僕が同程度の価値しかないみたいじゃないか〉

彼に呼ばれると彼女はすぐにやってきた。ものみな静かな真夜中の十二時過ぎ、秘密の時間に彼女はこっそりドアをノックした。彼は〈どうぞ！〉と小声で言うと物陰に潜んでじっと見ていた。彼女は体を震わせ、興奮して得意げでもあった。少女のような面立ち、少しだけ大きすぎる手足、三つ編みにして頭に捲きつけた金髪がかった赤毛、若くてスタイルのいい体をぴったり包み込む、よく似合う制服。愛撫するような月光がさしこむ中に彼女の姿はあった。音もなく彼が彼女の後ろにまわり、ドアのカギを一重、二重に締める。彼がその手と、ひじの内側の柔らかい肉にキスをすると、彼女はびっくりして笑った。彼女は彼がヨーロッパの出身だと信じ込んでいる。ヨーロッパのジェントルマン。最初の一杯を彼から受け取り、互いの幸せに乾杯した。二杯目を受け取る頃には頭がフラフラした。彼がほめるものだから彼女はすっかりうれしくなった。〈美しい君！　愛らしい君！〉そして〈服を脱いでおくれ、お願いだ〉。紫色のレーヨンの制服についた小さなボタンをもたもたとはずす。レースの、大きめの襟とカフス。彼は彼女のノドに浮き出た血管にキスをする。乳房の間の暖かい窪みにもキスをする。〈リー・アンだったかな？　それともリネット？〉キングサイズのベッドの上でふざけ合いながら、彼は彼女の手首をほんの少しだけひねり上げた。軽く、彼女が驚いて笑ってしまう程度に。ちょっと不快に思う程度に。その行為にこめられた彼の意図には気づかない程度に。〈ねえリネット、本気でキスしておくれよ〉。彼女は肉厚の唇を彼の唇に、豊かな乳房を彼の胸に思い切って押しつける。彼がその唇を強くかむ。彼女は身を引こうとするが、彼は彼女の唇に歯を食い込ませたまま離さない。唇が赤紫に変色してズキズキ痛む。ようやく彼が離すと、彼女は泣きべそをかき、唇からは出血し、ヨーロッパのジェントルマンだったはずの彼は心から後悔してこう叫ぶ。〈ああ、なんてことをしてしまったんだ！　許しておくれ。君への情熱のあまり我を忘れてしまった、愛しい君よ〉。ヒザを折り両手をついたまま乳房を揺らして彼女が身をすくめる。彼女の大きな瞳が野獣のようにらんらんと光る。それでもまだ信じようとしている。必死で信じようと。こうして、数分とたたないうちに彼女は納得する。わざとではなかった、情熱のあまりそうなってしまったのだ、悪いのは彼女、彼女があまりに美しくあまりにも魅力的なので彼はつい夢中になってしまい……。彼は許しを乞うて彼女の手にキスをし、ようやく許されると優しく彼女の頭をベッドの縁につけ、手足をのばさせた。金色がかった赤毛の三つ編みはすっかりほどかれ、カーペットにまでこぼれ落ちる。彼女は叫び声をあげただろうが、口の中にはボロ布が詰め込まれた。それはブラック・リバー・ホテル一八一号室のスイート・ルームの訪問客たちがみな、かつて使ったものだった。

「兄さんはいったいどこまで残酷なんだ！」

アラスターはこの忌まわしい物語を笑いながら弟に語った。六月後半のとろけるような夕暮れ時、二人はホテルのプール・サイドに座っていた。ライルは話を聞きながらどんどん気落ちし、嫌悪感を募らせ、ついそう叫んでしまった。アラスターは無頓着に「残酷？——俺のどこが残酷だっていうのさ？　女たちはああいう扱いが大好きなんだ。ほんとだって」。

ライルは胸が悪くなった。アラスターの話を真に受けていいものかどうか——もしかしたら兄は自分にショックを与えようと、一から十まで話をでっち上げたのかもしれない。だがアラスターの口調にはどこか乾ききったところがあって、それを聞くとやはりほんとうだと思わざるを得なかった。アラスターがどうしても、というのでホテルに寄ってみたが、そもそもそれが間違いだった。その一方でライルは、アラスターの乱暴な物語を聞いて性的に興奮した。そのことを彼は、自分自身にさえ認めようとはしなかった。

〈自分がバラバラに壊れていく。もともともろい何かにヒビが入ったみたいに〉

ランチの翌日、ライルは裏の森に再び出かけ、謎のキノコを探してみた。だが前回自分がどこをどう歩いたのかさっぱり分からず、根っこがヘビのようにのたうつ大きなブナの木も見つけることができなかった。怒りのあまり彼は『素人のための食べられるキノコ、食べられないキノコガイド』と『ザ・ファニー・ファーマー料理読本』を投げ捨てた。

〈アマニタ・ファロイデス〉のスープが失敗して以来、ライルは取り憑かれたように兄のことばかり考えるようになった。朝、目覚めたその瞬間から、ひがな一日。夜になると彼はバカにされ、嘲られ、感情が揺さぶられる夢ばかり見るようになり、おかげで体力気力ともにすっかり衰退し、憂鬱《ゆううつ》になった。あれほど彼の想像力を刺激したポーの「ウィリアム・ウィルソン」のブックデザインを含め、今、抱えている仕事に取りかかることはもはや不可能だった。故郷を愛し、故郷での生活を愛してはいたが、もしかしたら自分はコントラクールを出た方がいいのかもしれない――絶望的な気持ちでそう考えたりもした。もはやコントラクールは、アラスターの存在によってすっかり毒されてしまった。車で十分とかからないところに彼が住んでいる。そんな場所では、邪悪な兄へのこだわりから自由になれるはずがない。すでにいろいろな噂《うわさ》が流れていた。たとえばガードナー・キングの未亡人は亡き夫の遺志を守り、地所には手をつけずそのまま残したいと主張しているにもかかわらず、アラスターが地元の不動産開発業者と会っている、とか。それからキング財団の現ディレクターはたいへん有能で、何年もこの要職につき、広く尊敬を集めている人物なのだが、すでにアラスターが次期ディレクターに決まった、とも。また、アラスターとおばのアライダは秋になったら絵を買い付けにヨーロッパをまわるらしい。アライダ・キングは常々旅行が嫌い……というよりは旅行に出るのが怖いとまで言っており、しかも夫の死後はますます体が弱ってきているのだが。いとこの一人がライルに話したところによると、かわいそうなアライダおばさんは、神経質に手を握りしめながらこう語ったそうだ。「この秋、ヨーロッパへ旅行に出るなんてほんとに気が進まないわ。コントラクール以外の場所では私、絶対に生きていけない気がするの」。そんなにイヤならヨーロッパ旅行なんて行かなければいいでしょ、と言うと、アライダは泣き出しながら応えたそうだ。「でも旅行に行きたいと自分から決心してしまうかもしれない――それが私、怖いのよ。生きて帰れないことは自分でも分かっているはずなのに」

プールサイドでの飲み物のサービスは午後九時を最後に終了した。プールは公式には閉まっていたが、人工的なアクア色の水がプールの底からの光に照らされてまだ輝いている。残っているのはデッキチェアに座ったままの、得意げなアラスターと陰気な弟のライルだけ。欠けてはいるが、それでもまぶしいくらいの明るい月が夜の空に浮かんでいる。水泳パンツにタオル地のシャツをひっかけたアラスターがもう一杯飲もうと、裸足のまま歩き出した。それを見送るライルは、兄がカクテル・ラウンジに行っている間に逃げ出してしまいたい、という子どもっぽい衝動に駆られていた。たった今聞かされた物語ですっかり具合が悪くなった。まるで彼自身が、前の晩、アラスターのスイート・ルームにいたような気がして、不覚にも落ち込んでいる。下劣な話を聞いただけで共犯者になった気がした。〈いや、自分はもしかしたらほんとうにあの部屋にいたのかもしれない。もがき苦しむ少女を押さえつけ、口の中にボロ布をねじ込む兄を、自分もまた手伝ったのかも〉

アラスターが新しい飲み物を持って戻ってきた。子どもの頃と同じ、ライルの表情を推し量るような顔をしながら。ライルがどのくらいショックを受けているか、どのくらいきまりの悪い思いをしているのか、それを知りたいと思っているのだ。たとえば兄弟が八歳のとき、父が死んでライルは何日も泣いて過ごした。アラスターは悲しむ彼を嘲ってこう言った。神を信じるなら（みんな信じているんじゃないのか？）すべてはあらかじめ定まっており、良きキリスト者であれば父さんは天国で安らかかつ幸せに暮らしていると信じるはずだ――「だったらなんで赤ん坊みたいに泣く必要があるんだ？」。

ほんとうになぜ？

アラスターはライルが思った以上に酔っぱらっていた。命令調になっているがろれつが回らない。「真夜中の水泳だ。弟よ、行くぞ！」

ライルは不安げに笑っただけだった。彼は服を着たままだった。大人になった今でも、兄と仲良く泳ぐなんて想像できない。子どもの頃、アラスターには水中で引っ張られゲンコツで殴られ、たいそう苛められた。頭を水の中に押さえつけられ、放してもらったときにはパニックであえぎ、水を吐き出した。〈お兄ちゃんは遊んでるだけでしょ、ラ

イル。泣かないの。アラスター、いい子にしなさい〉
飲み物で勢いがついたのかアラスターはシャツを脱ぎ捨て、俺は泳ぐ、誰も俺を止められない、と宣言した。無駄だと分かっていたが、それでもライルは言ってみた。「プールはもう閉まってるんだよ、アラスター」それを一笑に付した彼は、偉そうにプールの縁まで歩いていった。飛び込むつもりらしい。その体にライルはしぶしぶながら感嘆し、一抹の嫉妬《しっと》すら感じた。自分と違って兄の体は硬質で筋肉がみっちりついている。ウエストのまわりにはひとまとまりの贅肉《ぜいにく》がだぶつき、腹が出始めていたが、肩や太ももは引き締まって無駄がない。うっすら光る体毛が体の大半をおおい、胸元でカールしている。紫がかった暗い色の乳首がやけに目立ち、まるでこちらをじっと見つめる小さな瞳のようだ。頭を高く掲げ、大げさに膝の屈伸運動をして、飛び込みの位置につく。その頭部が否定しようもなく美しい。批判めいたことは決して口にしない女たちの崇拝と、男たちの羨望に慣れきった、一昔前の映画スターのようだ。ある考えがナイフの刃のように閃いた。〈この男を破滅させるのが僕の道徳的義務だ。なぜなら彼は邪悪だから。そして僕以外に彼を破滅させられる人間はいないから〉
十二歳の少年にも負けないこれ見よがしの快活さで、アラスターはプールの深い方から飛び込んだ。完璧なダイブからはほど遠い。弟が見ていたのでかなりバツが悪かったに違いない。ライルは自分もまた、胸や腹に水面の痛烈な直撃を受け、まるで悪事の報いに平手打ちを喰らったような感じがして、思わずたじろいだ。錯乱したアザラシさながらにアラスターは騒々しく浮上し、鼻から水を噴き、必死で息を吸い込んだ。そして短く、まったく不規則で、怒りにまかせたようなストロークで泳ぎ始めた。ライルの想像を裏切り、思った以上に手足の動きがバラバラだった。そんなつもりはないのについ兄に同調してしまい、自分の腕や脚の筋肉に力が入るのをライルは感じた。ライルとその双子の兄アラスター——二人っきりでなんて孤独なんだろう。頭上では欠けた月が、まるで診察室のライトのように煌々と輝いていた。

ライルは思った。〈やつの頭を殴ってみようか——でも何で？〉デッキ・チェア、それから錬鉄製の小さなテーブルが目に入った。そんなことを考えているあいだにも、プールではアラスターがもがき始めた。咳《せ》き込んで苦しそうだ、水でも飲み込んだのだろう。彼は自分で思っている以上に酔っぱらっていた。身長を超す深さのプールで泳げるような状態ではない。プールの縁に立って見ているとそのうちに兄がどんどん沈み始めた。そばには誰もおらず、目撃者はライル一人。三十メートルと離れていないホテルからは人のざわめき、音楽、笑い声が、ぼんやりと聞こえてくる。広い中庭とプール・エリアに面したホテルの窓にはすべてカーテンかブラインドが下りているし、みんなエアコンをつけているのか、窓もほとんど閉まっていた。アラスターが助けを求めてもその叫び声は誰にも届かないはずだ。興奮したライルはこぶしを握りしめてプールの反対側へ回り、もっと近くから観察することにした。兄は手足をばたつかせているがもはやどうしようもなく、重りのついた大袋のように水面下に沈んでゆく。歪《ゆが》んだ口からは泡がいくつも放たれ、染めた髪が海藻のようにゆらゆらと水面に向かって揺らぐ。アラスターの死闘はひどく静かで、明るいプールの水は大げさな照明を下から当てられてけばけばしく見えた。ライルはイヌのように息を荒くしながらプールの縁にしゃがみ込んでつぶやいていた。「死ね！　溺れてしまえ！　おまえの魂なんか地獄へ堕《お》ちろ！　おまえなんかに生きてる価値はない！」

次の瞬間、ライルは靴を脱ぎ捨て、破れるのもかまわず頭からシャツを勢いよく脱いで水に飛び込んだ。アラスターを助けるために。考える間もなく、手足をばたつかせている男をつかみ、その男以上の力で引っ張って水面まで引き上げた。そしてなんとか頭を腕に抱え込み、プールの浅い側へ泳ぎ着いた。死にかけた兄の筋肉質の体を持ち上げると水が滝のように流れ落ち、そのままタイルの上へ転がした。アラスターは陸《おか》に打ち上げられたアザラシのように、空気を求めてあえぎ、もがいた。吐き、咳き込み、息を詰まらせ、再び水と食べ物の固まりを吐いた。息を切らしながらライルがかがみ込むと、アラスターはごろりと仰向けになった。顔に髪が奇妙な筋状にはりつき、顔はむくんで膨らみ、ハンサムとはほど遠く、まさに溺れかけていたことを示している。息が不規則で苦しそうだし、ほとんど白目をむいていたが、それでもライルの姿を見て彼だと分かったのだろう。かろうじて声を絞り出す。「参ったな、ライル、い、いったい何が起こったんだ？」

「酔っぱらって溺れかけたんだよ。僕が引っ張り上げた」

ライルが苦々しく答える。服がずぶぬれで、全身から水が滴っている。自分がマヌケなカモに思えた。今夜の行動を、彼はこれから先も絶対に理解できないだろう。死人のように青白く、弱々しく、まだ死の恐怖から立ち直れずにいるアラスターは、ライルの声の調子を聞き取れず、彼の顔に浮かぶ無力な怒りの表情も見えないまま、懇願する幼子のように手をのばして、ライルの手を握った。

「弟よ、感謝するぜ！」

〈見るべき目を持ち、聞くべき耳を持てば、この世界は美しい〉

ほんとうだろうか？　そんなことがあり得るのか？　あり得るつもりでライルはこれからも生きていかなければならないのか。というのも兄のアラスターを殺すことはできないのだから。それは分かった。いや、少なくとも彼を殺すのはライルではなかった。

溺れかけたアラスターを助けた晩から一週間、太陽が明るく輝く七月の朝。ライルは鬱々としながら作業台に向かっていた。「ウィリアム・ウィルソン」のために書いた十枚以上のドローイングが丸められ、捨てられている。電話が鳴ったので出てみるとアラスターだった。アライダおばさんの家へ引っ越すことに決めたという。「おばさんがどうしてもって言うんでね。かわいそうに、幽霊が怖いんだと。あんな大きなお屋敷だから男の存在が必要なんだな。それでさ兄弟、引っ越しを手伝ってくれないか？　荷物はほとんどないんだけどさ」。その声は陽気に弾んで気楽な調子だった。自分というものを完全に受け入れている男の声だ。溺れて死にそうになったことは忘れたのだろう――ライルはそんな気がした。プライドが邪魔して思い出したくないのかもしれない。ライルもあの晩のことは決して話題にしなかった。息を吸ってビシッと言ってやろうかと思った。「いやだ！　引っ越しなら一人でやれ、おまえなんか呪われろ」。だが実際には「そうだな、分かったよ。いつがいい？」アラスターの返事は「一時間以内に来てもらえるか？　それからおまえをびっくりさせるものがある。実際には俺たち二人のものなんだが。今は亡き、我らが愛するガードナーおじさんのちょっとした思い出の品だ」。ライルはあまりにも意気消沈して、それが何なのか、聞かなかった。

ブラック・リバー・ホテルに着くと、アラスターが誇らしげに正面玄関で待っていた。人々の賞賛の視線を集めながら、かなり目立っている。日に焼けてハンサムで若々しい、輝くような笑顔の男。薄いピンクのストライプが入った薄地のスーツに襟なしの白いシャツ、ストローハット、そして舗道《ほどう》には十個以上のスーツケースやバッグが並んでいる。ひさしの下の車道には、磨き込まれたクロムメッキの黒のロールス・ロイスが停まっていた。アラスターはライルの表情を見て心から楽しそうに笑った。「すごい思い出の品だろ、兄弟。心優しいアライダおばさんが俺にこう言ったんだよ。〈あなたたち二人にこの車を使ってもらえればおじさんもきっと喜ぶわ、あなたたちのことはとても愛していたから。お気に入りの二人の甥っ子ですものね〉」

ライルはロールス・ロイスを食い入るように見つめた。このエレガントな一九七一年式は、自動車であると同時に芸術作品、いや文化そのものだった。ライルはおじといっしょに何度か乗ったが、運転したことは一度もない。運転できると思ったことすらなかった。「これ――ここまではどうやって？　こんなこと、あり得るの？」ライルはどもりながら聞いた。アラスターの説明によると、その朝おばさんの運転手がここまで運転してきたらしい。ライルは自分の車（いかにもありふれておもしろみのない、庶民的な車だ。その小型のアメリカ車をアラスターは蔑むように一瞥した）をとりあえず駐車場に停めておけばいいとのこと。「残念ながら、俺はアメリカで有効な運転免許証を持ってないんだ」とアラスター。「そうでなきゃ俺が運転するところだけど。おまえも知ってのとおり、俺はきちょうめんなほど法を守る男だからさ――一応は」。彼は元気良くもみ手をしながら笑った。ライルはまだロールス・ロイスに釘付けだった。葬儀会館から教会までおじの遺体を運んだ霊柩車にそっくりだと思った。壮麗なる黒、傷一つないクロムメッキ、窓は完璧なまでに磨き上げられて光を反射している。アラスターは、恍惚《こう》《こっ》となったライルのあばらをこづき、ウィンクとともにシルバーの携帯用フラスコを手渡した。ウィークデーの朝十一時からストレートのスコッチ？　フラスコを押しのけるつもりでライルは手をあげたが、かわりに兄の手からそれを受け取り、唇まで持ち上げて一口飲んだ。

そして二口目も。ノドと口を炎が駆け抜け、涙で目がしみた。

「うわ！　すごいな」

「うまいだろ、え？　おまえのその笑っちまうような貧血症の治療にはもってこいだ」

アラスターがからかうように言う。

おばさんのツケでブラック・リバー・ホテルの会計を済ませているあいだ、ライルは、見事な車に感心した様子の、愛想のいいドアマンといっしょに、アラスターの荷物をロールス・ロイスのトランクと豪華な後部座席に積み込んだ。日差しはめまいがするほど強く、スコッチの酔いがまわり始め、ライルは服の下にじっとり汗をかいていた。彼は笑いながらつぶやいた。〈この世界は美しい、美しい、美しい〉。アラスターの荷物の中には、服がびっしり入った新品で上等の衣装バッグがいくつかと、異様に重たいスーツケースが含まれていた。中に詰め込まれているのは——何だろう？　彫像か？　画布で雑におおってテープを貼っただけの、小ぶりのキャンバス（油絵？）も何枚かあった。留め金がこわれていたのでライルはつい見てしまったのだが、スポーツカバンの中には、女性用のシルクの下着とおぼしきもので無造作にくるまれたアクセサリーの数々——金のチェーン、からまりあった真珠の首飾りや腕輪がひとまとまり、鮮やかな赤いルビーがついたシルバーのペンダント、ブレスレット、イアリング、真鍮《しんちゅう》のろうそく立てが一本、それに真珠貝を細工した飾り付きの白いサテンのミュール——そのシミは血の跡だろうか？　ライルは思わず息をのんだまま見入ってしまった。見事なお宝コレクション！　かつての彼なら兄を病的に疑っただろう。盗みを働いたのか、あるいはもっとひどいことを……？　だが今の彼は笑って肩をすくめるだけだった。

ライルとドアマンがちょうど荷物を積み終えたとき、アラスターがサングラスをかけながらホテルから出てきた。たまたま――多分たまたまだったのだろう――美しいブロンド女性が彼といっしょだった。笑い、会話を交わし、見るからに彼に関心を寄せている、四十歳くらいの美しい女性。ヤマネコのような顔立ち、大胆に赤い口紅を塗った唇、ダイヤのイアリング。立ち止まってカードに何かを書き込むと（電話番号、それとも住所？）アラスターの薄地のジャケットのポケットに滑り込ませた。

元気よくアラスターが呼びかける。「行こうぜ兄弟！　川を渡っていざ、アライダおばさんの家へ、我らが運命のもとへ」

夢見心地でライルはロールス・ロイスの運転席に、アラスターがその隣に座った。心臓が痛いほど高鳴っている。ほとんどエロティックな興奮だった。どちらもシートベルトを締めようとはしなかった。ライルは、どんな車でも運転するときにはまずシートベルトを締める質《たち》だが、このときはシートベルトのことなど考えもしなかった。この格調高い車にすべり込めばそこは別次元、すべての古くてつまらないルールが無効になる空間だった。銀のフラスコを手渡されたライルはアラスターに感謝した。今の彼には力と勇気の後押しが必要だったからだ。ノドを詰まらせながら少しずつ貪《むさぼ》るように酒を飲んだ。ウイスキーがこんなにも温かく、ヒリヒリと灼けるように体に入ってゆくとは！　そう、これは魔法なのだ。キーを回したその瞬間、エンジンが驚くほど静かにかかった。

彼は今、おじ、ガードナー・キングのロールス・ロイスを、まるで自分の車のように運転している。ホテルの私道を出るときにすれ違った車の運転手が、いかにもうらやましそうにロールスと彼に視線を走らせた。それをライルは見逃さなかった。

いよいよ道に出る。輝く太陽の下、交通量も少ない。ロールス・ロイスは小さくて完璧なヨットに似ていた。穏やかな急流を何もしなくてもすーっと進むヨット。こんなにすばらしい車を委ねてもらうこのスリル！　ロールスの匂いをかぎ、触れ、その姿を見る、それだけで感覚的な悦びが呼び覚まされた。彼、ライル・キングはこれまでなんのために質素な暮らしをしてきたのか？　贅沢品に囲まれた世界に生きていながら興味を持たないなんて、ひとりよがりで何も見ていなかったのだろう。禁欲が美徳だとでも思ったのか。結局は無知だっただけではないか。ハイ・ストリート・ブリッジに向かって高速道路をロールス・ロイスで走り抜ける。ブラック・リバーを渡ればそこはコントラクールの北部、おばが住む裕福な地域だ。ライルはすっかり高揚し、特別な運命をたどるべく選ばれた者のような気分だった。車の窓から叫びたかった。〈見ろ！　僕を見ろ！　これが僕の新しい人生の最初の一日の最初の朝だ〉

その日の朝、アラスターから電話がかかってきて以来、ライルは考えなかった――何を？　あれは何だったか？　タマゴテングタケの、あのラテン名は？　ついにライルは忘れることができた。ほっとした。

アラスターは携帯用のフラスコから酒をちびちびやりながら、穏やかに優しく、子どもの頃に知っていた昔懐かしいコントラクールのことを思い出していた。あれほど変化に乏しくいつまでも続くように思えたあの世界が、あっという間に目の前を駆け抜け、より新しいアメリカへと消え去ろうとしている。やがて旧世代に属していたキング家の面々はみな死に絶えるだろう。「子どもの頃のことを覚えてるか、ライル。ずいぶん楽しかったよな？　たしかに俺はイヤなやつだったこともある、それは謝るよ。ほんとだ。ただ俺はおまえのことが無性に腹立たしかったんだ。我が双子の弟ぎみよ」彼の声には暖かみがあったが、かすかに皮肉っぽいところもあった。

「僕が腹立たしい？　なんで？」そんなことはあるはずがないと思いながらライルは笑った。

「おまえが俺の誕生日に生まれたからに決まってるだろう。言うまでもなく、俺に来るはずのプレゼントが半分に減っちまったんだからな」

威圧的で慣れない車——記憶ではこんなに座高が低くなるはずではなかった——を運転するのに、ライルは力《りき》みながら前傾姿勢を保ち、マホガニーの優美なハンドルを握りしめ、まるで視界が悪いかのように目を細めながらフロントガラスを凝視していた。パワフルなエンジンの振動はほとんど感じられない。自分の生暖かい血が体内に流れるのを感じられないのと同じように。かすかに不安を覚えながらライルが笑って言い返した。

「でもさ、アラスター、僕が生まれて来なければよかったとか、そこまでは思ってないだろ？　たかがプレゼントのためにさ」

気まずい沈黙が流れた。アラスターはどう答えたものか、考えていた。事故が起きたのはその時だった。

ハイ・ストリート・ブリッジへ入るための急なランプに近づきながらライルは一瞬目の焦点が合わなくなった気がして、ブレーキ・ペダルを思い切り踏み込んだ。ところがそれはアクセルだった。排気ガスを吐きながら橋を渡っていたディーゼル・トラックが、突如トンネルから出てきたかのようにどこからともなく現れた。それがライルの目に入ったのは、恐ろしいほどのスピードでランプを一気に駆け上っていたとき。気がついたらすでにトラックのフロント・グリルが目の前に迫っていた。急ブレーキ、叫び声、わめき声、そしてトラックと車が正面衝突するや胸が悪くなるような金属音と、ガラスが砕ける音。車は二台ともランプから転がり落ち、低いガードレールを突き破って盛り土で静止し、爆発炎上。最後に意識があったとき、ライルと、そして悲鳴をあげている兄とは前方につんのめり、あとは燃えさかる漆黒の忘却へ。

ディーゼル・トラックの運転手は重傷を負ったが、炎上する事故現場からかろうじて自力で脱出できた。潰れたロールス・ロイスの二人は車内に閉じこめられたままだったが、衝突の瞬間に即死した可能性が高い。消火作業が終了し、救急隊員が車の残骸に近づいてみると、中には炭化した遺体が残されていた。ほぼ同じ背恰好、ほぼ同じ年齢の白人男性二人。衝突と災上による遺体の損傷が激しく、その後の調査でも二人の区別はまったくつかなかった。たいへんな高度から、あるいはたいへんなスピードでいっしょに空《くう》を飛んだかのように、二人の体はおぞましく合体し一塊になっていた。遺体はキング兄弟、すなわちアラスターとライルのものであることまでは判明した。二卵性双生児で、次の日曜日には揃って三十八歳になるはずだった。だがどちらが誰の体なのか、焼け焦げた内臓、骨、血液が兄弟のどちらのものなのか、どんな法医学の専門家でも識別することはできなかった。

ヘルピング・ハンズ

1

自分の人生は終わったと思った、そんなとき彼がふいに彼女の前に現れた。

慈善活動のための中古用品店で、彼はボランティアではなく従業員として働いていた。この陰気な十一月の午後にこの陰気な場所で働く以外、彼に選択の余地がないことは一目で分かった。

ニュージャージー州退役傷病軍人のために――ヘルピング・ハンズ。通りから見ただけでは、店先だとはなかなか気づかない。トレントンのサウスフォールズ・ストリートに建つ、風雨でいたんだ茶色いレンガ造りのビルを見つけ出すのは難しかった。このあたりは、折れてところどころ関節がはずれた背骨を思わせるような地域だ。シャッターが下りた小さな店、質屋、パブ、バーベキュー・レストラン、大洪水でもあったのかと思うような小石だらけの広大な空き地。

これがニュージャージー州の州都トレントンである。マーサー郡裁判所、ニュージャージー州裁判所、そしてデラウェア川を見下ろす、金のドームをいただくニュージャージー州議事堂。そこからほんの数ブロック離れただけでこの有様だ。

店頭の窓にはホコリが何層にも降り積もっていた。ディスプレーされているのは家具とメンズウェアとブーツのちぐはぐな取り合わせで、色褪《いろあ》せたポスターが一枚貼ってある。握り合った手と手の上には**ヘルピング・ハンズ**の文字が躍り、シワを寄せてほほえむ青い瞳の、制服姿の若い陸軍兵士が、当惑するほどあっけらかんとした表情でこちらを見据えている。**どんなものでも結構です！　みなさまに仕えた退役者としてお気持ちに感謝します！**と書かれている。

「感謝！」――ヘレーネはそこに鋭い皮肉を読み取った。笑顔の兵士もおそらくは何らかの障害を負っているのだろう。

それともそれは思い込みで、サソリの一刺しのような鋭い皮肉は単に彼女の深読みか。

おずおずと重たいドアを押してみた。すると開いた。店内は薄暗く、閉店してカギも締まっていると思っていただけに、意外だった。

彼女は、丁寧にヒモを掛けたビニール袋を両腕にいくつもかかえていた。中にはほとんど未使用の古着（かつては夫のものだった靴下、下着、Tシャツ）が入っている。もたつきながらなんとかドアを開け、体を滑り込ませることができた。善意ゆえの彼女の奮闘に誰かが気づき、急いで駆け寄って手を貸してもらえるのではないか——そんな期待を感じさせる入り方だった。

　だが彼は彼女に気がつかないようだ。店の奥、カウンターの後ろでポツンと一人。彼女には彼の姿がほとんど見えない。

「こんにちは、お店——あいてますか？」

　かなり苦労しながら——というのも古着を入れたビニール袋が腕から滑り落ちそうだったし、重たいハンドバッグのストラップを巻き付けた手首にも力が入らなくなってきた——ヘレーネは雑然とした店内に入った。奥にある、腰高のカウンターの後ろに店員が座っていたが、まだ彼女に気がつかない。

　トレントン市サウスフォールズ・ストリート八二一のヘルピング・ハンズは質屋だが、同時に傷病軍人のための寄附を受け付けている。すきま風が吹くような無愛想な店で、店というより倉庫に近い。見上げると、ハンマーでレリーフを入れたブリキ・タイルの天井が高くそびえ、大昔に塗ったペンキが、ハンセン病患者の皮膚のようにはげてこぼれ落ちてくる。床は、素っ気ない板を組んだ上に絨毯《じゅうたん》の端切れやリノリウム・タイルの余り物を適当に敷いただけで、ジグソーパズルのピースがいつの間にかバラバラになったような印象だ。それにこの匂い——ホコリ、煤《すす》、ショウガ入りの酸《す》っぱい薬のような匂いに、トレントン特有の砂混じりの化学薬品っぽい煙の匂いが入り交じって、彼女の鼻孔をツンと刺激した。夫のもっともプライベートな衣類を、こんな不用品の墓場のような店に持ってくるなんて、自分はなにを考えていたのだろう。ほうきで叩けば爆裂して勢いよくホコリが舞いそうなソファ、染みだらけのシェードが酔っぱらったように斜めにかけてあるランプ、丸めて壁に立てかけられ、死体でもくるまっていそうなカーペット。整理箱には靴やブーツが山と積み上がっている。解放後のナチスの強制収容所で撮られた、恐ろしい写真を思い出した。病院の車輪つき担架に似たラックには、針金のハンガーにだらりとひっかけた服（紳士用）が何着も下がっていて、それが背中を丸めて食事の配給を待つ人々のようにも見える。

カウンターの後ろにあるラジオからは、ボリュームを下げた音が流れていた。誰がしつらえたのか、その空間だけは、散らかっているなりに居心地が良さそうだ。まるで動物の巣穴のように。フロアランプが後光にも似た暖かみのある光を放つ。たるみきった革のソファに座っている男は、アゴに黒っぽい無精髭《ぶしょうひげ》をはやし、髪はボサボサで四方に伸び放題。本を読んでいるらしい。エウリピデスの『悲劇全集』だ。

今頃になって——かろうじて分かるくらいに申し訳なさそうに（あるいは不愉快そうに？）——無精髭の男が視線を上げた。

「あ、すいません、手伝います」

恭《うやうや》しく、でも大あわてで、背に筋が入るのも構わず本を伏せる。そして半分座ったような姿勢のまま革張りのソファにからんでいた体を引きはがし、慌ただしくカウンターの前に出てきた。片足をかばい、千鳥足で。義足をつけているのか、自分を前へ前へと押しやる歩き方だった。

「ほんとにすいません、こんな奥にいるもんだから、お客さんが入って来たのに気がつかなくて」

閃光《せんこう》のようなほほえみだった。一瞬見えた歯は小さくてかすかに不揃いで、下の前歯が一本抜けており、そこだけがポッンと暗い。

未亡人の腕から丁寧にヒモ掛けされたビニール袋を受け取る。言うまでもなく彼には分かっていた。ヘルピング・ハンズで働くうちに、彼はちゃんと分かるようになったのだ。〈未亡人、悲嘆、孤独〉

中身は新品の高級品ばかりかもしれない。そう思ったかどうかは知らないが、アゴに無精髭を生やした男は慎重に袋をテーブルに置いた。細々《こまごま》とした衣料品を持ってきただけです、もう少し大きめの品を整理する気にはまだどうしてもなれなくて――ヘレーネはそう説明したかったが、声が出なくて口ごもった。そのまま、どことなく恥ずかしそうに袋を見つめながら立ちつくした。人生の破局が訪れるまで、ヘレーネは友だちに話しかけるのと同じ気安さで知らない人とも話せる女だった。それが今、彼女の声は訳もなく途切れ、言いかけたことがなんだったのかしばしば分からなくなった。しかも今の彼女は突然心配にかられていた。マーサー郡のイエローページに掲載されたヘルピング・ハンズの広告には「ほとんど未使用のものに限る」と書いてあったが、夫のものがそれに当てはまるのか、十分清潔だと思ってもらえるかどうか。アゴに無精髭を生やした店員が彼女の寄附をいちいちチェックした挙げ句、拒否するのではないか――彼女は急に不安になった。

だが彼は、まるでその不安を感じ取ったかのように優しく語りかけた。「店に電話をかけてくだされればよかったのに。お住まいまで取りに伺うこともできるんですから」〈お住まい〉か……なぜ〈ご家庭《ホーム》〉とは言わなかったのだろう。

単にヘルピング・ハンズのパンフレットから言葉を引用したのだろうとは思った。それでも、彼は〈ご家庭《ホーム》〉と言わなかった――それがヘレーネにとっては大事なことのように思えた。

今の彼女に〈家庭《ホーム》〉はない。すでに死んでしまった人といっしょに二十年以上過ごした家があるだけだ。

「わざわざ……来てもらうのは悪いと思って。あんな遠くまで……」

文が途中で切れた。住んでいるところまでは言わない方がいい。彼女が住んでいる村はプリンストンに隣接する郊外、ここニュージャージー州トレントンとはあまりにかけ離れた世界だった。この荒涼とした場所でその名を口にすれば、イヤミと思われても仕方がない。

「でもそれがウチの仕事ですから。というかほとんど僕の仕事、かな」

ザラザラした荒い声だったが、店員は楽しげに喋《しゃべ》った。閃光のようなほほえみが浮かび、すぐに消えた。

ヘレーネは思った。彼も退役軍人かしら？　障害を負った……？

第一印象以上に年はいっているようだ。少なくとも三十五歳。右頰《みぎほお》に傷跡があり、特徴のある薄い皮膚がいびつに盛り上がっている。ところどころに柔らかくて色素の抜けた窪みがあった。灰色の目は小さく、敏捷《びんしょう》そうに輝いている。さっと手櫛《てぐし》で整えただけに見える、銀色の筋が入った黒っぽい髪がバラバラと肩口にかかって、まるで毛皮のつけ襟《えり》のように見える。アゴの無精髭が彼の外見にやんちゃな少年っぽさ、おどけた尊大さをもたらしていた。彼は密かに自分を好ましく思っているのだろう。一方で、彼女を見る軽快で楽しげな視線からも分かるとおり、彼は女性に対してつねに敬意を忘れず、チャンスがあれば喜ばせようとする。

肩のあたりがブカブカの、さび色の人造スエードのスポーツジャケットに、襟が伸びきったベージュのクルーネック・セーター、裾《すそ》が床に垂れ落ちたギャバジンのドレスパンツ――すぐそこのラックから適当に失敬してきた服の取り合わせだ。足下には塩染みのあるハイキング・ブーツ。ヘレーネはそれを見て、ミネソタ大学で二十五年近く前に初めて会った頃、夫がよくはいていたハイキング・ブーツ――品質も状態もずっと良かったが――を思い出した。

「しかも今日はこんなひどい日なんですから。とくにトレントンのこのあたりは」

ほんのかすかに〈トレントン〉が強調されていた。皮肉な調子で。

彼は横目でじっと未亡人の顔を見て、そのあやうげな気持ちを察知した。ちょっとつついただけでなだれが起きそうな、傾斜地の不安定な石ころのようだ。

「あの、本部がどんなところか見ておきたくて。ヘルピング・ハンズのことは読んで知っていたけど、考えてみたら……」

考えてみたら？　彼女はいったいなにを考えていたのか？　眠れない夜があけた翌日、心の痛みをこらえ朦朧《もうろう》としながら、彼女は電話帳の慈善団体のページを開き、きつく握られた手のイラストに思わずハッとした。羨望《せんぼう》、思慕、そして確信が心にわき起こった。夫も自分の持ち物は寄附してほしいと思ったに違いない。彼女には分かっていた。死んだときも彼は自分の臓器や目を提供した。

何年も前、弁護士事務所で夫が臓器提供の書類にサインをしたとき、彼女が心細そうだったので、夫が笑った。彼女はその笑顔をよく思い出す。二人で遺言状を作りに行ったときだ。

ヘレーネは書類にサインしたくなかった、まだ早い気がしたのだ。それで夫が笑った。意地の悪い笑い方ではなかったが。

〈じゃあ死んだあと、君はその美しい茶色の瞳や腎臓《じんぞう》や肝臓や心臓をどうしようって言うんだい？〉

彼女は震えた。夫は彼女にキスをした。

はるか昔の純真な――無知な？――頃の笑い。

彼女がトレントンまで車でやってきたのは、家から離れたかったからだ。夫とともに愛着を持ち、あんなにも長い年月を幸せに過ごしたあの家から。どの部屋をのぞくのも怖かった。夫のぼんやりとした残像がどうしても見えてしまうからだ。リビングのいつものイスや、書斎のデスクに座る彼。寝室に入り、毛布の下でじっと寝ている彼。その姿が見えて――見える気がして――心がちぎれそうだった。病院に呼ばれて駆けつけてみると彼はじっとベッドに横たわっていた、あのときと同じ……

階段を上り下りする足音や、今ではなにを言っているのか分からないが、つぶやくような彼の声も聞こえた。いつものいたずらっぽさはすっかり影をひそめている。あんなにおどけるのが好きな人だったのに。だが死んだらどんな冗談も言えなくなるのだろう。

〈ここはどこだ、いったい何が起こったんだ……ヘレーネ!〉

彼女は震えた。夫の声に潜む恐怖を、彼女はあまりにもはっきりと聞き取った。

「ここは『本部』じゃありませんよ。ニューアークにならオフィスがありますけど」。アゴに無精髭を生やした店員が彼女をまじまじと見ている。

「え？　今なんて？　ああそうね。ニューアークね」

頭が真っ白になった。〈ニューアーク？〉

「お手数ですがこの書類に書き込んでいただけませんか？　記録として取っておかないといけないんで」

紙切れとボールペンを渡された。アゴに無精髭を生やした店員は、カウンターを片付けて、書類が書けるようにした。

ヘンね、と未亡人である彼女は思った。なぜ自分はここにいるのだろう。と言っても今の彼女にはあらゆる場所が奇妙に思えた。

吹き上げる風で雨脚が強くなる。現実感のない、なんともいえない鋭い感覚が、どす黒い水のようにあふれ、彼女を呑み込もうとしている。

切断手術を受けたのに、どちらの足がなくなったのか分からない患者のような気分だった。

「お客さん？　すいません」

手と手を握るイラストの、金ピカのシールが貼ってある黒いプラスチックの安ボールペン。それが彼女の指から滑って床に落ちたのだ。くぐもったようなうめき声をあげながら——背中か、こわばった足が痛むのだろうか——アゴに無精髭を生やした男がかがんで拾い上げてくれた。

「ありがとう」

彼女はそっと礼を言った。涙で目がしみた。ほんのささいな親切でさえ、今の彼女は心動かされた。最近はみな彼女に対してあまり親切ではないし、辛抱強くもない——有料道路に入るランプで合流するのに、彼女がついおどおど進んでいたら、後ろからクラクションを派手に鳴らされた。郵便局では先に並んでいた人たちに気づかないまま、間違って列に割り込んでしまって不作法ににらみつけられた。マーサー郡裁判所のセキュリティ・チェックでカバンをひっくり返し、夫の遺言状や死亡証明書などの書類が汚れた床に散らばって、列をすっかり滞らせてしまった、あのときもそうだった。

〈そこの奥さん　先に進んでください！〉

〈奥さん、一人でだいじょうぶですか？　お宅で誰か、いっしょに来て助けてくれる人はいないんですか？〉

たしかに手助け《ヘルピング・ハンズ》が必要だったのかもしれないが、その気にはなれなかった。彼女は一人でトレントンへ行くと頑なに言い張った。心身をすり減らす〈死後の義務〉も一人で遂行できる、と。

彼女は哀れみを恐れた。同情だって哀れみの一種だ。親密そうにすり寄ってくる悲しみも恐れた。彼女は傷ついた動物。はい擦りながらその場を離れ、悲しみを誰とも分かち合わずに一人で癒《いや》したかった。

〈ほんとうに大事なことについては誰も私を助けられない。誰も私に近づけない〉

ようやく彼女は夫の遺品を整理し始めた。処分するものと「寄附」するものに分ける作業——それを必要とする人たちに使ってもらえるように。今は亡き夫が二度と必要としないものを。これはやらなければならない儀式であり（ほんとうにそうなのか）、それができるのは残された未亡人しかいない。

ヘルピング・ハンズには、これまでにいったい何人の死者の衣服が持ち込まれたのだろう。ラックにはびっしりと服がかけられ、いくつもの整理箱には乱暴にたたまれたシャツやセーターやパジャマが山のように詰め込まれている。この墓場に捨てられた物がそれほど人の——ましてや障害を負った退役軍人の——役に立つとは思えない。

少なくとも夫の服は状態がいい。いくつかは新品か新品に近いし、いずれもいい品ばかりだ。着古したものも少しある。ドライクリーニングの袋に入ったままのもある。そういう服は今、寄附してしまうにはあまりにも惜しくて家に残したままだった。

靴下（一組ずつきちんとまとめられている）、下着、Tシャツが入っていた夫のタンスの引き出しを整理したあと、彼女は奇妙な、顔にへばりついたようなほほえみを浮かべながら、空《から》になった引き出しをひたすらのぞき込んだ。まるで奈落の底へ飛び込もうとする者の顔つきだった。〈いったいどうして？　なぜ私はこんなことをしてしまったの？〉と考えながら。自分はどうかしてしまったのだろう。引き出しに入っていた夫のものをすべてベッドに広げ、退役軍人の慈善団体に寄附するために袋に詰めようとするなんて。必要もないのに引き出しをわざわざ空にするなんて……自分は気が触れてしまったのだろうか。

夫の亡骸《なきがら》を荼毘《だび》に付す契約書にサインしたときから、彼女はある思いを振り払えずにいた。自分は二人をつないでいた強く親密な絆を台無しにしてしまったのではないか。利便性のために夫の体を破壊するなんて。

もちろん荼毘に付したのは夫の遺志による。友人たちと同じように、彼もまた何の気負いもなく情緒的なそぶりを見せず、遺言状にはっきりとそうしたためた。

「あの、もう書き終わりましたか？」

書類を書き終えるのに数分かかった。未亡人の死後の時間はとぎれとぎれに進む。アゴに無精髭を生やした男は書類にさっと目を通した。その少し前まで彼は彼女をじっと見つめていた――そのことに彼女は気づいていた。このささいな作業が彼女にとってどれだけたいへんなことか、それがちゃんと分かっているかのように、彼女の刻苦を見守っていたのだ。

彼はぜんそく患者のように口で息をした。ケガの後遺症――障害――かしらと彼女は思った。下がり気味の肩をかすかに後ろにそらせるような姿勢は、つねに身構えているようにも見え、痛み、あるいは痛みに襲われるかもしれない予感をほのめかしていた。それでも彼はヘレーネより十センチほど背が高く、まるで彼女を守ろうとしているようにも思えた。

彼女はふと思った。〈彼もまた傷ついている。だから彼には分かるのだろう。当たり前のことだ〉

それからひどくほっとした。〈もしかしたら定めだったのかもしれない――今日、この陰鬱《いんうつ》な場所で友だちに出会うという……〉

ヘレーネの友人、親戚、近所の人たちはみな彼女の夫を知っていた。そんな友人たちに会うのが耐えられなかった。会えば、まるで遊園地にあるびっくりハウスの歪《ゆが》んだ鏡のように、自分の悲しみが彼らの顔に映し出される。それがいたたまれなかった。

アゴに無精髭を生やした男は彼女のすぐそばに立っている。たまたまかもしれないが、ヘレーネにはそうは思えなかった。彼の服や髪の匂いがした――シャンプーが必要な髪の匂い、しょっぱいような汗臭い体の匂い。しわくちゃの古着を着た男。その匂いは不快どころか彼女を癒した。

彼女は何度となくシャワーを浴び、石鹸《せっけん》もつけずにやたらと体をこすった。そのせいで今では肌にちょっと触れただけでヒリヒリする。この習慣は病院に泊まり込むようになった頃に始まった。彼女は病院の強い匂いを取るために一日二回シャワーを浴びた。髪にも病院の匂いがしみついてしまった（少なくとも彼女にはそう思えた）。深いマホガニー色だった彼女の豊かな髪。わずか二ヶ月前まではあれほどツヤと弾力があったのに、今ではコシがなくなりどんどん抜け落ちてゆく……

書類を読み慣れた店員の目がさっと最後まで読み通すのを、彼女は見ていた。住所を知られたことに満足感、というか、かすかなスリルを感じた。彼女はクエーカー・ハイツに住んでいて、ここまでわざわざ足を運んだのだ。

「ええと、ミセス・ハイトですよね？　ありがとうございました！」

彼女は戸惑った。緻密かつ論理的に考えて、ミスター・ハイトがいないのにミセス・ハイトが存在するなんてあり得るだろうか？

「ええ、ミセス・ハイトよ、でも『ヘレーネ』って呼んでください」

「『ヘレーネ』ですか。きれいな名前ですね」

温かい気持ちがノドから顔までこみ上げ、彼女はほほえんだが、混乱もした。目が見えないのに鏡を押しつけられている、そんな気分だった。

「お会いできてうれしいです、ヘレーネ」

アゴに無精髭を生やした男が手を差しのべ、勢いよく握手したので彼女はびっくりした。その手は力強く迷いもなく、彼女は思わず手を引っ込めそうになったが我慢した。名前はちゃんと聞き取れなかった——ニコラス？　ジレンスキー？　ああゼリンスキー？

「いや、『ニコラス』でいいですよ」

「『ニコラス』」

これもきれいな名だ、と彼女は思った。聞いたことのない名前だった。少なくともこんなふうには。

「次は電話してくださいね、ヘレーネ。クエーカー・ハイツへも三週間に一度、集荷のためのバンが回ってますから」

そういえば近所でそんなバンを見かけたことがある。「トレントン救済会」「救世軍」「グッドウィル・インダストリーズ」——もしかしたら「ニュージャージー州退役傷病軍人のために——ヘルピング・ハンズ」のバンもあったかもしれない。ひどく不景気なので貧困層やホームレスが増えているのだ。それに戦争という名の愚行が九年目に入り、その正当性を信じるアメリカ市民はほとんどいないのにまだ続いている。巨大な挽《ひ》き臼《うす》が機械のごとく回りながら、無実の者たちをすりつぶしてゆく。障害を負った者も多い。

「ええ、そうするわ……」

「言ってくだされば僕が行きますから。電話で『ニコラス』を指名してください」

「分かりました、『ニコラス』ね」

二人の間にはあぶなっかしい親密さがあった。アゴに無精髭を生やしたこの男に今触れられたら、そのまま失神してしまうかもしれない、と彼女は思った。

〈今すぐ店を出ないと。今すぐに〉

それなのに耳に入ってきたのは、興味がありそうに明るく尋ねる自分の声だった。

「エウリピデスを読んでるのね」

「読もうとしてるだけです」

気恥ずかしいのだろうか？　突然のはにかみ？

「エ・ウ・リ・ピ・デ・ス――そう発音するんですか」

「ええ、エウ・リピ・デス」

ミネアポリスにある小さなリベラルアーツ系カレッジの文学入門コースで、以前ギリシャ悲劇を教えたことがある、そのことを彼に話してみようかとも思った。あのときはエウリピデスの『バッコスの信女』と『メデイア』を取り上げた。……突然めまいの波が押し寄せた。彼女の失われた昔の人生の思い出。

だが自慢しているように聞こえるのがイヤだった。「どこかの――学生さん？」

「もう違いますけど」

「かつてはそうだったってこと？　どこかしら？　いつ頃？」

「軍に入る前です、ラトガーズ大。それから除隊したあと何ヶ月か」

「陸軍にいたの？」

「ええ、陸軍です」

痛々しいほほえみ。この話題から逃れようと瞳にはベールがかかり、返事はヘレーネの言葉の鸚鵡《おうむ》返《がえ》し——嘲《あざけ》られたのでなければいいが、と彼女は思った。

それでも彼女は食い下がった。「それじゃあ——従軍したの？」

「そうですよ、従軍しましたよ」

ヘレーネのたどたどしい言葉を男は嘲りながら口真似している、それは明らかだった。

従軍というと——なんだろう、アフガニスタンか？　イラクか？　その前なら——第一次湾岸戦争？

さらにその前になるとベトナム戦争だが、それにしてはニコラスは若すぎる。日付というか年代を計算しようとした……そして思った。二人の親密さはもうほころび始めたのだろうか、こんなに早く？　それとも深まっているのか。こんなにも激しくお互いを意識しているのだから。

顔にさっと赤味がさしたのが自分でも分かった。夫が死んで以来、感情といえば生々しくて情《なさ》け容赦《ようしゃ》ない悲しみだけ。それ以外の、もっと繊細《せんさい》でもっと希望に満ちた感情を味わうのは初めてだった。

「あの、ごめんなさいニコラス。私そんなつもりじゃなくて……」

消え入りそうな声だった。彼も怒りを静めるしかないだろう。

「いや、いいんです。ただ――あまり話したくないこともあって、少なくとも今は」

「そうね。当たり前よね」

〈当たり前だ、彼は傷ついた、障害を負ったのだ〉

〈彼の目！〉

そのつもりはなかったのに彼を怒らせてしまった。彼の口元のこわばり。ほほえみとは言い切れない痛々しいほほえみ。彼女はそれに気づいていた。

分かっている、ここから出て行かなければ。意味もなく長居してしまった。〈幸運なことに、彼女が店に入ってから他の客は誰も来ていない。一度電話が鳴ったがニコラスがそれを無視したので、ヘレーネは気をよくした。〉

夫が死んでからずっと――つまり十一月のこの陰気な午後までの七週間と五日――ヘレーネは一種の死後の生を生きているような気がした。言い間違い、計算間違い、踏み誤りの連続。考えていることを声に出しているのかどうかすら、しばしば分からなくなった。彼女の言葉――何かを責め、嘆き、警告する言葉――の大半は心の中で起こっていたから。〈私はなぜここにいるの？　何が起こったの？　こんな寒々しい所で――なぜ？〉

夫が死ぬ前の病院での九日間、夫の医師たちは彼が少しずつ「快方に向かっている」

と言い続け、彼女は徹夜で付き添った。そのときから彼女はこうした言葉に襲われるようになっていた。

そして今、彼の死後、答えは明らかになった。残酷なことに——〈どこだっていいじゃないか。どこでも同じだ〉。

たしかにそのとおり。あの場所ではなくこの場所がいいという理由は何もない。今となってはどこでも同じ。彼女の失われた家庭《ホーム》は、どこへ行こうとはるか彼方だ。

「お客さん、領収書を切りましょうか。税金の申告用に」

お客さん。なぜヘレーネと言ってくれないのだろう。

「いえ、いいんです。必要ありませんから……」

バーバリーのコートのベルトがウエストのあたりでゆるんでいる。彼女はそれを指で弄んでいた。どの服も今の彼女には大きすぎた。このコートでさえ。

未亡人の死後の生には恐怖がつきものだった。高いビルの屋上や深い淵の際まで近づきすぎて転がり落ちるとか、取り返しのつかない間違いを犯すとか。警告する声が聞こえる。〈今すぐ彼にさよならを言いなさい。これ以上自分を貶《おとし》めてはダメ〉

「ほんとですかお客さん。仕事だからぜんぜん構いませんよ」

ええほんと！　こんなささやかな寄附——書類には四十ドル相当の価値と書いた——のために彼女が税金控除を求めるなんて、彼がそう考えたと思うと侮辱されたような気がした。

彼女は冷ややかにさよならを言い、彼に背を向けた。二人の間に流れた魔法のような親密さは、今や破れたクモの巣のようにボロボロだった。ヘレーネは急いで逃げ出したかった。自分も傷ついたことをニコラスに分かってもらいたかった。

どうやって外へ出ればいいの？　店内へはなんとか入ることができたのに、どう出ればいいのかさっぱり分からない。仕方なく鏡がずらりと並ぶ一角を通り抜ける。家具や壁に立てかけられた十枚近い鏡の列。その前を歩くと、未亡人の体の一部だけがぼんやりと映り、そのイメージが不自然にギクシャクと進む。カットのつなぎに失敗した映画のようだ。

ドアまでたどりついたところで、ざらついた声の店員が彼女の背中に向かって遅ればせながら挨拶《あいさつ》をした。〈さよなら〉。そしてもう一度〈お客さん！　ありがとうございました〉。

悪意に満ちているとさえ思った――〈お客さん〉。

敬意を表しているようで実は残酷だ。

自分はそんなに老け込んでいるのか――どうだろう？　四十六歳はまだ年寄りではないはずだ。

〈未亡人には若すぎる。夫を亡くすには若すぎる〉

〈彼はまだ若かったのに！　なんて悲劇的〉

なかなか開かない忌々《いまいま》しいドアを彼女は必死で引いた。男の挨拶は聞こえないふりをした。おざなりで心がこもっているわけでもないし、ヘルピング・ハンズにはもううんざりだ。

外へ出ると、一瞬自分がどこにいるのか分からなくなった。荒廃したビルが並び、舗道はヒビ割れてゴミだらけの見知らぬ地域。車はどこに駐車したのか。取り憑かれたように未亡人がバッグをひっかきまわす。カギをなくしてしまったのではないかと思って心底怖かった。

未亡人がカギをなくせば、彼女は二重にも三重にも奪われたことになる――ホームレスな状態がますます進行してしまう。

それまでは気づかなかったが、通りの反対側には風雨でいたんだ石造りの教会が建っていた。正面の見事な石工技術や建物の大きさから見て、それなりの勢力を持つ教会だったのだろう。ところが今や正面扉には不似合いに明るい黄色のペンキが塗りたくられ、同じ黄色の看板には消防車を連想させる赤い文字でこう書かれていた。**エマニュエル兄弟団――分かち合いと助け合い**。この教会でも何らかの慈善活動を行っているのだろう。食事の配給をしているのか、それともホームレスのためのシェルターか。六人ほど――肌の浅黒い男たち、風体から判断するにホームレスか流れ者だろうか――が階段のところに集まってドアが開くのを待っている。

傷ついたアメリカの象徴。突き刺さるような罪悪感と恐怖が同時に襲ってきた。彼らに見られたらどうしよう。

こういう場所に対する突然の嫌悪感に打ちのめされた――〈分かち合いと助け合い、ヘルピング・ハンズ。障病者〉。

急いで車に戻った。ヘルピング・ハンズの息が詰まるような店内に比べれば、トレントンの澱んだ空気すら新鮮に感じられた。頭上にたれこめた十一月の空には暗雲が斑点をつくり、まるで薄汚れたソファのように見えた。しばらくそのまま上を見つめているうちに、興奮と安堵《あんど》がわき起こった。

「もうこれっきりにしよう！　でも今日ここへ来たのは間違ってなかった」

なぜこんなにうれしいのか、説明がつかなかった。恐ろしい危険からかろうじて逃げ延びたかのような。

北へ向かう一号線は渋滞していたが、それでも日が暮れかかる頃、彼女はクエーカー・ハイツに帰り着いた。

2

次の日でも、その次でもなく、三日後。

というのも不思議なことにその前の晩、眠っている間に何かがひょいと変わったのだ。

未亡人が目を覚ましたとき、最初はどこにいるのか、なぜ自分が一人なのか分からないまま、ぼんやりと混乱した。だがそれから新しい決意が浮かんだ。はっきりとした完璧な決意だった。

「そうよ、当たり前じゃない！」

朝から午後の早い時間まで彼女は熱にうかされたように夫の服を仕分けした。選び抜いたものをトレントンのサウスフォールズ・ストリートへ持っていくためだ。シャツを何枚か、ネクタイをひとつかみ、アイスランド・ウールの編み込みカーデガン。カシミアのベージュのジャケットはあまりにも美しくて、なかなかクローゼットから取り出せなかった。

ジャケットに触れたときは心臓が張り裂けそうだった。顔をジャケットに押し当ててみた。そして思い直した。〈ほかの誰かがこれで幸せになれるのよ。彼だってそれを望んだはず〉

「こんにちは」今回は薄暗い店の中へ堂々と入って行った。ドアが重いので、押すときには、か細い体の全体重をかけないと開かない。そのこともあらかじめ分かっていた。両腕にぎゅっと抱えた衣装バッグは扱いにくく、しかも長いまま畳まずに来たのでズルズルと引きずっている。彼女は息を殺して笑った。

彼は不意を打たれて驚いたのだろう。誰だか分かって驚いたという表情のまま、彼女をじっと見つめていた。「お客さん……ミセス・ハイトでしたよね」

彼女が再び店にやって来たものだからニコラス・ゼリンスキーはずいぶんびっくりしたらしい。それを見てヘレーネの胸は高鳴った。覚えていてくれたことがうれしかった。

かすかに足を引きずりながら彼は彼女の元へ急ぎ、重い衣装バッグを受け取ってテーブルに並べた。

「また来てくださったんですね。たしか……ヘレン？」

「ヘレーネよ」

ニコラスは彼女をまじまじと見つめている。尊大とまでは言い切れない、閃光のような一瞬のほほえみではなく、別種の、なにかを認めるようなほほえみ。

相手が誰だか分かる、そのことから生じる親密さ。ヘルピング・ハンズのごちゃごちゃした薄暗い店内で、二人は互いに正体を明かし合ったのだ。

「ええ、もう少し持ってきたいものがあって、だから私……」

ヘレーネの心臓は安堵のあまりドキドキした。ニコラス・ゼリンスキーは彼女を忘れてはいなかった。この前の午後以来、彼女の方は彼のことをずっと考えていた。

大型車両がびゅんびゅん走る一号線を、彼女はクエーカー・ハイツから南へ向かってトレントンへ入った。タイヤが十八本もついているような巨大トラックや、いかついSUV車が、彼女の車を猛スピードで追い越してゆく。そのたびに水しぶきが何本もフロントガラスめがけて飛んできたが、彼女はおじけづかなかった。マーケット・ストリートの出口でも躊躇しなかった。捨て鉢にも似たワイルドな高揚感が彼女を導いた。うらぶれた地区を走る一方通行の迷路さえ彼女の気持ちをくじくことはできなかった。

今日のニコラスは一人ではない――そう知ってヘレーネはがっかりした。彼は無愛想な黒人の同僚に手伝ってもらいながら、小さな絨毯マットをディスプレー用に並べていた。サイズが不揃いな絨毯を少しずつ重ねながら、扇のように床に広げようとしているらしい。壁の一メートルくらいの高さのところにも同じディスプレーをしようとしているが、二人は相当苦労しているらしく、顔には汗が光っていた。少しでも心惹かれるような絨毯は一枚もない。察するところ、二人は決していい雰囲気で働いているわけではなく、彼女の来訪はどちらにとっても歓迎だった。

ニコラスはヘレーネを同僚のギデオンに紹介した。（ギデオンの苗字《みようじ》はいくつもの音節があるアフリカ系の名で、それは鮮やかな羽を生やしたオウムのごとく彼女の前を素通りした。）そして、ヘレーネが昨日ヘルピング・ハンズに来て服を寄附してくれたことも付け加えた。

「昨日じゃなくて――月曜日。ここへ来たのは月曜日よ」

もちろん強く主張したわけではない。取るに足らないことだったから。

ニコラスはこの前よりも身だしなみがよかった。痩せたアゴはそこそこにこざっぱりとヒゲが剃ってあったし、髪もシャンプーしてとかしてあり、アオカケスの羽冠のように額から後ろへなでつけられていた。荒くシワが寄った頰《ほお》の傷も今日はさほど赤らんでない。薄い灰色の瞳は相変わらず敏捷で生き生きと輝いており、その瞳が滑るように自分の方へ向けられた途端、ヘレーネは力が抜ける気がした。

「ミセス・ハイト――ヘレーネはここから結構遠い、クエーカー・ハイツに住んでるんだ。バンであっちの方を回ることもあるよな、ギデオン？　そうだろ？」

ニコラスはほとんど誇らしげに喋った。彼がしわがれた荒い声で「ヘレーネ」というだけで、彼女はドキッとした。

ギデオンは肩をすくめたがそれは〈イエス〉という意味らしい。クエーカー・ハイツはあまり好きではないのか、ヘレーネを見る目がかすかに不躾《ぶしつけ》だった。彼の視線が彼女の足下に下りるのが見えた。イタリア製のショート・ブーツ、新品ではないが見るからに高級品だ。それから顔。皮膚が薄くてピンと張った白人女の、人工器官のようにはりついた、かすかで弱々しい笑みを浮かべた顔。ギデオンはニコラス・ゼリンスキーよりも数歳年上だろうか。どっしりとした体格で足が短く、シミのついたグレーのトレーナーを着ている。ヘレーネの気持ちをあれほどひきつけた、両手をつなぎ合ったあのシンボルマークの上に、赤い字で**NJ退役軍人――ヘルピング・ハンズ**とプリントされたトレーナーだ。

ニコラスが自分にまた会えて喜んでくれているようなので、ヘレーネもうれしくなった。そうあってくれることを彼女は願っていたが――予測はつかなかった。

〈僕を疑ったりしたらいけないよ。僕は君の友だちなんだからね、ヘレーネ〉

それから魔法のような幕あいが訪れた。ニコラスがギデオンにもう帰っていいと言ったのだ。ヘレーネは夫の服を衣装バッグから一枚ずつ取り出し、ニコラスに見てもらうためにテーブルに並べた。手が震えていなければいいのだが。彼女は自分の声の中に、妙に浮ついたような、積極的なトーンを聞き取った。

「せっかくだからもう何点かヘルピング・ハンズに寄附しようと思って。もう着る人は誰もいないし……」

彼女は口ごもった。そんなことを言うつもりはなかったのに。

〈もう。誰もいない〉――

如才ないニコラスにもそう聞こえたはずだが、彼はなにも言わなかった。

如才ないニコラスは、ヘレーネが指に婚約指輪と結婚指輪――どちらもこの数週間ですっかりゆるくなってしまった――をはめていることにも気づいたはずだ。だが彼は彼女の気持ちがちゃんと分かっているので、やはりなにも言わなかった。

「……これがブルックスブラザーズのシャツよ、見てのとおりまだ新品同様でしょ。こっちはドライクリーニングから戻ったきり、一度も袋から出してないの。それからこれが……」

何年も前、夫の誕生日にプレゼントしたアイスランド・ウールのカーデガン。コートに負けないくらい暖かい、ざっくりした編み込みの、くすんだ赤紫系の美しいカーデガンで、鼈甲《べっこう》のボタンがついている。

「これはあなたが着てもいいんじゃないかしら、ニコラス。『アイスランド・ウール』で……」

突然、涙で視界がかすみ、声が震えた。ニコラスはそばに立っていた。衣装バッグから重みのあるカーデガンをうまく取り出せずにモタモタしていたら、かわりにニコラスがやってくれた。

ヘレーネは意気込んで、ニコラスに着てみないかと勧めた。

ニコラスは落ち着かない様子であたりを見回したが、店内にはヘレーネと彼以外、誰もいない。ギデオンはすでに裏口から帰っていった。

「いや、どうかな。これは相当その――高そうだから」

「そうね、でも――とても暖かいのよ。それにあなたに似合うと思うの」

「そうかな」

「実はほとんど袖を通していないの。彼は――以前のカーデガンの持ち主のことだけど――他にもすてきなカーデガンをたくさん持っていたから……」

「お店のものを勝手にもらうのはルール違反なんです。ファイルにちゃんと記録を残しておかないといけなくて」

ヘレーネはカーデガンを彼の手から取り戻し、その胸のあたりにあててみた。衝動的な行動で馴れ馴れしかったかもしれないが、この状況でならそれほど突飛とも思えなかった。「サイズもぴったりじゃないかしら。色合いがとても――微妙でしょ。これは今だけちょっとわきによけておくわね、こっちの方に」

それからヘレーネは、立派な木製のハンガーにかかったカシミアのベージュのジャケットを衣装バッグから取り出した。

「これも試しに着てみてくれない、ニコラス」

「お客さんのお気持ちはうれしいんですけど――」

「ヘレーネって呼んでちょうだい。私の名前はご存じでしょう?」

「ヘレーネ――分かりました」

夫が死んだ後、幾日も幾週間ものあいだ、気がつくとヘレーネはクローゼットを開けて中を見つめていた。その頃の彼女は一挙手一投足、自分で意識しながらゆっくりと動いた。まるで手足と体のつながりが中途半端で、意志の力だけで動いているかのように。〈見る〉という行為だけでもたいへんな努力を要した。夫の美しい服に触れ、顔をすり寄せ、特有のかすかな香りをかぐと圧倒的な喪失感と悲しみに打ちひしがれて、そのあとはぐったりと疲れてしまうのだった。酸素が足りないわけでもないのに脳がまったく働かなくなり、ぼーっとしたまま何分も動けなくなった。

だがもう違う。こうしてヘルピング・ハンズを見つけたのだから。

誰に聞かれても彼女はこう答えるだろう。〈これから私は、私以外の人のために生きます。これまでのような、自分の世界だけに閉じこもった人生はきっぱりおしまいにするつもりです〉

悲しみは自己憐憫《じこれんびん》以外のなにものでもない。今は自分を押してそれを乗り越えるべきなのだ。

ほとんど少女のような期待と興奮、そして夫の服がこんなにも上等で趣味がいいことに対する、説明のつかない誇りにも似た感情。

ニコラスはカシミアのジャケットを手に取った。まるでどこかが痛むかのような表情が、彼の傷ついた顔に浮かんだ。格子縞のフランネル・シャツにコーデュロイのズボン、靴はこの前と同じ履き古したハイキング・ブーツだ。

ヘレーネに促され、手伝ってもらいながらニコラスはジャケットに腕を通した。ニコラスの方が細いので肩のあたりは少し大きめだが、袖はむしろ微妙に短い。ヘレーネはその袖を下へ引っ張った。

「鏡があるわ、見てみて！」

恥ずかしそうにニコラスは鏡の前に立った。はき古したコーデュロイのズボンと、美しいジャケットのコントラストがあまりにも激しくて、彼は思わず笑ってしまった。

「ほら、とってもよく似合ってるじゃない、ニコラス！　袖は仕立屋で調整してもらってもいいかもしれないわね」

ニコラスは当惑しながらもうれしそうな表情を浮かべ、鏡に映る自分の姿を眺めた。ヘレーネも鏡をのぞき込む。彼の目は落ちくぼみ、まつげが薄く、目の上に突き出た骨は湾曲しているので、いつまでも顔をしかめているように見える。鏡ごしに二人の目が合った。

「すごくいいですね。でも僕にはちょっと。こういう品を私物にしたら、かなりまずいことになりそうなんで」

「そうじゃないのよ、ニコラス。私があげるの。もともと私のものをあげるだけなのよ」

ニコラスがジャケットを脱いでアイスランド・ウールのカーデガンの横に並べるのではないか。心配したヘレーネはつい早口になっていた。

夫の美しいものが彼に拒否されるなんて……。

儀式を行うような正確さでヘレーネはほかの衣服をバッグから取り出した。半袖シャツ、スポーツシャツ、革の肘当《ひじあ》てがついたカーデガン、ネクタイ。心が切り裂かれる気がした。ネクタイはどれもとても美しく、それぞれに小さな物語が秘められている。今ではヘレーネしか知らない、誰にも興味を持たれない物語。これらはわざわざニコラスにあげたりはしなかったが、どれだけ特別で貴重なものか、それは分かってほしかった。

未亡人の虚栄心ゆえにそうなったわけではないが、見渡す限りこの店のどんな品よりも彼女が持ってきた服の方がずっとずっと上等だった。

ニコラスはカシミアのジャケットを脱ぎ、丁寧にハンガーにかけ、アイスランド・ウールのカーデガンといっしょに置いた。ヘレーネが持ってきたほかの衣類とは別な場所に。

ということは——彼はもらってくれるのだろうか？

ニコラスは彼女の夫のことも、彼女がヘルピング・ハンズに来たいきさつについてもいっさい尋ねなかったが、ヘレーネはそれを奇妙とは思わなかった。

彼女はこう考えていたのだ。〈彼には分かっているのよ。本能的に分かるの〉

こうも考えていた。〈この人は私の心の中までお見通しなんだわ〉

なにかが決まったのかどうか曖昧《あいまい》なまま、ヘレーネはそろそろ帰ろうと思った。十一月の午後は暮れるのが早い。店のぼやけたウィンドウから見えるサウスフォールズ・ストリートの様子だと、もうすぐ日没のようだ。ヘッドライトをつけた車が通り過ぎてゆく。

夫に対して、こんなふうに微妙に威圧的な口調で話したことはない。二人の関係にあっては彼の方が押しが強かった。年上だったせいもあるかもしれない。だが今、聞こえてくるのは、ヘレーネが彼女らしからぬ執拗さで、この見知らぬ男に主張する声だ。

「ニコラス、少なくともジャケットとカーデガンはもらってくれないかしら。あなたのために持ってきたのよ。そうでなければ家に置いてきたわ」

ニコラスは体をこわばらせた。鏡に映った彼は、頑固そうに女から顔をそむけた。

半ば懇願するように彼女は続けた。「あなたにはその価値があるのよ、ニコラス。退役してきたのよね。負傷したんでしょ、違う？」

ニコラスは肩をすくめた。「ええそうですよ！」

「あなたは——軍に加わって、国のために戦った」

〈国のために戦う〉——なんてのっぺりとした陳腐な表現だろう。だがヘレーネはほかに言葉が見つからなかった。

「あなたはその体験をした。ほかの市民がめったにしないような体験をね」

実際、ヘレーネは誰も知らなかった。彼女の親戚、夫の親戚、友だちの親戚、裕福なクエーカー・ハイツに住んでいる知り合いや隣近所の人、そのうち誰も……少なくとも、兵士として従軍した知り合いは誰もいない。高位の士官ならいるかもしれないが、それすらヘレーネは聞いたことがなかった。仲間うちで戦争のことはよく話題にした——イラク戦争やアフガン戦争など——だがそれも政治の話題としてであって、ニコラス・ゼリンスキーのような個人が関わる戦闘として語ったことは皆無だった。

退役軍人を直接知る者は誰もいない。ましてや負傷した退役軍人なんて。

ヘレーネは怒りとともに恥じ入るような気持ちになった。このストイックな男に対するこれまでの不公正をなんとか償いたかった。

「ええ、それはそうかもしれませんね」。ニコラスは中立を保とうと注意しながらゆっくりと喋った。「たしかに僕は『体験』しましたよ」

カウンターの電話が鳴り出した。左の足を、少しだけそれと分かるように引きずりながらニコラスが電話へ向かった。

〈彼はケガを負ったんだわ。でもその話をするのはプライドが許さないのね〉

〈私と同じで、誰にも同情されたくないのよ〉

カウンターの後ろの棚には本がびっしり並んでおり、大半はボロボロのペーパーバックだったが、その中には汚れが目立つ古い革装のものが一冊だけあった。エウリピデスの『悲劇全集』。

ほかの本もニコラスが読んでいるのか、読もうと思って寄贈本の整理箱から拝借したのだろうか。いずれにしてもそれらはヘレーネの目に入らなかった。

電話は仕事上のもので個人的な話ではないらしい。ヘレーネは聞かないようにした。電話の主は荷物を取りに来てほしいらしく、自宅の場所を説明し、ニコラスがメモを取っている。

ヘレーネはクエーカー・ハイツからトレントンへ来るときに携帯電話の電源を切ってきた。それともヘレーネの携帯はトレントンでは使えないんだったか。いずれにしても夫が死んで以来、クエーカー・ハイツの友人や中西部のあちこちに住む親戚から、彼女を心配して頻繁に電話がかかってきた。昔はそんなことはなかったが、最近のヘレーネは電話に出ない。それが余計に心配を誘った。だがヘレーネは彼らと話したくなかった。彼がいなくなって自分たちも寂しい、悲しい、そして彼女に対しては気の毒――ほんとうにひどく気の毒――に思う、その繰り返しばかり。それ以外、彼女が生き延びるために価値のあることは何一つ聞かせてはもらえない。ほとんど挑戦的な明るさで彼女は思った。〈もうたくさん！　これ以上同情はいらない〉

「お客さんはいつも大勢来るの？」

ニコラスは笑った。「大勢？　まさか。だからほんとうに来てくださるお客さんは特別なんですよ」

「私たちのこと？」

「昨日寄附してもらったような衣類は『必需品』として、一部はこの地区に住む退役軍人やその家族に配給されます。店で売るんではなく、ね。マーサー郡の活動――福祉活動――と連携しているんです」

「この仕事は――あなたにとってやり甲斐がある、充実したものなの？」

ニコラスはヘレーネが機知に富んだことを言ったかのような表情で彼女を見た。だが笑ってはいなかった。

〈やり甲斐がある〉〈充実した〉――正しい言葉の選択ではなかった。もっといい表現が見つからなくてヘレーネは動転した。

「あの――ここに勤めてどのくらいになるの？」

「バカみたいに長いですよ。そうだな――ちょうど――ほんとうの僕の人生、自分が送るはずだった人生にできた裂け目みたいなもので、『ブラックホール』にでも吸い込まれちまったのか、今じゃここから出られやしない」

ヘレーネは聞いてみたかった。〈ほんとうのあなたの人生って？〉

さらに強く聞いてみたかった。〈ほんとうのあなたの人生に戻るための手助けを、あ

なたは受け入れてくれる?〉

彼はリハビリを終えると、このヘルピング・ハンズを紹介されたそうだ。ニューブランズウィックにある退役軍人病院のリハビリ・クリニックに一年いや十八ヶ月……

ヘレーネは五十二歳の誕生日を迎えてすぐに死んでしまった夫のことを考えた。彼は親切で礼儀正しくて思慮深かった。寡黙《かもく》ではあったが、高度に専門化された不動産関係の法律分野で並外れた知性と才能を発揮した。だが本質的に幼いところがあった。子どもがいなかったので無理矢理おとなになる必要がなかったのかもしれない。彼はリスクや肉体的な苦難や危険を体験したことがなかった。ハイキング、ヨット、大学生の頃の東ヨーロッパへのバックパック旅行。こうした彼の冒険もすべて自らの意志で選んだものだ。それに対してここにいるニコラス・ゼリンスキーは若くして人生をもぎ取られた。

ヘレーネは聞きたかった。結婚したことはあるのか、あるいは結婚しているのか、子どもはいるのか。

ひどく聞いてみたかった。だがなんとか抑えた。

かわりに、いかにもさりげなく尋ねた。「お店が閉まったらどこへ行くの、ニコラス?」

「閉まったらって……ここがつぶれたらってこと……?」

からかうような茶化すような一瞬のほほえみ。

「そうじゃなくて、今夜お店を閉めてからのことよ」

「今夜店を閉めたら――どこへ行くかな――どこへ行くと思いますか？」

ヘレーネは曖昧にほほえんだ。この男は皮肉を言っているのか、それとも悪意のないお遊びなのか？　悪意のない、好意のこもった……？

「そうね、よく分からないけど、うち《ホーム》かしら？」

〈うち《ホーム》〉という単語を声に出すのはたやすいことではなかった。天真爛漫な子どものような残酷さで、ヘレーネはニコラスに〈うち《ホーム》〉がなければいいのにと思った。

「半分あたってますよ」

半分？　ヘレーネには理解できなかった。

〈うち《ホーム》〉が半分ってこと？

「それで――場所はどこ？」

「イースト・トレントン」

「車で？」

「バスで」

「バス！　そうなの」

「ブロード・ストリートまで歩いてそこからバスに乗ってリバティまで。家はリバティのちょっと先なんです」

ニコラスは今までより少し楽しげに話した。自分の人生のあり方が不条理で滑稽で――ちゃんと自分のものになっていないとでもいうように。

「あの――ご家族は？」

「いや、もう」

ヘレーネは哀惜の情をあらわすために、ニコラスの手首に自分の手を重ねたかった。だが男は、見知らぬ者からの同情などいらないかもしれない。家族を持たないのは彼が選択したことかもしれない。

「もしよかったら――車でお宅まで送りましょうか。ちょうど同じ方向だし……たぶん」

心臓が高鳴った。まるで――階段を下から上まで一気に駆け上がったみたいだった。実際、一号線へ戻るのにどの方向へ進めばいいのか、彼女にはまったく分かっていなかった。ブロード・ストリートはトレントンの幹線道路であることは確かなので、たぶん一号線にも出られるだろうとは思った。

店を閉めるのはずっとあとだ、と堅苦しく言い放つか、車に乗せてもらわなくても結構と言われるか、そのどちらかだろうとヘレーネは予想した。だが彼の返事は「オッケー」だった。

外は暗くなっていた。ヘレーネが腕時計をのぞくと驚いたことにもうすぐ六時――すっかり遅い時間だ。

店じまいする前にいくつかやるべきことがある、そう言うニコラスに彼女は答えた。

「急ぐ必要はないわ。待ってるから」

〈なぜここ、こんな場所に、こんなひどい場所に？〉
〈じゃあどこならいいんだい？　どこであれ、今となってはうち《ホーム》から離れていることに変わりはないだろう？〉

ヘレーネの車で街の中心部へ向かいながら、ニコラスは「バス停まででいいですから」と言ったが、ヘレーネはどうしても家まで送ると言い張った。夕方の早い時刻、彼の指示どおりブロード・ストリートを二、三キロ進むと、トレントンではずいぶん多くの人がバスを利用していることに気づいて、ヘレーネは驚いた。バスがとにかくたくさん走っている。クエーカー・ハイツではバスをめったに見かけない。十代の子どもたちを含め、誰もが車を持っているからだ。長い足をつらそうにずらしながらニコラスが言う。「実は車を持ってるんだけどあまり運転しないから、すっかりガタが来ちまって」。ヘレーネの車――というよりは夫の車、シルバーの新型アキュラ・セダンにニコラスが感心していることは分かったが、男のプライドからか、車について彼はなにもコメントしなかった。

ヘレーネの頭の中で言葉がグルグルまわった。この男に聞きたいことが山ほどある！　話したいことも。退役軍人のための慈善活動のこと、一個人としてもっと積極的に関わりたいのだけれどどうすればいいのか、大学のこと、なぜ中退したのか、戦争での体験、中東での……。彼に言いたくて言いたくてたまらなかった。〈私はどうしようもなく孤独なの。死にそうなほど、どうしようもないほど孤独なのよ〉

ブロード・ストリートと交差するリバティ・ストリートにもう着いてしまった。こんなに早く！

道沿いにテラスハウスが並んでいるのが目に入る。サウスフォールズ同様、道の両側には車が停まっているが、遺棄されたまま部品を持ち去られ、メタルホイールのリムにパンクしたタイヤがひっかかっている車も多い。

「上がってってくださいって言いたいところだけど……すいません」

ヘレーネが返事をする間もなくニコラスが彼女の手をつかみ、驚いている彼女に構わず口を押しつけた。飢えたような、濡れた口。次に気がついたときには、彼は車のドアを激しく閉め、後ろも振り向かずに足を引きずりながら去っていった。

〈自分の人生は終わったと思った、そんなとき彼がふいに彼女の前に現れた〉

3

「なにやってるの！　バカバカしい」

ガクンという衝撃とともに彼女は起きた。鎮静剤のおかげで意識を失っていた脳が目覚め、スイッチが入った途端、どんどん沈んでいくあのイヤな感覚。一度オンになった脳は、このまま何時間もオフにならないだろう。このとき彼女は圧倒的な明瞭さで理解した。トレントンへは二度と行ってはいけない。サウスフォールズ・ストリートにある退役軍人のための中古品店には決して決して戻ってはいけない。

「もう二度と」

捨てられたもののための墓場。汚れてボロボロになった家具、機械織りの醜い絨毯。車庫に続く家の裏口にさえ置く気になれない、車庫にさえ置きたくないものばかり。鼻孔にはヘルピング・ハンズと、トレントンの汚染された空気の匂いが蘇ってきた。彼の匂いを思い出して彼女は身震いした。落ちぶれた男の体、服、髪から漂う、親密な匂い。

彼女の手の甲に押し当てられた彼の口の感覚――あれはキスではなかった。キスとは呼べないものだった。唇、歯、舌が突然彼女の肌に押しつけられただけで、時間がたつとまるでヤケドしたような感じがした。

「バカバカしい！　もうやめ」

サヴィルローで買ったスーツ、とても美しい黒いウールのコート、たくさんの靴――ドレスシューズ――未亡人はこれらを奥の方にしまっておいた。まだ「寄附」はしていない。

たて続けに、あまりたくさんのものを持っていくのはよくない、という理屈だった。

それからの数日間はいつもと同じ生活が戻った。今は亡き夫との生活が終わったあとの、残余のような生活。死後に片付けなければならないことがあまりに多く、そのどれにも枝葉を切り落としたような未亡人の生活。

〈死亡証明書〉が必要だった。それこそが未亡人のもっとも恐れる文書だった。というのも〈死亡証明書〉は絶対的で侵すべからざる事実だからだ。

それに〈死亡証明書〉はあきれるほど人間味のない文書だった。悲惨な死はごくありふれた、日常的なもので、想像力をかきたてるどころか陳腐きわまりない。残された者がどんなに感情をこめて嘆き悲しんだとしても。

ヘレーネは彼のことを考えていた。彼女が最初に見た、アゴに無精髭を生やした男は彼女に気づきもせず、基本的には無関心だった。彼女が生きようと死のうと、存在したことさえ、彼にはどうでもよかったはずだ。だが次に考えたのは、偽りのない感情をこめて彼女にほほえみかけたニコラス・ゼリンスキーのこと。あれは間違いなくなんらかの感情だった。親しげに、まるで奥さま気取りとも言える態度でアイスランド・ウールのカーデガンを彼にあててみたときは、彼女自身、相当気恥ずかしかった。だがたしかに、彼もそれで心動かされたのである。

欲するようなまなざしで彼女を見つめた、それはたしかだ。色の薄い瞳が彼女を見つめる。金持ちだった男の未亡人。美しさの最初の峠は過ぎたものの、彼よりもほんのちょっと年上なだけ。今は少し痩《や》せて目つきがトゲトゲしいかもしれないが、神経質ながらも明るく楽しそうな笑顔を浮かべれば、かつての活発な若い女の顔がのぞく――というか、のぞくような気がした。心の奥のいちばん深いところで、彼女は変わっていないつもりだった。

〈出会うタイミングが悪かった。でも今なら――ちょうどいいかもしれない〉

それまでの生活ではヘレーネは金に無頓着だったが、取り残された未亡人となってからは、不安で吐きそうだった。夜中に目が覚め、請求書の支払いを忘れたのではないかと思ってパニックに陥ることもあった。それとても、どんな請求書が来ていつまでにいくら支払えばいいのか、分かっているものについて、の話だ。（たとえばクエーカー・ハイツの財産税は四半期に一度、九千ドル近く請求された。）ガス、暖房、水道、電気などのサービスがなんの前触れもなく止められてしまうのではないか、そう思っただけで彼女は慌てふためいた。夫のコンピュータは相変わらず黒く虚《うつ》ろなままで、けっきょく彼女は彼のメールのアカウントにアクセスできずにいる。憂鬱《ゆううつ》のあまり麻痺したようになって郵便物さえ開けなくなってしまい、住宅ローンや税金を払いそびれて家を失った女たちの話を聞いたことがある。彼女自身、いつしか手紙をあけなくなり、台所のカウンターにはそれらがうずたかく積み上がっていた。獰猛《どうもう》な寄生虫が内側から食い破ろうとでもしているような、激しい腹痛にも悩まされた。ささいなことで涙が流れ、感情が風の中の小さな旗のようになびき、翻り、コントロールができない。国とニュージャージー州に所得税を払わなければならず、会計士に促されて、財政状況を記録した夫のファイルを必死で探したりもした。見つけはしたがさっぱり意味が分からない。投資記録、メリルリンチからのプリントアウト、何百ページもある分厚い報告書。意識を失ったような深い眠りに落ちる以外、逃れることのできない悪夢。会計士が家にやってきて、夫の書斎で彼女に会った。とりたてて特徴のない中年男。それまではちゃんと見たことさえなかった男。真ん中に少し寄り気味の目からは悪意が見てとれることに彼女は初めて気づいたが、話してみるとそんなことはなく、彼女のことを心配しているように思えた。つまりはプロなのだ。

彼の求めに応じて未亡人が、アメリカ合衆国財務省ならびにニュージャージー州税務局に宛てた小切手——かなり大きな額がしたためてある——にサインした。

〈信頼できる人がほしい〉

信頼は愛にのみ宿る。信頼できそうだと思う、その可能性にさえも。

会計士は彼女を愛していない。それならどうやって彼を信頼しろというのだ？

彼女は思った。〈私を愛してくれる誰か〉

〈誰かって誰？〉

彼女はハンドバッグの中から小さなカードを見つけた。ニュージャージー州退役傷病**軍人のために――ヘルピング・ハンズ**。店でもらってきたのだろうか。よく覚えていない。

電話をかけて「ニコラスはいますか」と尋ねてみた。なまりの強い声で答えが返ってきた。「今日はお休みです」さし込むような失望を感じた。受話器を持った手が震える。それでも彼女は思った。

〈これでいいのよ。もうおしまい〉

あとからその小さなカードを探してみたが見つからなかった。リサイクル用の紙ゴミ容器にも入っていない。こうして彼女は再び電話帳でヘルピング・ハンズの番号を調べることになった。

四分の一ページを使った広告に赤いマルがついている。まるでこちらに向かって叫んでるようだ。あのとき、結ばれた二つの手の線画のイラストに、彼女の目はいやおうなく惹きつけられた。

電話帳にはさまざまな「慈善団体」が並んでいる。「トレントン救援活動団体」「ニュージャージー子どもの家協会」「グッドウィル・インダストリーズ」「マーサー郡ブラザーズ&シスターズ」「ゲートウェイ財団」「救世軍」「陸軍名誉負傷者組合」――だがそうした団体には彼女の心をあんなにもかき立てる魔法の手が欠けていた。

だしぬけに彼は彼女の手をつかんだ。車のハンドルを握った彼女の右手。ブロードとリバティの二つの道が交差するあたりで、車を降りる直前、彼はいきなり彼女の手をつかんでキスをした。自分の肌にさっと触れた唇――突然押しつけられた貪《どん》欲《よく》で濡れた動物のような口ではなく――の感触を思い出して気が遠くなりそうだった。そのときの驚きと、そのあとに彼女の心を満たした温かい気持ちを彼女は思い出した。クエーカー・ハイツにある自宅――樫《かし》の木、ストローブ松、アメリカハナノキが茂る三エーカーの敷地に建つ、木と自然石と化粧漆喰《しっくい》のコロニアル風ファイブ・ベッドルームの家――へ帰るまでのあいだ、そのキスは彼女の心の中で燃え続けた。

4

低い声で、彼は喋った。
低い声で、彼は彼女に打ち明けた。
デラウェア川に面した古いホテルの、ろうそくが灯されたダイニングルーム。角のテーブルのそばの暖炉にはロマンティックな炎があがる。ガスジェットで作ったニセの炎。暖かみもなく、しなやかにさざ波立っている。

「……ラトガーズ大に行ってた頃に死んで……一年目……奨学金ももらったけど……歴史と法律を勉強したくて……できれば古典も……詩を書くのが好きで……自分なりの〈詩〉……進行がとても早い膵臓《すいぞう》ガンだった……大学をやめるしかなくて……頭が真っ白……働かなくちゃいけなくなった……ドラッグがらみでいろんなモメ事に巻き込まれて……ますますグチャグチャ……中退すると世界は目の前を素通りするだけで……負傷して……障害を持って……ほんとうなら送れたはずの人生に戻れない……さっさと通り過ぎて二度と戻らない」

彼は静かに喋った。怒っているわけではない。喋りながらその色の薄い瞳が、漂うように彼女を、ヘレーネの手を見る。白いリネンのテーブルクロスをかけたテーブルの上で組まれ、ろうそくの明かりに照らされたヘレーネの美しい手。〈これは夢？　幸せすぎてこわいくらい〉

この男は、心の奥の秘密をこんなにも親しげに打ち明けてくれる。孤独な未亡人にとってそれは何よりの勝利だった。

彼は母親のことを話した。母を亡くしたこと。はっきりと分かるのは（少なくともヘレーネははっきりしていると思った）、ニコラスは母親をとても愛していたが、彼一人を残して死んでしまった彼女を責めている、ということだった。

男は心に深い悲しみと、同じくらい深い怒りを秘めていた。話し慣れていないかのようにとぎれとぎれに、でも身を乗り出すようにしてヘレーネに向かって話しながら、彼の体は熱を発していた。

実際に彼がそこにいる。彼の体がすぐそばにある。ヘレーネは、自分を圧倒しかねないこれほどの親密さをかつて——少なくともこれまでは——一度も経験したことがないかのように、魅了された。

ディナーをご馳《ち》走《そう》させてくれないかしら、と彼女は言った。私にはそれくらいのことしかできなくて、と。

個人的に、というよりは一市民としての感謝のしるし。それを分かってもらえるといいのだけれど、と彼女は思った。〈戦争で戦ったあなたのために。義務を遂行している最中に障害が残る傷を負ったあなたのために〉

十一月末のある晩、トレントンからデラウェア川を渡った向こう岸、ペンシルベニア州の歴史的建造物にもなっている由緒あるザ・ジョージ・ワシントン・ホテルのダイニングルーム。壁には一七七六年十二月のトレントンの戦いでの戦闘シーン——たとえば独立軍がイギリスの赤い軍服を着たヘッセン人の傭兵に発砲している場面など——を描いた複製が、これでもかとばかりに並んでいる。暖炉の上の複製画は独立戦争の象徴ともいうべき、ジョージ・ワシントン将軍がデラウェア川を渡るところ。ヘレーネは新しく出会ったばかりの友人を特別な場所へ連れていきたかった。トレントンのありきたりなレストランではなく。そこで地元でも評判が高いこのホテルに決めたのだ。ほかのレストラン客が興味深そうにこっそりと二人を観察している。

ウェーターも同様で、礼儀正しくてよく気がきくが、ときにあからさまにじろじろ見ていた。

というのもこのニコラス・ゼリンスキーとヘレーネのカップルはなんとも謎《なぞ》めいていたからだ。結婚しているとは思えない。年齢が釣り合わないばかりか、顔に傷を負った男はあまりにも熱心に、彼女に話し続けている。身を乗り出し、彼女からほとんど視線をそらすことなく。女の方も一心に耳を傾け、彼から視線をそらすことがない。親戚というふうでもない。生活環境も社会階層もあまりにもかけ離れているように見えた。

ニコラスはほんの少し着心地が悪そうだったが、ヘレーネがプレゼントしたベージュのカシミアのジャケットに長袖の白いシャツを着て、イタリア製のシルクのネクタイをしめていた。

席についたばかりのとき、鏡に映った自分の姿を見てニコラスは傷ついたようなほほえみを浮かべ、身をすくめた。ヘレーネが彼の手首に手を置き、言い含めた。「とてもすてきよ、ニコラス。しかめっ面をしないで」

赤ワインを一杯、そして二杯。皮膚が引きつったニコラスの顔がようやくリラックスしてきた。

食事の最中にエウリピデスの話になった。ニコラスが読んでいたのは『バッコスの信女』だった。ヘレーネはその物語の破滅的で鮮烈な結末を思い出した――神であるディオニュソスのために、人間であるペンテウス王が儀式の生け贄《いにえ》となるのである。ディオニュソスの従者である一群の狂女たちが、エロティックな愉悦のうちに男の体を八つ裂きにし、頭をもぎ取る。母はその頭を野生動物のものと思い込み、それを運んでゆく。

すごいな！　ニコラスが感心した。

「今の時代、これをステージでやるのは難しいでしょうね。観客に笑われるのがオチよ。でも映画ならいいかもしれない。引きちぎられた男の頭を持った女、しかもその女は彼の母親よ」

よく分からないけど、古代ギリシャ人は今のアメリカ人とぜんぜん違うんだろうな、とニコラスが言った。恐ろしくて不思議なことが「神」のせいでいろいろ起こる。いつだって「神」が元凶だ。そして人々はそのことに何の疑問も持たない。

ヘレーネが答えた。たしかにギリシャ人は信心深いけれどアメリカ人の信心深さとはまったく違う。彼らにとって人生は悲劇であり、彼らにできるのはその苦しみを受け入れることだけ。「ギリシャ人は、愛を注いでくれる超越的な神や、人々のために死んだ救世主を信じてはいなかった。クリスチャンが言う『よい行い』や『信仰』とは無縁だったのよ。起こることは起こる、運命は受け入れる――ちょうどペンテウスのように。

たとえそれがどんなに『不当』であったとしても」

ニコラスはイスに座ったまま体をずらし、モゾモゾした。痛みのためか、しかめっ面がさっと顔をよぎる。ギリシャ的「運命」の話は彼の深いところを突きすぎたかしら、とヘレーネは思った。彼は無意識のうちに、今では使われていない左足の筋肉をさすっている。

ニコラスはよく飲み、よく食べた。数分のうちに十二オンスの分厚いステーキとポテトのグラタン風重ね焼きとパンを何個も平らげ、三杯目のワインを飲んでいる。顔が赤らみ、目は悲しみと憤りが混ざり合ったような光を放っている。「おふくろが死んで俺の人生バラバラさ。あんなタイミングで病気になるんだもんな。最悪のタイミングだよ。新しい学校で九年生になったばかりだってのに、飲んだくれのアホオヤジがうちを出ていきやがったのと同じくらい最悪だぜ。……オヤジは機会があるたびに子どもの人生をメチャクチャにする、それにかけちゃピカイチだった。その上おふくろまで……」彼の説明によると、ニコラスは同じラトガーズ大学でもニューブランズウィック校ではなくニューアーク校に通い、その後、地元のコミュニティ・カレッジでビジネスとコンピュータ・サイエンスの授業を履修したが、単位をちゃんと取ったかどうかまでは話にでなかった。成績がどんなによくても、いつも途中でやめてしまうパターンのようだ。

どうしてだろう、とヘレーネは思った。生まれてからずっと運命に呪われているのか。

最悪の間違いは、とニコラスが荒々しく言う。アメリカ陸軍に入ったことだ。二十六歳、人生のクソったれな目的ってもんを必死で求めてるうちに、気がついたら一九九一年、砂漠の嵐作戦に巻き込まれてた。イギリス軍とアメリカ軍がリードする多国籍軍、砂嵐、ハマトビムシ、ひどい熱波。「中東」とか言う、それがどこだか誰も知らないような場所で、いったい何をやってるのか誰にも分からないまま、小隊の仲間が攻撃中にひどいケガをしたのも見たし、死んだやつもいた。ニコラスは銃撃を受けて顔の半分が吹っ飛び、銃弾の破片かなにかが頭に突き刺さって死んだと思われた。最悪だったのは撃ったのが国連の「多国籍軍」側だったこと——彼はそう確信していた。味方の弾に当たったのだ。悪い冗談みたいだ。証明はできなかったが彼には分かっていた。いずれにしてもあっという間のできごとで、目覚めたときにはみすぼらしい病院にいた。次々にみすぼらしい病院で目覚め続け、最後にこう言われた。ニュージャージーに帰ったぞ。気がついたときにはニュージャージー州ニューブランズウィックの退役軍人病院に入院していた。何も知らないうちに故郷へ送り返されたのは奇妙な気がした。壊れてバラバラになったままいつの間にか故郷へ返送され、その間にカケラがずれまくってさらに壊れてしまったかのようだった。その後のリハビリは最低最悪の冗談みたいなものだった。足を引きずってでも歩けるようになり、チューブを使わずに口から食べ、普通の仕方で排泄し、目玉が頭の中のゆるくなったネジのように上下左右勝手にはね回らないようになるには、ずいぶん時間がかかった。左足の太ももからは筋肉が半分こそげ取られ、残された部分は鶏の黒みがかったもも肉にそっくりだった。

ヘレーネは深く感動した。彼に約束したかった。〈私は違うわ、ニコラス。私はあなたを見捨てたりはしない〉

「任地へ向かうときは死ぬ覚悟で、戻ってくるときは死んでるんだけど、自分じゃそれに気がつかない」

トゲトゲしい笑い声をあげ、それから咳《せ》き込んだ。赤い顔がますます赤くなり、濡れた目の端から怒りの涙がこぼれた。

ヘレーネは考えていた。大学へ戻りたいなら学費を出してあげよう。彼は明らかに頭がいい。大学進学のための適性試験を受ければ復学だってできるかもしれない。退役軍人のための特別規定があってしかるべきだし、障害を負った退役軍人ならなおさらそうだ……

「……分かるか、やつらは俺にウソをついたんだ。ファックな合衆国陸軍に志願したケツの穴どもに、やつらは一人残らずウソをつく。あんたの目の前にいるのは俺じゃねえ。俺の抜け殻だ。クソッたれどもに文句でも言ってみろ、ますますクソッたれな状況になるだけだ。吹っ飛ばされたトンマ野郎の話なんか誰も聞きたくねえとよ。痛いよ、頭が痛いよ、ってな。三十日に一回は『輸血』を受けなきゃ、てめえの血だけだと腐っちまうんだぜ。『血漿《けっしょう》』が多すぎるとか少なすぎるとか免疫システムがいかれちまってるとか。な？　俺は死人同然、なのに死んでないんだ」

ヘレーネがニコラスの手首に自分の手を添えた。「死んでないに決まってるでしょう。私が手助けしてあげる。できる限りのことはするわ。あなたの人生をもう一度取り戻すために」

近くのテーブルに座っていた客たちが、あからさまに二人を見つめていた。ニコラスの声にはむき出しの怒りがこめられ、息はどんどん荒く不自然になった。ヘレーネが手をのばし、彼の額にかかる湿り気を帯びた髪をかきあげようとすると、彼はひるんだのか突然身をかたくした。そして震える声で言った。「あんたは美しい女だ、ヘレン。へい、へ、レーネ。それはそうだ、きっと神があんたを遣わしたんだろうな」

彼は酔っぱらっていた。口が奇妙にねじ曲がり、目には涙があふれている。ベージュのカシミアのジャケットの、片方の袖口がステーキの水っぽい血で汚れていた。ニコラスが立ち上がろうとすると、言うことを聞かない左足に体重がかかる恰好になり、反射的に彼がテーブルクロスをつかむとテーブルごとひっくり返りそうになった。ピリピリした目つきのウェーターがびっくりしながら飛んできた。「おまえらなんかみんなファックファックファック」――あとになって未亡人はそんな言葉は聞いていないことにした。

罪悪感と、それを上回る親しみのような感情のため、未亡人は眠れなかった。障害をもつ退役軍人のニコラスを雇うことにしよう。お給料はたっぷり払おう。

運転手もいいかもしれない。ニューヨーク・シティやフィラデルフィアに用があるときには彼を雇えばいい。

彼なら裏切ったりしないし信頼できる。彼は彼女を崇拝してくれるだろう。ヘルピング・ハンズでどんな仕事を担当していたのかは知らないが、この家でも同じ仕事ができるに決まっている。ベッドルームが五つもあるこの家を、彼女がたった一人で切り盛りするのはたいへんだ。だから手伝ってもらうのだ。この家の以前の所有者だった老夫婦には家のことを担当する世話係がいて、その人は地下の部屋をアパートがわりに使っていた。

もちろん四十六歳はまだ若いが、この立派な家と敷地を維持していくのはヘレーネ一人の手には余る大仕事だった。

彼女は金持ちの未亡人で、彼は彼女よりほんの少し若い男。知的で感受性に富み、彼女を尊敬し……彼は彼なりに洗練されている、というかそうなることができる。二人でマンハッタンのメトロポリタン・オペラに行こう。博物館にも行って、ヨーロッパを旅行しよう。ローマ、フィレンツェ、シエナ、ベネチア。五つ星のホテルに泊まり、部屋は隣同士、そのあいだには（もしかしたら）ドアがあるかもしれない。

容易に想像できることではないか、ニコラス・ゼリンスキーは彼女の心の友になるのだ。

彼はちょうど年下のいとこか弟のような年齢だし、彼女がプレゼントする服を着れば自暴自棄な雰囲気もやわらぐだろう。治療だって最先端のものを受けさせなければ。ニューブランズウィックにある退役軍人病院ではなく、ニューヨークの専門医にお願いすればいい。

ニューヨーク特別外科病院で手術を受ければ、損傷を受けた足もよくなるかもしれない。

笑ったときでさえ貪欲な動物のような印象なのは、前歯が抜けているせいだから、それも差し歯にしてもらおう。

一人で行くのは耐えられないようなイベントへも、彼がエスコート役でついてきてくれる。天気が悪いときには建物の入り口まで車をつけ、頭上には傘をかざしてくれる。彼女にとっては姉思いの弟のようなもの。あるいはつき合いの長い大学時代からの友だち。悲嘆に暮れる未亡人を守るために名乗り出てくれた亡き夫の、未婚の友人。

この信頼すべき友人なら、やがてヘレーネの財産管理も任せられるかもしれない。複雑な財務、いろいろな投資、収支をぴったり合わせるための退屈な簿記。

〈ヘレーネ？　ちょっと話があるの。お願い〉

〈ヘレーネ――そっちへ会いに行ってもいいかい？　頼むよ〉

〈それとも――遊びに来てもらってもいいんだぞ〉

〈会いに来て！　うちに泊まってよ。いいでしょ〉

〈もうだいぶ時間がたつわね〉

〈私たちも彼がいなくて寂しいわ。彼の死を悼んでるのは私たちもいっしょよ〉

こうしたメッセージをヘレーネは全部消した。

「人違いね。その女ならもうここにはいないわ」

だがこれはショックだった。ヘルピング・ハンズに電話して「ニコラス」を呼んでもらおうとしたら、鼻にかかった間延びした声でこう言われたのだ。「今日は出勤していません」

二度目にかけたときはこう言われた。「ニックラス？　そんな人、ここにはいませんよ」

落ち着き払った声で彼女が言った。「ニコラス・ゼリンスキーさんに電話しているんですけど。ヘルピング・ハンズの。ここに彼のカードも持ってるのよ」

「いやあすんません。ここにはズーリンスキーなんていませんって」

「ニコラス・ゼリン・スキーよ。間違いなくお宅の店にいるはず」

「でもいないんですよ、奥さん」

彼女は怒った。イライラして眠れなくなった。飢えている女。なのに食べ物を受け付けない。心臓が萎縮《いしゅく》したかのようだった。傷ついた男の大腿筋さながらだ。そういう傷には手をのばして指を突っ込むことができる。キリストの脇腹の聖痕のように。

こんなこともあった。一年でもっとも陽《ひ》の短い日がもうすぐというあるとき、会計士がクエーカー・ハイツのバーナム・ウッド・サークルにある家を訪ねてきた。未亡人が眠れぬ夜を過ごした翌日、真ん中に少し寄り気味の悪辣《あくらつ》そうな目をした会計士の訪問。彼女はコーヒーを淹《い》れたが――彼女はどんなときでも礼儀を忘れない。人のために尽くすよう育てられたからだ――彼の言葉に集中できなかった。サインすればいいだけの小切手を手渡されても、手の震えがひどくてサインできない。

「私はあなたを信用していいの？　どうすればあなたを信用できるの？　そもそもこれに何の意味があるの？　ああ神さま、こんなにたくさんのお金を私はどうすればいいんでしょう？」

彼女は思った。ニコラスはヘルピング・ハンズをクビになったのだろうか。

前回会ったときの彼はひどく怒っていた。唐突な幕引きとなったザ・ジョージ・ワシントン・ホテルでのディナー。彼女はウェーターに頼んでいっしょにニコラスを車まで運んでもらった。ウェーターにはチップを二十ドル握らせた。ニコラスはこぶしを振り回しながら助手席に倒れ込み、ブツブツ言い、楽しくもなさそうにひとしきり笑ったかと思うと、大口をあけてグーグー寝入った。シャツの胸にこぼした赤ワインが匂う。リバティ・ストリートで彼を車から降ろそうとしたが、半分目覚めた彼は笑いながらうなり声をあげ、彼女の体に抱きついた。乱暴にまさぐり頭をつかみ、自分の頭の位置まで下ろすと熱くて濡れた口を彼女の口に押しつけた。ヘレーネが頭を振れば振るほど押さえつける彼の手には力が入り、舌で彼女の唇をつつき、口の中に舌を入れ、ようやくヘレーネは彼を押しやった。――「ニコラス！　お願いよ――お願いだからやめて」

男の目に宿った怒り、口元の野蛮なゆがみ――彼女は一瞬恐怖を感じたが、それは興奮から来るものだった。というのも、彼女には分かっていた。〈彼は私の友だち。私をほんとうに傷つけるようなことはしない。彼は神さまが私の元へ遣わしたのだから〉

ついに彼女はヘルピング・ハンズに電話して留守番電話にメッセージを残した。なるべく冷静に、まるで詩を朗読するように。

〈このメッセージはニコラス宛です。クエーカー・ハイツ、バーナム・ウッド・サークル二十八番に来てください。ヘルピング・ハンズに寄附したいものがあります。とても状態のいい男性服に、家庭用品や家具もあります。

なるべく早く来てください！

私の名前はヘレーネです、

このメッセージはニコラスに宛てたものでした〉

5

ついに彼が彼女の家へやってきた。

十二月の明るいある朝、玄関のベルが鳴った。家の前の私道に停まったバンを見てヘレーネは急いで階段を駆け下りた。バンはメタリック・グレーで、車体のわきには赤い字で**ニュージャージー州退役傷病軍人のために――ヘルピング・ハンズ**と書かれ、その下にはつなぎ合った二つの手。ドアを開けると戸口にはニコラス・ゼリンスキーと同僚のギデオンが立っていた。

「あらこんにちは！　まさかこんなふうに……」

ニコラスを自分の家の玄関先で見るのはヘレーネにとってショックだった。しかもこんなに突然に。彼は彼女に笑顔を向け、「ミセス・ハイト」と呼びかけながら――ギデオンもいっしょなので気をきかせているのだ――説明した。集荷が忙しくて遅くなったけど、寄附してくださる衣料品とか、まだありますか？

「……ええとそうね、もちろんよ。お入りになって」

「ありがとうございます。ブーツをはいたままでもいいですか？」

「ブーッ？　ああ、もちろんそのままで」

　薄い灰色の瞳がヘレーネをとらえてぱっと明るくなり、そのままその視線は奥に広がる豪華な部屋の中へと向けられた。親しげでもあり同時に慎重でよそよそしい。ヘルピング・ハンズの一スタッフがバーナム・ウッド・サークル二十八番のミセス・ハイトと面識があることや、ましてや心のつながりがあることなど、誰も――しかめっ面のギデオンさえも――気がつかないだろう。ヘレーネの心臓は早鐘を打つように高鳴り、失神するのではないかと思ったが、それも外からは想像できないことだった。

　彼女はヘルピング・ハンズに何度も電話をかけ、そのたびに悲しげな口調のメッセージを残した。ほぼ二週間が過ぎ、ニコラスとは二度と会えないかもしれないという事実を、彼女はようやく受け止めようとしているところだった。もちろん――もう一度だけ！――夫の服を持ってトレントンのサウスフォールルズ・ストリートへ行けば……そう思ったものの、そこまでは踏み切れなかった。

〈自分を安売りしちゃいけない。気をつけて！〉

　ヘレーネは、きっとまたニコラスから連絡が来ると自分に言い聞かせていた。彼の身になにかが起こったのでない限り、彼はきっとまた彼女の人生に現れるはずだ、と。

　男たちは巨大な家を見上げていた。大きい。現代的な意匠を加えたコロニアル様式の家は自然石、レンガ、木、漆喰で建てられ、たくさんの格子窓といくつもの煙突とボリュームのあるスレートの屋根が特徴的だった。ただしここバーナム・ウッドの住宅街に建つほかの注文建築の家に比べれば、この家はまだ小さい方である。

玄関に続く上り坂の私道はかなり長く、ヨーロッパアカマツの群生を回り込んで家の正面に着くようになっていた。そのまま走れば家の脇を通り抜け、正面玄関からは見えない裏手の、車が三台駐車できる車庫に出る。

玄関の待合室とフロント・ホールからは、美しい家具調度品が並ぶリビングルームが見えた。奥にある、天井までの格子戸つきガラス・ドアの向こうには、ゆるやかに傾斜する芝生の庭が広がっている。点描のようにかすかに霜が降り、すぐそばに見える湖には白鳥が優雅に泳いで、まるで一枚のパステル画を思わせた。

ヘレーネが家の裏側のキッチンまで案内するあいだも、二人の男たちは薄膜がはったようなぼんやりした視線であちこちを眺めていた。

ニコラスが左足を引きずりながらぎこちなく歩くのを見て彼女は心が痛んだ。薄汚れたウィンドブレーカーに、作業ズボン。頭にかぶっているウールのキャップは、いかにもヘルピング・ハンズの整理箱から取ってきたような代物だ。無精髭が伸び、頬の上で盛り上がり引きつっている傷が赤くテカっている。白髪交じりの黒い髪をうなじのところで短く結んでいるが、その髪型のニコラスを見るのは初めてだった。尊大な、まるで海賊のような印象だ。足下には重そうなハイキング・ブーツ。底にはりついていた湿った木の葉が点々と床に残っていた。

「美しい家ですね、ミセス・ハイト。しかも大きい！」

そしていつもの閃光のようなニコラスのほほえみ。下アゴの、前歯が抜けた空っぽの穴がちらりとのぞく。

キッチンは目がくらむほど明るい。床にはメキシカン・タイル、真ん中にしつらえられた作業用カウンターの木材はピカピカに磨かれている。ガス台は八口コンロつきのルクソール社製で、天井のフックからは幾つもの銅鍋が下がっていた。カウンターはたっぷりと大きめで、それも真っ白に掃除してあった。朝食を食べるカジュアルなスペースには壁掛け式のテレビがあり、格子戸つきの出窓からはスロープになった裏の芝生と湖を見渡すことができた。

「どんなもんだい、ギデオンよ。ミセス・ハイトの家みたいに立派なの、これまでに見たことないだろう?」

ニコラスは皮肉ではなく羨望をこめて言った。ヘレーネにはそうとしか聞こえなかった。だがヘルピング・ハンズのデニム・ジャケットを着た無愛想な黒人は、下唇を突き出すようにしてこんなふうに返事した。〈いや、あるよ。バーム・ウッズには前にも来たことあるから〉

ヘレーネは衣料品と、それから地下にしまい込んである家具や日用品を寄附したいと言った。地下室からはわざわざキッチンに上がる階段を使わなくても、裏へ出られるドアがあるから、荷物を運び出すときにはそっちを使えばいい、ただ表に停めてあるバンを車庫の方に回す必要がある、と説明した。

車はギデオンに任せ、ニコラスはキッチンでヘレーネと二人きりになった。彼は自意識過剰気味に歩き回り、不快そうな様子で肩をすくめたりした。視線に落ち着きがなく、こちらを避けているかのようだ。口が開いたり閉じたり引きつったりした。壁にかかった額入りの写真に興味を持つふりをしている。ギリシャやイタリアへ行ったときの旅行写真、遠い昔、ヘレーネの夫が撮ったものだ。そばに寄ってその腕に触れたかったが、ニコラスは顔をしかめて避けるような気がした。そこでお客さまをお迎えしたホステス然とした明るい声で尋ねた。「元気だった、ニコラス？　忙しかった――みたいね」

ニコラスはイエスというふうに肩をすくめた。

「電話にメッセージを残したのよ。かけ直してくれるかと思って。心配したわ、少しだけ。この前、輸血するとかって言ってたでしょ……？」

これが間違いだった。ニコラスはヘレーネに自分の体をはじめとする個人的なこと、親しげな話はいっさいしてもらいたくないらしい。ギデオンがそばにいる時はいやなのね、とヘレーネは推測した。

ギデオンが戻るのを待った。ヘレーネの心臓は相変わらず痛いくらい強く脈打ち、口がすっかり渇ききっている。ニコラスが一人で来てくれていれば……

〈一人だったら？　どうするっていうの？〉

ウィークデーの午前九時二十分。今朝は配達や出入りの業者がやってくる予定はない。

ヘルピング・ハンズからは事前に電話がかかってきて、それから集荷の日時を決めるのかと思っていた。ニコラスを迎える準備がまったくできていない。たまたまその日はあとで買い物に出るつもりだったから、紫がかったフランネルのズボンに、黒いシェトランド・セーター、それにかかとの低い布靴といういでたちだった。

その朝はぞんざいにブラシをかけただけだったが、ヘルピング・ハンズが近所に来ていることを知っていたら、髪だってもう少しなんとかしたのに。細面の青白い顔に化粧をし、眉毛を描き、唇も赤く塗ったのに。

首にシルクのスカーフでも巻いたのに。心を明るくする、色のアクセント。

それでもピカピカの銅鍋の底をチラリと見ると、そこに映っているのは魅力的でしかも落ち着いた様子の女の顔だった。突然のことでびっくりしたが、それでも訪問客を喜んで家に迎え入れた優雅な女性の顔。彼女はヘルピング・ハンズから来ている二人にうっかり飲み物を勧めそうになる——コーヒーかフルーツジュースはいかが？——のを抑えた。アメリカのある種の階級に育った女性として、客人を手厚くもてなすのは根深い本能のようなものだ。

ギデオンが戻ってきたので、ヘレーネはキッチン脇の階段を降り、男たちを地下室へ案内することにした。階段口のあるキッチン裏手の廊下は屋敷の別棟とつながっており、そこからは広大な森を見渡すことができる。

電気をつけ、地下室に降りながら、ヘレーネはいつしか恐ろしい——考えたくもないし根拠もまったくない——思いにとらわれた。この赤の他人の男たちが彼女を階段から突き落とし、彼女は頭蓋骨《ずがいこつ》骨折、彼らはすべてを奪って……

〈そうなったら誰が自分を発見してくれるだろう？　そしていつ？〉

もちろんバカバカしい考えだった。二人のうちのどちらかに自分の考えを知られたとしたら、ヘレーネは恥じ入るしかないだろう。

ヘレーネは人種差別主義者ではない。

心の奥をどれほど探られようと、夫も彼女も人種差別的な考えを持ったことはない。バーナム・ウッドも、それからもちろんクエーカー・ハイツも、人種によって隔離されているなんてあり得ない。

下まで降りると二つのドアがあり、左手のドアはすっかりリフォームが済んだ地下部分に通じている。大きな薄型画面のテレビや趣味のいい家具が置かれたファミリールーム、エクササイズ用の部屋、そして夫のワインセラー。もう一方のドアは地下の未完成の部分に続く。そちらの方が面積が広く、暖房も入らず、ボイラーや湯沸かし加熱器、電気系統の箱やスイッチが集まっている。奥のドアをあけ、階段を上がると家の外に出ることができた。地下のこちら側はあまり好きになれなかった。空気がひんやりして、澱《よど》んだ排水の匂いがかすかに漂ってくる。そこにあるのはボイラーやらスイッチやら彼女には理解できないものばかりで、それが壊れたらと思うと恐怖だった。空間の大半は収納に使われ、上の階でずいぶん前に使われなくなったものが押し込めてあった。家具、ランプ、ダンボール箱に詰めた衣服、本。みすぼらしいものは一つもなく、まだ使えるものばかりだが、上の階までは決してあがってこない。色褪せた籐《とう》の背もたれつきの、布張りした靴職人の作業台《コブラーズ・ベンチ》、ガラストップにほんの少しひびが入っただけの、スカンジナビア産ブロンドウッドのコーヒーテーブル、半端になったダイニングセットのイス、寝台のボックス・スプリングやヘッドボード、ベネチアン・ブラインド、畳まれて厚くホコリがたまったカーテン……。かつてはリビングルームの自慢の逸品だった白い革のソファや、大学時代のテキストが入ったいくつもの箱。二度と読まないのは分かっていたが、夫がどうしても捨てられなかったテキストだ。ソファも箱も、ヘレーネは正視することができなかった。

毎年同じ話が持ち上がっていた。どこかの慈善団体──グッドウィルあたりがいいか──に連絡して、地下にたまったものを全部持って行ってもらおう。ここにしまってあるものは状態もいいし、まだまだ使えるし、それなりに貴重なものもある。だが二人ともそこまでは手が回らず、けっきょくは今ここでほほえんでいる未亡人の仕事になったわけだ。

「ニコラス、ギデオン──やっと着いたわ！　ここにあるものは全部持って行ってちょうだい。ただしこの部屋のものだけよ。地下の他のところ、ファミリールームにあるものはダメだから間違えないでね。この家具や箱や洋服は……」ヘレーネは言葉を詰まらせた。自分を見ている二人の男の顔に浮かんでいるのは──共感か、同情だろうか？

こんなことは二人にとって、お定まりの仕事の一環に過ぎないはずだ。家族の誰かが亡くなったので、故人の洋服や家具や調度品を持って行ってもらうためにヘルピング・ハンズが呼ばれるわけだ。

ニコラスの目には彼女だってそんな手慣れた仕事の一部なのだろう。だが彼女はそれをどうしても信じたくなかった。二人の間にはあれだけの心の交流があったではないか。

「外に通じるドアはこれよ。開けておくわね」

ヘレーネはドアを何度か引っ張ってようやく開けた。苔《こけ》むした外の石段が上に向かっている。冬特有の湿った大地の匂いがした。ヘレーネ自身はこの階段を何年も使っていない。ここから出入りするのはボイラーの修理工や水道の配管工、それに電気工だった。

息の合ったチームよろしくニコラスと、しかめっ面の肌の黒い同僚はためらいもなく即座にテーブルやイスを重ね始めた。あけ放たれたドアに向かって二人が歩き出し、ヘレーネは邪魔にならないようによけた。その有能さと手際のよさにヘレーネはびっくりした。同じ作業をやったら肉体的にも精神的にも彼らにはとうてい太刀打ちできない。

ニコラスと話すチャンスがあるかもしれないので搬出を見ていようかとも思ったが、かすかなめまいを感じ、なんともいえず悲しくなったので上の階へ戻った。

裏窓から数分だけ外を眺めた。二人は家具を担ぎながら芝生を横切り、バンの方へ歩いて行く。個人的な感情とはいっさい無縁な彼らの様子を見て彼女は脱力し、すっかり元気を失った。自分は取り返しがつかないような、とんでもない間違いをしでかしたのではないか。夫と死に別れたからといって地下にしまってあるものを一掃する必要がどこにあったのか？

大学時代の彼のテキスト！　苦悶に似た鋭いなにかが彼女を突き刺した。彼のテキストがヘルピング・ハンズの薄暗い店内に運び込まれ、誰にも読まれないほかの本といっしょに整理箱に捨てられ、数セントで売り払われてしまうのだ。

もちろん彼女はニコラスが家にやってきてくれることを願っていた。一人で来てくれることを期待した。

彼にあげたいと思っていた高級品も取ってあった。サヴィルローで買ったスーツや黒いウールのオーバーコート、ロンドンのリバティで買った花柄のシャツ。


「何かお飲みにならない？　コーヒーかフルーツジュースでも……」

二人は荷物をバンに積み終え、ヘレーネにサインしてもらおうと書類を持ってきた。その頃には憂鬱な気分も少しはおさまっていた。急いで二階へ行って化粧をし、口紅をつけ、ピンクのストライプが入ったシルクのスカーフを首のまわりに結んだ。鏡を見ると驚くほど若く、輝いているようにさえ見えた。

「……ほんとによくやってくれたんですもの！　お帰りになる前に私にもなにかご馳走させて」

冷たい空気にもかかわらず、男たちは骨の折れる作業をしたばかりだったので体がほてっていた。最初はためらっていたニコラスも、ウィンドブレーカーのジッパーを降ろし、それをヘレーネが受け取ってキッチンのイスの背にかけた。ギデオンはハンカチを広げて浅黒く脂っぽい顔をぬぐった。

二人は最初、氷水をほしがったが、ニコラスがビールはあるかと尋ねた。

「あれば、でいいんです。なければないで構いませんから」

ビール！　まだ昼前だというのに。

ヘレーネは笑って、冷蔵庫からジャーマン・ラガーを二本持ってきた。何週間も――今となっては何ヶ月も――冷蔵庫の奥で眠っていたものだ。ヘレーネはどうしてもそのままにしておきたかった。夫のものはすべてそのままにしておきたかった。彼が大好きだったイチジクのジャムや黒オリーブ、すっかり固くなってしまったゴルゴンゾーラチーズさえも。ヘルピング・ハンズの人たちはあんなに一生懸命働いてくれたんですもの、ヘレーネは喜んで彼らにビールをふるまった。

朝食用のテーブルに座った二人は、はじめは緊張していた。ビール用のグラスを用意したが、二人はボトルのまま飲む方を好んだ。雑穀パンとスライスしたチェダーチーズ、それに黒オリーブも皿に出し、そのまま部屋を離れた。戻ったときにはハンガーにかかったサヴィルローのスーツに黒いウールのコート、それにリバティの花柄シャツを手に抱えていた。二人とも皿の上の食べ物にがっついているところだった。

ニコラスの目を見ただけで彼女には通じた。その美しい服はみな自分への贈り物だろうけれど、ギデオンの前では何も言わないでほしい、と。

「これを忘れてたわ。他のものといっしょに下へ持っていくつもりだったんだけど……」

ヘレーネは、スーツとコートとシャツをそれぞれキッチンのフックにかけた。

二人はぼそっと「すいませんね、奥さん」と言い、急いでビールを飲み干した。

ギデオンがバスルームを借りたいというのでヘレーネは奥のホールにある客人用のバスルームへ案内した。ウィリアム・モリス風の壁紙、ピンクの大理石の洗面台、真鍮《しんちゅう》の蛇口、汚れ一つない薄いローズ色のセラミック・トイレ。大理石の石鹸皿《せっけんざら》にはＤＩＯＲの字が浮き出た香りの良いハンドソープがのせてある。ギデオンが台所に戻ると今度はニコラスが入れ替わりにトイレに立った。

ビールのおかわりについてヘレーネはあえて何も聞かなかった（というのも二人がもう帰りたくてソワソワし始めているのが分かったから）。ただ黙って冷蔵庫からもう二本持ってきた。この頃には皿が空《から》になっていたので、彼女は再びパンとチーズを切り分け、黒オリーブとカシューナッツを小皿に入れて出した。

心が痛んだ。男たちに行ってほしくない！　彼女は必死だった。もう少しだけここにいて話し相手になって！　ヘルピング・ハンズへの金持ちの寄贈者ミセス・ハイトとしてではなく、対等な友人として。だが二人のことを聞こうとしても——とくにヘルピング・ハンズで働くようになったいきさつや軍での体験を聞こうとしたときには——ギデオンは顔をしかめ肩をすくめ、ヘレーネから視線をそらした。ニコラスは最初足下を見つめたまま黙っていたが、唐突に語り出した。軍に志願したことは人生最悪の間違いだったが、同時に中東で軍によってもたらされたのは一種の「啓示」であり、普通に暮らしていたのでは得られないものだった、と。

「ほら、世界のあり方ってやつですよ。映画やテレビで見るのは本物じゃない。戦争だったらそこにほんとに飛び込んでみなきゃ」

　ギデオンはうなってからニヤリとした。ニコラスのこのきつい言葉に彼も同意したのだ。

　ヘレーネは不安げに尋ねた。どういう意味？　彼女は朝食用のテーブルについた二人の前に座り、寒くて震え出すのを我慢しているかのように、胸の下で腕をきつく組んだ。ニコラスやギデオンから五十センチと離れていない。自分自身が、深遠なる啓示――バーナム・ウッドに住む近所の人たちには決して得られないもの――まであと一歩のところにいるような気がした。

　その啓示は、他界したかわいそうな夫さえ得られなかっただろう。彼が残した未亡人は今や彼を超えて、そのずっと先まで行ってしまったのだ。

「どういう意味かって？　奥さんはどういう意味だと思いますか？　船に乗ってイラクに運ばれて『民主主義を守る』兵士としての訓練を受けて、ライフルを手に持ってしばらくは戦車に潜んで、そこから手当たり次第に発砲して。ああそうですよ、人を殺しましたよ。いけませんか？　俺たちはそのために送り込まれたんですから」

ニコラスがあまりにもまっすぐな笑顔を向けるので、彼女は狼狽した。ただしその声には嘲笑《ちょうしょう》と愚弄が潜んでいた。

「でもあなたは――あなたは兵士だったんでしょ、ニコラス。そうするしかなかったんでしょ」

「一般人も、ですよ、『イラク人』の」ニコラスの唇から漏れ出た音には侮蔑がこめられていた。イィ・ラァ・クゥ人――「女もいたな。屠殺《とさつ》されるブタみたいにキーキーわめく年寄りとか、子どももね……最初は思ったさ。なんだよ、こんなのは間違ってる、俺たちはアメリカ人なんだ！って。でも他のやつらのやってることを見てるうちに思ったね。何が悪いんだ？　どうせ戻って来ることもないんだし、誰も構やしねえってな」

ヘレーネはショックを受け、傷つき、ニコラスから身を遠ざけた。彼女をじっと見つめる彼の目には軽蔑《けいべつ》がくすぶっている。彼は大きな音を立ててジャーマン・ラガーを飲み干し、笑い声をあげ、袖口で口をぬぐった。

「へえ、聞きたくないんですか、ミセス・ハイト？　じゃあなんで聞いたんだい？　あんた方『一般市民』はいつだって俺たちに質問して、いつだって後悔する。電話して俺をここへ呼んだのはなんででしたかね？」

「わ、私は、ヘルピング・ハンズに電話して、寄附しようと思って……」

「クソッたれが。奥さんはオレを呼んだんだろ？」

ヘレーネはイスから立ち上がろうとしてよろめいた。混乱した頭の中で考えた。何があっても家の向こう側へ逃げればいい。たとえば下にある夫の書斎。ドアにカギをかけて、そこから警察を呼べばいい。

ギデオンはもう行くぜ、と言って家を出て行った。ニコラスは残ってる食べ物を平らげることにした。指でガツガツと横柄に食べた。たった数分で彼は酔っぱらったのか。酔うと怒りっぽくて粗暴になる。この手の酔っぱらいをヘレーネは嫌悪した。彼は「アメリカの法律が及ばない地域」で暮らすのがどんなものか、自慢げに語っていた。「ほら、やりたきゃどんなひでえことでもできちまうんだぜ。ダチどもは知らんぷりしてくれるからね、だからこそダチって言うんだ」。ヘレーネの顔に浮かんだ表情を見ると、彼は身を乗り出して顔を近づけた。ニューブランズウィックで入っていた病院、あそこで治療してたのは「身体的なトラウマ」だけじゃない。「精・神・的なトラウマ」も治してもらってたんだ。「あのさ、要するにだ、ギデオンも俺もどっちも死んでるの。バンから降りてきたのは生きてる復員兵だと思っただろ？ ところがそうじゃない。俺たちゃ死んでるんだよ」

笑いながらニコラスは不器用に立ち上がった。「ほんじゃな、奥さん！ ごちそうさん！ さいなら！」彼は乱暴に夫の服をひっつかんだ。美しいスーツ、オーバーコート、花柄のシャツ。まるで、不用になったありふれた服を扱うように。それらを腕にかけて彼は出て行った。

ギデオンは家の角を小走りに回ってバンのところまで行き、玄関前のループになった私道まで車を寄せた。ニコラスがよじ登り、こうして二人は走り去った。

ショック状態のままヘレーネは数分のあいだ立ちつくし、動けずにいた。我に返ってまず来客用のバスルームを見に行く。トイレが流されていない。乱暴に使われたラックのタオルは、汚れて湿ってよじれていた。洗面台から何かなくなってはいないだろうか。大理石の石鹸皿は？　高価なディオールの石鹸はまるでそこに放り込まれたように流しの中にころがっている。

こんなことをしたのはニコラスではなくギデオンに違いない。彼女をあんなにも崇拝していたはずの友人が、こんなことをするなんてヘレーネには信じられなかった。

顔をそむけながらトイレを流す。

物置がわりになっていた地下部分へも急いで降りていった。家具も服もほかのなにもかもが運び出されている。ヘレーネの指示どおりには違いないが、彼女は再びショックを受けた。地下の部屋がこんなにもむき出しで広いとは！　コンクリートの床はなんてきたならしいのだろう。何年にもわたってここにしまい込まれていたものの輪郭線が見えるようだ。床に残るシルエットは、ほかの部分よりほんの少しだけ汚れが軽い。

外へ通じるドアは無頓着《むとんちゃく》に開け放たれたままだったので、ヘレーネはカギを締めに行った。

そのまま上へ戻るつもりだったが、衝動的にもう一方の地下部分、「ファミリールーム」の方に通じるドアも開けてみた。目に飛び込んできたのは信じられない光景だった。

その部屋もすっかりもぬけの殻になっていたのだ。
ソファやイス、コーヒーテーブル、絨毯さえなくなっていた。五十二インチの薄型テレビもどうにかしてはずしたのだろう、壁から消えている。何年も使ったことがないエクササイズ・マシンも――ルームウォーカーやステアマスター社の踏み台器具も――すべて持って行かれた。ワインセラーのドアは開け放しだったので見なくても分かった。ヘルピング・ハンズはワインも根こそぎ奪っていったのだ。
収奪されたあとの部屋に突っ立ったままヘレーネはガタガタと震えた。部屋の床には、つむじ風が通ったあとのように、置き去りにされた物たちの壊れた残骸が散らばっている。陶器の壺、小さなランプ、ドライフラワーが入れてあった花瓶。感覚が麻痺してどうすればいいか分からない。こう思った。〈これは何かの間違いよ、そうに決まってる。あの人たちがわざとこんなことをするなんて信じられない〉
彼女は男の目に宿った嘲りを思い浮かべた――〈そのためにここへ呼んだんだろ？違うのか？〉

6

近所でバンを見かけることが増えた。

二階の窓から、車の脇に赤い文字で——**ヘルピング・ハンズ**——と書かれたメタリックのバン。彼女の家の私道を通り過ぎて近所の家の敷地に入ってゆく。バーナム・ウッドやクエーカー・ハイツのいろいろなところでも。カーブした並木道をゆっくりと、断固とした雰囲気を漂わせながら弾丸の形をした車が走り抜ける。ユーカリプス・ウェイ、フェザント・ヒル、ディア・ヒル・ドライブ、ピルグリム・レイン、オールド・ミル、バーナム・ウッド・パスというような名前の、カーブした通りから奥に入った、エレガントなコロニアル風、フレンチ・ノルマンディ風、エドワード風、ジョージア風のお屋敷のあいだを駆け抜ける、**ヘルピング・ハンズ**の赤い文字。クエーカー・ヒルズの波うつ坂道を毎日のように業者の車が走ってゆく。芝生を刈る業者、大工、屋根職人、ペンキ屋、グアテマラからの家政婦たちを乗せた車が次々と際限なくやってくる。その中を走るヘルピング・ハンズのバンは、他の車と比べてもとりたてて変わったところはない。

ヘレーネは車を見て感情の波に襲われた。警戒心、恐怖心、それから羨望に似たなにか。彼がほかの女の家に行こうとしているのかもしれない。自分の家ではなく。

強盗に入られたことは警察に知らせなかった。確信が持てなかったからだ。地下の居住空間として完成している部屋には入らないよう、彼らにはっきりと伝えたかどうか。ヘルピング・ハンズの男たちは何も聞いていないと言い張るかもしれない。〈もしかしたら誤解だったのかしら〉

ある晩、近所の家の私道に救急車が入っていくのが見えた。午前中にヘルピング・ハンズのバンがやってきた家だ。ヘレーネは鎮静剤を飲んで寝ていたのだが、波うつサイレンの音で目が覚めてしまった。バーナム・ウッド・サークルとフォックスクロフト・レインの角にはヘレーネの家より立派な、見事なスレートの屋根をいただく天然石の家が建っている。彼女は思い出した。たしかあの家には未亡人が住んでいるはずだ。彼女より年上の六十代の女性で、その夫は去年の春、ヘレーネの夫よりも先に亡くなっている。六十代で死んでしまうなんて、と人ごとのようにヘレーネは思ったものだ。六十代で未亡人だなんて！　ヘレーネは夫婦をあまりよく知らなかったが、数日後、悲しみに暮れる夫人のために、花が見頃の植木鉢を持ってその家を訪れた。女性は品よくヘレーネに感謝したがうわのそらで、一人になりたがっているのは明らかだった。

ミセス・ウィンドリフに何が起こったのか、知るのが怖かった。

7

〈なんで俺に聞くんだ。なんで俺を呼んだんだ〉

日の出前の薄明かりに包まれ、彼は彼女の寝室へやってきた。顔が陰になっていて、さっと笑ったときだけ一瞬むき出しになる歯と、目のきらめきしか見えない。でも臭いで分かった、間違えようがない。彼がそこにいると分かって彼女は体をこわばらせた。破裂するんじゃないかと思うほど心臓が高鳴る。彼女の肩、背中、腰、尻、無理に力を入れた首が、彼の体の重みでベッドに押しつけられる。首に彼の手が回り、指がきつく締め付ける。〈あんたが俺を呼んだんだ、ここに来てほしかったんだろ、これがほしかったんだろ?〉脈打つような沈黙が家中に響いた。一階のホールにある柱時計も、ここ数週間はその威厳に満ちた時の鐘を鳴らしていない。というのもハイト家では、夫の家に代々伝わるスティックリー時計を巻くのは彼の役目だったから。時計の鐘の音を聞いていないことに、ヘレーネはようやく気づこうとしていた。いったいいつから? 時の鐘は静かにパタリと止まってしまった。

というのもこれは死——時の鐘は止まったのだ。

なのに男は彼女を絞め殺さなかった。指から力が抜けた——そしてまたきつく力が入り、また抜けた。力が入っては抜ける。彼女に呼吸をさせてやる、それは彼の慈悲だった。呼吸という贈り物を与えるかどうかは彼次第。簡単に彼女の手に入るものではない。

彼女は弱々しく男を押した。粗い皮膚が彼女の皮膚にこすれた。傷ついて凹凸のある顔、無精髭、獰猛な肉食の魚の、吸い付くような口。片足の腿の筋肉がざっくりえぐれて萎縮していたが、彼の力は強く、悲鳴や懇願や絶望には耳を貸さずに彼女をベッドに押しつける。彼女はこんなことを望んだわけではない。彼には友だち、仲間、恋人になってほしかっただけ。彼女を愛する恋人に。こんなことを望んではいない。黙らせようとして、彼は手で彼女の口をおおう。ゴツゴツした手は塩と泥の味がした。頭がヘッドボードに当たり、こぶしでドアを何度も叩いているような音がする。そしてとうとう――ついに――なにかが崩れ、何かが折れ、ドアが開いて彼女が中へ落ちた。

8

冬の朝、窓から見える玄関先の、ループになった私道には、車のボディに赤い字で**ヘルピング・ハンズ**と書かれたメタリックのバンが停まっている。

ドアのすぐ内側で彼女は息を荒くしながらしゃがみ込んでいる。裸足のまま、髪が顔に垂れて――誰がバンを運転しているのかは見えなかった。フロントガラスに太陽が反射して中は見えない。

彼女はしない！　もう二度と。

頭の穴

何だこれは！　診察や治療のときにブリード先生は必ずゴム手袋をはめる。だから患者の肌に直接触れることは決してない。それなのに、診察室の医療廃棄物用のゴミ箱に捨てようと、薄いラテックスのゴム手袋をペリペリとはずしてみると、両手にはさび色がかった赤い筋がシミのように何本かついていた――血か？

彼は手をかざし、指を広げてまじまじと見た。彼の手は身長や体重相応のありきたりな大きさだが、指は平均よりも若干長めで指先が目立って細い。爪は短く切ってあり、非の打ちどころなく清潔に整えられていた。それなのに――こんなことがあり得るだろうか――ゴム手袋をはめていた手に、血としか思えない乾いたさび色の何かがこびりついて固まっている。〈きっとゴム手袋が不良品なんだ。小さな裂け目かなにかが入っていたのだろう〉。彼はそう思った。

これが初めてではない――こういうおかしなことは。ただここ数ヶ月はその頻度が高く、彼も困惑していた。ゴミ箱から使用済みの手袋を探し出し、ゴムに小さな裂け目が入っていないかどうか確かめてみようかとも思ったが、それも不快なのでやめておいた。

オフィスについている洗面所でルーカス・ブリードは勢いよく手を洗った。さび色がかった赤い水が渦を巻いて排水孔へ消えていく。まったくもって謎《なぞ》だ！　オフィスにやってくる患者はめったに出血しない。ブリード先生は美容整形外科医で、診療所で行われる治療行為——コラーゲンやボトックス注入、マイクロクリスタル・ピーリング、シミを取り除く硬化療法、レーザーによるシワ取り療法、ケミカル・ピーリング、温熱療法——ではほとんど血が出ない。もう少し複雑な外科的処置——フェイスリフト、鼻の整形、静脈瘤の除去、脂肪吸引——の場合は近所の病院へ行き、麻酔医と少なくとももう一人、アシスタントがつく。

手術台の患者はそれなりに出血した——とくにフェイスリフトは、顔と頭皮にかなり深い切れ込みを入れるので血の量も多い——だがそれも想定された範囲内だ。ブリード先生が施す通常の医学的処置で止血できる。でもこれ
は！　ラテックスのゴム手袋の中で血のシミができるという謎の形跡！　彼には理解できなかった。ゴム手袋に欠陥がある、そうに決まっているではないか。

受付兼看護師のクロエに言って業者にクレームを入れてもらおう。欠陥ゴム手袋が入った一箱はぜんぶ取り替えるように、と。ここ数年、医療品販売業者がルーカス・ブリードに欠陥商品を押しつけようとしたことは何度かあった。アメリカの景気の悪化とともに製品の品質も職業倫理も目立って劣化している。それでもルーカスは最近耳に入っ

てくるウワサを認めたくはなかった。美容整形外科の同業者の何人かが医療過誤で訴えられ、やむなく和解金を払ったという噂《うわさ》。それがほんとうだとすると、一部とはいえ医療倫理までが損なわれつつある、ということになってしまう。〈背に腹はかえられない〉。誰が言ったか知らないが、医学の父ヒポクラテスでないことは確かだ。

流しの上の鏡には、いつもの顔が映っていた。ためらいがちなほほえみ、左頰《ひだりほお》のえくぼ、細めた眼。ルーカス・ブリードを至近距離で見て我が目を疑っているような表情だった。

〈これが私か？　それとも私のなれの果てか？〉

彼はルーカス・ブリード医学博士、四十六歳。整形外科医で、専門は鼻整形術。仕事には――必ずしもすべての側面ではないにしろ――誇りを持っている。この業種としては珍しく医療過誤で訴えられたことが一度もない。ニューヨーク州ダッチェス郡へイゼルトン・オン・ハドソン郊外で、彼は八年前からオフィスを借りている。美しい街並みが続く丘陵地の、私道から奥まったところに広がる、御影石と化粧漆喰《しっくい》とガラスの建物、ウィアランズ・メディカル・センターの一階裏側。暗く打ち付ける雨に降り込められた晩冬のこの季節――経済危機はいよいよ深刻さを増し、国のあちこちで不動産が差し押さえられ、国内は荒廃し、国境から何千キロも離れた場所ではまがいものの果てしなき

「自由のための闘い」が六年目に入っている。それでもルーカス・ブリードをはじめとするウィアランズの医師や住人はほとんど影響を受けていない。患者の大半は金持ちで、たとえ国家という船が沈みかけているとしても、彼らは自由に浮かぶことが許された階級だった。

しかもドクター・ブリードの患者は女性がほとんどで、彼女たちは熱心に――いや情熱的に、と言ってもいい――自らの健康と幸福、つまりは顔、体、「ライフスタイル」の維持に熱中している。金持ちの妻、あるいは元妻、あるいは未亡人。金持ちの娘もいたし、高額な給料をもらって働く女性も大きな割合を占めている。情《なさ》け容赦《ようしゃ》ない市場競争に身を置く彼女たちは、なんとしてでも若さと自信を保ちたいのだ。地元ヘイゼルトンの新聞や『ニューヨーク・タイムズ』の社交欄で、ルーカスはたまに自分の患者の写真を見ることがあった。華麗な衣装、華やかな笑顔、誰もが年齢よりもずっと若く見える。そんなとき、ルーカスはプライドをくすぐられる。〈その顔は私の作品の一つだ〉

彼女たちのことは概して好ましく思っていた。彼女たちも先生を気に入っていた。それどころか彼を崇拝していた。というのも皆、今も魅力的か、あるいはかつては魅力的だった女性たちだ。その幸せは魅力的であるかどうか、魅力をいつまでも保てるかどうかにかかっていた。

すでに四十代のはじめにさしかかり、ブロンドで色白の女性たちは美しさの盛りを過ぎ、屋内でもサングラスをかけ、夜は高価な保湿剤やねっとりしたクリームを塗りたくる。だがどんな化粧液でトリートメントをしても、年相応に見えてしまうのではないか、という不安を和らげることはできない。相手が夫であれ誰であれ、彼女らが夜、抱かれるところなどルーカスには想像できなかった。少女時代と同じように一人で眠ることを、彼女たちは絶対に主張しているはずだ。（ルーカスの妻も今では夫と別の寝室で眠っている。ただしそれは美しさを保つためではない。）彼の患者は神経質でやたらと笑う。さもなければいつもピリピリしていてめったに笑わない。笑いジワが気になるのだろう。目はいつも涙目――レーシックによる視力矯正手術で涙腺がおかしくなってしまったからだ。ボトックス注入とフェイスリフトのおかげで、顔面は張り詰めたようになめらかで、仮面のようにのっぺりとしている場合もある。それに比べてその首！　首は「皮膚をつりあげる」のがずっと難しい。手と、たるんだ二の腕の肉もそうだ。実年齢よりも若く見られたい、かつてと同じように、あるいはそれ以上に美しくありたい――つまり自分ではない自分でいたい――そう思うあまり、彼女たちは幼稚で、必死だった。ドクター・ブリードが彼女たちの皮膚にゼラチン質――コラーゲン、ボトックス、レスチレン、フォーミュラX――を注入すればするほど、彼女たちはもっと過激なもの――ケミカル・ピーリング、ダーマブレージョン、整形手術――を求めた。髪の毛ほどの細いシワでさえ、メラノーマのように恐れた。目の下の薄くて柔らかい肉や、下アゴと頰のたるみを、世界のどこかではハンセン病を恐れるように、恐れた。

　彼女たちは痛みに対してとくに敏感だったので、長くて透明な注射針を顔に刺すときには、その緊張を和らげるため、小さくて硬いゴムボールを握らせるようにした。穏やかな麻酔効果のあるクリームを渡し、クリニックに来る前にあらかじめ顔に塗っておくよう指示を出した。鎮静剤や、場合によっては偽薬《プラシーボ》を与えることもあった。痛みに対して患者があまりに過剰に反応するので、彼は感心し、ときには困惑した。顔に注射針を刺す前にもう痛がる患者もいた。一番気を遣うのはボトックスやレスチレン、フォーミュラXを患者の額に注入するときだ。慎重に注意深くやらないと針が骨に当たってしまい、患者はほんとうに痛そうだ。〈ブリード先生はこうした溶液を自分で試してみたことはないし、試してみる気もないので、どんな感じなのか想像がつかなかった。〉患者はみな彼を崇拝していたが、まるで子どものように情緒不安定で感情的だった。子ども相手では彼も怒るわけにはいかない。

彼は患者に信じ込ませたかった。〈私の指先は魔法のタッチ！　神の恵みをもたらします〉

彼は仕事を、ウィアランズでの診療を気に入っていた。いや愛していた。だが永遠に今の仕事を続けるのかと思うと、吐き気をもよおすほどの恐怖にとらわれることがあった。

〈それならやめればいいじゃない。やめてもいいのよ。専門をかえれば？　なんでそれができないの？〉

妻は分かっていない。いかにも寛大で正しい態度を装いながら、妻はわざと愚鈍であろうとしているところがあった。彼は彼女に説明しようとした。ある程度は。それでも彼女は理解してくれない。もっと患者を増やさなければ。治療法をもっとグレードアップするよう患者を説得しなければ。誰にとってもさんざんだった現会計年度以降はとくにそうだ。ルーカスはとにかく資金と投資の目減りだけは避けたかった。これ以上の損失は出せない。いくつかの投資について妻はまったく何も知らず、従って彼女の目をごまかすしかない。オードリーは何にでも簡単に署名してくれた。法的な書類や資産運用の書類でも、彼女は夫を信頼していちいち丁寧に読んだりせず、場合によってはまったく目を通さずにサインする。そこで彼も妻を煩《わずら》わせるまでもなく、単純で女子学生のような彼女の署名を捏造《ねつぞう》することがあった。財政面での困窮について、彼は誰にも話していない。話せる相手がいないのだ。もっと興奮するような、希望に満ちた話もあるのだが、それについても誰にも話していない。成分組成はボトックスにそっくりだが値段が安いゼラチン状の物質――それを彼は独自に開発し、すでに実験段階に入っていたのである。アレルギー反応やケミカルな「火傷」を引き起こすリスクがわずかに残っているが、そのことも彼はしっかり認識していたし、だからこそ扱いにはきわめて慎重だった。フォーミュラXと名付けたこの魔法の物質を、ドクター・ブリードは診療所の自分の「ラボ」で用意することができる。つまりボトックスの製造業者がどんなに法外な値段をふっかけてきても、それに屈する必要がないわけだ。

将来もしかしたらルーカス・ブリードはフォーミュラXを完成させ、パテントを取り、製薬会社との契約にこぎつけてたっぷり儲けることができるかもしれない。もちろん金儲けだけが彼の目的ではなかったが。

「これから中へ入る」

神経外科医はあまりにもあっさり言ってのけたので、自慢げな感じは少しもしなかった。

医学校に入学した当初、ルーカス・ブリードは神経外科医になるつもりだった。ところがそのための訓練はあまりにも厳しくあまりにも高額だった。神経外科医志望の学生——その九十パーセントがユダヤ人でニューヨーク都市部の出身だった——はひどく野心的で冷徹で頭が良かった。教員や指導者はルーカス・ブリードのことなど気にもとめなかった。まるで彼が数百人いる医学生の一人に過ぎず、ほかの学生と区別がつかないとでもいうかのように。それが彼にはショックだった。生存をかけたダーウィン的かつ悪夢的な苦闘の中で、ルーカス・ブリードは生き残れなかった。獰猛《どうもう》な競争相手に食いつぶされたのだ。彼は完全にみんなの中ではできそこないだった。

尊敬を集める脳外科医が人間の頭蓋骨《ずがいこつ》を開けて脳に、それも〈生きた人間の脳〉に触れるときの自信を目の当たりにして、彼はいつも魅了され、うらやましく思った。医学生、インターン、そして最後はニューヨーク州リヴァーデールにあるハドソン脳神経外科研究所の研修医になってからも、それは変わらなかった。彼らと肩を並べたい、先輩たちのエリート集団に自分もいつかは加わりたい。彼はそう切望した。だが我に返って現実に戻れば、頭蓋骨に切り込みを入れたり、ドリルで穴をあけたり、〈生きた人間の脳〉を露出させるなんて、考えただけで足がふらつき気が遠くなりそうだったし、自分にできるはずもない——そんなことは分かっていた。

研究所での二年間の研修期間中、はっきりと記憶に残っていることがいくつかあった。誰にも話していない記憶。ルーカス・ブリードを尊敬している妻にももちろん話していない。評価を落とすようなリスクは冒したくない。

一日十時間から十二時間、昼夜を問わず働いた。助手をつとめるオペの数は一日一件から三件、それが一週間に六日続いた。患者の話を聞き、オペ前の準備を整え、CTスキャンを読み取った。あるとき彼は、CTスキャンの画像に映る脳と呼ばれるスポンジ状の物質の中で、密集し、細かくからみあっているミミズのような動脈や血管を穴があくほど見つめていた。脳について学んだことがすべてもやのように消えていった。目の前にあるのは敵意をもった生命体、底知れず不可解で異質な何か。彼はひどくうろたえ、黒い胆汁が口の中に逆流してくるような気がした。二十四時間以上寝ていない。疲労困《こん》憊《ぱい》していた上にカフェインやアンフェタミンが加わって気持ちが高ぶり、同時に無気力になり——彼の思考はまるでピンボールのようにあちこちはじけたかと思うと、次の瞬間には彼の理解を超えてどこかへフワフワと漂っていった。なぜか彼は目の前に映る脳の写真が自分の脳であるかのように思ってしまった。そこにあるはずの脳幹神経膠腫《こうしゅ》が彼には見えなかった。非常に質《たち》の悪い悪性腫瘍《しゅよう》で、患者の脳幹にヘビのように巻き付いているが、エキスパートでない限り発見は難しい。「この手の腫瘍は手術できないのが普通だが」と神経外科医は言った。「これから中へ入る」。ルーカスは身震いした。そんなことを言う勇気が自分には絶対にない。自分にそこまでの自信は持てない。中へ入るか。

　彼が恐れたのは、患者の手足に麻痺が残ったり、患者を殺したり、といった取り返しのつかない失敗の可能性ではなかった。むしろ、この手の失敗が公になり、人から辛辣《しんらつ》な批判を受ける――彼はそのことが怖かった。

　研修医としてあからさまに敗残したわけではない。立派にやってのけた面もある。だが彼自身分かっていたし、まわりの誰もが分かっていた。彼が神経外科医になることは決してないだろう。頭蓋骨局部切除を行う開口手術の助手として、頭蓋骨に穿孔《せんこう》する役を初めて任されたとき、屈辱的なことが起こったのだ。生きている人間、中年男性の頭蓋骨に手術の前段階で穴をあけるのに、彼は重たいパワー・ドリルを手渡され、ぶっきらぼうに命じられた。「やれ」。この頃までには彼も研修医として、何度となく頭蓋骨局部切除や脳手術に立ち会ってきた。人間の頭蓋骨は自然物の中でももっとも丈夫であることも知っていた。頭の骨は鉱物と同じくらい硬い。穴をあけるには本格的なドリルやのこぎり、野蛮なまでの力業が必要になる。医学校の解剖ラボで頭蓋骨穿孔は練習してきたが、この場合の頭は生きていて、頭蓋骨の中の脳も生きた脳で、この事実だけで彼にはじゅうぶん恐ろしかったが、そのうえ彼は患者を知っていた。問診もしたし、不安に駆られるこの男性とは妙に馬が合った。今、この男性は動かないよう拘束され、座らされている。まるで悪趣味なコミックの拷問《ごうもん》場面のようだ。頭に穴をあけなければならない研修医にとってはありがたいことに、彼は器具台の下にころがされ、そのうえ殺菌済みのカバーやタオルをかけられてほとんど姿が隠れている。ルーカスに見えるのは患者の後頭部だけ。ドリルで穴をあけるべき場所は、神経外科医がオレンジのマーカーで印をつけてくれている。「やるんだ」年長の医師が繰り返した。患者の頭皮に切り込みが入り、流れていた血は拭き取られ、頭皮の切片が切除され、頭蓋骨、骨があらわになった。冷静に――ルーカスは自分が冷静に見えていることは確信していた――パワー・ドリルを頭蓋骨にあてた。それなのに引き金を絞ることがどうしてもできない。じれたように促される。「やれよ」。何も考えずに彼は引き金をグイッと絞った。甲高い金属音が響き、ドリルの先端がゆっくり回り始め、頭蓋骨におぞましく切り込んでいった。涙があふれて前がはっきり見えない。見えないままドリルを所定の位置にあてた。氷のように冷たくなった彼の両手に握られたドリルはどっしりと重く、扱いにくく、自分自身の内なる命が脈打っているように思えた。人間の頭蓋骨はなんて硬く、頑丈なんだろう。だがステンレスのドリルの方が勝っており、骨の粉末やかけらと血液が混ざり合い、血まみれの削りクズが疾風にあおられたようにあたりに飛び散った。頭蓋骨を貫通した時点でドリルは唐突に止まった。ほんの少し先にある、血管や神経が細かく走る濃いピンク色のゴムのような膜組織、硬膜を傷つけないタイミングだ。焼けた骨と肉の臭いがルーカスの鼻孔を刺激し――骨粉もだいぶ吸い込んだ――頭がぼーっとして吐き気がした。だが回復を待っている時間はない。点をつないで台形になるよう、あと三つ、穴をあけなければならなかった。一つは大きなドリルで、あとの二つはもう少し小さめの精巧なドリルで。焼けた骨と肉の臭いがあたりに立ちこめ、胸が悪くなった。吸い込みたくないので彼は息を止めた。ヤットコのような器具で頭蓋骨を引っ張り、膜から引きはがそうとしてあえぎ、小さな穴だったものを必死で一つの開口部にしようとした。〈こんなことはあり得ない、これは現実ではない〉と思った。にもかかわらず「頭蓋骨」からは血が染み出し――なんて精巧にできているんだろう――恐ろしい開口部には手術用のスポンジを詰めたが、すぐに血で真っ赤になった。それから彼は誰かと話した。穏やかに、何事もなかったかのように。処置が終わったので次の段階に進めてください、手術を始めてくださって結構です、と。そう話したつもりだった、求められていたことはすべてやり遂げた、しかもミスは一つも犯していない。そのつもりだったがなぜかタイル張りの床が上に傾き、彼に向かってせり出してきた。その場の全員が見つめる中、若い研修医の膝《ひざ》がガクリと折れた。それまで彼の体を支えていた神経骨が崩れ、しぼみ、消えたかのように。こうして彼の体は、床に落ちた無力な肉片が何枚かたまった中へと、溶け落ちた。

〈疲れが出たんだ。カフェインとスピードのせいか。仕事のプレッシャーだろう。みんながら見てたしな〉。茫然自失《ぼうぜんじしつ》で最初は自分がどこにいるのかも分からず――そこは手術室のすぐ外の廊下だった――何が起こったのか聞きたいとも思わなかった。ただ患者は無事か、自分は頭蓋骨局部切除をきちんとやり遂げたのか、それだけが知りたかった。患者はだいじょうぶだし、役目もちゃんと果たしたと聞いて安心した。

ニューヨーク州ヘイゼルトン・オン・ハドソンで彼は十九年間、整形外科医として働いてきた。郊外の名高いウィアランズへ移ってクリニックを始めてからは八年。郊外の開業医になってから、ドクター・ブリードは病理的な手術はことごとく避けてきた。それればかりか、手順に慣れてルーティン化した、しかも高額な手術しか行っていない。もっとも儲かるし間違いないのがフェイスリフトだ。処置はサディストが喜ぶほどおどろおどろしく、顔の皮膚を「持ち上げ」て「引き伸ばし」、頭骨に「留める」ときはとくに出血が激しい。それでもフェイスリフトで死んだ患者はいない。少なくともドクター・ブリードの患者の中には。フェイスリフトの手術はどれも同じようなもので、というのも人間の顔は魅力的であろうとなかろうと、顔の皮膚をはいでしまえばどれも同じようなものだからだ。

ドクター・ルーカス・ブリードが生涯を捧げた仕事は、医師や外科医の殿堂にあっては取るに足らないものとして見下されている。そのことを彼は知っていたし、憤慨もしていた。彼自身、取るに足らない医師として見下されていることも分かっていた。分かってはいたが知らないふりをした。恨みがましくならないように努めた。〈私だってそう思ったかもしれない。人生の進路が違って、あっち側の人間になっていたら……〉彼はそんなふうに考えた。

陰鬱《いんうつ》に打ち付ける雨の季節。金属板のような空からはベタベタした粘液の固まりのような雪が、渦を巻きながら降ってくる。彼は四時十五分の患者、ドルイド夫人の土色でたるんだ顔にフォーミュラXを注射しているところだった。消毒したガーゼ・パットで血を拭き取りながら、ゆっくりと、慎重に。彼の顔には薄い汗の膜がじんわりと染み出している。夫人が落ち着きを失い始め、ピリピリし出した。前回クリニックへやってきたのはクリスマスの少し前。そのときはケミカル・ピーリングを施した。今回は顔に刻まれた大小のシワを目立たなくするためのフォローアップとして、注入を行っている。いつもどおりのプロセスだが、一点だけ違うのは、レスチレンのかわりにフォーミュラXを使っていることだ。倫理的にまったく問題がないとドクター・ブリードは確信していた。値のはるブランドものの薬のかわりにジェネリック薬を使うのと同じこと。だが彼女に投与したマイルドな鎮痛剤が効いていないのか、注射のたびに痛みがひどくなってきているようだ。「ボールを握ってください。二個ともギュッと」ドクター・ブリードがアドバイスした。穏やかで優しそうな口ぶりだ。たとえひどく苛立っているとしても、人好きのする笑顔からは想像できないだろう。

「いたっ！　すごく痛い」

ドルイド夫人が子どものような口調になったのは初めてなので、ブリード先生は驚いた。フォーミュラXを注射してきた箇所にはかなりのアザができている。それに気づいて彼はぎょっとした。コラーゲンやレスチレンを注射してもアザにはなるが、ここまでひどくはない。それに口の端のみみず腫れのような跡。これが消えるには相当時間がかかるだろう。

三日から五日。注射したあとのアザが消えるのに、だいたいそのくらいかかるが、彼女の場合は一週間以上かかりそうだ。

今日の注射はいつものと違うのか、とドルイド夫人が尋ねた。「違う感じがするんですよ。ヒリヒリして焼け付くような感じ」

ルーカスはほんの一瞬ためらったがすぐに彼女をなだめた。これまでに何度もここで注射してきたものと変わりませんよ、と。

「こんなにヒリヒリして、焼け付くような感じだったかしら。自分の顔を見るのがなんだかこわいわ……」

もう五十七歳なのに何を期待しているのだ。奇跡か？　毒々しいアザがあってさえドルイド夫人は、ここ数年のドクター・ブリードの処置のおかげでせいぜい三十五歳にしか見えない。小さく湿った、狂気を帯びたような瞳をじっと見たりしなければ……。

金持ちの男の妻、あるいは元妻。ヘイゼルトンの地元紙に写真が載っているのを、ブリード先生は見たことがある。ヘイゼルトン公立図書館友の会会長。ヘイゼルトン・メディカル・クリニック春祭り実行委員長。豊かな黒髪と、一見すると完璧な容姿で、彼女は娘の世代の女性たちと比べても見劣りがしなかった。ドクター・ブリードとのセッションはお定まりの習慣、儀式のような雰囲気で、いつもはもっとスムーズに進んだ。

ドクター・ブリードは仕方なくドルイド夫人の顔を手鏡で映した。これも儀式のうちだから避けることはできない。ドルイド夫人はまるで平手を喰《く》らったようにハッと息をのんだ。それから痛めつけられた柔らかい皮膚に触れ、思いがけず笑った。「あら！　もっとひどい感じだったけど！　これも当然の報いかしら、ね」。一瞬の間。それから哀れみを誘うような媚びた口調で「このひどいアザはどのくらいで消えるの、先生？」

今でも彼女はドクター・ブリードを信頼したがっている。女は男を信頼したがるものなのだ。どんな女も。相手がどんな男でも。ドクター・ブリードは、自分がたしかに女が信頼するに足る男であると信じたかった。

「いつもと同じですよ。三日から五日くらいですね。不安になったりストレスがひどくなったりしなければ、の話ですが。ご存じのようにストレスはアザをひどくしますから」

「ええ、分かってますわ！　ストレス、ストレスでしょ」ドルイド夫人は後悔するように繰り返した。持ち帰り用のアイスパックを持ってクロエが処置室に入ってきた。廉価である。これはドクター・ブリードのクリニックでは当たり前のサービスになっており、患者にもたいへん喜ばれている。

この情けない女には一刻も早く帰ってもらいたい――彼はそう思った。せかせかとゴム手袋をはずしながら「アイスパックは少しでも長く顔にあてるようにしてくださいね。いつも言っていることですが、そうすればお顔もすぐによくなりますから」。ゴム手袋が指にはりついてしまったのか、彼はそれを引きちぎるようにして投げ捨てた。ドルイド夫人は赤く腫《は》れ上がった顔にアイスパックを押し当てながらクリニックを出て行った。酔っぱらいか、茫然自失の女の足取りで。ブリード先生は気を重くしながら思った。〈彼女がここへ来るのもこれが最後だ。予約の電話は二度とかかってこないだろう〉

午後五時十五分、今日の最後の患者、ドレイク夫人も昔なじみだったが、ドルイド夫人よりさらに手強かった。診察用のベッドにのぼってから体をこわばらせたまま横たわり、クロエが位置を調節しているが、どこか気が立っていてすぐにでも怒り出しそうだ。ブリード先生が、注射する場所を示す印をマーカーで書いている間も、相変わらず体に力が入っていた。注射を始めると、彼女は、痛みから気をそらすためにブリード先生が手渡したゴムボールを握らずに、手で顔をさわりながらさっと上半身を起こした。「痛いわ！　ヒリヒリする！　この前とぜんぜん違うじゃない」

物静かに彼がなだめた。もちろん前回と同じ美容液ですよ、ボトックス、これまでとずっと同じです。「いつもより緊張していらっしゃるんじゃないですか？　緊張していると感受性が高まって、かすかな刺激にも強く反応してしまうんです」。三センチの針がついた注射器を手に持っていたが、それがわずかに震えている。だがドレイク夫人は自分のことに夢中で気がつかない。

「先生は私が悪いっておっしゃるの?」

女がひどく攻撃的だったので、ルーカスは不意を突かれた。女性の患者はみな従順で扱いやすく、彼はそれに慣れきっていたのだ。痛くて声をあげることがあっても、彼女たちはたいていい申し訳なさそうに小声でごめんなさい、と謝ったりした。だがイレーナ・ドレイクはダッチェス郡最高裁判所の判事の奥方で、声は甲高く、相手を責めるような目つきの女だった。栗色の髪は染めているのが明らかで、かつてはハリとツヤがあった肌は、まだ四十代後半にもかかわらずすっかり干からびたように見える。ルーカスは何年か前に彼女の顔を「上げ」て以来、三ヶ月に一度はケアに当たってきた。医者と患者の間には疑似誘惑的な関係が成立している。性的な、というよりは社会的な——少なくともブリード先生はそのつもりだった。それが今、ドレイク夫人は痛いと訴える。先生がまだほとんど触れてもいないうちから。

ドルイド夫人の反応を見て、ドレイク夫人には少しだけ希釈したフォーミュラXを使っていた。「焼け付くような感じ」はこの溶液のせいではない。ルーカスはそう確信していた。夫人が過敏になっているのでそんな気がするだけだろう、と。最後に注射したのは六ヶ月前だったが、そのときにはなかった細かいシワが額に増えており、彼はちょうどそこに注射針を刺して液を注入しようとしていた。注射針がすべって骨に当たった。目のすぐ上の硬い骨に。ドレイク夫人は叫び声をあげて彼を押しのけた。「ブリード先生！　今のはわざとでしょ！」

「いいえ……そんな、まさか」

「いいえ、わざとよ。私を痛めつけようとしたのね。罰を与えようと！」

「ドレイクさん——いや、イレーナ！　どうして私がそんな、あなたを痛がらせるとか罰するとか……とにかく落ち着いて、息を深く吸って、ゆっくり吐いて……」

「ブリード先生、あなたお酒を飲んでるんじゃない？」

「お酒を？　とんでもない」

診察の合間に休憩が取れたのは午後二時、それもたった二十分。ニューヨーク州に提出する税金関係の書類を任せている税理士と電話で話しながら、彼はデスクで昼食をとった。そのときにオフィスの戸棚にしまってあったジョニーウォーカーを、ダブルでほんの一杯飲んだだけだ。そのあとはリステリンで口をゆすいだし、ぜったいに酔ってなどいない。酔っぱらうだなんてとんでもない。彼の息が酒臭いかどうか、このヒステリックな女に分かるわけがない。

「それなら——ドラッグだわ。きっとそうよ。テレビのドキュメンタリーで見たのよ、あなたみたいな医者。あなたのせいですごく痛かったわ、見てよこれ」

深いシワが刻まれたドレイク夫人の額には、明るい斑点が、まるで生まれたときからのアザのように印されていた。そこはちょうど彼が、細心の注意を払いながらごく微量のフォーミュラXを注入した箇所だった。神経を麻痺させ、内側から皮膚をふっくらさせることで醜いシワを防ぐのだ。すべてはいつもどおり、何も変わらない。ただ一点を除いては。ほんの数回の注入なのに、患者の顔は熱を持ち、腫れ上がっている。これはさすがにおかしい。

「ブリード先生！　このことは郡の医療監視委員会に報告させていただきます。もちろん夫にも。夫は黙っちゃいませんわよ。これでおいとましますけど、今日の治療費を払うつもりはありませんからね」

「でもイレーナ、まだ注射は終わっていないんですよ。というか規定の処置の半分も終わっていない。クロエに氷をあてさせてしばらく時間をおけばもう一度処置を……」

「いいえ、もうたくさん。帰らせていただきます」

「だけどこのまま帰ってしまったら――」

「やめて、これ以上ここにはいたくないの」

癇癪《かんしゃく》を起こした子どものように、ドレイク夫人は、アゴまでの白い紙エプロンを引きちぎり、床に投げつけた。部分的に重なり合ったクモの巣のような、繊細《せんさい》なレース模様に見えるのは、エプロンに飛び散った血だ。ルーカスはそのことに初めて気がついた。

「あなたは権利放棄証書にサインなさいましたよね、ミセス・ドレイク。治療を始める前に、たしかにサインしたでしょう」

「証書にサインですって！　もちろんサインしましたよ、そうでなきゃあなたのような医者は治療してくれませんからね。でもそんな証書が裁判で役に立つかしら？　こっちは職務怠慢《たいまん》を立証してみせるわ。医療過誤でもいいわね。この傷つけられた顔の写真を撮っておいたとしたらどう？　それでも証書が役に立つと思う？」

「あなたの顔は――『傷つけられて』はいません。腫れたりアザができたりするのはまったく正常な反応です。それはあなたもご存じでしょう……」

ドクター・ブリードはこれまで体験したことのない悪意にショックを受けていた。十九年間診察と治療を続けてきたが、こんな口調で責められるのは初めてだった。なにかが変わったのだ。しかもほとんど一晩のうちに。彼だけのせいではなく、時代そのものが影響しているとしか思えない。どんどん悪化する経済状況、いつまでも続く戦争、長引く冬の気候による体調不良。〈この狂った女を止めなければ、誰かが止めなければ〉。だがドレイク夫人を止めるためには彼女に触れなければならず、それが不快だった。きちんと落ち着いて話をするためとはいえ、彼女を引き留めれば彼女はきっと叫び出すだろう。クロエにも聞かれてしまう。

「さようなら！　もう二度と来るつもりはないわ！　それから――お金を払う気もありませんから！」

ドレイク夫人は憤慨《ふんがい》したまま、床に投げつけた紙エプロンを蹴って部屋を出ていった。醜い老婆のような顔には派手なアザができている。気まぐれな上に腕が悪くて失敗ばかりするタトゥー屋にタトゥーを入れてもらったみたいだ。

「ブリード先生？」心配そうなまなざしを向けてクロエが彼をじっと見つめる。

「心配ないよ、クロエ。ドレイク夫人は急用を思い出したそうだ」

「でも――」

「心配ないと言ってるだろう」

「でも――請求書をお送りしましょうか、それとも」

「いや。請求書は送らないでくれ。それから彼女の記録は抹消しておくように」

受付兼看護師のクロエはときどき彼に恋しているような態度を見せ、それがルーカスにとってはうれしくもあり困ることでもあった。彼女の気持ちにつけこむには、彼は紳士的すぎたが、妻との別居以来、彼女の優しい気配りは以前にもまして顕著になった。イライラしながら背中を向けたいところだが、クロエはまるで姉のようにあえて彼を引き留めた。「ブリード先生？　ちょっとごめんなさい」。彼女はしゃがんでズボンの折り返しについた何かをティッシュで拭き取ろうとした。色の濃い、湿ったシミ？　血？　立ち上がり際には同じような、もう少し小さめのシミがブリード先生の白いシャツの袖口についていることに気づき、これも彼女は急いでティッシュで拭いた。

「何かが垂れたのかしら」ときまり悪そうに顔をしかめ、雇い主の目を避けながらつぶやいた。「――濡れてるみたい」

彼は妻に訴えた。〈私を信じてくれ！〉

「頭蓋穿孔手術——先生はこれをご存じですよね」

「ええ、もちろん」

「賛否両論の医学的治療、っていうところかしら」

「賛否両論ではありません。そもそも医学的な治療ではないんですから」

ミズ・スティーンは、ブリード先生に相談したいことがあるとかで「緊急予約」を入れてやってきた、見ず知らずの患者だった。年齢以上の衰えを見せるシワだらけの顔に若々しさを取り戻したい、そのためにはどんな美容療法が考えられるか、そんな相談に来たのだろうと思った。痩《や》せすぎというほどではないが細身で、スエットパンツにキラキラ光る緑の文字の刺繡《ししゅう》——よりよい世界のために調和を！——がついたトレーナーを着ている。あらかじめ記入してもらった問診票によれば年齢五十六歳。性別や既婚・未婚を問う欄には、私生活についての質問を拒絶するかのように、強い筆跡で横線が引かれている。

勉強不足の医師の発言を正すような口調で、ミズ・スティーンは非難がましく切り返した。「たしかに医学的な治療というよりは、精神的な治療ですものね、先生」

思いがけない反応だったし、不快だった。数日前にもなじみの患者から電話が入り、頭蓋穿孔手術について質問されたばかりだ。クロエからの報告によれば、似たような問い合わせがいくつかあったらしい。テレビ番組かなにかで頭蓋穿孔手術が取り上げられたに違いない。女性視聴者向けの朝か昼のインタビュー番組だろうか。礼儀正しくブリード先生が答えた。「頭蓋穿孔手術は医学的な治療ではないし、精神的な治療でもありませんよ、スティーンさん。中世の疑似科学で、頭蓋骨に穴をあければ中の圧力が下がる、あるいは病や悪霊が出て行くと信じられていたんです。まったく根拠がないしとても危険です。エクソシストによる悪霊払いのようなものですね」

ミズ・スティーンは頑なに言い張った。「中世だなんてとんでもない。ホモサピエンス以前の、ネアンデルタール人の時代から頭蓋穿孔手術が行われていたという証拠が残ってるんですよ。それに古代の東洋やエジプトでも広く行われていました。一九九九年には世界各地で同時に復興したのに、このあたりでは技術を持ったお医者さんがいらっしゃらない。それでもしかしたら……」

「スティーンさん、ちゃんとした医師なら患者に頭蓋穿孔するなんてあり得ません。無理ですよ。医学的な効果はないし、お話ししたようにとても危険なんです。想像できますよね。なぜわざわざ私のところへおいでになったのか……」

ミズ・スティーンは魅力的でないわけではないが、サンドペーパーをこすり合わせたようなその声が彼を苛《いら》つかせた。尋常ではないほどじっと彼を見つめている。予約を入れて彼に会いに来たのには、れっきとした理由がある——そう言わんばかりだ。だがその理由を彼は認めようとしなかった。「先生に頭蓋穿孔手術を施していただけないかと思って来たんですよ。簡単でしょ、まずは穴を一つ。大きさは二センチくらいかしら、場所は頭蓋骨のこのあたり」不気味なほどの気軽さで女は右目から数センチ上の箇所を指し示した。

ブリード先生がぞんざいにことわる。「悪いけど無理です」

「無理って、どうして？　フェイスリフトだとか脂肪吸引だとか、単なる虚栄心のためにいろいろな処置をなさってるんでしょ？　だったらなぜこれができないの？　精神のためなのよ」

〈理由は簡単。「精神」なんてものは存在しないから。あなたが狂っているから〉

「申し訳ありませんがおことわりします。それからこのバカげた治療を行う外科医をほかで探すこともあまりお勧めできませんね」

この一言で相談はふいに打ち切られた。ブリード先生はむりやり浮かべた儀礼的な笑顔で、ミズ・スティーンをドアのところまで見送った。顔が痛い。きつすぎる仮面を被っているようだ。彼はプロとしての見識を侮辱されたことに怒り、腹を立てていたが、それでもミズ・スティーンに対しての礼儀はわきまえたつもりだ。間違いようがないほどはっきりとことわったのに、部屋を出て行こうとする女の足取りは重い。もしかしたら医師が考えを変えて呼び戻してくれる――そんな期待をしているかのようだ。

カウンセリングの料金も払わず、不機嫌そうに出て行ってしまったとクロエがあとで文句を言ったが、ブリード先生は気にしなくていいと彼女を諫《いさ》めた。時間のかかる相談ではなかったし――「ミズ・スティーンの来院記録は抹消してくれ。ここには来なかったことに」

陰鬱《いんうつ》な雨の季節！　いつまでもやむ気配がない。それなのにときどき目がくらむほど猛烈な日差しがさしこんだ。ブリード先生は外へ出るときはサングラスをかけ、車――シルバーのジャガーＳＬ――を運転するときも、事故を起こしてはいけないのでいつも以上に慎重になった。ヘイゼルトン・オン・ハドソンの裕福な地区を走っていてさえ「売り出し中」の不動産の看板が目につき、不安をかき立てられた。かつては空き室待ちの状態だったウィアランズでも、最近はテナント募集のオフィスが出始めている。首と背骨の治療を専門としたヘイゼルトン整形クリニックが、隣のビルの大きな診療オフィスを突然閉鎖してしまったのは、ショックだった。

しかしそれ以上に問題なのは、予約がキャンセルになり、新しい予約が入らず、診察・治療費を払わない患者が増えていることだ。アリゾナへ引っ越したり――請求書を送るにも住所が分かりません！とクロエが嘆いた――自殺未遂で入院したという患者もいた。こうした女性たちがブリード先生に支払うべき金をきちんと払ってくれるとは思えなかった。過去半年のあいだに患者の未払い額は一九〇〇〇ドルにまでふくれあがった。こうした債務不履行を取り立て業者に委ねるという最後の手段もあったが、ドクター・ブリードは躊躇《ちゆうちよ》した。たとえ業者が取り立てに成功しても、戻ってくるのは全額の何割かに過ぎない。

〈文明とは顔、「見た目」である。顔や見た目が崩壊すれば、文明も崩壊する〉

今日の最後の患者、いや金曜午後のこの遅い時刻、ブリード先生にとっては一週間の最後の患者だ。

「頭蓋穿孔手術——先生は聞いたこと、ありますか？」

女は興奮気味の低い声で喋《しゃべ》った。らんらんと輝く熱を帯びたまなざしが、ルーカスの顔をじっととらえる。

「先生、分かってますわ、論争を呼ぶ処置ですよね。異端——っていうのかしら」

ルーカスは言葉を失ったまま女を見つめた。残酷な冗談の一種か？　死にかけた手負いの動物の上で旋回するハゲタカのイメージが浮かんだ。

裕福な地元のビジネスマンの元妻、イルマ・シーグフリードは長年にわたるルーカスの患者だ。この十年、彼女は忠実に彼の元へ通ってきた。コラーゲン、ボトックス、レスチレン、フェイスリフト、まぶたリフト、脂肪吸引。そして今日、ブリード先生にとっては意外でしかも残念なことに、彼女はまったく別種の処置——頭蓋穿孔手術——について相談しに来たのだった。

イルマ・シーグフリードが彼を全面的に信頼していることは、ルーカスにも分かっていた。だが彼女はほかの整形外科医にも顔をいじらせている疑いがある。とくに冬の一時期、彼女がパームビーチやカリブ海で過ごしている間が怪しい。色素が薄くハリのない乾いた肌。生まれつきのブロンド（今は白髪に変わりつつあるが）にありがちなタイプの肌だ。どんなに用心深く、勤勉に手入れをしても、老化現象はかなり早めに現れてしまう。無垢な少女のような振る舞いや、子どもっぽい媚びは、ほんの数年前まではそれなりの効果を発揮したが、今ではそうした振る舞いが見た目とどんどん釣り合わなくなってきている。彼女の瞳には、傷つき、損なわれ、こちらをとがめるような光が宿り、それがルーカス・ブリードの心の琴線に触れた。——〈助けて、先生！　それができるのは先生だけよ〉

はじめのうちこそ、頭蓋穿孔手術を擁護するイルマ・シーグフリードの口調は穏やかだった。彼女はかかりつけ医師の、専門家としての叡智や誠実さをあからさまに問いただそうとするような患者ではない。攻撃的なミズ・スティーンとは違う。イルマは訴えた。自分が人生における「精神的な袋小路」にはまり込み、終わりが見えない冬の季節、ブッシュ政権の最後の数ヶ月に至って、キリスト教の神が存在するのかどうか「深刻な疑念」を抱いてしまっていることを。「しかもね先生、ブッシュ氏には私自身が投票したの。我が家は代々共和党を支持してきたんだけど、今となってはねぇ……」自分を救うためには、自らの精神と意識を「過激」かつ「革新的」に変えるしかない、それを可能にするのが頭蓋穿孔手術であり、それが彼女の達した結論である——震える声で彼女は語った。

頭蓋穿孔手術について、あなたはいったい何をご存じなんですか？　心に抱いた驚きと失望を極力隠しながら、ルーカスは尋ねた。

イルマは本やインターネットのサイト――「新世界頭蓋穿孔教団」――で勉強したことと、頭蓋穿孔手術の重要性に気づいたのはほんの一週間ほど前であったことを話した。

「万人にとっていい手術だとは、私も考えてないわ。でも私には必要なの。私の神経を脅かすひどいストレスや『不快な記憶』を一掃しなければならないのよ。頭蓋穿孔手術を受けた他の人たちと同じようにね」

「おやおや。他の人たちとおっしゃいますと……？」

「インターネットに証言が載ってるわ。私と似たような境遇の女性たちとは――彼女たちのことは『巡礼者』って呼ぶんだけど――メールのやり取りもしてるのよ。スイスのジュネーヴを拠点とする新世界頭蓋穿孔教団とは、寄附を募る基金設立のサインも交わしたばかりよ。指導者は医師としてのトレーニングをちゃんと受けた方で、彼の教えによると、現代の私たちが生きているのは卑しい『鉛の時代』なんですって。だから救済には過激な手段が求められているの。頭蓋穿孔手術はとてもシンプルでしょ、頭蓋骨に穴をあけるだけなんだから」

ルーカスは哀しく、ほとんど信じられない気持ちで女の話を聞いた。〈頭蓋骨に穴をあけるだけ〉――たいへんなことをなんて軽々しく口にするのだろう。

「先生、『危険』なのは分かってるわ、もちろん『危険』でしょうよ！　でも人生で勇気が必要なことなんてすべて危険でしょう。向こう見ずとも言えるかしら。今日ここへ来たのは私が先生のことを知っていて、信頼しているからよ。これまで先生には少なからずお世話になってきたわ。でも今お願いしているのは、これまでとは比べものにならないくらい大きな意味を持っているの。だから先生もご自分の心の奥底をしっかり探ってみて。ほんとうに私を助けていただけないかしら？　もし先生がダメっておっしゃるなら、私はどこかの無免許医に頼らざるを得なくなるわね。ジュネーヴまで飛んでいくか……インターネットを見ると頭蓋穿孔手術をする医師はいるにはいるのよ。痛みはほとんどないそうだけど、専門医以外のアマチュアが手術すると感染のリスクがあるんですって。それからなにかの拍子に硬膜が傷つけられると出血が起こって、そうなるとかなり深刻みたい。だけど最近私が見た夢によれば……」

こんなに気軽に硬膜に言及する彼女がますます不気味に思えた。不用意に硬膜を傷つければ、致命傷とはいかないまでも強い障害が残るかもしれない。それを少しでも知っていてこんな話をしているのか。

このセッションは即、打ち切りにしてもよかったのに、彼は礼儀正しく女の話に耳を傾けている、そのことも奇妙だった。イルマ・シーグフリードの自尊心を傷つけたら彼女は二度とこのクリニックに来ないかもしれない。そのリスクは覚悟しなければならないだろう。彼の専門医としての誠意や常識はどこへ行った！　だがあまりにもナイーヴに、期待をこめて話すイルマをさえぎるのは難しかった。頭に穴をあけ、子どもの頃から堆積した「有毒な」考えや感情や記憶を解き放つ――「脳って、ゆっくりと毒に汚染されてきた井戸のようなものよね」

自分とのカウンセリングのために、イルマ・シーグフリードがわざわざエレガントな服でおしゃれをしてきたことに、彼の心はくすぐられた。クリーム色のカシミアのセーター、幾連もの真珠のネックレス、多少派手だが趣味のいい指輪。だが彼女の語気が荒くなってくると、彼は狼狽《ろうばい》もした。まるで屁理屈を言う子どものように、彼女はドクター・ブリードを非難した。彼のような医師は「体」にばかり気を取られ、「精神」を無視することでキャリアを積んできたのだ、と。顔への施術はすべて「その場しのぎ」に過ぎず「精神的な希求」を満たす力はない、と。

そう思うようになったのは、一月一日のニューイヤー以来見続けている「神秘的な夢」のおかげだそうだ。

「先生、私はもう『見た目』だけでは満足できない。フェイスリフトやら注射やらで『ウソの顔』は作れたけれど、私たちにほんとうに必要なのは『堕《お》ちた』自分を超越して『もとの顔』『もとの魂』に戻ることなの。世界に毒されていない子どもの魂にね。ご存じのように頭蓋穿孔手術は神聖な儀式としていろいろな文化圏で行われてきたわ。キリスト以前のエジプトや有史以前のネアンデルタール人も——穿孔の跡がある頭蓋骨がなによりの証拠よ。インターネットに載っていたもの。詩人たちのいう『栄光がたなびく軌跡』もこの手術のことなんですって。『記憶』つまり純粋な子どもとしての自己への回帰。その自己を私は覚えているのよ、先生。あの頃は幸せだった！　なのに今の私には、あの少女が自分だったとはどうしても思えない。もう何十年も昔のことだから」

「おっしゃることは分かりますよ、イルマ。ある程度は」ルーカスはなにを言おうとしているのか。このバカげた話を信じる気か。「でも頭蓋穿孔手術は解決になりません。ちゃんとした医師なら『神聖な儀式』を行ったりはしない。それだけは確かです」

　高揚する女と自分自身の間で、気持ちが行ったり来たりした。彼自身、高揚せずにはいられなかった。もうずいぶんになる――何十年も前の話だ！　メイン州カムデンの子ども時代は奈落のはるか向こう側、その主人公は彼がまったく知らない少年だった。

「先生には手術の腕がある。その先生にことわられたら、私はインターネットで見つけた知らない医師に頼るしかなくなるのよ。一人でジュネーヴへ飛んで、しかも家族は反対しているから誰にも内緒で。お願いだから私を助けてくださると言って、ドクター・ブリード！」

「私にはあなたを助けることなどできません！　手術は危険だし、無駄ですから、あなたの助けになるはずがないんです。たしかにロボトミー手術や電気ショックのように過激な、これまでは否定されてきた療法が、最近になって再検証されていることは事実です。でもそれはごくごく珍しい例だし、他に手の施しようがない場合に限られています。『頭蓋穿孔手術』で健康な人の頭に穴をあけるなんて、医学的な正当性はまったくありません」

ルーカスが口を開けば、イルマ・シーグフリードは耳を傾けた。少なくともそういう印象を与えた。だが彼女は巡礼者さながら、他人の理屈には絶対に影響を受けない熱狂的な信仰を堅持した。「でもブリード先生、それなりの報酬はお支払いするつもりよ。フェイスリフトの二倍は出すわ。これはスピリット・リフト、つまり精神を引き上げるための手術ですものね。命を救っていただくのも同然の手術よ」

「イルマ、これ以上この話をしても……」

だがブリード先生の声には迷いがあった。ほんのかすかな、普通なら誰も気づかないような。そして人の声に潜む恐れを、どんなにごまかそうとしても敏感に察知するイヌのように、イルマ・シーグフリードは身を乗り出した。陶器を思わせる真っ白で小さな歯を見せ、相手を引き込むおぞましいほほえみを浮かべながら。「先生、言うまでもなくこのことは誰にも言いません。私たちの究極の秘密にしておきましょう。費用は前金でお支払いします。あとで請求書を送る必要などいっさいないように。あの、スケッチも一応持ってきたんですよ、『聖なる三角形』の。ほら」

イルマは紙を手でのばした。子どもが定規で書いたような三角形。「髪の生え際の少し上のところに、とても小さな穴を三つ、ここよ」イルマは髪を上げて穴をあけてほしい場所を示した。前頭葉と呼ばれるあたりだ。もちろん彼女はそんなことは知らないだろう。前頭葉がいかに大切な機能を担っているか、ということも。決して前向きとはいえないが、それでもルーカスは興味を抱いた――そう察知したイルマは、その興味が消えてしまわないように、自分が見た「聖なる三角形」の夢について説明している。その三角形はエジプト史以前にまで遡る古代のシンボルで、広大な「集合無意識」の蓄積の中から彼女の夢に現れた。彼女はこの三角形を夢見る運命にあったのだ、と。

ブリード先生は厳粛な面持ちで聞き続けた。優しげだがこわばった笑顔が顔の下半分にきっちり広がっている。

〈狂っている。この女が狂っていることは分かっているだろう〉

〈たしかに。だが彼女は金持ちだ。金は間違いなく入ってくる〉

〈金が必要なのか？　いったいどのくらい逼迫しているんだ？〉

女の目に宿る欲望の切実さときたら！　そうした切実なまなざしは、これまでにも数限りなく見てきた。そのたびに嫌悪感と同時に、高揚のような誇りのような感情がわき起こった。聖なる儀式や宗教告白、罪の赦しや祝福を司る司祭もこんな気持ちになるのかもしれない。

あるいは処刑や生け贄《いにえ》のときに。

ルーカスは考えた――それほど重要なことだろうか？　この女の頭蓋骨にいくつかの小さな穴をあける、あるいはあけるふりをしたらどうだろう。頭蓋骨の硬い骨層をかろうじて貫通するかしないか――穴をその程度の深さに留めておいたら？　髪の生え際の上のあたりに美容処置を施したのと変わらないではないか。脳の硬膜に達しないよう気をつければいい。彼のほほえみはアゴのあたりにますます強くへばりついた。

「ブリード先生？　いかがかしら――？」

ルーカスはためらった。心臓がメトロノームのように早打ちしている。自分の返事を聞いたときにはほんとうにほっとした。「イルマ、答えはノーだ。どう考えても、いや、悪いけれど」

女の目に涙があふれる。こうして唐突にカウンセリングは終了した。

ルーカスはよろめきながら部屋付きのトイレに転がり込んだ。冷たい水を流し、焼けるようにほてった顔にたたきつけた。いいようのない危険にもう少しで踏み込むところだった。だがなんとか無事に引き返せたようだ。

〈いや、やめよう。決して取り返しがつかない悲劇的な間違いになってしまう。写真をごらんよ。赤ん坊は脳に損傷を負ってる、見て分かるだろう。出産のときになにかあったのかもしれない。目の焦点もあっていないし、クレチン症の疑いもある。リスクが大きすぎる。関与しない方がいい。以前にも警告されただろう。ロシアの「孤児」たちについては……。
ダメだダメだ、絶対にダメだ〉
どうして彼のせいなのか？　妻は何年も排卵誘発剤を飲み続けた。莫大な金を払って診てもらっている専門医の勧めに従って。言うまでもなく彼女と同じくらい彼も子どもが欲しかったが、決して楽観はしていなかった。強力なホルモン剤が彼女に悪影響を及ぼしていることが、やがて彼にも分かってきた。子どもへの異常なこだわり、喜怒哀楽の激しさ、感情の起伏。男としての彼に対するうらみつらみ。そしてついに彼女が三十九歳のとき——ほとんど信じられないことに——彼女は妊娠した。だが音響スペクトログラムで調べてみると、胎児の心臓と脳には深刻な損傷があった。

〈オードリー、分かってくれ、他に選択肢はないんだ〉

〈これは嬰児殺《えいじ》しじゃない！　苦しみを避けるためなんだ。生まれる前に胎児を安らかに眠らせてあげよう〉

そして絶望が訪れた。オードリーがインターネットの養子縁組エージェントにクレジットカードの番号を知らせてしまったのだ。それもルーカスに黙って。彼が弱気になっているとき、たしかに彼は約束した。〈分かった、養子をもらってもいいよ、養子の可能性を探ってみよう〉。だが後に彼はこのときの誤りに気づいた。彼女はその誤りを決して許そうとはしなかった。

I・S——このイニシャルを彼は、プライベートなスケジュール帳に鉛筆で薄く書き込んだ。クロエには知られたくなかったから。

処置はごく簡単で、アシスタントもいらないくらいだ。

外来患者ということにして、彼の診療オフィスを使えばいい。準備もすべて自分でやろう。

　計画はこうだ。患者は午後七時過ぎにドクター・ブリードのオフィスに到着する。その時間ならクロエは確実に帰っているだろう。鎮静剤は六時に飲んでおいてもらい、オフィスに着いたときにもう一度、もっと強力な薬を与えよう。必要ならほんの少量ずつクロロホルムを吸引させてもいい。

　頭蓋穿孔――きわめて原始的な処置なので事前に練習するまでもない。とても慎重にドクター・ブリードは女の頭蓋骨にドリルで穴をあけ始める。穴はあくまでも浅く。自分にはそれができると確信していた。彼女の図表によれば三つの小さな穴をあけ、それを一辺が六ミリの等辺三角形になるよう切開する。イルマは前金で支払うといって譲らない。一二六〇〇ドルの小切手。

〈先生、どうもありがとう。とても感謝してるわ。先生は私に命を授けてくださるのよ。新しい命を〉

　イルマはひどく興奮した様子で、診察室の台に横たわりながら歯をカチカチ鳴らしている。目蓋が、まるで寒気にさらされたかのように青みがかっていた。彼女はその目蓋をしっかり閉じ、小さくて柔らかい胸の下でか細い両手をきつく組んだ。容赦ない蛍光灯の光の下、彼女の皮膚は黄色みを帯び、目の隅の細かいシワも目立ったが、それでもイルマは魅力的だった。ほんの少し前に髪をシャンプーし、顔にもクリームを塗りおしろいをはたいてきたのだろう。それを見て彼は心打たれた。サンゴ色の口紅が唇を彩り、金の細いネックレスには小さな金の十字架が下がっている。横たわるとき、十字架は首の後ろへ回った。

〈先生、ほんとうにありがとう。先生には一生感謝するわ〉

すぐに患者は眠りに落ちた。子どものように口をあんぐりとあけて。とにかく慎重にことを運ばなければ。患者が突然目を覚ますような事態は避けたい。彼は布にクロロホルムを染みこませ、彼女の鼻孔の下にあてて三つかぞえた。

ゴム手袋を引っ張ってはめる。早く始めたかった。高揚感、というか目がくらむほどの陶酔に胸が満たされた。〈新しい命！　先生は私に命を授けてくださるのよ！〉彼はねずみ色の柔らかくハリのない髪に分け目を入れて、それぞれの側になでつけた。消毒薬ベタジンを頭皮に塗りつける。ピリピリしたのだろうか。不満を訴えるかのように、彼女が言葉にならない言葉でうめいた。小さな外科用のメスで皮膚に切り込みを入れて片側へ寄せる。手が震えているので思ったようにすんなりとはいかない。むき出しになった骨の皮膚片をさらにこそげ取りたいところだが、吐き気に近いものが波のように押し寄せてきた。手を休めて回復を待つ。小さな傷だがすでに出血が始まっている。それが気がかりだった。そしてついに――ドリルの登場だ。

オフィスで行うこの異端の処置に向け、もう少し時間に余裕があれば、歯科医療器具の店へ行って小さな歯科用ドリルを購入したいところだ。しかし彼はその晩のうちに決断し、あとはとにかく急《せ》かされた。その結果手に入ったのは八インチのステンレス・ドリル、パワーラックス。ノースヒルズのショッピング・モールの金物屋で買ってきた日曜大工用の工具――それは隠しようのない事実だった。モーターの鋭いうなり、ドリルの不気味な回転、ステンレスのかすかなきらめき――氷のように冷たくなったルーカスの指が震えた。

「イルマ？……眠ってるね？」青みがかった女の目蓋《まぶた》が痙攣《けいれん》しているが、意識をすっかり失っていることは明らかだった。深く、ゆったりとした呼吸。彼女の息は甘い、マウスウォッシュかミントのような匂いがしたが、その下にはもっと苦くてかすかに酸っぱい、動物的な認識、つまりは恐怖の匂いが潜んでいた。〈彼女は知っている！　眠っていても分かるのだ。危険が待ち受けていることを〉

ドリルを女の頭皮に軽くあててみた。すぐに明るい色の血が噴き出し、急流となった。予想以上の血――この程度の傷ならここまで出血しないはずなのに。スポンジで拭き取るつもりでいたが、意識を失った女が痙攣しうめき、そのたびに血がドクドクと流れた。とっさにルーカスは彼女の頭からドリルを離した。心臓の鼓動が速まり、パニックにつきものの寒気《さむけ》がのど元にせりあがってきた。女が静まり、深い呼吸に戻るのを待った。もう一度頭皮にドリルをあてる。再び流れる真っ赤な血にぎょっとする。骨の焼ける匂いが忌《い》まわしく、不快だ。患者が今にも意識を取り戻しそうだ。目蓋がヒクヒク動き、唇が震え、白目が見えた。焦点の合わない黒目が目蓋のすきまから少しだけのぞく。それはゾンビの目を思い出させた。あるいは昏睡状態に陥った者の目。〈目が完全に閉じ

るようテーピングしろ。口もだ。彼女を守るためだ。ヒステリー症状を避けるために〉

アドバイスは彼の外から聞こえて来るようだ。声の主を探そうとした——研究所の教官だろうか?——だが見つからなかった。

賢明に思われたアドバイスに、彼は従うことにした。予防的措置だ。緊急事態には至っていないが、先のことは分からない。手術室では一瞬にして緊急事態に至ることがある。幸いこの穿孔手術は今のところうまくいっている。ゴム手袋が血で滑る。テープも血で滑る。それでも彼はなんの苦もなく女の目と口にテープを貼り、患者を診療台に縛り付けた。体を覆っていた紙エプロンはとっくに破れ、血が染みている——あっという間に。タイルの床にも血が滴っている。彼の天然ゴムの靴底の跡が、はっきりと赤く残る。

ルーカスはドリルを持ち上げた。今だ! 息を深く吸った。血で濡れたゴム手袋のせいでほんの少しだがドリルが滑った。日曜大工の道具小屋にこそ似つかわしい重くて粗雑な工具。外科医の手には似合わない。

頭蓋穿孔はもっと簡単に済むはずだったが、気の小さい医師のせいでそうはいかなかった。看護師兼受付が仕事を終えて帰宅した後、彼はグラスにウイスキーを注ぎ、こわがりで気弱な患者のために常備している短期服用鎮静剤三十ミリグラムを二錠呑み込んだ。すぐに気分がよくなった。強いストレスにさらされている今、三錠目を呑もうかと思ったが、〈いや、明晰さを保たなければ。頭をはっきりさせて、勇気をもって〉

急な崖の下をのぞき込むように、ルーカスは診察台に力なく横たわる女の上に身を乗り出した。意識を失っているのか昏睡状態か――めくれた頭皮からはおびただしい量の血が流れ、地味な少女のような顔は死人同然に青ざめ、彼が頭にきつく巻いたテープのせいで歪んでいる。両目と口は覆ったが、息ができるよう鼻の穴はふさがないよう気をつけたつもりだ。速く、浅く、不規則ではあるが息はしている。ルーカスは再びドリルを持ち上げ、カミソリのように鋭いスパイラルの穿孔ドリルを血みどろの頭皮にあてた。血だらけの髪と皮膚のかたまりがドリルに付着しているのが見えたが、ドリルをまわし始めた途端に振り落とされ、勢いよく飛び散った。はるか彼方からだろうか、彼に啓示が訪れた。〈これはルーカス・ブリード医学博士ではない。これは頭蓋穿孔手術を行うまったくの別人だ〉

出だしで何度かつまずいたが、なんとか一つ目の小さな穴をあけることができた。医師が考える以上に穿孔手術は難しい。決して原始的な作業ではない。硬膜を傷つけないためには相当の技術が必要だ。工具が無骨で粗雑であることに変わりはないが、さっきより扱いに慣れてきた気がする。ルーカスは、最初の穴から六ミリほど離れたところにあける、二つ目の穴に取りかかった。ドリルの旋回音がまるで増幅された叫び声のように部屋に充満した。血のせいでどうしても気が散ってしまう。診察室でここまで過激な出血を見ることに慣れていないせいだろう。いつもなら、患者の顔から出血した場合、ブリード先生かクロエがスポンジでさっと拭き取ればそれで済む。だがこの患者の頭の傷からはあまりにも大量の血が流れ、いくらスポンジを使っても間に合わない。ドリルの鋭い先端が頭皮のどこを貫いているのか、見きわめるのが難しい。というのもメガネのレンズに赤い霧が細かく吹き付け、手術中にメガネを拭くわけにもいかず、仕方がないので彼はメガネをはずしたからだ。時間がないことを理由にあらかじめ患者の頭皮にオレンジ色のインクで印をつけなかったことを、ルーカスは後悔した。頭蓋穿孔では神経を手術するわけではないので、それほど厳密な手順はいらないと思ったのだ。脳の手術のために頭蓋骨を「あけている」わけではない。単に穴を穿《うが》ち、空気にさらしているに過ぎない。

〈ゆっくりと毒に汚染されてきた井戸のようなものよね〉

〈新しい命〉

頭蓋穿孔手術が実はそれほど突飛ではなく、代替医療の一種として考慮に値するのではないか——ルーカスがそう言っても、医学界における懐疑派——保守的で悪名高い「医学会」——は同意しないだろう。だが実はルーカス自身、子どもの頃から少しずつ「魂」が漏れ出しているような気がしていた。自分の人格が頭蓋骨という名の骨の鎧に閉じこめられ、それによって歪められているようにも感じていた。

もちろんルーカスも懐疑的だったし最初はバカにしていたが、それでも聞く耳は持った。なんといっても彼は、イルマ・シーグフリードを帰したあとでその依頼を考え直し、彼女を呼び戻したのだから。

いつもは睡眠薬を飲んで泥のように眠るのだが、最近の彼はむしろ眠れないことを歓迎した。あの晩もやはり眠れなかったので、「頭蓋穿孔手術」のことをネットで調べているうちにほとんど徹夜になった。太古の昔からあるこの風習は、腕のいい外科医が執刀すれば無害なばかりか有益にもなり得る――自分でも意外だったがそう譲歩せざるを得なかった。何百年ものあいだ、数え切れないほど多くの人が頭蓋骨に穴を穿ち、おかげで治癒したことを、それらの穴は物語っていた。複数の穴をあけられた頭蓋骨も発見されている。昔の人々にとって頭蓋穿孔は日常的なことだったのかもしれない。ちょうど虫歯を抜くのと同じような。

倫理的な問題もあるとルーカスは考えた。妊娠中絶手術は医師免許を持った者が執り行うべきである。それと同じように穿孔手術もちゃんとした医師が執刀するべきだろう。まったく身勝手な理由から、わらにもすがる思いの患者を拒絶することは、中絶手術をことわるのと同じく、良心にもとる行為だ。

腕の立つ医師による穿孔手術よりもタトゥーの方がよほど危険だという議論も成り立つだろう。タトゥー針は汚染されやすいし、言うまでもなく「タトゥー・アーティスト」は免許を持った医師ではない。

インターネットでの証言どおり、ひょっとしたら西洋医学に匹敵する並行世界《パラレル・ワールド》は存在するのかもしれない。西洋医学がほかの何よりも優れていると考えるのは単なる偏見ではないのか。

耳の中でドリルの旋回音が獰猛に鳴り響いた。工具を不自然な角度で持ち上げるものだから、どんどん重く感じられる。頭がぼんやりして気が遠くなり始めた。焼けこげた髪と肉の匂い、そして過剰な血のせいで、吐き気がした。

血が流れ出る切り口にはガーゼ片を詰め込んだが、すぐに血を吸ってしまってどうしようもない。なんだかひどく疲れた。高い集中力を維持し、助手もつけず、顔の汗をぬぐったりメガネのレンズを拭いてくれる者もいない。医師というのは、たった一人で執刀することに慣れていないのだ。数分だけ休んでみようかと思った。というより患者の脈拍、いや心拍を確認するために休むべきではないか。苦しげに広がった鼻孔から、患者の呼吸の気配が消えているようだし。しかしここで破れかぶれな、妙に挑戦的な気持ちが勝った。今さら引き返すわけにはいかない。ここまで来てしまったのだから。

電動ドリルのスイッチを入れてからそれほど時間がたっていない。それはたしかだ。それにしても、彼にとってこの数分間はまるで映画の早回しのようにあっという間だった。

傷はきれいに洗浄し、後処理も慎重にやろう。女には傷を誰にも見せないように、そして穿孔手術のことは誰にも話さないように言い含めよう。これは神聖な儀式であり、きわめてプライベートなことなのだ。目が覚めたとき、ある程度の不快感は仕方がない。痛みもあるだろう。脳は無痛だが、頭皮、頭蓋、そして硬膜は痛みを認知する。鎮痛剤のペルコダンを処方すればいい。フワフワフワする奇妙な感覚、空《くう》に浮かぶような感じがしても、それは最初のうちだけだ。ルーカスは彼女をうらやましいと思った。ここまで純粋に人を信頼できるなんて！　もう一度子どもに還れることもうらやましかった。ルーカス・ブリードは完全に子どもだったことが一度もない。いつも大人の期待にがんじがらめになり、閉じこめられていた。苦々しい思いにとらわれながら不安定な角度で持っているうちに、ドリルがまたしても手から滑り落ちそうになった。ゴム手袋の指先が血でヌラヌラしているせいもある。いや、一瞬気が遠くなった、その可能性の方が高い。そのときそれはあまりにもあっという間に起こったので、何があったのか彼自身よく分からなかった。手が滑ったときに、旋回するドリルの先が頭蓋骨の奥まで貫通し、硬膜に達してしまったらしい。まさに一瞬のできごとだった。女の体が急にグイと引きつり、痙攣が続いた。膝がかたく締まり、固定用ストラップに両脚が何度も当たった。目をテープでふさいだおかげで、ショック状態の女のまなざしをまともに見なくて済んだ。ルーカスはそのことに感謝した。悲鳴も聞こえたが、猿ぐつわのテープを貼ったおかげでその声ははっきりしない。

待てよ、そんなことがあり得るだろうか。女が意識を取り戻すなんて――それはないだろう。悲鳴が聞こえたと思ったが、それは我を失ったルーカスが想像したもの、きっとそうに違いない。

痙攣していた体からはぐったりと力が抜けている。患者はもがくのをやめ、くぐもった悲鳴もやんだ。ドクター・ブリードは疲労困憊でフラフラだった。見学者の前で八時間の外科手術を執刀してもこれほどくたびれはしないだろう。メガネをどこに落としたか覚えていなかったので、手探りで探し当てた。レンズには血が飛び散っていてほとんど何も見えない。一つの思いが慰めとして浮かんだ。〈おまえはこの女を恵まれた人生、もとい、惨めな人生から解放してやったのだ〉

患者の遺体、四肢をだらりと垂らした穢《けが》れた女の体を、ドクター・ブリードは自ら処分しなければならなかった。

アシスタントはいないのでたった一人で。いつだってそうだ。ルーカス・ブリードの魂はいつも孤独だった。

ウィアランズの明かりがすべて消えるのを待って、それから清掃を始めるのがもっとも賢明だろう。夜の八時二十八分。まだちらほらと明かりがついている。

四十分間、彼は患者の蘇生に努めた。

四十分間、彼は患者のしおれた肺に息を吹き込もうとし、胸を叩き、大声で懇願し、怒りをぶちまけた。医師としての完璧な教育も今の彼にはまったく役に立たない。というのも死体はいつまでたっても死んだままなのだから。

ぎこちなく、イライラしながら――というのも彼はこうした作業に慣れていなかったから――黒いゴミ袋を半分に引きちぎり、女の体をなるべくぴっちりとくるんだ。女の体は、少しずつ広がる死の冷たさをまだらにまとい、むき出しになった体の一部には血を吸った紙片がくっついている。遺体の指から高価なきらめきを放つ指輪を引き抜いた。そんな自分を観察するもう一人の自分がいた。〈誰が彼女をこんな目にあわせたのか知らないが、そいつらは彼女のものを盗むに決まっている〉

鼻の奥がツンとした。焼けた肉、焼けた髪、動物的なパニックと恐怖、それらが混ざり合った刺激臭だった。死の苦しみの最中、女性は排泄《はいせつ》していた。

クロエならどうすればいいか知っているはずだ。彼女なら大きな声でこう言うだろう。〈先生、いったい何があったんですか？　すぐお手伝いしますわ〉

クロエがこの場にいなくてルーカスは安堵《あんど》した。彼の様子が気になってオフィスに戻ってきた、なんてことになったら……。〈あら先生――電気がついてるのが見えたものですから。それに先生の車も〉

彼女も殺さなければならなかったかもしれない――そう考えただけで、彼の動悸はメトロノームのように激しくなった。彼に恋をしたかわいそうなクロエ。

〈だが殺さずに済んだ。それだけでも神に感謝しなければ〉

彼は善人だ。高潔で寛大でもある。クロエならそう証言してくれるだろう。いや彼がこれまでに雇った女性たちはきっとみんな好意的な証言をしてくれるはずだ。

そう思うと少し気が楽になった。大事なことだから忘れないようにしなければ。だが彼は不安を感じ始めていた。ペーパータオルと熱湯と消毒液でこの穢れた部屋を掃除しなければならないのだが、やるべきことが多すぎる。

時間が足りない。もっと現実的に考えよう。こうした単純な作業はあとで片付ければいい。

まずは死体をどうにかしなければ。人がめったに入らない森のあたり、それとも川か。流れが急でじゅうぶん深いハドソン川はどうだ——雨雲が晴れれば月明かりもあるし——そのあとクリニックに戻ろう。それから掃除すべきところを掃除すればいい。痕跡はいっさい残さない。必要ならゴム手袋を何重にもはめて、消毒薬と漂白剤を床にぶちまけよう。

一つだけ謎があった。患者はなぜ死んだのか？

一見明らかに思えることが実はそうでもない場合がある。

額の上の頭蓋骨に小さな穴をいくつかあけただけで死に至るとは考えられない。傷としてもあまりに小さい。前頭葉へのあの程度の傷は珍しくないし、命に別状なく生き延びる人はいくらでもいる。

頭部への激しい一撃、脳にまで達した弾丸や爆弾の破片、頭蓋骨に亀裂が入って脳がきちがいじみた風船のように膨らむこともある。〈奇妙な傷。だが死因とするには不十分〉。検死官ならこう書くだろう。

ルーカス・ブリードはダッチェス郡の検死官を知っていた。親しいわけではないが、知り合いであり、互いに能力を認め合っていた。

解剖してみなければ死因は特定できない。これは常識だ。

心停止かもしれないし、ショック状態の結果、血圧が急に上昇したとも考えられる。ルーカスの行為だけで患者が死んだとするのは不合理だ。なにしろ硬膜にはほとんど触れていないのだから。

彼は慎重だった。異常なまでに気をつけていた。なにかと注文の多い女は頭蓋骨に穴をあけろと言ったが、彼は言うまでもなく穴まではあけずにほんの少し頭蓋骨をかすっただけだった。

ドリルが悪い。

ドリルが不良品だったのだ、そうだろう？　手術用のドリルなら頭蓋骨を貫通した時点で自動的に電源が切れるように設計されている。だがモールの金物屋で買ったこのドリルは電源が切れなかった。

彼は現金を使った。クレジットカードを店員に渡したりはしなかった。

こんなひどい状況にあっても彼は冷静だった。専門家としての彼の振る舞い——その姿勢や尊厳を含めて——がまるで記録としてテープに録画されているかのように。ルーカスは廊下の物置から黒いビニールのゴミ袋を持ってきて、遺体を包むためにかがみ込んだ。

「イルマ？　もしかしたら君……」

いくつかのゴミ袋をハサミで切って大きな袋を作り、それで体をミイラのように幾重にもくるんだが、その中でイルマがピクリと動いたのだ。体は思った以上に重く、伸びきった手足には女特有のだらしなさがあって、こちらを嘲笑《ちょうしょう》しながら抵抗しているように思えた。傷ついた頭のまわりには今も血で汚れたテープが巻かれているはずだ。テープはこちらを責めるだろう目を隠し、こちらを責めるだろう口をふさいでいる。

「イルマ。なんていうことだ――すまなかった」

ほんとうに？――分からない。感覚を失った唇が後悔の言葉をつぶやくが、ブリード先生はもともと礼儀正しい人だった。

女性患者は彼を崇拝した。看護師兼受付の女たちも彼を崇拝した。妻は彼を崇拝しなくなった。オードリーのことを考えただけで怒りがこみ上げ、体が震え出した。

薄汚いゴミ袋を開けてみたら死体はひどく奇妙に見えるだろう。血がこびりついたツヤのないグレーの髪、頭のまわりにはテープが幾重にも巻き付いている。丁寧に巻いたつもりだったが（少なくとも彼はそう記憶している）、大あわてでいい加減に巻いたようにしか見えない。生前、この女は気が狂っており、誰にも理解できない衝動、気まぐれ、意志に取り憑かれて自らこんなことをした――そう言われたら、納得してしまうかもしれない。

ほかにも思い出したことがある。はじめから破れていたゴム手袋、血しぶきを浴びた手術着、靴、それから靴下。全部処分しなければ。〈まとめて袋に入れてしまおう。それからゴミ捨て場のゴミ収集容器に。どうせ見つかるときは見つかるのだから〉――彼はそう考えた。

彼はこの理屈を頭で完全に理解したわけではない。それが現実的で賢明なやり方だと本能的に悟ったのだ。

女のバッグもちゃんと見つけた。柔らかくて黒っぽい革でできた高価なバッグだった。サイフから札とクレジットカードを抜き、カギも取った。この女にこんな残酷なことをしたのが誰だか知らないが、そいつなら間違いなくそうするだろうと思ったからだ。〈遠くまで運転しろ。ウィアランズから離れるんだ。夜のうちに、ダッチェス郡の一番はじの辺鄙《へんぴ》なところまで〉

ゴミ収集容器でなければ田舎のゴミ捨て場でもいい。ゴミ埋め立て地でも。自分のゴミを捨てたあと、ほかのものを引きずって上から隠してしまえ。そのときのイメージが頭に浮かんだ。地中にぱっくりと口を開けた大きな穴から蒸気が噴き出している。地獄へ通じる穴だ。だが縁から離れていれば安全だ。

ダッチェス郡のどこかにあるはずのこの場所のことを考えただけで彼は気持ちが安らいだ。考えさえすればやったことになり、一瞬にしてしんどい作業が終わったような気分になる。

ラッキーなことに彼はクリニックのオフィスに着替えを用意していた。カーキ色のズボン、フランネルのシャツ、ランニングシューズ、下着、そして靴下。

一仕事終えたらハドソン川を見下ろす自分のマンションに戻ろう。その頃にはきっと腹もすいているはずだから、何か食べよう。冷蔵庫には緊急時のための食料が入っている。テイクアウトした何日か前の夕飯の残り、ヘイゼルトン・ボナペティで買った見事なブリーチーズ、それにパリッとしたデニッシュ・クラッカー。

いや、違う。間違っているぞ。作業を終えたらウィアランズに戻るんだ。何時間もかかる掃除が待っているじゃないか。こういう大事なことは計画どおりにやらなければ。

午後九時十九分。そわそわしながら見ていたウィアランズの窓の明かりがまだ消えない。彼は考えた。〈きっと誰もいないのだろう。電気がつけっぱなしになっているだけだ〉。ほっとした。これで自由に動ける。廊下から裏口のドア——患者が使うドアではなく業者が出入りする裏のドア——まで前かがみになりながら死体を引きずった。震えているのにひどく汗をかいている。死体をドアの敷居の途中まで引きずったところで、彼は衝動的にオフィスに戻った。閉まりかけたドアに死体をはさませたまま、オフィスで電話を一本かける。かつての自分の家に。そして、がっかりすることははじめから分かっていたが、禁欲的なあきらめとともに電話が鳴り始めるのを待った。ところが鳴りもしないうちから録音の声に切り替わった。これには不意を突かれ、動揺した。とりすましたような声で女が応える。〈この電話番号は現在使われておりません。通話はできませんのでもう一度……〉

オードリーが自分を捨てたことは一生許さない。彼女は裏切ったのだ。あいつらみんな許さない。

ようやく――ウィアランズから人の気配がなくなった。駐車場には車が三台しかなかった。ルーカスの車、彼の患者の車、そして駐車場の一番奥に業務用のバン。明かりを落とした戸口からルーカスはゴミ袋でくるんだ死体を引きずり出した。コンクリートの固まりのように重くなっている。両肩と背骨の上半分に痛みが走った。

彼は今さらながらここで気がついた。コートは？　女は金持ちなのだからコートくらい着てくるだろう。待合室のコートハンガーにかけたままに違いない。このままだと朝になってクロエに見つかってしまう。この重大な思いつきも〈あとで〉のファイルにしまい込んだ。

夜気は冷たく、なんて新鮮で気持ちが良いのだろう！　勇気が湧いてくる。希望もこみ上げてきた。美容整形外科医に寄せられる期待が大きすぎるのだ。私たちは聖職者として訓練を受けたわけではない。女の体は敷地からさっさと運び出す、それがもっとも賢明な策だ。駐車場を横切って上り坂を進み、ウィアランズの敷地の向こうの、誰も行かない荒れ地まで出よう。東へ八百メートル行けばヘイゼルトンの有料道路、北へ八百メートル行けばニューヨーク州高速道。もう少し細い道路に囲まれたあたり、フォックスクロフト・ヒルズと呼ばれる建設中の新しい高級住宅街と、できたばかりの人造湖フォックスクロフト湖の間なら、人の手が入っていない土地がポツリポツリと残されている。何十年も歴史が続く広々とした田園地帯よりも、そういう所の方が人目につきにくい。

〈あれ――彼女――は絶対に見つからないだろう〉

ルーカスが思い浮かべたのは、伸び放題の雑草の中を通る一本の細い道。その先には、セラピストや事務職など、ウィアランズで働く人たちのために誰かが置いたピクニックテーブルがあったはずだ。あたりはいつも薄暗くて、アスファルトの駐車場を見下ろすあのテーブルで誰かがランチを食べているところは見たことがない。テーブルの正確な場所や、そもそも今もそのテーブルがあるのかどうかさえ分からなかったが、彼はその方向へ向かって死体を引きずった。服の下は汗びっしょりだった。具合の悪いことに駐車場の端には、折れてバラバラになった枝が散らばっていた。この前の嵐の残骸――おかげで作業がいっそうたいへんになった。木っ端の間を縫《ぬ》うようにして、ときにぶつかりながら死体を引っ張るのは骨が折れた。

ここで彼は突然思いついた。〈彼女の車！〉

当たり前じゃないか、あの女の車だ。あれをなんとかしなければ。

ウィアランズの駐車場から車を移動させなければ明日の朝には発見されてしまう。女がウィアランズ・メディカル・センターのドクター・ルーカス・ブリードに会いに来たことが発覚してしまう。頭をフル回転させて――もちろん女の体だけでなく車も捨てに行くしかない。

手間を省くために死体を車の中に入れてしまえばいい。それが理にかなっている。トランクだ！　死体を車のトランクに入れよう、もちろんそうだ。女の車でウィアランズから離れた所まで行こう。三十キロか四十キロくらい。ジョージ・ワシントン・ブリッジを渡ってニュージャージーへ出てもいい。

料金所を出てニュージャージーの辺鄙な場所まで行き着いたら、トランクの死体ごと車を捨ててしまおう。ハドソン川か他の水場、あるいは石切場や砂利採取場。それを見下ろす急な崖っぷちまで車に乗って……。たどりつくことさえできればニュージャージーは安全な場所のように思えた。最後の最後に車から飛び降り、そのまま車は忘却の彼方、地獄の大穴へまっしぐら。女の車には自分の痕跡をいっさい残さない。そうすればルーカス・ブリードの身は安全だ。車も死体も決して発見されることはないだろう。

ただし——その場合ウィアランズまでどうやって戻るか。ウィアランズの裏に駐車した、泥だらけのジャガーSLまで戻る方法がない。

なぜ気がつかなかったのだろう。ちょうど今、彼が木の根っこにつまずき、裂け始めたゴミ袋にくるまれた死体の上に倒れそうになったのと同じくらい、明瞭な展開じゃないか。

急いで計画を練り直す。頭の回転が速くなる。まるで機械仕掛けだ。ウィアランズを見下ろす森まで女の死体を引きずっていくのはあまり現実的ではない。女の車まで遺体を引っ張ってニュージャージーで投棄するのも同じくらいバカげている。そうではなく、自分の車まで死体を引きずり、トランクに入れてしまえばいい。扱いにくい死体を持ち上げながら彼は息を切らし、罵倒《ばとう》の言葉を独りごちた。その重みがまるで彼をからかっているように思えた。匂いをかぐと吐き気をもよおす。腕は痛いし、体は疲れ切ってフラフラだ。スペアタイヤと工具の下にある狭い空間に、奇妙な角度で折れ曲がった四肢をむりやり押し込み、忌々《いまいま》しい死体をようやくトランクにおさめた。この生々しくて強情なものを持ち上げるためにかがみ、それを抱きかかえ、持ち上げてトランクに入れたことが、ひどくおぞましく思えた。大して注意もせずにトランクのフタを大急ぎで閉めたので、ゴミ袋のちぎれた端がはさまって、まるで女の黒いシルクのシミーズのようにヒラヒラとトランクからのぞいていた。

〈先生、ほんとうにどうもありがとう。私の新しい命〉

彼は心配になった。こういうことにはつきものの何らかの液体——血、尿、糞便——がプラスチックのゴミ袋からトランクに漏れ出ているのではないか。それまではホコリ一つ落ちていなかったトランクに。だがすぐに思い返した。〈掃除すればいいじゃないか。洗車場で、隅から隅まで〉

洗車場でもトランクを完全に消毒しきれないようなら、消毒液と漂白剤をぶちまければ。死者の腸内にはきわめて有毒なバクテリアが繁殖する。生きている人間がそれにちょっとでも触れようものなら命取りになりかねない。

続いて彼は車に乗り込んだ。奇妙だ！　あまりにも日常的でいつもとまったく変わりがない。キーを回してエンジンをかける——ジャガーはいつも立ち上がりに時間がかかったが、今夜はモーターがすぐに反応し、ワイパーが動き出し、ＷＱＲＳに合わせてあったラジオから音が流れた。いたって順調にウィアランズの駐車場から車を出して私道を通り、車が行き来する道路に出た。それをしばらく進み、十一号線との交差点で南に曲がって数キロ走ればヘイゼルトン・オン・ハドソンの郊外だ。ドラムモンド、スリーピーホロー、リヴァーデールの村々を抜け、フォート・トライオロン公園出口を通りすぎ、十一号線を降りたらジョージ・ワシントン・ブリッジをめざして、トランクに入った死体とともに予定どおりニュージャージー州に到着する。ようやく死体とおさらばだ。頭遺棄する場所は、ヘッドライトに照らされた出口標識を見るうちにひらめくだろう。頭の中で考えただけなのに、またしてもこの過程があまりにも鮮やかに浮かび、考えた瞬間にはすでにそれをやり遂げたような気になった。それからジャガーをUターンさせ、ジョージ・ワシントン・ブリッジを再び渡って――行きで上階を通ったのなら帰りは下階にしなければ――こうした細かいことこそ大事なのだ。とくに何もなければ真夜中にはウィアランズに戻ることができるはず。次に女の車で四、五キロ離れたヘイゼルトンの小さな駅の駐車場まで行って車を乗り捨てる。あの駐車場なら夜通し停めている車も多いから誰もおかしいとは思わないだろう。とても実際的なアイディアだ。確実に目立たない場所に駐車したらあとはホームで電車を待てばいい。降りるときはほかの乗客に混ざって、それから駅構内でタクシーを呼んで乗り込む。

〈どちらまでですか?〉

〈川沿いの、新しいマンション群がありますよね、あそこへお願いします〉

ジョージ・ワシントン・ブリッジへ向かう出口の少し先で、どうやら車は迂回させられているようだ。パトカーや救急車のライトがまぶしい。数キロにわたって車が数珠つなぎになっている。

ルーカスは不安のせいで気持ち悪くなりながら窓を下ろし、身を乗り出した。雨に打たれながら車を誘導している警官に声をかける――何かあったんですか？　なんで道路を封鎖してるんです？　いつまでかかりますかね？――だが年若い警官は不遜にも彼を無視した。道の向こうでは炎が上がり、A型バリケードが道路を封鎖している。さらに身を乗り出し、笑顔を忘れないよう注意しながら別な警官に声をかける。医師らしくいかにも感じがよさそうな、でも引きつった笑い。ここでブリード先生は自分が落ち着いて行動しているところを、法の執行者たる警官たちに見てほしかった。万が一証言台に立たされたり証拠を提出するよう求められたときのために。こんな非常時にあってもルーカス・ブリードは親切で理性的で穏当な態度だった、いくぶんイライラしてもどかしそうだったが、あの状況ではどんなドライバーもそうだろう。

どうやら交通事故らしい。二台、いや三台か。救急車のライトがクルクル回って目がくらみそうだ。鼓膜をつんざくサイレン音。急いで窓をさらに下ろす。「おまわりさん？　手伝いましょうか。私、医者なんですよ」

丁重にことわられた。車から出ないでください、とも。いいえ、医師としてのあなたの手は必要ありません、求めてもいません、現場には救急車が到着していますから。

〈そのまま車の中にいてください。車から離れないでください〉。飛び散ったガラスがキラキラ光る道ばたの事故車両は、損なわれた人体、女の無惨な体を思わせた。刺すようなサイレン音に我を忘れ、ルーカスはジャガーのドアを開けて道に出ようとした。さっきの口調は穏やかだったが、今度はかなり厳しく怒鳴られ、命令された。〈出るな〉。感じが良くて話が分かる、その印象を壊さないようにしながら――「聞こえなかったのかもしれませんね。私は医者なんですよ。神経外科医。ケガ人を診ましょうか。脳内出血の危険があるかどうか、すぐに分かりますよ」。もう少し年配の警官がやってきて彼の運転免許証を求めた。不器用に手探りして免許証を差し出す。酔っぱらっているのでも、動揺しているのでもない。手がひどく震えている。中風だろうか、パーキンソン病の前触れかもしれない。カーキ色のズボンの裾《すそ》には血がついていたが、点滅する赤いライトの中なら気づかれないだろう。コートの前身頃にも血がなすりつけられた跡がある。不思議だ。あの厄介な死体をくるんだゴミ袋に体をこすりつけないよう、あれほど注意したつもりだったのに。それでもこうして、鳥の羽のようなかたちの血の跡がついているとは。よく見ると手にも血がついていた。それともこれは、もっと早い時間についた古い血だろうか。とっくに乾いて固まった血。今日はほんとうに長い一日だった。夜明け前から、雨が暗く打ち付けていた。

「……ですが何かのお役に立ちたいんですよ。手伝わせてください。私は医者なんです、私の使命なんです」

警察は彼にかまっている暇はなかった。彼の申し出は却下され、ぞんざいに車に押し込められ、他のドライバーといっしょに待つよう言われた。やがて橋に続く道の封鎖が解かれ、車の列が動き出した。さっきまでひどい雨だったがそれも弱まり、はるか眼下の川面からは、まるで心霊現象のように霧の柱が立ち上っている。これはどの川かと聞かれても、ルーカスはにわかに答えられなかったかもしれない。川の名前は分かっているのだが。自分の名前が分かっているのと同じように。彼はスピードをあげて橋まで進んだ。上階を使うことにした。霧にまぎれて向こう岸が見えず、この大きな橋がどこまで続いているのか分からない。揺らめく光の列がおずおずと広い川を横切ってゆく。光の中には明らかに人がいる。生きた人が。彼はアクセルを踏んだ。ここを渡り切って、あの向こう岸にたどりつくために。

訳者あとがき

ジョイス・キャロル・オーツ（一九三八〜　）は多作である。一九八〇年代あたりから、オーツを紹介するときにはprolific（多作）という単語が必ずと言っていいほど使われるようになり、それ以来、彼女の旺盛な創作ペースに触れるのがお約束になっている。最近では「アメリカでもっとも多作な作家」というふうに、最上級のmostがつくことも増え、熱心なファンにとってはうれしい状況だ。

オーツが作家としてのキャリアを踏み出したのは、短篇小説集『北門のかたわらで』（*By the North Gate* 以下、訳書のないオーツ作品は原題を示す）を出版した一九六三年。それから約五十年経つが、オーツのホームページ（https://celestialtimepiece.com）などによれば、その間に小説およそ五十冊、短篇集三十五冊、詩集やエッセイ、回想記が多数出版されている。児童書やヤングアダルト・フィクション、戯曲、彼女が編纂したアンソロジーなどを含めると、出版した本の数は優に百冊を超えるだろう。

「こんなに多作でだいじょうぶか」「時間をかけた方がいい作品が書けるのではないか」。

そんな疑問を投げかける批評家もいるらしいが、たとえば『ボストン・グローブ』紙のメレディス・マランは、彼らの声を一蹴した上でつぎのように書いている。「オーツは多作なだけでなく、優れた作家だ――読者を楽しませてくれる巧みな書き手だし、時代の脈動をつねに意識して、それを描き出す様《さま》はお見事」。

実際、オーツ作品に対する評価の高さは、さまざまな文学賞の受賞歴をみても明らかだ。代表的なところでは、長篇『かれら』(大橋吉之輔・真野明裕訳、角川書店)で全米図書賞を受賞したのを皮切りに、その後『ワンダーランド』(*Wonderland*)など五作が同賞候補にあがった。九〇年代以降は『ブラックウォーター』(中野恵津子訳、講談社)や『生きる意味』(*What I Lived For*)、『ブロンド』(古屋美登里訳、講談社)がピューリツァー賞の最終候補に残り、ノーベル文学賞でも毎年名前が取り沙汰されている。本作『とうもろこしの乙女、あるいは七つの悪夢』は二〇一一年ブラム・ストーカー賞(短篇小説集部門)を、そのうちの「化石の兄弟」は同年世界幻想文学大賞(短篇部門)を受賞し、二〇一二年にはPENセンターUSAがオーツに功労賞を贈ったことも、記憶に新しい。

いったい、オーツのこの驚異的な創作力はどこから来るのか。オーツ自身は自分がなぜ多作と思われるのか不思議だ、と言い(『アメリカン・ポエトリー・レビュー』)、語りたい物語があるから書くだけ、と煙に巻く(『ジョイス・キャロル・オーツの日記――一九七三年―一九八二年』*The Journal of Joyce Carol Oates: 1973-1982*)。とにかく書くのが好き――それは間違いないだろう。しかもその作品は勢いにまかせて書き散らしたものではなく、「技あり」の巧みさであることも。

創作についてのエッセーをまとめた『作家の信念――人生、仕事、芸術』（吉岡葉子訳、開文社出版）によると、オーツは書くことを私的な「アート」と公的な「クラフト」のバランスととらえている。この場合のアートとは、心の奥底（無意識と呼んでもいいかもしれない）から、未分化のままぼんやりと生まれるヴィジョンのようなもの。一方のクラフトは、そうしたきわめて個人的なヴィジョンを、公的な、つまりより多くの人と共有できる作品にあつらえるためのもの。それぞれ「妄想」と「技巧」と言い換えてもいいかもしれない。どちらも大事であり、どちらか一方が欠けてもダメ、というのが彼女の考え方だ。

情念、嫉妬、孤独、劣情、欲望、残虐性――ふだんはフタをしてあまり目を向けたくない、ちょっと油断するとすぐに暴走してしまいそうな心性を、どんな技巧を用いれば効果的に描き、伝えることができるのか。オーツの作品は、スタイル、プロット、話法、人称、構成、時代設定、果ては字体に至るまで、ベストな技巧を考え抜いた結果として存在する。

＊

オーツは一九三八年、ニューヨーク州西部のロックポートで生まれ、すぐにそこから十キロほど南のミラーズポートへ引っ越した（本書の物語の大半は、彼女が生まれ育ったニューヨーク州が舞台となっている）。母親も通った小さな学校は、一年生から八年生までの生徒たちが一つの教室で学ぶ、開拓時代の最後の名残のようなところだったらしい。彼女は幼い頃から本を読むのが好きで、いっしょに暮らしていた父方の祖母ブランシュからもらった『不思議の国のアリス』はとりわけお気に入りだったという。ちなみにオーツは原稿を書くときには今でもタイプライターを愛用しているそうだが、初めてのタイプライターをプレゼントしてくれたのもこの祖母であった。二〇〇七年に出版された『墓掘人の娘』（*The Gravedigger's Daughter*）で、悲惨な目にあいながらたくましく生き延びる主人公は祖母がモデルになっており、オーツの愛情の深さが窺われる。

その後、オーツは転校を繰り返しながら一家で初めて高校まで進学・卒業し、そればかりか奨学金をもらってシラキュース大学に進む。在学中はいろいろな作家の詩や小説を浴びるように読みながら自身も創作するようになり、十九歳のときに雑誌『マドモアゼル』が主催する短篇小説のコンクールで優勝した。それが縁で、ウィスコンシン大学マディソン校大学院の修士課程修了後には、すぐに先述のデビュー短篇集『北門のかたわらで』を出版。それからは大学で教鞭を執りながら、平均して年に二冊のハイペースで作品を発表し続けている。

なお、大学院時代に知り合って結婚した英文学者レイモンド・スミスとは、いっしょに文学雑誌『オンタリオ・レヴュー』を創刊し、さらには出版社「オンタリオ・レヴュー・ブックス」を立ち上げるなど、公私ともによきパートナーとして知られていた。オーツは「ロザモンド・スミス」という名でミステリー小説を八冊ほど出版しているが、そのペンネームも夫に由来する。ところが二〇〇八年、スミスが肺炎のため急逝。そのときの悲痛な体験を描いた二〇一一年の『未亡人の物語――回顧録』(*A Widow's Story: A Memoir*)はベストセラーとなった。もちろん本書に収録されている「ヘルピング・ハンズ」の未亡人に、作者自身の当時の心情が投影されているのは言うまでもない。

＊

二〇一一年十一月に出版された『とうもろこしの乙女、あるいは七つの悪夢』はオーツのホームページによれば三十五作目となる短篇集で、中篇「とうもろこしの乙女」を含む全七篇が収められている。古いものは一九九六年、新しいものは二〇一一年に発表され、それらをまとめた本作は、オーツ本人によるベスト・コレクションと言ってよいだろう。タイトルに「悪夢」とついているとおり、いろいろなかたちの「恐怖」が演出されている。

恐怖とフィクションの取り合わせと言えば、ジャンルとしてはホラーやミステリーがすぐさま思い浮かぶかもしれない。たしかに本書の「タマゴテングタケ」と「ベールシエバ」は老舗『エラリー・クイーンズ・ミステリー・マガジン』に掲載されたし、オーツはスティーヴン・キングとともに、H・P・ラヴクラウトを起源とするホラー文学の姉弟である、との見方もある。

と同時に、オーツ作品は必ずしもそうしたジャンルにはくくり切れないのが特徴だ。むしろ一貫しているのは、グロテスクで痛々しいまでの心のありようが、実に丁寧に描き込まれていること。本書におさめられている七篇も例外ではない。心の井戸の奥深くからわき上がる個人的なヴィジョンとしての「アート」と、それを効果的に伝えるための「クラフト」のバランスが、本作でも見事にはかられている。そのためどんなに非日常的で、ときとして陰惨な展開でも、読者は登場人物に寄り添い続け、狂気の淵をいっしょにのぞき込んでしまう。というか、のぞき込まずにはいられない。

ここで思い出されるのが、「アメリカ短篇小説の父・母」と呼ばれることもあるエドガー・アラン・ポー（一八〇九～一八四九）とシャーウッド・アンダーソン（一八七六～一九四一）だ。ポーは、本書「タマゴテングタケ」の主人公ライルがデザインを手がけていた本、「ウィリアム・ウィルソン」の作者である。アメリカ短篇小説をクラフトとして自覚した初めての作家、といえば我田引水に過ぎるだろうか。ポーはそれまでは必須と思われていた、創作時のロマン派的な霊感を否定して（というか少なくともそういうそぶりをして）、文学作品は理知的かつ論理的に組み立てられるべきだと主張した。詩や短篇小説を書くときは、まず一つの「効果」――たとえば悲しみ、喜び、恐怖など――に狙いを定め、入念にプロットを練り上げよ、というわけだ。

ところがポーに続く後の短篇小説の書き手たちは、ややもするとプロットばかりを過剰に重視し、その結果サプライズ・エンディングの物語がやたらと増えてしまう。O・ヘンリーの「賢者の贈り物」の亜流をイメージしていただくといいかもしれない。その流れを変えたのが、『ワインズバーグ・オハイオ』（小島信夫他訳、講談社文芸文庫）などで知られる、アメリカ短篇小説第二世代の作家にあたるアンダーソンである。彼はプロット中心の作り込まれた物語には「人が住めない」（『ストーリー・テラーが語る物語』*A Story Teller's Story*）と切り込んで、短篇小説をプロットの呪縛から解き放した。と同時に「心理」「感性」「情緒」を含む人の内面のありようを、日常の言葉で描くことに、物語の主眼を置く。

ポーとアンダーソンを合流させた延長線上にあるのが、ヘミングウェイ、フォークナー、最近の作家ならレイモンド・カーヴァーあたりだろうか。アートの源泉となる「心」と、クラフトすなわち「技巧」のバランスをめざすオーツもまた、この系譜をはっきり自覚している。

たとえばオーツはしばしばO・ヘンリー的な、すわりのいい結末を拒否して、一見シリ切れトンボのように作品を終わらせる。本書におさめられた物語の大半がいい例だ。こうしたオープン・エンディングは、ポーやアンダーソンの流れを受けた、短篇小説の深化と進化の成果、と見ることもできる。物語の最後で、作者にポンとバトンを渡された読者はそこで戸惑わず、綴られなかったその後の物語を引き継ぎ、思いを馳せ、不思議な残響に浸り続けていただきたい。

＊

以下、各篇を簡単に紹介しよう。

「とうもろこしの乙女　ある愛の物語」（"The Corn Maiden" in *Transgressions*, ed. Ed McBain, 2005）

ジュードをリーダーとする十三歳の女の子三人組が、美しい金髪の下級生マリッサを地下室に閉じ込める。マリッサを女手ひとつで育ててきたリーアや、犯人の疑いをかけられた教師ミカールの視点が交錯する中、サスペンスに満ちた物語が展開する。壮絶な結末と余韻を残すラストシーンの美しさ（怖さ？）が印象深い。

マリッサは助かるのか助からないのか、真犯人はつかまるのか——エンターテインメントとしての醍醐味もさることながら、技を駆使したリアルな人物描写がすごい。たとえば冒頭、娘がいないことに気づいたリーアを描くセクションで、オーツは三人称とリーアの独白、というか心の声を巧みに使い分けている。その結果、読者はいたたまれないほどの緊張感に包まれながら、同時にリーアの過去をのぞき見、人となりを身近に知ったような気分になる。

ところでジュードの目に最初に飛び込んで来たのがマリッサの金髪だった。そのときの比喩は「とうもろこしのヒゲのような」——日本ではあまりピンとこないかもしれない。でも世界の四割のとうもろこしを生産するアメリカでは、陽《ひ》を受けながらキラキラ輝くとうもろこしのヒゲはとても馴染み深く、ほっとするような懐かしさをたたえている。と同時に、とうもろこしは南北アメリカ在来の植物で、もともとはネイティヴ・アメリカンが栽培していたのだから、白人（のちのアメリカ人）による収奪と暴力の歴史をも連想させるだろう。つまり、自然史博物館のガラスケースに閉じ込められたオニラ族の「とうもろこしの乙女」に触発されたジュードが、金髪のマリッサとその母に目をつけ、残虐な行為に走る、という設定は、これ以上ないほど倒錯したアメリカンなのである。

なお『十の罪業 Black』（創元推理文庫）には、坏香織氏による本作の既訳「玉蜀黍《コーン》の乙女《メイデン》――ある愛の物語」が所収されている。

「ベールシェバ」（"Beersheba" in *Ellery Queen's Mystery Magazine*, September/October 2010）

ある日、糖尿病のしがない中年男ブラッドに若い女から電話がかかってくる。気をひくような声のトーンには聞き覚えがあった。彼は好奇心（と下心）から女に会いに行くが、それが大きな間違いだった……。

ベールシェバとはイスラエルの地名で、旧約聖書にも何度か登場する。たとえばアブラハムの子を身ごもったハガルがさまようのはベールシェバの荒野だし、ゲラル王アビメレクが神のご加護を受けたアブラハムに和解を申し入れ、誓いを立てたのもこの場所だ。

本作で「ベールシェバ」は一度も言及されない。だが尋ねる人もなく、廃墟となって久しいルーテル派の教会や墓地は、旧約聖書の荒れ地と地続きであってもおかしくない。にもかかわらず訪れなかった和解は、神の不在を示すのか。語りの信憑性、結末の解釈、タイトルの意味さえ読者に委ねる仕掛けが秀逸。ブラッドをおびき寄せる女の声、二人の緊迫したやり取りが、耳にいつまでもこだまする。

「私の名を知る者はいない」("Nobody Knows My Name" in *Twists of the Tale*, ed. Ellen Datlow, 1996)

九歳の少女ジェシカの家にとつぜん「赤ちゃん」がやってきた。湖のそばの別荘でパパ、ママ、そして赤ちゃんと過ごす夏の日、ジェシカはグレーのネコの声を聞く。「私は私、私の名を知る者はいない」——不思議な力を持つ名もなきネコには、赤ちゃんに対するジェシカの複雑な感情がお見通しのようだ。

人のことなど意に介さない振る舞いのせいか、昔からネコは人知を超えた神秘的な動物と見なされ、さまざまな迷信をその身に引き受けてきた。西洋では今でも子どもとネコを二人っきり(?)にしてはいけない、と言われている。ネコが子どもの息を吸い取り、殺してしまうからだ。本作は、よく知られたこの迷信を巧みに利用しつつ、超自然的な世界に未だ半身を残す、いわば中間的な存在としての「子ども」を描く。現実と非現実の間《あわい》を漂うジェシカが、赤ちゃんに対する愛憎をもてあますうちにグレーのネコと交感し、いろいろなことを知って孤独を深める様子が、なんとも切ない。

本作にも嶋田洋一氏による既訳がある。邦題は「誰もおれの名前を知らない」で『魔猫』（早川書房）に所収されている。

「化石の兄弟」（"Fossil-Figures" in *Stories*, ed. Neil Gaiman and Al Sarrantonio, 2010）

双子として生まれながら、怪物的で悪魔的な兄と、虚弱で気弱な弟。兄は弟を嫌悪し、弟は兄を愛し続ける。「私の名を知る者はいない」に続く兄弟姉妹もので、次の「タマゴテングタケ」とは作品レベルでも双子の関係（ただし二卵性？）になっている。兄が弟をいたぶる様《さま》は身がすくむほど痛々しいが、そうした暴力描写はオーツ作品の特徴の一つだ。それに対する非難に応え、オーツは時代や社会の生き証人として「暴力が存在しないふりはできない」と語ったことがある（『ユニオン＝サン・アンド・ジャーナル』紙掲載のインタビューより）。

物語は徹底した三人称で、会話らしい会話がほとんどなく、二人だけに焦点が絞られている。誕生したあとでさえ、母の胎内で二人きりで生きているかのように、兄と弟の閉ざされた世界が二十五ページ弱の中でひっそりと完結する。

「タマゴテングタケ」（"Death-Cup" in *Ellery Queen's Mystery Magazine*, August 1997）

二作目の双子譚。狡猾で好色な兄と、正直で奥手の弟。兄は弟を何にでも利用しようとし、弟は兄を軽蔑する――いつかは自分の手で殺してしまおうと思うほどに。二十世紀以降のアメリカが舞台と思われるが、オーツ作品には珍しく、時間や場所を特定するのが難しい。そのせいか、小さくて狭い共同体での出来事が、昔話のような、奇妙に「ものがたり」めいた印象を残す。弟の心の揺らぎや、まんまとつけ込まれてしまう弱さ、そして皮肉な結末が読みどころだ。

タマゴテングタケはヨーロッパに広く自生し、北アメリカの西海岸と東海岸にも分布する、欧米圏ではもっともよく知られた毒キノコの一種。オーツは料理好きで知られるが、タマゴテングタケのスープは危険なほどおいしそう。で、その効能やいかに。

「ヘルピング・ハンズ」(“Helping Hands” in *Boulevard*, 2011)

未亡人になったばかりのヘレーネは、気持ちに区切りをつけるため、夫の遺品を退役傷病軍人のためのリサイクル・ショップへ持って行く。そこで働く帰還兵ニコラスのさりげない言葉や身振りが渇いた心にすーっと滲み込み、それがきっかけで彼女はニコラスとの新しい生活を夢見るようになる。

あまりにも孤独なため、自分の欺瞞や偽善に気づかず、それどころか愛情と取り違えて現実を都合よく歪めてしまう女の気持ちの浮き沈みが、なんとももの悲しい。一方、由緒あるホテルの取り澄ましたレストランや、ヘレーネの上品な台所で飲み食いするニコラスの、内に秘めた凶暴さはただごとではない。一度も暴力を描かず、暴力をほのめかすだけで効果をあげるオーツの職人技を堪能してほしい。

湾岸戦争と、不況により拡大する貧富の差が醸し出す時代の空気が、物語に陰影を与えている。

「頭の穴」（"A Hole in the Head" in *Kenyon Review*, Fall 2010）

美容整形外科医のルーカスは、裕福なご婦人方を相手にクリニックを開き、安定した地位を築き上げた。だが実のところ税金の支払いにも窮し、妻とは離婚寸前。怪しげな自家製美容液「フォーミュラX」を注射する手元もおぼつかず、世界がほころびかけているような、漠然とした不安を抱えている。そんなところへなじみの患者がやってきて、頭蓋穿孔手術を施してほしいという。

血みどろスプラッターはオーツの真骨頂。しかも血みどろすぎてブラックなユーモアさえ感じられる。物語の終盤では死体処理をめぐって、実際に起こったこととルーカスの妄想がほとんど継ぎ目なく語られ、読者はいやでもルーカス博士の混乱を共有させられてしまう。

なお、頭蓋骨に穴をあける頭蓋穿孔は有史以前から行われ、延々と今に至っている。そう、現代でも「国際トレパネーション唱道会」なる団体が存在するらしい。つまり作中の女性たちの言葉はかなりの部分、正確なのだ。それもそのはず、実は本作、オーツが二〇〇九年に再婚した脳神経学者チャールス・グロス氏の最新著書『頭の穴——神経科学史のさらなる物語』(*A Hole in the Head: More Tales in the History of Neuroscience*)に触発されたものだという(『ワシントン・インディペンダント・レビュー・オブ・ブックス』「作家Q&A　オーツ篇」より)。「ヘルピング・ハンズ」は亡き夫、「頭の穴」は新しい夫、それぞれへの思いを胸に書かれたとすれば、この二作もまた双子……とは言わないまでも、姉妹編くらいには見なしていいのかもしれない。

＊

オーツの短篇小説は、日本では単品(?)でアンソロジーに含まれることが多い。「とうもろこしの乙女」と「私の名を知る者はいない」についてはすでにご案内のとおり。ほかにも、たとえばオーツの代表作の一つといわれる「どこへ行くの、どこ行ってたの?」は柴田元幸氏の訳で『どこにもない国——現代アメリカ幻想小説集』(松柏社)に、あるいは最近では「やあ!　やってるかい!」が岸本佐知子氏の訳で『居心地の悪い部屋』(角川書店)に収められている。もはやアンソロジーの常連と言ってもいいかもしれない。

ところが日本で手に入る、オーツだけの短篇小説集は『エデン郡物語——ジョイス・キャロル・オーツ初期短編選集』(中村一夫訳、文化書房博文社)くらいだろうか。つまりまとまったかたちでは読みにくいのが現状だ。

そんなところへ本書を訳す機会をいただき、オーツ・ファンとしてはうれしいとともにいささか恐れをなしている。ミステリー、ホラー、ファンタジー、幻想小説、あらゆるジャンルをまたぐような、少しずつ、すべてであるような、こわくておもしろいオーツの作品世界をうまく日本語で伝えられるのか。

それでもここまでこぎ着けることができたのは、快適にリードしてくださった河出書房新社の島田和俊氏のおかげです。どうもありがとうございました。

これを機に、オーツ作品の読者が一人でも増えることを願いながら――

二〇一二年十二月

栩木玲子

文庫版への訳者あとがき

読書の秋、暇にまかせてジョイス・キャロル・オーツの *High Lonesome: New and Selected Stories* を読んだ。一九六六年から二〇〇六年までの四十年のあいだに、オーツは短篇集を二十七冊ほど出版している。その中から十年ごとに五から十篇ずつ、さらに二〇〇〇年代に雑誌に発表したまま短篇集には未収だった十一篇を、オーツ自身がセレクトした大部のアンソロジーだ。

だいぶ前に読んだ懐かしい作品もあれば、初めて読むノーマークのものもあり、新たな発見が多い。が、それにしても、とつくづく思う。オーツはブレない。魂に直接訴えかけるような物語性と、時代の関心を鋭くとらえる社会性、そして強烈な登場人物たち。これらは作者がデビューしたばかりの頃から一貫している。短篇集としては三十五作目にあたる本書『とうもろこしの乙女、あるいは七つの悪夢』を読み返しても、それは明らかだ。

オーツのストーリー・テリングのすごさや特徴については本書や、その後二〇一六年に出版された拙訳『邪眼』（河出書房新社）のあとがきで触れたので、お読みいただきたい。あるいは数多く出た書評も参考になるだろう。たとえば『ボストン・グローブ』紙に掲載された本書の書評はこんな具合だ。「どの短篇もぞっとするほど恐ろしい。ジャンルや構成、舞台設定、人物造形についてオーツは底なしの熱意をもってさまざまな実験を繰り返す。短篇、心理スリラー、巧妙な文化批評がお好きなら絶対にお薦《すす》めの一冊である」（二〇一一年十一月二十七日）。

もちろんそうした書評やあとがきに頼るまでもなく、読者を物語の中に引き込んでハラハラさせたり、意外な結末で驚かせたり……彼女の技の鮮やかさは、作品を一読すれば誰もが実感できるはず。そこでオーツが書かずにはいられない（最近はツイッターでの発言も目立つ）社会問題について、ここでは少しだけ注釈してみよう。

貧困、いじめ、女性差別、人種差別、銃規制問題、権力の横暴や腐敗など、解決が難しい社会の病理とそれをめぐる人々の心模様を、オーツはずっと描き続けてきた。たとえば二〇一七年二月に刊行された新作長篇小説 *A Book of American Martyrs*（直訳すると『アメリカ殉教者の本』）は、大統領選でつねに争点の一つとなる中絶が、ドラマの触媒となっている。だがとりわけ彼女が並々ならぬ関心を寄せ、作品の設定にしばしば用いるのは、子供の虐待や誘拐だ。本書でいえば、表題作「とうもろこしの乙女　ある愛の物語」の主人公の一人、ジュードは育児放棄の犠牲者であり、彼女の歪《ゆが》んだ感情が、障がいを持つ美しい少女マリッサの誘拐を引き起こす。「ベールシェバ」も幼い頃に虐待を受けたと主張する娘による義理父への復讐譚《ふくしゅうたん》だし、『邪眼』に収められた「平床トレーラー」はそのバリエーションと言えるだろう。

アメリカにおける幼児・児童虐待は、十九世紀末から二十世紀初頭にかけてようやく犯罪ないし社会問題として認識され始めた。その後、全米で意識化され国民的な関心事となったのは一九六〇年代に入ってからだと言われている。とくに誘拐や行方不明事件の多さは世界でも群を抜き、FBIや全米犯罪情報センターなどの資料によると、子供が誘拐される割合は四〇秒に一人！　本書がアメリカで出版された二〇一一年のデータを見ると、行方不明者として報告された子供の数は年間五十五万人以上、一日あたりに換算すると約千五百人にのぼっている。

こうした状況を受けて、子供が行方不明になった際にはいち早く手がかりをつかもうと、さまざまな手段が講じられてきた。たとえば一九八〇年代から始まった、牛乳パックの側面に行方不明の子供の写真と情報を印刷する取り組み。もっとも日常的な牛乳パックと、もっとも非日常的な児童誘拐のコンビネーションはそれだけで禍々《まがまが》しい。アメリカの暗部を体現するフレーズとして「ミルク・カートン・キッズ（milk-carton kids）」が今でも使われていることからも、そのインパクトの強さは伝わるだろう。もちろんこの方法自体はもはや過去のもので、二〇〇〇年代にはテレビやラジオはもちろん、道路の電光掲示板、インターネット、スマートフォンなどに情報を流す「アンバー・アラート」という緊急事態速報が主流となった。

徹底した情報公開とメディア狂騒の様子は「とうもろこしの乙女」に生々しく描かれている。悪夢の只中《ただなか》に放り込まれた母親リーアの混乱と焦燥《しょうそう》は、読む者の心を強く揺さぶるだろう。そのリーアと同じく悲愴な日々を強いられるのは、二〇一三年に出版された長篇 *Daddy Love*（直訳すると『ダディ・ラブ』あるいは『父の愛』）の主人公ディーナだ。平凡で幸せだった彼女の暮らしは、息子ロビンを目の前で誘拐された日を境に一変する。

犯人は地元で尊敬されている牧師で、彼はこれまでに何人もの男の子を誘拐し、育て、洗脳し、ある年齢に達すると「穢《けが》れた」と言って容赦《ようしゃ》なく殺してきた。「あ、ネタばれ」と思うなかれ。本作は犯人捜しのサスペンスというよりは、ディーナ、ロビン、そしてダディ・ラブ（犯人は子供たちに自分をこう呼ばせている）の心の揺らぎやこじれを丁寧《ていねい》になぞる心理劇の色合いが強い。ゾンビや幽霊こそ登場しないものの、この物語は間違いなく身の毛がよだつホラーであり、こんなどうしようもないアメリカの現実を主人公たちがどのように切り抜け、サバイブするのか——それが本作の読みどころだ。

では、他のオーツ作品はどうだろう。詩集、エッセー、アンソロジーを除く長篇小説と短篇集に限っても、これまでに九十冊以上出版されており、すべてを網羅するのはおよそ不可能だが、本書が刊行された二〇一三年以降の長篇だけでも、興をそがない程度に紹介してみたい。（タイトルはすべて仮題。『アメリカ殉教者の本』と『ダディ・ラブ』にはすでに触れたので割愛した。）

The Accursed（『呪われし者たち』、二〇一三年）
一九〇五年、可憐《かれん》にして清純な花嫁アナベルが悪魔らしき何者かにさらわれ、彼女を救うために兄が動き出す。町の「呪い」が人種、同性愛、貧困、そして格差に由来し、すべては過去からの手痛いしっぺ返しであることがほの見えるとき、七百ページ近いこの野心作は、がぜん現代的な意味合いを持ち始める。

Carthage（『カルタゴ』、二〇一四年）
イラク戦争からの帰還兵ブレットと行方不明になった女性クレシダをめぐり、翻弄される家族とコミュニティ。物語の舞台となるニューヨーク州の小さな町「カルタゴ」は、繁栄をきわめながら古代ローマによって征服された都市国家をいやおうなく連想させ、主人公たちの名前も古典的だ。『アエネーイス』や『オデュッセイア』など、戦争と暴力を描く神話的な叙事詩をアメリカンに変奏するオーツの、ストーリー・テラーとしての技巧が冴《さ》える。

Jack of Spades（『ジャック・オブ・スペーズ』、二〇一五年）
温厚で知的な売れっ子ミステリー作家ラッシュは、密かに別なペンネームを使っておぞ

ましくも残酷な作品を書き綴《か つづ》っている。その二面性のバランスが崩れ、陰《かげ》の顔が支配的になったとき、書くことの狂気と死がからみ合う。追い詰められた者の心理描写には相変わらず鬼気迫るものがあるが、突き抜けたような滑稽《こっけい》さがスパイスとなり、スティーヴン・キングへの目配せも楽しい逸品。

The Sacrifice（『犠牲』、二〇一五年）

一九八七年、全米を震撼《しんかん》させたタワナ・ブローリー事件をオーツが語り直した問題作。四日間行方不明だった十五歳の黒人少女は、警察官や地方検事補を含む複数の白人男性に拉致・レイプされたと主張し、その結果各地で人種対立がいやおうなく激化する。だが彼女の主張は果たしてほんとうだったのか、実は今も真相は明らかになっていない。小説の結末は果たして……？

The Man Without a Shadow（『影なき男』、二〇一六年）

脳炎を患《わずら》った後遺症から、どれほど年老いても三十七歳までの記憶しかもたない男と、彼を三十年以上にわたって愛し続ける女の、いびつな恋の物語。本作のきっかけは、最愛の夫を二〇〇八年に亡くしたオーツが彼との思い出を胸に泣き暮らし、こんなに苦しいのならいっそ記憶などなくなってしまえばいい、と本気で考えたことだとか。その後、彼女は著名な脳神経学者チャールズ・グロスと再婚する。彼のサポートを得て小説内に盛り込まれた、脳に関する最新の学問的知見も興味深い。

＊

駆け足で直近のオーツ作品のほんの一部を概観したが、決着を見ていない（それだけに激しい対立を孕《はら》む）社会問題に頭から飛び込む彼女の勇気には感服するしかない。だがオーツが作家としてほんとうに描きたいのは、そうした問題に直面したときの人の「心」であるはずだ。嫉妬、邪念、憎しみ、不安、敵意、狂気——書き出せばキリがないダークな感情はアメリカに限らず、どこにいようと噴出する。そんなとき、人は何を感じ、どう行動するか。その結果、どんな結末が待ち受けているのか。

本書に収められているどの短篇を読んでも分かるとおり、オーツの物語に単純なハッピーエンドは少ない。主人公たちを宙ぶらりんにしたまま、作品の幕が降りることもある。それでも後味の悪い「イヤミス」にならないのは、人というもの（ちょっと固い言葉でいうと「ヒューマニティ」）に寄せるオーツの信頼と慈しみが、揺るぎなく作品世界を支えているからだと思う。とことん闇を描きながら、彼女は人間をあきらめない。しかも注意深く読むとちゃんと光が差しこんでいる、それも本書をはじめとするすべてのオーツ作品の大きな魅力の一つだろう。

二〇一七年十一月

栩木玲子

本書は、二〇一三年二月に小社より刊行された『とうもろこしの乙女、あるいは七つの悪夢　ジョイス・キャロル・オーツ傑作選』を文庫化したものです。

Joyce Carol Oates:
THE CORN MAIDEN AND OTHER NIGHTMARES
Copyright © The Ontario Review, Inc., 2011
Japanese translation rights arranged with Grove/Atlantic, Inc.
through Japan UNI Agency, Inc., Tokyo

"Nobody Knows My Name," Twists of the Tale, edited by Ellen Datlow, Dell, 1996
"Death-Cup," Ellery Queen's Mystery Magazine, August 1997
"The Corn Maiden," Transgressions, edited by Ed McBain, Forge, 2005
"Fossil-Figures," Stories, edited by Neil Gaiman and Al Sarrantonio, William Morrow, 2010
"A Hole in the Head," Kenyon Review, Fall 2010
"Beersheba," Ellery Queen's Mystery Magazine, October 2010
"Helping Hands," Boulevard, 2011

とうもろこしの乙女《おとめ》、
あるいは七《なな》つの悪夢《あくむ》

二〇一八年 一 月一〇日 初版印刷
二〇一八年 一 月二〇日 初版発行

著 者 ジョイス・キャロル・オーツ
訳 者 栩木《とちぎ》玲子《れいこ》

発行者 小野寺優
発行所 株式会社河出書房新社
〒一五一-〇〇五一
東京都渋谷区千駄ヶ谷二-三二-二
電話〇三-三四〇四-八六一一（編集）
〇三-三四〇四-一二〇一（営業）
http://www.kawade.co.jp/

ロゴ・表紙デザイン 粟津潔
本文フォーマット 佐々木暁
本文組版 株式会社創都
印刷・製本 凸版印刷株式会社

落丁本・乱丁本はおとりかえいたします。

本書のコピー、スキャン、デジタル化等の無断複製は著作権法上での例外を除き禁じられています。本書を代行業者等の第三者に依頼してスキャンやデジタル化することは、いかなる場合も著作権法違反となります。

Printed in Japan ISBN978-4-309-46459-6

O・ヘンリー・ミステリー傑作選

O・ヘンリー　小鷹信光〔編訳〕　46012-3

短篇小説、ショート・ショートの名手O・ヘンリーがミステリーの全ジャンルに挑戦！　彼の全作品から犯罪をテーマにした作品を選んだユニークで愉快なアンソロジー。本邦初訳が中心の二十八篇。

拳闘士の休息

トム・ジョーンズ　岸本佐知子〔訳〕　46327-8

心身を病みながらも疾走する主人公たち。冷酷かつ凶悪な手負いの獣たちが、垣間みる光とは。村上春樹のエッセイにも取り上げられた、O・ヘンリー賞受賞作家の衝撃のデビュー短篇集、待望の復刊。

カリブ諸島の手がかり

T・S・ストリブリング　倉阪鬼一郎〔訳〕　46309-4

殺人容疑を受けた元独裁者、ヴードゥー教の呪術……心理学者ポジオリ教授が遭遇する五つの怪事件。皮肉とユーモア、ミステリ史上前代未聞の衝撃力！　〈クイーンの定員〉に選ばれた歴史的な名短篇集。

クライム・マシン

ジャック・リッチー　好野理恵〔訳〕　46323-0

自称発明家がタイムマシンで殺し屋の犯行現場を目撃したと語る表題作、MWA賞受賞作「エミリーがいない」他、全十四篇。『このミステリーがすごい！』第一位に輝いた、短篇の名手ジャック・リッチー名作選。

とうに夜半を過ぎて

レイ・ブラッドベリ　小笠原豊樹〔訳〕　46352-0

海ぞいの断崖の木にぶらさがり揺れていた少女の死体を乗せて闇の中を走る救急車が遭遇する不思議な恐怖を描く表題作ほか、SFの詩人が贈るとっておきの二十二篇。これぞブラッドベリの真骨頂！

パラークシの記憶

マイクル・コーニイ　山岸真〔訳〕　46390-2

冬の再訪も近い不穏な時代、ハーディとチャームのふたりは出会う。そして、あり得ない殺人事件が発生する……。名作『ハローサマー、グッドバイ』の待望の続編。いますべての真相が語られる。

服従

ミシェル・ウエルベック　大塚桃〔訳〕　46440-4

二〇二二年フランス大統領選で同時多発テロ発生。極右国民戦線のマリーヌ・ルペンと、穏健イスラーム政党党首が決選投票に挑む。世界の激動を予言したベストセラー。

青い脂

ウラジーミル・ソローキン　望月哲男／松下隆志〔訳〕　46424-4

七体の文学クローンが生みだす謎の物質「青脂」。母なる大地と交合するカルト教団が一九五四年のモスクワにこれを送りこみ、スターリン、ヒトラー、フルシチョフらの大争奪戦が始まる。

キャロル

パトリシア・ハイスミス　柿沼瑛子〔訳〕　46416-9

クリスマス、デパートのおもちゃ売り場の店員テレーズは、人妻キャロルと出会い、運命が変わる……サスペンスの女王ハイスミスがおくる、二人の女性の恋の物語。映画化原作ベストセラー。

太陽がいっぱい

パトリシア・ハイスミス　佐宗鈴夫〔訳〕　46427-5

息子ディッキーを米国に呼び戻してほしいという富豪の頼みを受け、トム・リプリーはイタリアに旅立つ。ディッキーに羨望と友情を抱くトムの心に、やがて殺意が生まれる……ハイスミスの代表作。

アメリカの友人

パトリシア・ハイスミス　佐宗鈴夫〔訳〕　46433-6

簡単な殺しを引き受けてくれる人物を紹介してほしい。こう頼まれたトム・リプリーは、ある男の存在を思いつく。この男に死期が近いと信じこませたら……いまリプリーのゲームが始まる。名作の改訳新版。

リプリーをまねた少年

パトリシア・ハイスミス　柿沼瑛子〔訳〕　46442-8

犯罪者にして自由人、トム・リプリーのもとにやってきた家出少年フランク。トムを慕う少年は、父親を殺した過去を告白する……二人の奇妙な絆を美しく描き切る、リプリー・シリーズ第四作。

不思議の国のアリス　完全読本

桑原茂夫　41390-7

アリスの国への決定版ガイドブック！　シロウサギ、ジャバウォッキー、ハンプティダンプティ etc. アリスの世界をつくるすべてを楽しむための知識とエピソード満載の一冊。テニエルの挿絵50点収録。

不思議の国のアリス　ミステリー館

中井英夫／都筑道夫 他　41402-7

『不思議の国のアリス』『鏡の国のアリス』をテーマに中井英夫、小栗虫太郎、都筑道夫、海渡英祐、石川喬司、山田正紀、邦正彦らが描いた傑作ミステリ７編！　ミステリファンもアリスファンも必読の一冊！

アリス殺人事件

有栖川有栖／宮部みゆき／篠田真由美／柄刀一／山口雅也／北原尚彦　41455-3

「不思議の国のアリス」「鏡の国のアリス」をテーマに、現代ミステリーの名手６人が紡ぎだした、あの名探偵も活躍する事件の数々……！　アリスへの愛がたっぷりつまった、珠玉の謎解きをあなたに。

『吾輩は猫である』殺人事件

奥泉光　41447-8

あの「猫」は生きていた?!　吾輩、ホームズ、ワトソン……苦沙弥先生殺害の謎を解くために猫たちの冒険が始まる。おなじみの迷亭、寒月、東風、さらには宿敵バスカビル家の狗も登場。超弩級ミステリー。

東京大学殺人事件

佐藤亜有子　41218-4

次々と殺害される東大出身のエリートたち。謎の名簿に名を連ねた彼らと、死んだ医学部教授の妻、娘の“秘められた関係”とは？　急逝した『ボディ・レンタル』の文藝賞作家が愛の狂気に迫る官能長篇！

見た人の怪談集

岡本綺堂 他　41450-8

もっとも怖い話を収集。綺堂「停車場の少女」、八雲「日本海に沿うて」、橘外男「蒲団」、池田彌三郎「異説田中河内介」など全十五話。

著訳者名の後の数字はISBNコードです。頭に「978-4-309」を付け、お近くの書店にてご注文下さい。